KAT MARTIN
Tan lejos... tan cerca

Editado por Harlequin Ibérica.
Una división de HarperCollins Ibérica, S.A.
Núñez de Balboa, 56
28001 Madrid

© 2008 Kat Martin. Todos los derechos reservados.
TAN LEJOS... TAN CERCA, N° 74 - 1.2.09
Título original: Season of Strangers
Publicada originalmente por Mira Books, Ontario, Canadá.
Traducido por Victoria Horrillo Ledesma.

Todos los derechos están reservados incluidos los de reproducción, total o parcial. Esta edición ha sido publicada con permiso de Harlequin Enterprises II BV.
Todos los personajes de este libro son ficticios. Cualquier parecido con alguna persona, viva o muerta, es pura coincidencia.
™TOP NOVEL es marca registrada por Harlequin Enterprises Ltd.

® y ™ son marcas registradas por Harlequin Enterprises Limited y sus filiales, utilizadas con licencia. Las marcas que lleven ® están registradas en la Oficina Española de Patentes y Marcas y en otros países.

I.S.B.N.: 978-84-671-6943-0
Depósito legal: B-54470-2008
Imágenes de cubierta:
Chica: GRUIZA/DREAMSTIME.COM
Paisaje: LUISAFONSO/DREAMSTIME.COM

Para mis amigos de Rock Creek. Sois un grupo genial. Gracias por todos los buenos momentos. Sólo conoceros ya ha sido un placer.

CAPÍTULO 1

Era un sonido extraño, como si el viento azotara un cable grueso y muy tenso. Al oírlo, un escalofrío recorrió su espalda. El sol caía a plomo, más fuerte de lo que esperaba. El cielo, blanco y descolorido en lugar de azul, parecía atrapar el calor. No había ni el rastro de una nube que ofreciera algún alivio.

Era miércoles, la mitad de la semana. Nadie nadaba en el mar. Nadie miraba desde los acantilados privados que se elevaban desde la franja de playa desierta. Sólo un perro negro, poco más que una mota en la distancia, vagaba sin rumbo fijo hacia ella, metiéndose de vez en cuando en el agua para refrescarse las patas.

Ignorando al perro y el calor que traspasaba su biquini rojo, Julie Ferris se volvió hacia su hermana, que estaba recostada en la arena, a unos pasos de allí.

—Escucha, Laura. ¿Oyes ese sonido?

La joven alta y delgada tumbada a su lado se sentó sobre su toalla de playa amarilla y desteñida. La brisa pegajosa que soplaba del mar levantó algunos mechones de su pelo rubio claro.

—¿Qué sonido? Yo no oigo nada —alargó el brazo y bajó el volumen de la radio, apagando la música rock cuyo ritmo sofocado se deslizaba hacia el mar.

—Es como un zumbido sordo y muy extraño. Creo que viene de allí —Julie señaló hacia el oeste, hacia las olas que rompía la marea creciente. Estaban tumbadas en una cala privada de la playa de Malibú que formaba parte de la enorme finca de la que era propietario el vecino de Julie, Owen Mallory, amigo suyo y su cliente más importante en el negocio inmobiliario.

Julie ladeó la cabeza hacia el extraño zumbido que había empezado a resonar en su columna vertebral y se frotó los brazos, intentando librarse del cosquilleo que le había puesto la piel de gallina.

—Ahora parece que viene del este. No lo sé exactamente.

Laura se movió en aquella dirección, ladeando su esbelto cuerpo e inclinando la cabeza.

—Qué raro, ¿no? Puedo oírlo y al mismo tiempo no lo oigo. Es como si nos rodeara por completo.

Julie se sacudió la arena rasposa de las manos, que eran más pequeñas y finas que las de su hermana menor, de huesos largos y sutiles. Laura Ferris tenía veinticuatro años y había salido a su padre, un hombre guapo y de cabello rubio, mientras que Julie tenía el pelo rojo oscuro, la nariz salpicada de pecas y la barbilla pequeña y puntiaguda de su familia materna. Era atractiva y, más que ser guapa, tenía cara de duendecillo. Estaba orgullosa de su figura y de sus piernas bien torneadas, y en su opinión tenía un trasero muy bonito.

—Sea lo que sea —dijo Julie— es un fastidio, como mínimo —por un momento, el sonido pareció aumentar y una punzada de dolor atravesó su cabeza—. Me está poniendo nerviosa y dándome dolor de cabeza —estiró el cuello y observó la playa vacía, con cuidado de proteger sus ojos del sol bajo el ala del amplio sombrero de paja.

Miró el cielo azul desvaído y procuró no fijar la vista en la hosca esfera del sol de junio.

—Puede que venga de arriba... que sea algún tipo de onda, o un avión militar que vuela muy alto.

A sus veintiocho años, Julie era más extravertida que Laura, más vivaz, más decidida a sacar partido a su vida. Su padre se había marchado cuando ellas eran niñas y los años de privaciones la habían dotado de una ambición implacable. Laura había reaccionado en sentido contrario: había crecido tímida y reservada, apoyándose en Julie para que ocupara el lugar de una madre que casi nunca estaba allí. De niña, Laura estaba casi siempre enferma... o, al menos, creía estarlo.

—Yo no veo nada —dijo.

Julie escudriñó el cielo.

—Ni yo, pero ese ruido me está dando escalofríos. Quizá deberíamos entrar.

—No me apetece entrar todavía —dijo Laura, recostándose de nuevo en el respaldo de su sillita de playa—. Además, ya no se oye tanto. Creo que está empezando a apagarse —dio un enorme bostezo—. Seguro que para dentro de un minuto o dos.

Julie se frotó la piel erizada y procuró ignorar el zumbido penetrante que no parecía molestar a su hermana. Volvió a tumbarse sobre la toalla roja y naranja, con la leyenda «Cuidado con los tiburones», que había comprado en una convención de agentes inmobiliarios, en Las Vegas.

—Sube la radio —Julie apretó los dientes y deseó que aquel ruido insidioso cesara de una vez—. Puede que esa emisora de rock que estabas oyendo ahogue ese ruido —se subió las gafas de sol por la nariz y se puso el sombrero sobre la cara para protegerse los ojos. A su lado, Laura alargó el brazo hacia el botón del volumen. Pero la radio ya no funcionaba.

—Maldito cacharro.

—Serán las pilas, seguramente —masculló Julie bajo el sombrero.

—No puede ser. Acabo de cambiarlas —Laura sacudió la radio, pero ésta no se encendió—. Siempre se estropean cuando más falta hacen —gruñendo, volvió a tomar el libro que estaba leyendo, una novela de Danielle Steel sobre dos hermanas y las penurias que habían sufrido durante su infancia; una historia muy parecida a la de su niñez.

—¿Qué hora es? —preguntó Julie, aliviada por que el ruido hubiera cesado por fin, aunque aquellas extrañas vibraciones no se hubieran apagado. Su cuerpo se estremecía de la cabeza a los pies. Notaba los dedos entumecidos y el corazón le palpitaba con extraña violencia.

Al mismo tiempo, se sentía tremendamente soñolienta.

Laura miró el reloj de diamantes que le había regalado Julie la Navidad anterior.

—Qué raro, también se me ha parado el reloj —hizo una mueca y se tapó la cara con el libro—. Nada funciona cuando una quiere —susurró por detrás de las páginas.

—No irás a quedarte dormida, ¿verdad? Más vale que una de las dos se quede despierta, o acabaremos pillando una insolación.

Pero a Laura ya se le estaban cerrando los ojos.

Y mientras aquel extraño entumecimiento se intensificaba, Julie notó que los miembros empezaban a pesarle. Sus ojos se cerraron y sus pensamientos fueron desvaneciéndose poco a poco. Unos instantes después, dormía profundamente.

El perro negro se acercó desde el borde de las olas chorreando agua por el pelo de la barriga y ladeó una oreja al oír la radio, que volvía a sonar suavemente. Un gruñido salió de su garganta y el pelo negro y denso de su cuello se erizó mientras olfateaba los pliegues de las dos toallas vacías, las sillas vacantes y el libro que había encontrado abandonado en la arena.

Gruñó otra vez y miró hacia arriba; luego soltó un gemido y empezó a retroceder. Con el rabo metido entre las piernas, dio media vuelta y echó a correr por la playa.

Val se quedó un momento frente al monitor de la estrecha mesa metálica, observando el resplandor azul de la pantalla. Había estado repasando sus notas desde que habían terminado los análisis y se habían recopilado todos los datos. Nada de lo que veía en la pantalla o en los datos de sus otros estudios le ofrecía las respuestas que buscaba y que tan desesperadamente necesitaba.

Cortó la corriente y el monitor quedó en blanco. Panidyne estaría esperando un informe y él no había llegado a una conclusión. No solía ser tan indeciso. En casa solía ser franco y directo, un rasgo de carácter que no siempre era deseable, teniendo en cuenta la posición que ocupaba. Pero esta vez la decisión que estaba sopesando era demasiado arriesgada, demasiado importante para tomarla sin haber reflexionado sobre ella largo y tendido.

Lo cierto era que necesitaba más datos antes de exponer sus conclusiones delante del consejo.

Se apartó de la mesa. Una súbita calma se había apoderado de él. Sus superiores querían hacer más pruebas, pero él se había opuesto. Era perjudicial para el sujeto, ponía en peligro su vida, ahora lo sabían.

Pero quizás esta vez el consejo tuviera razón. Quizá valiera la pena correr el riesgo. Tal vez otra tanda de análisis les diera la clave, les indicara dónde encontrar el conocimiento que hasta entonces se había mostrado tan esquivo.

Si tenía más datos, tendría más respuestas. Y tal vez así sabría si valía la pena correr un riesgo tan terrible por la peligrosa propuesta que estaba a punto de hacer.

CAPÍTULO 2

Julie Ferris abrió de un empujón la puerta de su oficina en la esquina de Canon y Dayton, en Beverly Hills. La agencia inmobiliaria Donovan, empresa especializada en casas y fincas de proporciones palaciegas, llevaba más de veinte años enclavada en aquel barrio. Julie trabajaba allí desde hacía ocho. Había empezado como recepcionista mientras estudiaba en la Universidad de California-Los Ángeles. Nunca pensó que acabaría trabajando de comercial; de comercial de altos vuelos, se dijo, pensando en el dinero que ganaba cada año y en las placas que cubrían las paredes de su despacho.

Se detuvo ante el mostrador de recepción, que era de caoba oscura y brillaba como un espejo. Las mesas y las sillas estilo Reina Ana que había delante del sofá de color crudo eran también caras y estaban bien cuidadas.

—¿Algún mensaje, Shirl? —le preguntó a la voluptuosa rubia oxigenada que atendía el mostrador, la única cosa fuera de lugar en aquel interior elegante y conservador—. Quería llegar antes, pero mi coche no arrancaba. He tenido que llamar a la grúa para que me recargara la batería —se frotó el puente de la nariz, intentando ignorar el agudo dolor de cabeza que empezaba a notar por detrás de los ojos.

—Esto ha estado muy tranquilo —dijo Shirl mientras destapaba una barra de carmín rojo brillante y empezaba a pasársela por los labios fruncidos. Shirl era la contribución de Patrick Donovan al personal de la oficina. El padre de Patrick había fundado la agencia y dirigido el negocio hasta hacía tres años. Pero una apoplejía había dejado parcialmente paralizado a Alexander Donovan y había puesto a su hijo, un playboy, al frente de la empresa. Shirley Bingham era lo que quedaba de uno de sus muchos líos de faldas.

—Aquí hay una llamada de Owen Mallory y otra de un tal doctor Marsh —dijo Shirl, volviendo a guardarse el carmín en el bolso—. El resto está en tu mesa.

—Gracias, Shirl —al menos, Shirl era concienzuda. Todavía estaba loca por Patrick, pero también lo estaban la mitad de las mujeres de Beverly Hills—. ¿Ha llegado Babs? Tengo un cliente que está interesado en una de sus casas.

Barbara Danvers era otra agente de la empresa, y la mejor amiga de Julie.

—Lo siento, la señorita Danvers no ha llegado aún, pero ha llamado un par de veces para ver si tenía mensajes.

—Si vuelve a llamar, averigua si tiene planes para cenar. Dile que estoy harta de comer sola.

—Lo haré, señorita Ferris.

Julie recogió su maletín de cuero burdeos y echó a andar hacia la puerta que llevaba a su despacho privado, uno de los lujos de su puesto. Sin darse cuenta se frotó las sienes. El dolor de cabeza crecía por momentos. Desde hacía dos semanas, eran cada día peores. El primero lo había tenido después de que Laura y ella pasaran el día juntas en la playa.

Por eso había llamado el doctor Marsh. Tres días antes, Julie se había despertado con una migraña tan severa que no había podido levantarse de la cama. Estaba mareada y tenía náuseas y el dolor de las sienes era tan fuerte que ni siquiera cuatro calmantes habían logrado disiparlo. Esa tarde había ido a ver al doctor Marsh con la esperanza de descubrir qué causaba aquellas jaquecas, y él había empezado a hacerle una serie de pruebas. Había prometido llamarla para decirle el resultado.

Julie levantó el teléfono, marcó el número y pasó después por una batería de secretarias y enfermeras, hasta que por fin el doctor Marsh se puso al aparato.

—Julie, ¿qué tal te encuentras?

—No muy bien. Está empezando a dolerme la cabeza. Espero que no vaya a darme fuerte. ¿Qué muestran los resultados de las pruebas?

—La resonancia magnética y el TAC no dejan lugar a dudas. No hay ni rastro de un tumor, ni nada parecido. Las radiografías no muestran que haya problemas vertebrales. La verdad es que de momento no hemos encontrado nada que indique dolores de cabeza de la magnitud de los que has estado sufriendo —se detuvo y el silencio se apoderó de la línea telefónica. Julie no sabía si sentirse aliviada o preocuparse aún más—. Trabajas mucho, Julie. El estrés puede ocasionar muchos problemas. Migrañas severas, por ejemplo.

Julie no dijo nada. Había temido que los dolores de cabeza estuvieran relacionados con el estrés. Aunque sería más simple, en cierto sentido esperaba que no fuera así. Tenía que trabajar para ganarse la vida. Si el estrés era el problema, no podía hacer gran cosa al respecto.

—No estoy diciendo que ésa sea la causa —continuó el médico—. Tenemos que hacerte varias pruebas más antes de estar seguros. Te he reservado cita para el jueves por la tarde, a las dos. Si no te viene bien, llama a mi ayudante y dile que te cambie la hora.

–El jueves me va bien, doctor Marsh –Julie se despidió y colgó el teléfono. Tenía que contestar al montón de mensajes telefónicos que había encima de su mesa; sobre todo, al de Owen Mallory. Pero el dolor de cabeza empezaba a empeorar. De momento, las jaquecas sólo le duraban un par de horas. Podía apagar el móvil y decirle a Shirl que no le pasara llamadas, cerrar la puerta del despacho y tumbarse un rato en el sofá. Seguro que en un par de horas se sentiría mejor. Para entonces, quizás hubiera llegado Patrick.

Dio orden a Shirl de que no la molestaran, dejó el montón de papeles que tenía sobre la mesa, cerró la puerta y las persianas del despacho y se tumbó en el mullido sofá de color ocre. Tenía que ajustarle las cuentas a Patrick por haber estropeado el trato con los Rabinoff mientras ella estaba de viaje. Típico de Patrick: beber y salir de juerga, en vez de ocuparse del negocio. Julie les había prometido a los Rabinoff que la hipoteca de su casa estaría cerrada a finales de mes. Ahora tenía que encontrar un modo de solventar el problema y mantener su palabra.

Cerró los ojos e intentó no pensar en Patrick Donovan, aquel hombre alto, moreno y guapo. Procuró no ver su sonrisa blanca y seductora, su pelo negro y lustroso, y su cuerpo perfecto en forma de uve, todo ello atractivamente envuelto en trajes hechos a mano.

Se obligó a pensar en las fiestas salvajes que frecuentaba, en las mujeres, las drogas, el despilfarro insensato que estaba arruinando al propio Patrick y a la agencia inmobiliaria Donovan. Era culpa de Patrick que la empresa estuviera al borde de la quiebra. Patrick, con sus caprichos egoístas, sus tejemanejes inacabables y sus costumbres autodestructivas.

Como le ocurría siempre que sus pensamientos se deslizaban hacia el encantador e incorregible hijo de Alex, le preocupó cómo estaba destruyéndose y pensó que era una lástima.

Patrick Donovan cerró la puerta de su aerodinámico Porsche Carrera negro con más brusquedad de la que pretendía e hizo una mueca al notar que un pinchazo de dolor lo recorría de la cabeza a los pies. Dios, qué resaca. Sexo, drogas y rock and roll. A veces se preguntaba si valía la pena.
—Cuida de él, ¿quieres, Monty? —agitó las llaves delante del aparcacoches del Spago, el famoso restaurante frecuentado por famosos, situado a media manzana de su oficina.
—¡Claro, señor Donovan! —el muchacho sonrió como un bobo, agarró las llaves y el billete de diez dólares y se deslizó tras el volante mientras Patrick seguía andando acera arriba, hacia el trabajo. Era última hora de la tarde. Debería haber llegado a la oficina hacía horas, pero la jugosa rubita con la que había ligado la noche anterior, en la fiesta de Jack Winston, lo había mantenido despierto casi hasta el amanecer.
A aquella chica le gustaba beber a lo grande, era una cocainómana y de vez en cuando se colocaba con un pinchazo, pero también estaba buenísima. Sabía pasárselo bien y, lo que era mejor aún, sabía cómo montárselo en la cama. La papelina de excelente coca que había tenido que pagar Patrick había valido la pena. Y, naturalmente, a él tampoco le había importado colocarse un poco.
—¿Qué hay, Shirl? —apoyó el codo en el mostrador y se inclinó hacia delante para verle mejor el espléndido escote.
Ella le lanzó una sonrisa radiante.
—Tengo entradas para el sábado por la noche. Para los Jersey Boys. Asientos de primera fila. Me imagino que no te interesará, pero si no estás muy liado...

—Me refería a qué hay de nuevo por aquí. Si he recibido alguna llamada o si hay alguien que necesite verme desesperadamente.

—Ah —ella pareció abatida. Shirley Bingham nunca había sido muy despierta, pero en la cama era pura dinamita. Era una lástima que, para llevársela a la cama, hubiera tenido que contratarla. A Shirl le encantaba su trabajo y ahora Patrick no tenía valor para despedirla. Pero era lo bastante sensato como para no volver a caer en la tentación.

Shirley se enderezó en su silla, agitó sus magníficos pechos y la bragueta de Patrick se tensó repentinamente. Quizá tuviera una resaca de mil demonios, pero aún no estaba muerto.

—Ha recibido un montón de llamadas, señor. Las he puesto encima de su mesa. Ah, y la señorita Ferris estaba esperando a que llegara. Está en su despacho.

Julie Ferris. Patrick suspiró al enderezarse, dio media vuelta y pasó entre las dos hileras de mesas, saludando con la cabeza a algún comercial que otro. Si tenía algún pesar en la vida, era Julie. Se había sentido atraído hacia ella desde el primer día que entró por la puerta de la oficina, ocho años atrás. Entonces tenía sólo veinte años, ni siquiera tenía edad para beber. Pero tenía un cuerpo precioso y una piel como la nata, unos enormes ojos verdes y la risa más dulce y diáfana que Patrick había oído nunca.

En aquella época acababa de empezar a estudiar en la universidad y estaba buscando un empleo a tiempo parcial. Patrick convenció a su padre de que la contratara en el acto y enseguida intentó ligar con ella. Por fin logró convencerla de que saliera con él, pero era siete años mayor que Julie, y ella desconfiaba de un hombre tan mundano como él. Cuando, después de la cena, la había llevado a su apartamento para intentar seducirla, Julie no había dado su brazo a torcer.

—Estás borracho —le había dicho, desasiéndose de su

abrazo pegajoso y dejándolo tendido en el sofá–. Tengo la sensación de haber salido a cenar con un pulpo y mientras cenábamos no has dejado de mirar a todas las mujeres que entraban por la puerta. Puede que eso te funcione con las muñequitas con las que sales, pero conmigo no te servirá de nada.

–Espera un momento, Julie... –él luchó por levantarse y finalmente consiguió incorporarse a duras penas–. ¿Qué importa que esté un poco borracho? Hemos salido a pasarlo bien, ¿no? Sólo quería divertirme un poco.

–Puede que para ti sea divertido –ella recogió su abrigo de la silla–. Pero para mí no lo es –se dirigió hacia la puerta–. No hace falta que me lleves a casa. Si lo intentaras, seguramente acabaríamos los dos en comisaría. Tomaré un taxi.

Julie volvió sola a casa y desde entonces no había vuelto a salir con él.

Patrick iba pensando en aquella noche cuando llamó a la puerta de su despacho; luego giró el pomo y entró. Las cosas habían cambiado mucho entre ellos desde entonces. Ahora, él era su jefe. Con el paso de los años, Julie se había ganado su respeto y entre ellos se había instalado una especie de entendimiento mutuo. Patrick miró el sofá, donde ella estaba masajeándose suavemente las sienes. Normalmente estaba detrás de su mesa, con el teléfono pegado a la oreja.

–No tienes buena cara –le dijo Patrick, fijándose en las arrugas de cansancio que había bajo sus ojos.

–Tú tampoco –miró su cara demacrada por las drogas. Era difícil engañar a Julie. Siempre se daba cuenta de todo–. Otra noche dura, supongo.

Él puso una sonrisa infantil y deseó poder embaucarla con la misma facilidad que al resto de las mujeres.

–Más o menos. ¿Y tú? ¿No te encuentras bien?

Julie suspiró y se puso en pie. Como siempre, lo miraba

con una mezcla de lástima y desaprobación. Aquello sacaba de quicio a Patrick.

—Me dolía la cabeza —dijo—. Ya casi se me ha pasado.

Patrick sabía que se sentía atraída por él. Pero a Julie Ferris no le interesaban los ligues de una noche; no era de esa clase de chicas. Le parecía mal que él tomara drogas y le reprochaba que bebiera.

—Tú no tienes mucho mejor aspecto —dijo con el ceño fruncido mientras observaba sus ojeras y el color ligeramente cetrino de su piel, normalmente bronceada por el sol—. Esa porquería va a matarte, Patrick. ¿Cuándo vas a darte cuenta?

Patrick se puso tenso e irguió por completo su metro noventa de estatura.

—Lo que yo haga con mi vida no es asunto tuyo.

Julie se detuvo frente a él, a unos pasos de distancia, ladeó la cabeza para mirarlo y fijó sus grandes ojos verdes en su cara.

—Lo es, cuando mezclas en ella a mis clientes —juntó las cejas y las pecas de su nariz se desplazaron—. Tenemos que hablar del asunto de los Rabinoff. Lo has echado a perder, Patrick.

—Lo sé, lo sé —se pasó la mano por el pelo negro, apartándoselo de la frente—. No sé qué pasó, las cosas se me fueron de las manos.

—Se te fueron de las manos porque no estabas prestando atención. Y eres demasiado listo para eso, Patrick. Si pensaras en el negocio en vez de en el escote de Shirl o en el trasero de Babs...

—Está bien, está bien, lo arreglaré —no le dijo que solía ser su trasero el que más le interesaba—. Conozco a la secretaria del banco hipotecario. La llamaré para que acelere un poco los trámites. ¿Quieres que haga algo más?

Ella enumeró una serie de cosas, enfatizando cada una de ellas con una mirada fija que atravesaba a Patrick y lo quemaba. Qué atractiva era, maldita fuera. No era bella como otras mujeres que él conocía, pero sí atractiva, lista y sexy a más no poder. Patrick intentó no pensar en cómo sería en la cama.

Después de ocho años intentando seducirla, sabía que no iba a funcionar.

Tumbada en medio de su gran cama de pino, Julie escuchaba el rumor del oleaje en la playa y el sonido intermitente de una sirena de niebla a lo lejos. Su dormitorio era blanco, como el resto de la casa, con el suelo de tarima de color pino claro y alfombras de estambre de brillantes colores meridionales: un pedazo de México en la costa de California. La casa no era muy grande, tenía sólo tres habitaciones y despacho, cuarto de estar, comedor, cocina, un cuarto para el desayuno muy soleado y garaje para dos coches.

Eran los ventanales corridos que daban a la playa, la terraza de madera que recorría toda la casa y lo apartado de la finca lo que había convencido a Julie de que debía comprarla. Eso y su amiga Babs, que no dejaba de insistir en que, con el dinero que estaba ganando, necesitaba la deducción fiscal.

Julie pensó en la velada que había pasado con su amiga. Una cena agradable en The Grill después de quedarse trabajando hasta tarde en la oficina, a pesar de que luego había vuelto a dolerle la cabeza. La jaqueca, que había sido fuerte, la había dejado débil y agotada, pero desapareció en cuanto llegó a casa. Julie había dormido un rato y se había despertado bruscamente en medio de un sueño desagradable. Ahora le resultaba imposible volver a dormirse.

Se tumbó de lado, tiró de la sábana para taparse del todo, ahuecó la almohada y procuró no pensar en el trabajo que se acumulaba sobre su mesa. Confiaba en que el sonido del mar la adormeciera, como solía pasar. Su amor por el mar era una de las razones por las que había comprado aquella casa tan cara en la playa. Se había tropezado con ella mientras trabajaba con Owen Mallory. Había ido a enseñarle una serie de casas de lujo, con la esperanza de que añadiera alguna de ellas a su colección mundial.

La casita quedaba al lado de la enorme finca que Owen había elegido por fin, lo cual significaba que, por insistencia suya, Julie tenía acceso a una larga franja de playa privada y de arenas blancas.

Julie se removió y se dio la vuelta en el preciso instante en que el teléfono de la mesilla de noche empezó a sonar. Se incorporó rápidamente y lo levantó con súbito nerviosismo. Siempre había odiado las llamadas en plena noche. Normalmente eran malas noticias.

—Julie, ¿estás ahí? —preguntó su hermana con voz temblorosa al otro lado del teléfono—. ¿Julie?

—Laura, ¿qué ocurre? ¿Qué ha pasado?

—Es-estoy asustada, Julie. Creo que hay alguien al otro lado de mi ventana.

Julie se puso tensa.

—¿Has llamado a la policía?

—No. La última vez que los llamé, no había nadie fuera. Me temo que no vendrán si vuelvo a llamar.

—Claro que irán. Proteger a la gente es su trabajo. Cuelga y llámalos inmediatamente. Estaré ahí enseguida.

—No cuelgues, Julie. Me da miedo que entren si cuelgas.

Los dedos de Julie se crisparon sobre el teléfono.

—¿Quién te da miedo que entre? ¿La gente que hay detrás de la ventana?

—No... No sé quiénes son.

Julie notó un nudo en el estómago. Laura se comportaba de manera extraña desde el día que habían pasado en la playa. Pero su hermana vivía en un pequeño apartamento en un barrio antiguo de Venice, y aquél no era el mejor sitio para una mujer soltera y atractiva. Julie había visto a los bichos raros y a la gente de mala catadura que frecuentaban aquel estrafalario pueblo costero. Había intentado convencer a Laura de que se mudara, pero su hermana se negaba.

—Escúchame, Laura, haz exactamente lo que te digo. En cuanto cuelgues, llama al 911. Asegúrate de que las puertas y las ventanas están cerradas y quédate dentro hasta que llegue la policía. Voy a llevarme el teléfono móvil. Puedes llamarme, si quieres. Llegaré lo antes posible.

Julie hizo caso omiso de las protestas de su hermana, colgó y se levantó de un salto. Unos minutos después se había puesto unos vaqueros, unas Reebok y una sudadera azul marino y bajaba corriendo la escalera hacia el garaje.

El potente Mercedes SL descapotable de color plateado que era su orgullo y su alegría cobró vida en cuanto giró la llave de contacto. Estaba aparcado junto al Lincoln de cuatro puertas casi nuevo que utilizaba cuando iba a enseñar alguna casa.

Tomó el pañuelo que había dejado en el asiento del copiloto y cubrió con él su pelo de color rojo oscuro y rebelde, cortado justo por encima de los hombros. Puso marcha atrás, pisó con fuerza el acelerador y salió al camino de entrada a la casa. A los pocos minutos volaba ya por la autopista de la costa del Pacífico, camino del apartamento de su hermana, y el corazón le latía como un tambor dentro del pecho.

Marcó el 911 utilizando la función de manos libres del teléfono móvil, confirmó que habían recibido la llamada de su hermana y rezó por que a Laura no le pasara nada antes de que llegara allí.

Laura Ferris abrió por fin la puerta de su casa. El agente del otro lado había pasado un rato aporreándola y luego se había puesto zalamero y había intentado convencerla de que realmente pertenecía al cuerpo de policía. Pero Laura estaba tan asustada que no le creía.

Ella se tambaleó, llena de alivio, al ver su gorra, su uniforme azul oscuro y la reluciente insignia cromada que brillaba a la luz del porche.

—Lo siento, agente, estaba muy asustada.

—No pasa nada, señorita Ferris. ¿Por qué no vamos al cuarto de estar? —le indicó en esa dirección y Laura dejó que la precediera. Estaba tan aliviada que se sentía ligera como una pluma.

—¿Ha visto a alguien? ¿Los ha pillado? —pasó rozando un frondoso filodendro que rebosaba de su tiesto y se sentó en el sofá. La colcha naranja de flores estaba un poco torcida y se puso a enderezarla con nerviosismo.

A unos pasos de distancia, frente a ella, el policía, alto y delgado, permanecía de pie. Era un hombre de unos cuarenta años, con experiencia, se dijo Laura. Un hombre que podía protegerla.

—Lo siento, señorita Ferris. No hemos visto a nadie, ni nada que indique que había alguien fuera del apartamento.

Laura frunció el ceño. No podía haberse equivocado. Levantó la vista al oír que la puerta se abría y vio entrar corriendo a su hermana: un pequeño manojo de nervios bajo una lustrosa melena rojiza.

—Julie... menos mal que has venido —Laura se puso un rizo rubio y revuelto detrás de la oreja—. Éste es el agente... —leyó su nombre en la placa que llevaba encima de la insignia—... Ferguson. Dice que han echado un vistazo y no han visto a nadie. Pensaba que ese tipo habría dejado huellas o algo así, pero supongo que no. De todas formas, imagino que ya se ha ido.

—¿Es usted familiar de la señorita Ferris? —preguntó el policía.

—Soy su hermana. Julie Ferris.

—¿Podría hablar con usted un momento? ¿En privado?

Julie miró a su hermana, que estaba un poco despeinada, y se fijó en la palidez de su piel y en el tic que había aflorado bajo uno de sus ojos castaños.

—Sí, agente, desde luego.

Entraron en la cocina pequeña y acogedora, esquivando plantas y agachando la cabeza para pasar por debajo de la cortina de cuentas, que tintineó tras ellos.

—¿No han podido atrapar a ese hombre? —preguntó Julie, preocupada.

—No había ningún hombre, señorita Ferris. ¿Sabía usted que es la quinta llamada de emergencia que recibimos de su hermana en dos semanas?

—No... No tenía ni idea. Me dijo que los había llamado una vez, pero no sabía que hubiera habido otras.

—El operador dice que las llamadas son siempre iguales. Su hermana asegura muy asustada que alguien está intentando entrar en su casa.

—Puede que alguien esté intentando entrar y que ustedes no lleguen a tiempo de atraparlo.

—Los merodeadores dejan huellas, señorita Ferris. Pisadas, mosquiteras rotas, huella de neumáticos... algo. Pero aquí no hay nada parecido. Odio tener que preguntárselo, pero ¿tiene su hermana problemas mentales de algún tipo?

Julie sintió una tirantez en el pecho.

—Ha ido al psicoanalista. Tuvo una infancia muy difícil. De vez en cuando tiene depresiones, pero nunca ha ido al psiquiatra. ¿Insinúa usted que mi hermana puede estar sufriendo algún tipo de trastorno mental?

—No insinúo nada. Simplemente le digo que nadie está intentando entrar en este apartamento. Me parece que quizá su hermana necesite la ayuda de un psiquiatra, mucho más que la de la policía.

Julie se quedó pensando. Laura actuaba de forma muy extraña.

—Hablaré con ella, agente. Esta noche ha sido culpa mía que los llamara. No sabía que ya había llamado cuatro veces antes.

—No pasa nada. Además, siempre es mejor asegurarse. En todo caso, buena suerte.

—Gracias —volvieron al cuarto de estar. El policía se despidió de Laura y Julie se sentó junto a su hermana en el sofá.

—¿Te encuentras mejor?

—Sí... mucho mejor. Me alegro de que hayas venido.

Julie alargó el brazo, le agarró la mano y se la apretó.

—El agente dice que es la quinta vez que llamas a la policía.

Laura se irguió un poco en el sofá y se puso a juguetear con el cordón de su bata de terciopelo azul.

—Yo... no me había dado cuenta de que los había llamado tantas veces.

—¿Quieres contarme qué pasó las otras veces?

Laura se recostó en el sofá y apoyó la cabeza en el respaldo, con el pelo largo y rubio bajo los hombros.

—Me pareció oír algo, eso es todo. Pensé que alguien intentaba entrar en casa.

—¿Oíste ruidos, algo que te asustó?

—No ruidos exactamente, era más bien como una sensación. Era horrible, Julie. Estoy segura de que había alguien ahí fuera. No sabía qué hacer.

Julie se quedó callada un momento.

—Siempre has dicho que te gustaba vivir sola. Antes no tenías miedo.

—Lo sé. Es que últimamente... no sé qué me pasa, que estoy asustada todo el tiempo.

Julie se frotó las sienes y rezó por que el leve dolor que sentía no fuera el principio de otra migraña.

—No te asustabas tanto desde que éramos pequeñas. ¿Cuándo empezó todo esto?

—No lo sé exactamente. No hace mucho. Fue después del día que pasamos juntas en tu casa.

—El policía me ha asegurado que nadie intenta entrar aquí, pero, si estás asustada, deberías venirte a casa conmigo, pasar unos días en Malibú, descansando en la playa.

—Preferiría quedarme aquí. Además, no puedo dejar de ir a trabajar.

—Sólo trabajas media jornada —Laura trabajaba en una pequeña boutique llamada The Cottage, en la calle principal; aquél era uno más de los muchos trabajos que había tenido desde que había dejado la universidad—. Podrías venir a trabajar en coche desde mi casa.

Laura se mordió el labio inferior.

—Sí, supongo que sí —miró la puerta y luego la ventana—. A lo mejor podría quedarme hasta el fin de semana. Entonces Jimmy ya habrá vuelto y...

—¿Jimmy Osborn? Creía que ya no salías con ese imbécil.

Laura se irguió y apartó la mano.

—No es un imbécil.

—Te pegó, Laura. Si de algo tienes que asustarte, es de él.

—Sólo perdió los nervios, nada más. Me prometió que no volvería a pasar.

—Es un mal tipo, Laura. Olvídate de Jimmy Osborn, haz la maleta y vámonos.

Vaciló un momento; luego se levantó del sofá y entró en la otra habitación. Unos minutos después volvió con una pequeña maleta de vinilo y ropa suficiente para pasar un fin de semana. Julie sabía que su hermana no se quedaría más tiempo. A Laura le gustaba demasiado estar sola y, aunque no volviera a salir con Jimmy Osborn, había una docena de hombres haciendo cola para ocupar su lugar.

Cuando se dirigían hacia el coche, Julie vislumbró la cara cansada y tensa de Laura. Su hermana miró hacia atrás, a derecha e izquierda y finalmente se montó en el asiento del copiloto.

¿Qué le pasaba a Laura?

Siempre había tenido tendencia a enfermar de males reales e imaginarios, pero aquello era distinto. Julie se preguntó si el policía tendría razón, y se prometió buscar el nombre de un buen psiquiatra.

CAPÍTULO 3

Julie salió de su despacho y se dirigió hacia la puerta del otro lado de la sala.

—Siempre con prisas —sentado a su mesa Fred Thompkins se echó a reír—. Ya te he dicho lo que dice mi médico de eso.

Julie se paró junto a su silla y le sonrió.

—Sí, te dijo que tenías alto el colesterol y que andabas mal del corazón. Que te convenía aprender a relajarte. Y tú dijiste que lo mismo puede decirse de mí, que debería pararme a oler las flores. Sí, creo que ya me lo has dicho, Fred.

—Puede que sí... unas cuantas veces —Fred era un profesor de matemáticas jubilado; estaba muy gordo y siempre lucía graciosas pajaritas con estampado de cachemira. Sonrió por encima del cuello blanco y almidonado que se clavaba entre los pliegues de su papada—. Por desgracia, no me haces ni caso.

—Será porque no tengo el colesterol alto y sí muchas facturas que pagar —«y más aún el mes que viene», pensó Julie, «cuando llegue la del doctor Heraldson». Confiaba en que las sesiones con el psiquiatra le sirvieran de algo a su hermana.

—¿Sigues buscando a Patrick?

—Siempre estoy buscando a Patrick por una cosa o por otra. No ha llegado aún, ¿verdad?

—Nunca llega antes de las doce. Lo sabes tan bien como yo.

—Dijo que iba a solucionar el asunto de los Rabinoff. Hay que cerrar los trámites de la hipoteca.

—Shirl ha dicho que iba a ir a Flintridge a ver a su padre. Se supone que va a venir luego.

A Julie se le encogió el corazón.

—Espero que Alex esté mejor. Me pareció que estaba bastante mal cuando lo vi el sábado pasado —el padre de Patrick estaba confinado en una silla de ruedas; tenía el lado izquierdo del cuerpo paralizado por culpa de una apoplejía y torcida la mitad de su antaño bella cara, y hablaba con dificultad.

Aquello era muy duro para un hombre fuerte e imponente como él, pero aun así Alexander Donovan no se rendía. Había hecho instalar una sala de terapia en su lujosa mansión de estilo mediterráneo. Se esforzaba diariamente, ayudado por las enfermeras y las máquinas, para convertir aquel cuerpo envejecido y maltrecho en algo que recordara a la poderosa figura que había sido en el pasado.

—Es un buen hombre —dijo Fred—. Este sitio era la bomba cuando lo llevaba Alex. No había ni un solo agente inmobiliario en toda la ciudad que le llegara a la suela de los zapatos —sacudió la cabeza y la luz de la lámpara de su mesa se reflejó en la calva del centro, orlada por su cabello gris y escaso—. Las cosas ya no son lo que eran desde que se fue.

Podrían serlo, se dijo Julie con fastidio, si Patrick pusiera tanto esfuerzo en su trabajo como ponía en ligar. Era bastante listo y también bastante astuto para los negocios, cuando quería.

Pero lo cierto era que por culpa suya la empresa estaba cada vez más endeudada. Ya se habían despedido varias personas del departamento de ventas. A Babs y a Fred les gustaría irse, pero se quedaban por Alex, igual que Julie. Quería al viejo. No estaba dispuesta a abandonarle, por muy necio que pudiera ser su hijo.

—Tengo que irme corriendo, Fred —Julie echó a andar.

—¿Por qué será que no me sorprende?

Julie le saludó con la mano por encima del hombro.

—Luego hablamos —y salió a la calle y se dirigió al Spago, donde había quedado con Jane Whitelaw para comer.

Evan Whitelaw, el marido de Jane, era un productor de cine de los grandes. Seis meses antes había puesto en venta su casa en Burton Way, que por fin se había vendido la semana anterior. Su mujer estaba ya dispuesta a ponerse a buscar un sitio más grande donde vivir. Una casa en Bel-Air, había dicho, pero Julie sabía que no debía hacer caso de lo que los clientes decían querer. Había que relativizar lo que decían, aprender a echar un vistazo a su interior y descubrir sus anhelos íntimos. Así es como había hecho tantas ventas: escuchando los deseos de sus clientes, en lugar de limitarse a satisfacer sus necesidades.

Acababa de llegar a la fachada del restaurante cuando el Porsche negro de Patrick paró junto a la acera. Había aparcamientos en la parte de atrás del edificio, pero a Patrick le gustaba que el aparcacoches se ocupara personalmente de su Porsche.

El chico abrió la puerta del copiloto al tiempo que Patrick se levantaba del asiento del conductor desdoblando su alta figura, y una rubia esbelta y de largas piernas salió a la acera.

Julie sintió una leve opresión en el pecho, pero se obligó a ignorarla. Siempre le molestaba verlo con una mujer. Era una tontería. Una estupidez. Pero no parecía capaz de refrenar la punzada que sentía siempre al ver a Patrick acompañado de uno de sus muchos ligues de una noche.

Haciendo caso omiso de la mujer, paró a Patrick antes de que llegara a la acera y así pudo mirarlo fijamente a los ojos, que eran del azul más luminoso que había visto nunca.

—Siento molestarte. Ya veo que estás ocupado. Pero necesito saber si la hipoteca de los Rabinoff va a cerrarse a tiempo. ¿Has conseguido esos documentos?

Patrick sonrió y miró por encima de la cabeza de Julie.

—Julie Ferris, ésta es Anna Braxston. Anna es modelo y trabaja para la agencia Ford. Julie es una de mis mejores agentes de ventas.

Julie forzó una sonrisa.

—Es un placer conocerte, Anna —volvió a fijar su atención en Patrick, que parecía descansado para variar. Sus pantalones oscuros y su americana azul marino parecían tan impecables como siempre—. Necesito saberlo, Patrick. ¿Podrá cerrarse la hipoteca a fines de mes, como estaba previsto?

Él sonrió: un destello de blanco en una cara bronceada que sería la envidia de Tom Cruise.

—Relájate. Te dije que yo me ocupaba de todo. Los papeles estarán listos el viernes. Consigue que los Rabinoff los firmen y podrás cerrar el trato como tenías previsto.

Ella se tambaleó, aliviada.

—Menos mal.

—Te preocupas demasiado, ¿sabes?

—Y tú no te preocupas lo suficiente.

Patrick arrugó el ceño y Julie se preguntó por un momento si era más consciente de sus problemas económicos de lo que pretendía hacerles creer.

Sonrió levemente a la mujer.

—Encantada de conocerte, Anna. Patrick, tengo que irme corriendo.

—Nos vemos luego en la oficina —dijo él. Julie se despidió con un ademán y penetró a toda prisa en el interior lujoso y de altas paredes de su restaurante preferido.

A veces tenía la impresión de que Patrick la miraba, aunque no acertaba a imaginar por qué, yendo con mujeres tan bellas como la rubia. A veces imaginaba que era distinto, que se parecía más a su padre y al chico de veinte años al que había conocido al principio.

Pero no era así. Nunca lo sería y los dos lo sabían. Y, como siempre, pensarlo la entristeció.

Laura yacía despierta en el cuarto de invitados de la casa de su hermana en la playa de Malibú. La cama antigua, de hierro, estaba pintada de rojo mate, y una colcha anticuada servía de cobertor. Los suelos de tarima estaban cubiertos con alfombras de estambre, y los ventanales corridos daban a una terraza que se asomaba al mar. Antes de esa noche, Laura había envidiado la casa de su hermana en la playa, la intimidad que procuraban las hectáreas de terreno de la exclusiva finca de su vecino, Owen Mallory.

Ahora, recostada en la almohada, pensaba que le habría gustado mucho más que la casa estuviera en el centro de la ciudad. Estar rodeada de docenas de personas y que fuera pleno día y no de noche.

Una serie de olas estruendosas como disparos se estrellaron contra la orilla, al otro lado de la ventana, pero no lograron ahogar el zumbido sordo y denso que Laura oía por encima del fragor del océano, un ruido que se había aposentado como un peso alrededor de la casa de dos plantas recubierta de listones de madera. Intentó convencerse de que eran sólo imaginaciones suyas, trató de concentrarse en el ruido del oleaje y en la vieja película de Kirk Douglas que estaba viendo en la televisión, aunque el volumen estaba tan bajo que en realidad no la oía.

Eran las tres de la mañana, fuera estaba oscuro, era una noche nubosa y sin luna. Siempre le había gustado quedarse en el cuarto de invitados de Julie, pero esa noche el techo parecía más bajo de lo normal, las paredes más estrechas, el sonido de las olas más irritante que tranquilizador. Le sudaban las manos, su pulso iba más rápido de lo que debía.

–Julie está aquí al lado –se dijo en voz alta–. Lo único que tienes que hacer es llamar y vendrá corriendo –quizá su hermana iría sin que la llamara siquiera. Cuando algo iba mal, Julie parecía sentirlo. Era un don que tenía. Julie la protegería. Como siempre había hecho.

Entonces se apagó el televisor y la luz de la lamparita que había en la pared, junto al cuarto de baño, se hizo más tenue, empezó a parpadear y finalmente se apagó. Laura tragó saliva, intentando defenderse del miedo que empezaba a alzarse en su pecho.

Un susurro descendió sobre ella. Intentó gritar, pero la voz se le atascó en la garganta. Trató de levantarse, de descolgar las piernas por un lado de la cama, pero su cuerpo estaba rígido y se negaba a moverse.

La habitación estaba a oscuras, pero de pronto se levantó la oscuridad y una luz cegadora llenó el espacio. Laura cerró los ojos con fuerza para defenderse de la punzada de luz que atravesó su cráneo. Sus músculos se tensaban tanto al intentar moverse que temblaba de arriba abajo y se arqueaba sobre la cama.

«¡Ayúdame! ¡Julie, ayúdame!». Pero las palabras siguieron atascadas en su garganta y el grito no llegó a salir. Entonces la luz empezó a disiparse. Oyó un ruido en las escaleras que subían a la terraza. Unas pisadas leves y rápidas se detuvieron al otro lado de la puerta.

Una sensación de ahogo se apoderó de Laura, un terror tan intenso que cruzaba su cuerpo palpitando en grandes oleadas dolorosas. Intentó moverse, pero sólo sus ojos respondieron, girando dentro de sus órbitas, volando de un lado a otro de la habitación y fijándose finalmente en la puerta. Iban por ella. Lo sentía en cada terminación nerviosa, en cada fibra y cada célula de su cuerpo. Se la llevarían como habían hecho la otra vez, la desnudarían, usarían sus fríos proyectiles de metal para invadir su cuerpo. Hasta ese momento, no se había acordado.

«¡Socorro!», gritaba en silencio, revolviéndose como un animal atrapado en un cepo, y sin embargo su cuerpo no se movía sobre la cama. «Julie, ¿dónde estás?». Pero quizá su hermana también estuviera atrapada, presa igual que ella. Un nuevo terror se apoderó de ella. Recordó el dolor de otras veces, la humillación que había sentido, y rezó por que no volviera a ocurrir. Rezó por que, si ocurría, fuera capaz de soportarlo.

Fuera seguía oyéndose aquel arrastrar de pies. Iban a entrar, como temía. Cuando la puerta se abrió lentamente y los vio, su boca formó una O de pánico y la bilis inundó su garganta.

Pasaron unos segundos. Parpadeó y aparecieron todos a su alrededor, rodeando los lados de la cama. Su terror caló más hondo, sus finos y largos tentáculos se hundieron en su vientre. Círculos de oscuridad giraban en torbellino, nublando los bordes de su mente, arrastrándola hacia el cobijo de la inconsciencia. Por fin la embargó la oscuridad, liberándola del miedo y bloqueando su mente a lo que iba a suceder. Y sintió alivio al descender hacia el olvido.

Un resplandor azul intenso reverberaba desde el suelo de la sala de análisis, iluminando las vigas redondeadas de las paredes curvas que había a su espalda. Un panel de diodos, cuadrantes y marcadores se extendía por la consola situada a un lado, y el aire siseaba al pasar por los respiraderos con un ritmo palpitante, al compás de los pitidos del corazón monitorizado en la pantalla azul y resplandeciente.

Val Zarkazian miraba a los sujetos tendidos sobre la

mesa. Les habían quitado la ligera ropa de dormir, y a la mujer más joven ya la habían examinado.

Era la segunda, la que tenía el pelo rojo oscuro, la que lo había hecho salir de detrás de los monitores de su laboratorio, al fondo del pasillo.

Observaba la figura desnuda que se removía, inquieta, sobre la superficie azul de la mesa; la chica cerraba las manos pequeñas con tanta fuerza que sus antebrazos temblaban. Le habían insertado un bloqueo lingual, pero ya antes se había mordido el labio inferior y la herida le había dejado un hilillo de sangre.

Val la examinaba con la misma objetividad con que antes había examinado a una docena de sujetos; notó que era más baja que la media, pero que estaba bien desarrollada y que su estado físico era bueno. Era una mujer normal, salvo porque era mucho más resistente a la penetración mental que la gran mayoría de los especímenes masculinos que le habían llevado para que los estudiara.

La mujer se removía inquieta sobre la mesa, se resistía a las pruebas con la misma determinación y la misma fiereza que había mostrado en su visita anterior, unas semanas atrás.

Val miró a una figura baja y delgada vestida con un mono azul oscuro: era uno de los técnicos; estaba junto a la mesa, estudiando al sujeto con asombro y preocupación. Tras él, justo al otro lado de la puerta, pululaban varios soldados, miembros del equipo que había llevado a las mujeres a bordo.

Estaban preocupados por su reacción, y con motivo. La primera vez que se había hecho el estudio, ella se había resistido con tanta fuerza que pensaron que iban a perderla.

Esta vez sólo habían hecho análisis someros, no habían introducido nada en el cuerpo, y únicamente la habían sometido al examen mental que podía hacerse sin una sonda. Val miró el monitor del extremo de la mesa. El sujeto, una mujer sana de veintiocho años, había sufrido las enfermedades normales en la infancia: lo que allí se conocía como sarampión, paperas y varicela; se había roto la muñeca a los ocho años; tenía pequeñas cicatrices y abrasiones curadas.

Sus signos vitales eran buenos, pero, al igual que la otra vez, habían empezado a descender bruscamente en cuanto comenzaron a analizar su cerebro.

Una hilera de símbolos cruzaba la pantalla azul. «¿Está pasando otra vez?». El mensaje procedía de la zona de observación en la que los oficiales y el estado mayor observaban los procedimientos.

Val les confirmó que así era y vio aparecer los símbolos en la pantalla. El último caso similar se había dado seis meses antes: un artista procedente de las colinas de las afueras de Santa Fe. A lo largo de los años había habido bastantes, con muy distintas procedencias. Ni la raza ni el sexo parecían factores determinantes en el grado de resistencia, que podía tener como consecuencia la incapacitación mental del sujeto o su muerte.

En la pantalla aparecieron más preguntas, una de ellas referida al procedimiento.

«Sí», contestó, «hemos interrumpido los análisis. No queremos perder otro sujeto».

Se volvió hacia el técnico de laboratorio y le ordenó que acabara con las pruebas de la hermana pequeña, completara el examen externo de la mayor y las devolviera al punto de origen.

En la pantalla de la consola parpadeaba otro mensaje, revocando sus órdenes. «Debe continuar, comandante. Tenemos que descubrir la causa de la reacción de la hermana mayor. No podemos permitirnos prescindir de ella».

Val sabía ya que sus superiores querrían continuar, por peligroso que fuera. Sondear los límites exteriores del conocimiento científico era la premisa principal de su misión, una de las razones por las que había habido otros casos parecidos. Era un hecho aceptado que ahondar en aquella disciplina exigía inevitablemente cierto porcentaje de víctimas.

Pero Val no estaba dispuesto a perder a la mujer, ni a ningún sujeto más.

Se volvió hacia la pantalla. «Hay un modo mejor. Tenemos los medios técnicos. ¿Por qué no procedemos?».

Los símbolos destellaban en rápida sucesión. «Sería peligroso intentarlo. ¿Quién asumiría el riesgo?».

Val introdujo la respuesta que llevaba mucho tiempo pensando.

«Hace años que trabajo en este proyecto. Soy la elección lógica».

«El *Ansor* no puede permitirse perder a su oficial de investigación más valioso».

«Todos somos prescindibles en pro de la ciencia». Era un principio esencial de su trabajo.

La pantalla quedó en blanco. Val esperó con menos paciencia de la que solía mostrar e incluso con un asomo de ansiedad.

«Se hará la propuesta ante el Consejo en nuestra próxima sesión».

Val sintió una oleada de alivio. No quería ver morir a aquella mujer, y desde su llegada, hacía tres años, llevaba esperando aquella oportunidad. «Le agradezco su ayuda».

Apareció una larga línea de símbolos.

«Espero que todavía me lo agradezca cuando esté confinado en un entorno tan poco civilizado».

CAPÍTULO 4

Dolor. Un dolor espantoso. Julie lo sentía latir y manar desde lo más hondo de su cerebro.

Las persianas de listones de madera de las ventanas de la habitación estaban cerradas, pero leves rendijas de luz se filtraban por ella y atravesaban sus ojos como rayos incandescentes. La piel caliente y húmeda de su frente parecía tensa e hinchada, como si fuera a estallar. Tenía los labios secos. Se los humedeció con la lengua. Sintió un amago de náusea, una reacción al terrible dolor de su cabeza.

Se tumbó de lado, cerró las manos pequeñas sobre la almohada y sus dientes se clavaron en su labio inferior. No duraría mucho más. Nunca duraba. No más allá de un par de horas. Su duración los hacía soportables, y también el hecho de que nunca los hubiera tenido, hasta hacía un par de semanas.

Quizá fuera una especie de virus, una enfermedad pasajera. Si supiera la causa, podría soportar el dolor.

Estaba segura de que las jaquecas no empeorarían.

Pasó otra hora. Su cuerpo yacía sobre la sábana, bañado en sudor, pero el dolor había empezado a remitir. Se sentía floja y agotada. Eran las nueve de la mañana. Llegaba tarde a trabajar, ya se había perdido la reunión semanal de la oficina. Deseaba poder quedarse en la cama, pero con dolor de cabeza o sin él tenía que ir. Había muchas cosas que hacer, muchos clientes que confiaban en ella.

Quince minutos después, los últimos rastros de la espantosa migraña (la peor que había sufrido hasta ese momento) se disiparon. Julie se agarró al cabecero de pino, lo utilizó como asidero para descolgar las piernas y se levantó de la cama. Al pasar junto al espejo de su cómoda, se detuvo a mirar su pelo despeinado y la palidez de su cara, que hacía resaltar las pecas del puente de su nariz. Entró en el cuarto de baño, abrió la ducha y se metió bajo ella antes de que el agua se calentara.

Quizá la respuesta estuviera en los resultados de los análisis que el doctor Marsh iba a hacerle esa tarde. Una docena de posibilidades angustiosas desfiló por su mente, desde cáncer al tumor cerebral que había mencionado el médico.

Tenía que averiguarlo. Claro que quizá no quisiera saberlo.

Se lavó el pelo y agradeció la sensación sedante que le producía el agua al correr sobre su cuero cabelludo. Se afeitó las piernas, se enjabonó los pechos y la tripa y luego siguió más abajo. Notó un pinchazo al pasar la mano sobre la carne sensibilizada. Hacía tanto tiempo... Tres años desde que no estaba con un hombre.

No como Laura. Laura tenía que tener siempre un hombre, lo necesitaba como la gente necesitaba respirar. Y con su figura esbelta, como de modelo, y su hermoso pelo rubio y largo era fácil atraerlos. Pero Julie quería algo más de una relación que un encuentro sexual y, si no podía tenerlo, prefería pasar sin ello.

Salió de la ducha y echó mano de una toalla. Todavía le palpitaba la cabeza y tenía las manos un poco temblorosas, pero empezaba a recobrar las fuerzas. Quizá los dolores de cabeza desaparecerían tan bruscamente como habían comenzado. Eso esperaba. Con lo preocupada que estaba por Laura, las dificultades que tenía en el trabajo y sus enormes gastos, ya tenía suficientes problemas.

Suspiró al acercarse al armario y abrir las puertas cubiertas de espejos. El traje beis le serviría. Se pondría algo sencillo, no tenía ganas de otra cosa. Se vistió sin prisas. Le dolían los músculos y todavía se sentía un poco trémula. En cuanto se puso los zapatos de piel a juego con el traje, se fue al cuarto de invitados en busca de Laura, pero su hermana no estaba allí.

La habitación estaba patas arriba. La cama estaba deshecha, las sábanas revueltas, la colcha de colores vivos tirada con descuido en el suelo. Julie se acercó a la puerta cerrada del cuarto de baño.

—Laura, ¿estás ahí? ¿Te encuentras bien?

—S-sí, estoy bien —contestó a través de la puerta—. Enseguida salgo.

Cuando por fin apareció, Julie se quedó de piedra al ver su cara pálida y demacrada, las leves manchas violáceas que había bajo sus ojos marrones y los huecos hundidos de sus mejillas.

—Dios mío, ¿estás enferma? Deberías habérmelo dicho —le puso la mano en la frente para ver si tenía fiebre, pero su piel estaba fría y un poco húmeda en lugar de caliente, como esperaba—. Vuelve a la cama. Yo voy a bajar a prepararte algo de comer.

—E-estoy bien, Julie. Sólo un poco cansada, nada más.

—Tienes cara de estar mucho más que cansada. Puede que tengas la gripe o algo así.

—Puede. Es una sensación parecida —un atisbo de rubor cubrió sus mejillas macilentas—. E-esta mañana estaba sangrando... desde dentro. No mucho, sólo un par de manchas. No creerás que es algo serio, ¿verdad?

—No lo sé. ¿Te había pasado otras veces?

—Sólo una. Al día siguiente de tomar el sol en esa cala de la playa.

—Creo que será mejor que el doctor Marsh te eche un vistazo. Yo tengo que ir a hacerme unas pruebas más esta tarde. Puedes venir conmigo.

—¿Todavía te siguen dando esos dolores de cabeza?

—Anoche tuve uno espantoso. Al final, me tomé unos somníferos y me quedé dormida. Creo que después he dormido como un tronco.

Laura frunció el ceño.

—Anoche tuve un sueño horrible. Ya no lo recuerdo, pero sé que me dio muchísimo miedo.

—Seguramente será la gripe. Más vale que te quedes aquí todo el fin de semana, por lo menos hasta que...

—¡No! No quiero quedarme aquí. La verdad es que voy a irme a casa esta tarde. Me sentiré mejor si duermo en mi cama. Probablemente es eso lo que me pasa. Demasiada humedad ambiente.

—No sé, Laura. El doctor Heraldson dijo que era buena idea que te quedaras aquí. Y ahora que estás enferma...

—Voy a irme a casa, Julie. Te prometo que no llamaré a la policía ni haré ninguna locura, ¿de acuerdo?

Julie la miró fijamente.

—¿Estás segura?

—Sí, estoy segura.

—¿Y vendrás al médico conmigo esta tarde?

—He dicho que sí, ¿no?

Julie suspiró.

—No quiero ser pesada. Estoy preocupada por ti, eso es todo.

—Lo sé —Laura se acercó y le dio un abrazo—. Gracias por preocuparte tanto. Desde que papá se fue, siempre has estado ahí. Mamá no valía mucho como madre, tú siempre estabas ahí. Te lo agradezco mucho. No sé qué haría sin ti

—sonrió—. Pero te prometo que no va a pasarme nada, así que no tienes que preocuparte.

Julie se removió, alisó la falda de su traje.

—Supongo que ninguna de las dos ha dormido bien esta noche.

Laura se encogió de hombros, pero aquel asunto parecía incomodarla. Por alguna extraña razón, Julie también se sentía violenta.

—Volveré a recogerte a eso del mediodía. Mientras tanto, ¿por qué no vuelves a echarte un rato? Estarás bien hasta que vuelva, ¿no?

—Claro —contestó Laura con ligereza—. Estaré bien —pero en cuanto su hermana se fue, se levantó y cerró las puertas con cerrojo. Comprobó que todas las ventanas de su cuarto estaban cerradas y luego atrancó las del resto de la casa. No las abrió ni siquiera cuando salió el sol y el día empezó a caldearse. Ni siquiera cuando la temperatura rebasó los treinta grados y ella comenzó a sudar en la habitación cerrada y sofocante.

—Estoy preocupada por ella, Babs —Julie se removía, inquieta, en la silla de cuero negro de detrás de su mesa—. No sé qué le pasa.

Sentada frente a ella, Barbara Danvers hizo un brusco sonido gutural.

—Siempre estás preocupada por tu hermana y siempre le pasa algo. Y hasta que tome las riendas de su vida, seguirá pasándole —Babs tenía el pelo negro y los ojos oscuros y acababa de cumplir los treinta años. Se había casado tres veces, con un banquero, un actor y un productor de televisión con mucho éxito. Estaba divorciada otra vez y trabajaba con ahínco aunque no tenía por qué hacerlo, después del dinero que había recibido dos años antes por su divorcio de Archibald Danvers.

—Eres demasiado dura con ella, Babs —Julie se echó hacia delante y apoyó los codos sobre la mesa. Estaban trabajando en su despacho, repasando el archivo de los Richards, una finca en Palos Verdes que Babs había tasado y ella había vendido—. Ya sabes la vida que ha tenido Laura. Un padre que se largó cuando ella tenía cinco años, una madre que nunca estaba en casa. Sin supervisión, sin orientación, sin dinero para llegar a fin de mes. Es un milagro que no haya tenido más problemas.

—Odio recordarte esto, pero Laura tuvo la misma infancia que tú y mira lo distintas que sois. Tú trabajaste para pagarte la universidad. Eres una agente inmobiliaria con mucho éxito y tienes una casa preciosa en la playa de Malibú. Laura es una hippie del siglo XXI.

—No es verdad.

Una ceja negra y bien perfilada se arqueó.

—¿No?

—Que haya tenido varios trabajos no significa que...

—No ha trabajado más de tres meses seguidos desde que la conozco. ¿Cuánto dinero te gastaste en médicos para ella el año pasado?

—Eso es injusto.

—Tener que trabajar como trabajas tú para mantener la hipocondría de tu hermana, eso sí que es injusto.

Julie desvió la mirada.

—Esto es distinto.

—Apuesto a que sí. ¿Qué ha dicho el psiquiatra, ese doctor como se llame?

—Heraldson —Julie miró a través del cristal la parte principal de la oficina y se levantó de un salto al ver entrar a Patrick. Era un alivio poder eludir la pregunta de Babs. Casi deseaba no haber hablado de aquel asunto, pero tal vez le hacía falta una dosis de la sinceridad de Babs—. Tengo que hablar con Patrick. Tengo una oferta para uno de los pisos de su bloque de apartamentos.

—Qué valiente eres. ¿De verdad vas a vender una casa con la que Patrick Donovan tiene algo que ver?

Julie abrió la puerta sin responder. No podría soportar otra dosis de sinceridad. Entró apresuradamente en la oficina y corrió para alcanzar a Patrick.

—Siento molestarte, Patrick. ¿Tienes un minuto?

—Claro, pasa. Shirl me ha dicho que querías verme —la condujo al interior de su espacioso y lujoso despacho, que había sido remodelado desde los tiempos en que lo había ocupado su padre. En lugar de los discretos tonos beis y caoba del resto del edificio, en el despacho de Patrick, decorado en azul eléctrico y negro, imperaba un ambiente atrevido y enérgico. Julie tomó asiento en una de las sillas de cuero que había delante de su mesa negra lacada y Patrick se sentó frente a ella.

—¿Qué puedo hacer por ti, cariño?

Julie levantó la mirada de la carpeta marrón que había estado hojeando.

—Ya te he dicho que no me llames así. Guárdatelo para Anna, o Charlotte, o cualquiera de tus amiguitas.

Él se recostó en su silla y cruzó las piernas.

—Vaya, hoy estás de mal humor, ¿eh?

Ella lo miró y vio sus ojeras de siempre y una hinchazón que no había notado antes. Su enfado se desvaneció en parte.

—Tienes un aspecto horrible, Patrick. Deberías empezar a cuidarte un poco más. Si no lo haces por ti, hazlo por tu padre.

Él no dijo nada, pero sus hombros se hundieron un poco y su altanería se disipó hasta cierto punto.

—Mi padre no está bien, Jules. Los médicos temen que tenga otro ataque.

—Dios mío, Patrick.

—Estoy seguro de que se pondrá bien. Es demasiado duro para morirse —sonrió, pero su sonrisa pareció temblorosa—. Has dicho que necesitabas verme. ¿De qué se trata?

Julie intentó olvidarse del doloroso asunto de la enfermedad de Alex y sacó el grueso fajo de documentos de la carpeta que había extraído de su maletín.

—Tengo una oferta para uno de los pisos de tu bloque de apartamentos. Los señores Harvey están interesados en comprar el número treinta y tres.

Los largos dedos de Patrick se crisparon sobre la pluma Mont Blanc de color burdeos que sujetaban.

—Creía que habías dicho que no te gustaba el proyecto, que es demasiado endeble, que no se lo recomendarías a ninguno de tus clientes hasta que la urbanización estuviera casi llena.

—Creo que la construcción podría mejorarse. Has ahorrado demasiado en gastos, en mi opinión. Pero los Harvey insistieron en que se lo enseñara. Les gusta el sitio. Y a mí también, la verdad. Santa Mónica está creciendo y está muy cerca de la playa. Además, dijiste que los pisos por fin están empezando a venderse. La última vez que eché un vistazo al tablero, me pareció que ya se habían vendido más de la mitad.

En lugar de alegrarse, Patrick pareció ponerse serio.

—Los pisos no suelen ser lo tuyo, Julie. ¿Son amigos tuyos esos Harvey? ¿Cómo es que trabajas con ellos?

—Fui a enseñarles un piso un día que sustituí a Fred. El señor Harvey es un ingeniero aeroespacial jubilado. Ganaron algún dinero comprando y vendiendo casas cuando el mercado estaba en alza. Por eso van a comprarse un piso. Piensan pagar en metálico, y guardar el dinero que les quede para su vejez.

Patrick se quedó callado.

—Creía que te alegrarías —dijo Julie—. Sé cuánto significa ese proyecto para ti. Te arriesgaste mucho cuando decidiste construirlo.

Él se encogió de hombros, haciendo susurrar su camisa Oxford hecha a medida.

—Puede que sí, al principio. Pero ya no.
—¿Por qué no?
—Porque ahora hay otra gente implicada. Como no pude conseguir la financiación que necesitaba, tuve que aceptar socios. Últimamente son ellos los que más se han arriesgado.

Echó su silla hacia atrás y se levantó. Luego se inclinó hacia ella sobre la mesa. Con aquellos ojos azules y penetrantes y aquella mandíbula recia, podía ser muy impresionante, cuando quería.

—Voy a darte un consejo, Julie. No debería, pero voy a hacerlo. Ofréceles otra cosa a tus clientes. Algo que no sea tan arriesgado. Es lo único que voy a decirte sobre el tema y, si alguien pregunta, yo no he dicho nada. Si esa gente no hace caso, es problema suyo. Si el lunes siguen queriendo la propiedad y el precio les conviene, se habrán comprado una nueva casa.

—Aceptaste una oferta de unos clientes de Fred, ¿por qué no te interesa ésta?

En lugar de responder, él se dio la vuelta.

—Tengo que irme —alargó el brazo hacia atrás y descolgó su americana negra de corte italiano del perchero de madera que había en el rincón—. Acabo de acordarme de que tengo que hacer una cosa.

—Espera un momento, Patrick, no entiendo por qué de repente...

—Hasta luego, Julie —y se fue.

Julie se quedó mirándolo mientras se alejaba y se preguntó por qué siempre se las arreglaba para dejarla sin habla.

Val intentaba concentrarse en la pantalla, revisar las notas de su último experimento, pero estaba inquieto. Había vivido ya aproximadamente la mitad de su vida, y nunca había aprendido a ser paciente. Se preguntaba si alguna vez aprendería.

Por sexta vez desde que había llegado al laboratorio, abrió la bandeja de entrada de sus mensajes, confiando en que hubiera noticias, y suspiró al ver que no había nada. Hacía casi un mes desde que el consejo había aceptado su propuesta. Se habían hecho los preparativos iniciales. Y ahora se veía obligado a esperar.

La misión no podría cumplirse hasta que encontraran un donante idóneo. Para que eso ocurriera, tenía que producirse una muerte. Mediante sofisticados cálculos informáticos habían obtenido una lista de posibles candidatos, gente que vivía o trabajaba cerca del sujeto Ferris.

Los datos mostraban una probabilidad del noventa por ciento de que uno de los principales candidatos afrontara una amenaza para su vida en los siguientes tres meses, y una probabilidad del setenta y cinco por ciento de que muriera en menos de sesenta días. La probabilidad de que muriera en menos de un mes desde la fecha en que se hicieron los cálculos era del cincuenta por ciento.

Pero, por desgracia, no había muerto.

Por desgracia para él, se recordó, no para el donante. Aun así, no había nada personal en aquello. Ahora que el proyecto estaba en marcha, sólo quería seguir adelante.

Tecleó una serie de símbolos. Aunque conocía bien los datos, siempre se descubría volviendo al archivo del donante. Alexander Donovan era el candidato más probable. Era el más mayor y el que se encontraba en peor estado físico. Era, además, el menos deseable. Había perdido el uso de las piernas y tenía menos acceso a Ferris que los demás.

Fred Thompkins, otro de los candidatos, estaba más próximo al sujeto, dado que trabajaba en su misma oficina. Tenía el corazón inestable y podía sufrir un infarto en cualquier momento. Por desgracia, al igual que el candidato anterior, era mucho más mayor y su contacto con el sujeto era limitado.

Quizá, se dijo Val, debía alegrarse de que no hubiera pasado nada aún. Quien de verdad quería que fuera el donante era Patrick Donovan. Físicamente, el más joven de los Donovan estaba en la flor de la vida, al igual que él. Donovan había maltratado su cuerpo, pero con un poco de esfuerzo por su parte podría volver a ser el espécimen superior que había sido antaño. Era inteligente, parecía tener bastante moneda de cambio de la que se usaba en la Tierra y trabajaba muy cerca del sujeto.

Como jefe de Ferris, incluso tenía cierto control sobre ella. Era lógico que Val prefiriera a Patrick Donovan a los demás.

Y por lo que habían descubierto sus sensores, Donovan no sólo tenía débil una pared del corazón que estaba a punto de derrumbarse, sino que sus pautas de comportamiento parecían estar acelerando el proceso.

Val no pudo evitar sentir un pequeño pálpito de euforia, una emoción rara en él, y en cualquiera que procediera de su planeta. Allí la ciencia lo era todo. Los descubrimientos se hacían día a día, hora a hora, y se habían vuelto casi prosaicos.

Pero aquello era distinto. Experimentar un mundo nuevo no desde el exterior, observándolo, como llevaban haciendo cientos de años, sino desde dentro, desde una posición activa, inserta en el mundo que estudiaban... Aunque técnicamente estaría allí para descubrir la razón de la extraña resistencia de Ferris, era el conocimiento de la Tierra en general lo que más le intrigaba.

Tecleó los símbolos y abrió otro archivo. Había decidido releer los informes que había pedido, las observaciones que, aunque limitadas, habían hecho sus predecesores durante sus breves estancias en la Tierra. Sabía que no había gran cosa. El proceso conocido como Unificación sólo se había puesto en práctica un par de veces, y nunca por mucho tiempo.

Pero algo era algo. Cuando llegara el momento, quería estar preparado.

Patrick Donovan recogió el billete de cien dólares enrollado que había sobre la mesa acrílica, delante del sofá de su ático.

—¿Qué tal otra rayita, nena?

Anna Braxston sonrió. Estaba muy buena y tenía estilo, no había duda. Con su vestido de lentejuelas largo, ceñido y negro y el pelo rubio recogido hacia arriba en suaves ondas, parecía recién salida de las páginas del *Vogue*. Con sus zapatos de tacón alto, era casi tan alta como él. Pero los zapatos se los había quitado hacía rato, igual que el vestido y todo lo demás, excepto la pequeña combinación de satén color melocotón que llevaba encima.

—Gracias, cielo —dejó su cigarrillo en el cenicero a rebosar. Un fino hilillo subía de él. Patrick estaba intentando dejarlo, pero qué demonios. Alargó el brazo y dio una larga calada para llenarse los pulmones. Luego dejó que el humo saliera por sus fosas nasales.

Anna tomó el billete enrollado, se inclinó y esnifó una larga raya de cocaína. Y luego otra. Se limpió el residuo, se inclinó de nuevo y le pasó por los labios el dedo lleno de cocaína. Pero Patrick estaba tan mareado que no notó la sensación de embotamiento.

Se sirvió un poco de tequila en el vaso y se lo bebió de un trago; hizo una mueca al notar su sabor áspero y le quitó el billete de la mano. Otra raya de cocaína desapareció, y luego otra. Anna estaba empeñada en que se hicieran un *speedball*: heroína y cocaína a partes iguales. Patrick no estaba seguro de estar preparado para eso. Claro que quizá más tarde...

Se recostó en el sofá de lana gris y notó que los largos y finos dedos de Anna se metían entre el vello rizado y negro de su pecho. Ya estaba excitado. Ella bajó la cremallera de sus pantalones azul marino, lo único que aún llevaba puesto, metió la mano dentro y sacó su miembro erecto. Luego empezó a acariciarlo suavemente.

–Te gusta, ¿verdad? –ronroneó. No era una pregunta. Tendría que ser tonta para pensar que no le gustaba. El sexo era lo único que le gustaba más que el alcohol y las drogas, la única cosa que todavía le ofrecía el estímulo que siempre necesitaba. Todo lo demás parecía insulso en comparación, y él lo había probado todo.

Coches deportivos cuando estaba en el instituto. Después, carreras de motos. Había corrido en el circuito europeo dos años seguidos, y se había quedado a pasar el invierno esquiando en Saint Moritz. Se había sacado la licencia de piloto, se había comprado un viejo P-38, lo había remozado por completo, había participado con él en las carreras aéreas de Reno y había quedado el tercero. Pero luego se aburrió y lo vendió por menos de lo que había pagado por él. Había probado a saltar en paracaídas. No estaba mal. Sobre todo, si se había esnifado cocaína.

Sin responsabilidades, sin nadie a quien rendir cuentas, excepto un padre que siempre estaba hasta las cejas de trabajo, y con más dinero del que un chico de su edad debía tener, había pensado que por qué no divertirse. Y eso era lo que había hecho siempre.

Los labios de Anna se movían sobre su sexo endurecido, acariciándolo como una profesional. Los músculos de Patrick se tensaron. Se arqueó hacia arriba y gruñó. Cuando ella se detuvo un momento para ayudarlo a ponerse un condón, él apoyó la espalda contra el sofá, le quitó la combinación, agarró sus nalgas y la atrajo hacia sí, separándole las largas piernas hasta que estuvo sentada a horcajadas sobre él.

—Mmm, sí —murmuró ella—. Dámela, cariño.

Se la daría, sí. Todo lo que ella pudiera aguantar y más. Le metió la lengua en la boca y sintió que sus pechos pequeños y suaves se apretaban contra su torso. Tenía los pezones duros y distendidos. Estaba caliente y húmeda y se ceñía como un guante a su miembro erecto.

—Pásame un *popper* —dijo él mientras movía las caderas, entrando y saliendo de ella con un ritmo lento que la hacía jadear y retorcerse. Ella tomó la droga de un lado de la mesa, rompió la cápsula por la mitad limpiamente y la puso bajo la nariz de Patrick.

«Dios, qué subidón».

Se hundió más en ella, penetrándola con fuerza mientras refrenaba su orgasmo. Le gustaba estar al mando, marcar el ritmo.

Hacer algo por complacer a otra persona, además de a sí mismo.

Aunque la verdad era que le gustaba de todas formas. No era muy íntimo, imaginaba. Ni muy significativo. Sólo un estímulo más para mantenerse en marcha, algo que lo ayudara a soportar sus días vacíos e insulsos.

Algo que le distrajera del dinero que estaba perdiendo, del padre al que había defraudado, del caos en el que había convertido su vida.

Julie entró desde el aparcamiento por la puerta trasera de la oficina a tiempo de ver a Patrick saliendo por la delantera.

—¡Patrick! ¡Patrick, espera un momento! ¡Tengo que hablar contigo! —llegaba tarde a trabajar. Había ido a ver al doctor Heraldson, el psiquiatra de Laura, que le había pedido que se pasara por allí para hablar de la infancia de su hermana, con la esperanza de descubrir algo que lo ayudara a comprender qué le sucedía a Laura. El doctor

Marsh, su médico de cabecera, no había encontrado ninguna dolencia física, pero la paranoia de Laura seguía aumentando y sus pesadillas empeoraban. Julie sufría por no saber qué hacer.

Miró la alta figura de Patrick en retirada.

—¡Maldita sea, Patrick! —corrió por la acera tras él, pero no lo alcanzó hasta la esquina—. ¿Se puede saber dónde vas con tanta prisa? —jadeando por el esfuerzo, se apoyó en la farola y vio que los largos dedos morenos de Patrick pulsaban el botón del semáforo para poder cruzar la calle.

—He quedado con Anna para comer —se volvió para mirarla, guiñó un ojo y le lanzó su sonrisa traviesa y engreída—. ¿Quieres venir?

Era la primera vez ese día que Julie le veía la cara, y algo se le encogió en el estómago.

—Dios mío, Patrick, ¿qué demonios te has hecho?

Las finas cejas negras de Patrick se juntaron en un ceño.

—Dame un respiro, ¿quieres? Sí, estoy un poco blanco. Últimamente no he tenido tiempo de tomar el sol.

Empezó a cruzar la calle, pero Julie lo agarró del brazo.

—En serio, Patrick. Tienes la cara tan pálida que es prácticamente azul. A ti te pasa algo. ¿Seguro que te encuentras bien?

—Sí, estoy bien. ¿De qué querías hablarme?

—Hay más problemas con el cierre del asunto de los Rabinoff. He pensado que a lo mejor podías ayudar —lo detuvo en cuanto llegaron a la acera de enfrente—. Patrick, tu salud es más importante que cualquier trato. Te pasa algo serio. Por una vez en tu vida, escúchame, por favor.

Él se paró en el callejón de enfrente de The Grill, un restaurante cercano en el que solían reunirse peces gordos del cine: productores, agentes, unas cuantas aspirantes a estrellas y un montón de moscones.

—Tengo un poco de ardor de estómago, ¿de acuerdo? Se me pasará en cuanto coma.

Julie se puso casi tan blanca como él.

—¿Te duele el pecho?

—Me arde el estómago. Nada más. Me he tomado unos analgésicos. Dentro de unos minutos me harán efecto y estaré como nuevo.

—Patrick, escúchame... —respiró hondo, asustada porque no le hiciera caso, como solía ocurrir.

Antes de que pudiera acabar, él se tambaleó y se apoyó en la pared. Se llevó una mano al pecho y deslizó la otra por la solapa de la chaqueta, hasta el bolsillo vacío. Pareció cortársele la respiración con un gemido ahogado y sus ojos reflejaron de pronto una expresión de pánico.

—Julie... —la voz pasó entre sus labios secos y tan pálidos como su cara.

—¡Oh, Dios mío!

Las piernas de Patrick se volvieron de goma. Se tambaleó, se deslizó por la pared y quedó sentado en el suelo. Tenía gotas de sudor en la frente y el pelo negro de las sienes empapado.

—¡Que alguien nos ayude! —Julie miró frenéticamente hacia la gente que pasaba por la acera, a unos pasos de distancia—. ¡Por favor! ¡Que alguien llame a emergencias! —un par de cabezas se giraron hacia ellos, pero nadie corrió al callejón ni hizo amago de acercarse a ellos.

Julie hurgó precipitadamente en su bolso, encontró su teléfono móvil y llamó ella misma. Cuando acabó, estaba temblando.

Procuró hablar con calma.

—Tranquilo, Patrick. Ya vienen a ayudarte —no sabía si él podía oírla, pero aquello le daba la sensación de que volvía a controlar la situación. Al otro lado de la calle, el aparcacoches de The Grill acababa de meterse en un gran Mercedes blanco y se había alejado.

Allí nadie los ayudaría.

Ella no sabía primeros auxilios. Llevaba años proponiéndose ir a clases, pero nunca encontraba tiempo. Dejó a Patrick en la acera, corrió a las puertas brillantes del restaurante, las abrió de un tirón y entró a toda prisa.

–Por favor, tiene que ayudarme –le dijo al maître–. Patrick Donovan está fuera, en la acera. Creo que le ha dado un infarto. ¿Hay alguien aquí que pueda reanimarlo?

–Conozco a Patrick –dijo el hombre–. Es muy joven para que le dé un infarto. Seguramente serán gases o algo así.

–¡No son gases! ¡Tiene que ayudarnos! ¡Puede que Patrick se esté muriendo!

Él se puso en acción, le dijo que no se preocupara, corrió hacia el sistema de megafonía y preguntó si había algún médico en el local. Julie volvió a salir. Para entonces ya se había reunido un pequeño gentío. Julie se abrió paso a empujones hasta un hombre con traje azul oscuro que estaba inclinado sobre el cuerpo inerme de Patrick.

–¿E-es usted médico?

–No –el hombre delgado se incorporó y retrocedió–. Soy agente de bolsa. Pero le he tomado el pulso y no se lo encuentro. Me parece que no respira.

Julie tragó saliva, notando un nudo de pánico cada vez mayor.

–¿Sabe hacer el boca a boca?

–Me temo que no.

–¿Hay alguien que sepa? –como nadie respondió entre la pequeña muchedumbre, Julie se armó de valor. Lo había visto hacer, pero nunca lo había intentado. Aun así, había que hacer algo enseguida–. Bueno –dijo, dando a su voz una nota de autoridad–, pues apártense para que pueda trabajar.

No dejaron que fuera con él en la ambulancia. No era familia suya, a fin de cuentas, y Patrick seguía sin respirar por sí mismo. Su corazón no había respondido a sus torpes esfuerzos de reanimarlo y la ambulancia parecía haber tardado una eternidad en llegar.

Julie condujo como una loca hasta el hospital Cedar Sinai. No había llamado aún al padre de Patrick; temía que Alex sufriera otro ataque al enterarse de la noticia. Era mejor esperar, ver qué decían los médicos.

Rezar por que Patrick siguiera con vida cuando ella llegara al hospital.

Con las piernas temblorosas, Julie empujó las puertas de cristal de la zona de recepción, corrió hacia el mostrador de información y se detuvo frente a él. Le daba miedo preguntar, le daba miedo saber ya la respuesta.

Había llamado a Babs por el móvil y la había encontrado en la oficina, que no estaba muy lejos. Al ver a su amiga entrar por la puerta principal con paso firme y decidido, se sintió mejor. Respiró lentamente para tranquilizarse y se esforzó por calmar el martilleo de su corazón.

Mientras rezaba para sus adentros, se volvió hacia el mostrador y le habló a la recepcionista de pelo canoso, que la miraba por encima del borde de sus gafas de leer doradas.

—¿Puedo ayudarla en algo?

—Sí. Venía a preguntar por un amigo... Patrick Donovan. Acaban de traerlo.

La mujer comenzó a revisar los nombres en su pantalla de ordenador mientras Julie esperaba, rígida, pasándose la lengua por los labios temblorosos.

—¿Cómo está? —preguntó Babs al llegar a su lado.

—Aún no lo sé —las dos se volvieron para mirar a la mujer.

—Aquí dice que está estable —dijo ella, y las arrugas de alrededor de su boca se tensaron desagradablemente. Llevaba demasiados años en un trabajo en el que era muy fácil que las personas se convirtieran en meros números—. Lo han llevado a cuidados intensivos, pero no puede recibir visitas, sólo la familia más cercana.

—Nosotros somos su familia más cercana —dijeron ellas al unísono, y se miraron y sonrieron, aturdidas por el alivio. Al menos, todavía estaba vivo.

—Me ha parecido que decía usted que era una amiga —le recordó la mujer ásperamente, mientras sus ojos legañosos la miraban con sospecha por encima del borde de las gafas.

—Bueno, sí —dijo Julie—. Pero también es nuestro hermano.

La recepcionista la observó con desconfianza, pero, después de que Babs la mirara con dureza, indicó con su dedo huesudo hacia el fondo del pasillo.

—Tomen el ascensor hasta el tercer piso. Sigan los indicadores. Así sabrán cómo llegar desde aquí.

—Gracias —dijo Julie mientras se alejaban, y pensó que, aunque era hora de llamar a Alex, primero quería hablar con los médicos.

Babs pulsó el botón del ascensor.

—Por lo menos no está muerto —dijo con su crudeza habitual.

—Casi lo estaba —Julie quitó con nerviosismo un hilillo de la pechera de su traje de lino rosa—. Se le había parado el corazón y no respiraba. Pensé que no salía de ésta.

—Son las malditas drogas y el alcohol. Las dos llevamos años diciéndole que algún día lo matarán.

—Puede que después de esto nos haga caso. A veces, estar a punto de morir hace que uno cambie.

Babs le lanzó una mirada incrédula.

—No te hagas ilusiones, cielo. A Patrick Donovan no hay nada que pueda cambiarlo. Entre las carreras de motos y el esquí, ha estado a punto de morir media docena de veces. No ha cambiado ni pizca, y esta vez pasará lo mismo.

Julie sabía que tenía razón, pero aun así le dolía admitirlo.

Patrick siempre sería Patrick.

Y sin embargo el recuerdo de su cuerpo tendido en la acera, con la cara blanca y cerosa y los labios azules (la idea espantosa de que se muriera), bastó para que el bombeo de su corazón volviera a hacerse doloroso.

CAPÍTULO 5

Tumbado tranquilamente bajo la sábana blanca del hospital, el comandante Valenden Zarkazian escuchaba el pitido del monitor conectado a su pecho mediante cables. Las cortinas estaban echadas de modo que sólo una rendija de luz entraba en la habitación en penumbra, iluminando tenuemente las paredes blanquísimas y el suelo de linóleo gris. Estaba tendido de espaldas, con la boca y la nariz cubiertas por una máscara de oxígeno plástica y los brazos en reposo junto a los costados. Una aguja introducía gotas de líquido transparente en una vena de su muñeca.

Se alegraba de tener unos momentos de paz para ordenar sus ideas y acostumbrarse a su entorno y a lo que sentía.

Para descubrir exactamente en quién se había convertido.

Era una sensación de lo más extraña, estar tumbado allí, a oscuras; una sensación que, con lo limitado de su información, no esperaba del todo. Su cuerpo estaba inmóvil, pero sus pensamientos giraban como un torbellino. Su mente era un revoltijo de datos, sus sentidos estallaban, llenos de recuerdos, de imágenes y de sensaciones táctiles e internas tan poderosas que casi le abrumaban.

Era más fácil enfrentarse a los aspectos físicos de su increíble viaje, al peso de un cuerpo sujeto a la ley de la gravedad terrestre, al pálpito de un corazón dentro de la caja del pecho, al vaivén del aire entrando y saliendo de sus pulmones. Esas cosas se las esperaba. Llevaba años estudiando el cuerpo humano; estaba bien preparado para la transición física que debía afrontar.

Era para la invasión de la mente, para la avalancha de recuerdos y emociones para lo que estaba mal preparado; para su fusión, su mezcla, su abrumadora unión con Patrick Alexander Donovan.

Lo más asombroso era que se había convertido de verdad en Patrick Donovan, de una manera que no esperaba. Sabía todo lo que sabía Patrick, conocía cada pensamiento que había tenido, sus miedos, sus necesidades, sus deseos. Conocía sus puntos fuertes y sus flaquezas. Conocía la sima de su depravación, así como la cúspide de su bondad.

Por suerte, teniendo en cuenta la personalidad algo débil y autodestructiva de Patrick, era Val Zarkazian quien estaba al mando.

Eran su fuerza de voluntad, su determinación, sus valores los que gobernarían a partir de entonces la mente y el cuerpo maltratados de Patrick Donovan.

Acomodó la cabeza en la almohada, sintió la suavidad de la funda, notó los acres olores del hospital y procuró no pensar en el picor doloroso de su muñeca, donde la aguja intravenosa bombeaba fluido hacia el interior de su cuerpo. Se dejó embargar por los recuerdos, por las experiencias que habían sido la suma total de la vida de Patrick Donovan.

Val sabía que la mayoría de los humanos no nacían con los privilegios de los que había disfrutado Patrick, pero por las imágenes que recibía de su infancia solitaria se preguntaba si otros niños menos privilegiados no vivirían mucho mejor.

Se preguntaba por el padre de Patrick, aquel hombre al que Patrick había querido tanto, un hombre que, tras la muerte de su querida esposa, había estado demasiado ocupado para ocuparse de su único hijo. Un hombre al que Patrick siempre había admirado, y al que también había guardado siempre rencor. Un hombre que en los años anteriores había intentado acercarse a él. Por desgracia para Patrick, para entonces ya era demasiado tarde.

Se preguntaba por la madre, que había muerto cuando el chico tenía diez años; y por la madrastra, una mujer de la alta sociedad, una bella «mariposa de altos vuelos» (por citar un pensamiento de Patrick) que lo vestía con americanas azules y se lo enseñaba a sus amigas, que le compraba montones de regalos caros, pero que lo abandonó al cuidado de una niñera hasta que fue lo bastante mayor para quedarse solo.

Lo bastante mayor para meterse en líos. Lo bastante mayor para entregarse al sexo y las drogas.

Val se preguntó por esto último. En Toril, el planeta del que procedía, las generaciones se perpetuaban mediante tubos de ensayo. Los machos y las hembras eran emparejados genéticamente y luego, cuando alcanzaban la madurez, se unían para formar una unidad familiar monógama y regulada de manera más o menos holgada. El sexo no existía, en el sentido de la unión física de la que, al parecer, tanto había disfrutado Patrick.

Lo de las drogas, Val lo entendía. A fin de cuentas era científico. Conocía sus efectos debilitantes, el poder destructivo que podía desencadenar su mal uso. En ese aspecto, no había necesidad de experimentar. Sólo de reparar los daños que las drogas, el alcohol y el tabaco habían causado en el cuerpo maltrecho de Patrick.

Val se removió inquieto en la cama del hospital. Ahora que estaba allí, había muchas cosas que quería hacer, muchas cosas que ver y experimentar. Pero no podía hacer nada por acelerar el proceso; no podía alertarlos de que aquel Patrick era distinto al de antes. El cambio tendría que ser gradual. Creíble. Él tendría que emerger poco a poco, convertirse en una parte aceptable de Patrick sin destruir la esencia de su ser.

Todo ocurriría a su debido tiempo, se dijo. La paciencia era una virtud que se esforzaba por cultivar, y sin embargo se sorprendía ya «subiéndose por las paredes», como habría dicho Patrick, ansioso por verse libre para ponerse manos a la obra. El cuerpo de Patrick había sido reparado, los graves daños que había sufrido su corazón se habían subsanado en el momento de la Unificación. Gracias a un defecto físico, a un golpe de suerte para Val y a la temeridad de Patrick, había conseguido el recipiente perfecto para proseguir con su trabajo.

Aquélla era la oportunidad que había estado esperando. La oportunidad de su vida.

Val cerró los puños, comprobó su destreza y sintió el deslizamiento suave de los músculos entre la piel y los huesos. Con cuidado de no mover la aguja de su muñeca, levantó las manos delante de su cara para observar los dedos largos y morenos y las uñas cortas y bien cuidadas. Una cosa era conocer lo que pensaba Patrick y otra bien distinta experimentar con exactitud lo que sentía un macho humano.

Tenía tantas cosas por delante... Tantas cosas que aprender y que explorar... Una de sus principales preocupaciones era aquella mujer llamada Ferris. En las horas siguientes, hurgaría en la memoria de Patrick Donovan en busca de todos los recuerdos e ideas que hubiera tenido Patrick sobre ella. Empezaría pronto, pero todavía no.

Cerró los ojos y procuró calmar sus pensamientos turbulentos. Empezaría con otra cosa, con algo que ayudara al cuerpo vapuleado de su anfitrión a recuperar las fuerzas que necesitaba. Algo que pudiera hacer en aquella habitación silenciosa y vacía. Empezaría por experimentar el fenómeno que los humanos llamaban sueño. Cerró los ojos y dejó que la sensación diera comienzo.

Alexander Donovan se agarraba a los brazos de su silla de ruedas mientras avanzaba por los concurridos pasillos del hospital Cedar Sinai, empujado por Nathan Jefferson Jones, el enorme ex futbolista que le servía de enfermero. Formaban una extraña pareja: Alex, delgado y frágil, con su cabellera leonina de pelo blanco; y Nathan musculoso y corpulento, con la cabeza completamente afeitada y tan negra y lustrosa como una bola de bolos.

Mientras que Alex era ordenado y metódico y vivía concentrado en el trabajo incluso después del ataque provocado por el ajetreo de su vida cotidiana, Nathan vivía para el momento, siempre sonreía y afrontaba con alegría casi cualquier adversidad. Era él quien sacaba a Alex adelante cuando a veces estaba tan mal que sólo quería darse por vencido y dejar que se lo llevara el Señor.

–Ahí está Julie, señor D –Nathan señaló hacia el fondo del pasillo–. Ya me imaginaba que estaría esperándonos ahí, delante de la puerta de Patrick.

Alex se removió en su silla de ruedas y se relajó un poco al ver aquella figura menuda y pelirroja junto a la puerta de la habitación de su hijo. Las cosas siempre mejoraban cuando Julie andaba cerca.

–¡Alex! Cuánto me alegra que estés aquí –Julie se apresuró hacia él y al llegar a su lado lo abrazó con fuerza. Él sólo podía abrazarla con un brazo, pero era agradable sentir su calor y su fuerza tranquilizadora.

–¿Cómo está? ¿Lo has visto ya? –farfullaba un poco porque tenía un lado de la boca paralizado, pero Julie se había acostumbrado a aquel defecto y ya no le costaba entenderle.

—Le eché un vistazo en cuanto me dejaron, pero estaba durmiendo. Babs ha estado aquí hasta hace un rato. Tenía que irse a una cita, pero se ha quedado hasta que ha venido el médico. Y el médico ha dicho que hay buenas noticias.

—Gracias a Dios —dijo Alex, encorvándose por el alivio que sentía. Julie, que estaba junto a su silla, se frotó distraídamente las sienes. Alex frunció el ceño, preocupado porque tuviera otra de sus migrañas.

Ella sonrió, pero su sonrisa pareció un poco forzada.

—¿Y tú? ¿Cómo estás?

—Cuando llamaste Patrick ya estaba fuera de peligro. Supongo que debería estar enfadado porque no me hayas llamado antes, pero sé por qué lo hiciste, y seguramente mi médico diría que has hecho bien.

—No quería disgustarte más de lo necesario. Hice lo que Patrick habría querido.

En ese momento se acercó el doctor Manley, el cardiólogo que atendía a Patrick. Era un hombre enjuto y moreno, con gafas y una larga bata blanca de laboratorio.

—¿Es usted Alex Donovan, el padre de Patrick?

—Sí. Y ésta es la señorita Ferris, una amiga de la familia.

—La señorita Ferris y yo ya nos conocemos —dijo el médico.

—¿Qué puede decirnos, doctor Manley? ¿Qué le ha pasado a mi hijo?

—Primero déjeme decirle que su hijo puede recuperarse por completo. Quiero que lo sepa desde el principio para que no se angustie innecesariamente mientras hablamos.

—Entiendo su preocupación por mi salud, doctor, pero Julie ya me ha ahorrado lo peor. Ahora, si hace el favor, me gustaría que me dijera qué sabe exactamente.

El médico miró los papeles del portafolios que sujetaba en sus manos largas y elegantes.

—Exactamente a las 11:45 de esta mañana, su hijo sufrió un infarto de miocardio masivo. Creemos que fue provocado por las drogas. Se trata de una reacción tóxica que suele darse como consecuencia de una sobredosis, pero en este caso fue provocada por una acumulación de drogas tomadas durante años en dosis más pequeñas, pero aun así dañinas –miró de nuevo los papeles–. Las drogas causaron arritmias cardíacas y una hemorragia. Se produjo una disfunción cardiaca que provocó daños en el ventrículo y la parte adyacente del septum interventricular. Al principio pensamos que sería muy complicado repararlos, o que para cuando pudiéramos operar fuera ya demasiado tarde –el médico estudió una anotación que había en el papel y luego levantó la mirada–. Por suerte, cuando su hijo llegó al hospital y empezamos a hacerle pruebas, descubrimos que los daños de la pared del corazón eran mínimos. El electrocardiograma mostró que al final no era necesario operar.

Alex no dijo nada, pero sentía un nudo en las entrañas. Hacía años que sabía que Patrick tomaba drogas, pero su hijo nunca había sido un adicto. Había intentado convencerse de que su hijo acabaría madurando, asumiría más responsabilidades y superaría su fascinación por el alcohol y las drogas. Obviamente, no había sido así.

Alex nunca se había sentido tan abatido; ni siquiera después de su ataque.

–¿Cuánto tiempo tendrá que estar ingresado? –preguntó.

–Un par de días. Después tendrá que tomarse las cosas con calma un par de semanas... y tendrá que dejar las drogas.

–Por supuesto –contestó Alex automáticamente. Pero en el fondo sabía que su hijo no lo haría.

–Puede que ahora baje un poco el ritmo –dijo Julie suavemente–. La gente puede cambiar, ya lo sabes; incluso la gente como Patrick –pero la mirada de sus bonitos ojos verdes evidenciaba que lo creía tan poco como él.

—Me temo que tendrán que disculparme —dijo el médico—. Tengo que ver a otro paciente antes de irme. Si tienen alguna pregunta, mañana estaré en mi despacho.

Alex lo vio alejarse, respiró hondo para calmarse y se volvió hacia Julie.

—¿Entramos a verlo? —preguntó con ternura.

Hacía ocho años que conocía a Julie Ferris; había sido su mentor en el negocio inmobiliario y había llegado a quererla como a la hija que nunca había tenido. Sabía que ella quería mucho a su hijo. Pero no lo suficiente para pasar por alto sus muchos defectos. Ni siquiera Alex podía pedir eso.

Julie tomó su mano delgada y venosa y entrelazó sus dedos con los suyos. Mientras Nathan empujaba la silla de ruedas, Alex notó lo cansada que parecía, vio las arrugas de tensión y cansancio que había alrededor de su boca. Parecía haber dormido con el traje de lino rosa y arrugado que llevaba puesto. Y quizá había dormido un rato con él.

Julie sostuvo la puerta para que Nathan metiera la silla en la habitación. Cuando entraron, Patrick tenía los ojos abiertos.

Julie se apartó de Alex, se acercó a él y tomó una de sus manos morenas.

—Estábamos muertos de preocupación. ¿Cómo te encuentras?

—Mejor —él le sonrió, pero parecía cansado y tembloroso—. Me alegro de que estés aquí. Debí imaginar que... que aquí estarías —su voz sonaba áspera y ronca, como si le costara emitirla.

—Tu padre también ha venido —Julie retrocedió cuando Nathan acercó a Alex a la cama.

—He venido nada más enterarme —dijo Alex—. Julie no quiso preocuparme. No me llamó hasta que estuvo segura de que estabas bien.

Patrick sonrió otra vez, con menos tensión esta vez.

—Se preocupa más por los demás que por sí misma.
—¿Bromeas? —Julie le apretó la mano—. Si no tuviera a nadie a quien cuidar, no sabría qué hacer conmigo misma.

—A mí puedes cuidarme cuando quieras —dijo Patrick y por un momento pareció sorprendido de haber dicho aquello. Luego se relajó y la miró—. El médico dice que saldré de aquí dentro de un par de días. Puedes cuidarme cuando vuelva a la oficina.

—También dice que tienes que tomarte las cosas con calma. Y vamos a asegurarnos de que lo hagas, aunque tengamos que unir todos nuestras fuerzas: Babs, yo, Nathan, Alex y el doctor Manley.

Patrick no dijo nada. La observaba de forma extraña, mirando fijamente sus ojos como si quisiera penetrar dentro de ella. Julie se puso colorada. Apartó la mano de la de él y la agitó con nerviosismo.

Un ruido en el pasillo los distrajo, y Alex miró hacia la puerta.

—Lo siento —dijo una enfermera baja y recia—, pero van a tener que marcharse. El señor Donovan tiene que tomar su medicación. Necesita paz y tranquilidad, y descansar todo lo que pueda.

Patrick hizo un ruido de protesta con la garganta.

—Vendré a verte por la mañana —dijo Julie—. Mientras tanto, duerme un poco. Y Patrick... —una ceja fina y negra se enarcó—. Por una vez en tu vida, haz lo que te dice el médico.

Pero las reprimendas de Julie nunca habían conseguido controlar los excesos de Patrick. Alex deseó que su hijo aprendiera a dominarse.

Mientras repasaba el archivo de la hipoteca de los Whitelaw sentada a su mesa, Julie contestó al teléfono y se sorprendió al oír la voz de Patrick al otro lado de la línea.

—¿Julie?
—¿Patrick? ¿Tan bien estás que puedes usar el teléfono?
—Sí. De hecho, hoy me dan el alta —desde el infarto, su voz sonaba un poco más ronca que antes, un poco más áspera, y al mismo tiempo más refinada. Quizá fuera el oxígeno que había tenido que respirar... o quizá sólo fueran imaginaciones de Julie.
—Eso es maravilloso, Patrick —había ido a verlo todos los días durante las horas de visita, pero sólo se había quedado unos minutos. En cuanto se difundió la noticia de que Patrick estaba enfermo, el pasillo se llenó de mujeres. Por eso las palabras que salieron de su boca a continuación sonaron tan sorprendentes.
—Me preguntaba si... si no estás muy ocupada... si podías venir a recogerme.
Algo se desató en el estómago de Julie, una mezcla de recelo y placer. Julie sofocó aquella sensación por la fuerza. Cuando respondió, una nota de acritud se filtró en su voz.
—Pensaba que Anna, o Charlotte, o...
—Si no tienes tiempo, lo entiendo. Sé cuánto trabajo tienes.
Ella se sintió maleducada y estúpida. Patrick y ella eran amigos, después de todo. Iría a recogerlo encantada, por supuesto.
—No estoy tan ocupada. ¿A qué hora te dan el alta?
—Después de las dos. No me lo han dicho exactamente.
—Está bien, estaré allí a las dos.
—Puede que sea más tarde. Puedo llamarte cuando esté resuelto el papeleo y ya pueda marcharme. No tardarás mucho en llegar.
—Estaré allí a las dos. Me imagino las ganas que tendrás de salir de ahí. Y puede que yo pueda meterles un poco de prisa —si no fuera porque le parecía absurdo, habría jurado que le sentía sonreír al colgar el teléfono.
Como Patrick había predicho, el papeleo no estaba acabado cuando ella llegó al hospital a las dos y cuarto. Patrick

seguía en la cama. Se removía, inquieto, y llamó a la enfermera por décima vez desde mediodía.

–Perdona –dijo–. Debí insistir en que esperaras a que te llamara.

–No te preocupes por eso. Voy a hablar con la enfermera, a ver si consigo que se den prisa.

Unos minutos después, volvió con la noticia de que el doctor Manley acababa de llegar y había firmado los papeles del alta. La enfermera volvería pasados unos minutos para ayudarlo a vestirse. En cuanto estuviera listo, podría marcharse.

–No necesito que me ayude –gruñó él, descolgando sus piernas largas y bronceadas por un lado de la cama. La sábana resbaló. Julie se fijó en que el camisón del hospital se le había arrugado a la altura de la mitad del muslo y que sus piernas desnudas eran musculosas y estaban cubiertas de un vello fino y negro–. Es más mandona que... que...

–¿Que un sargento? –preguntó Julie.

Él pareció pensárselo. Luego sonrió.

–Exacto. Prefiero hacerlo yo solo –pero cuando intentó levantarse le fallaron las piernas y la debilidad se apoderó de él.

–Espera, deja que te ayude.

Patrick se tambaleaba precariamente cuando ella se acercó, y sólo el brazo que Julie deslizó bajo sus hombros impidió que cayera al suelo.

–Gracias –dijo él suavemente.

La miraba de manera extraña, estudiándola con aquellos llamativos ojos azules. Algo revoloteó en el estómago de Julie, y una oleada de calor recorrió su cuerpo. Notó lo guapo que estaba incluso con el pelo ligeramente revuelto y aquel feo camisón hospitalario, que le caía por el hombro ancho y moreno. Era ridículo, y sin embargo Julie no podía negar que, físicamente, siempre se había sentido atraída por Patrick.

Él desvió la mirada y fue a posarla sobre el lugar donde sus cuerpos se tocaban. Julie sentía el calor que se agitaba entre ellos. Y, al parecer, él también lo sentía. El cuerpo de Patrick se tensó. Impulsivamente, se apartó de ella y estuvo a punto de tirarlos a los dos al suelo.

—Por el amor de Dios, Patrick, tranquilízate. Si sigues así, nos vamos a caer los dos. ¿Por qué no te estás quieto y yo te traigo la ropa? Puedes sentarte en la silla y ponértela.

Él se limitó a asentir con la cabeza. Parecía acalorado y tenía rojas hasta las orejas. Julie no entendía que Patrick Donovan pudiera sentir pudor delante de una mujer, pero eso parecía. Sacó sin prisa su camisa, sus zapatos y sus pantalones del pequeño armario, dándole tiempo para que se repusiera. Vio que la ropa estaba recién lavada, y que no era la misma que llevaba cuando ingresó en el hospital. Anna o Charlotte o alguna otra debía de haberle llevado ropa limpia de su apartamento. Se preguntó por qué Patrick no le había pedido a esa mujer que fuera a recogerlo.

Dejó la ropa sobre la mesa, junto a la silla, y abrió la puerta.

—Estoy fuera, si me necesitas. Sólo tienes que llamar.

—Estoy bien —dijo él, envarado, y empezó a hurgar entre su ropa.

Fuera de la habitación, Julie se sentó en un banco de vinilo gris. Mientras miraba a los pacientes y las enfermeras, a los médicos y las visitas que pasaban por el corredor, se puso a juguetear con el asa de su bolso y confió en que Patrick de veras estuviera bien.

Unos minutos después, la puerta se abrió y él salió al pasillo sonriendo como si se sintiera muy satisfecho de sí mismo simplemente por haberse vestido, aunque Julie no entendía por qué.

—Yo estoy listo, si tú lo estás —dijo él.

Julie se puso en pie.

—Me temo que todavía no puedes irte. Tendrás que salir

en silla de ruedas. La enfermera dice que son normas del hospital –se le ocurrió que, para estar recuperándose de un ataque al corazón, tenía muy buen aspecto. Con sus pantalones azul marino y su camiseta de punto de manga corta, podría haber salido de una valla publicitaria.

Patrick la miró fijamente y arrugó el ceño.

–¿En silla de ruedas? ¿Por qué?

–Porque no quieren que los demandes si te caes.

La enfermera se acercó. Era una mujer grande y fornida, de unos cincuenta años.

–Eso es, señor Donovan, así tiene que ser, y si quiere echarle la culpa a alguien, échesela a la sinvergüenza de la abogada que nos demandó por daños y perjuicios y ganó el caso.

Él no supo qué responder; se limitó a sentarse tranquilamente y dejó que la mujer se lo llevara en la silla de ruedas. Julie estaba un poco sorprendida. Patrick no era nada dócil, sobre todo cuando no se salía con la suya. Claro que quizás el infarto lo había dejado más débil de lo que parecía.

Val dejó que la mujer lo metiera en el ascensor y que las puertas de acero inoxidable se cerraran. A su lado, con un traje de color melocotón, Julie Ferris jugueteaba con el asa de su bolso.

Él intentaba no mirarla. Cuando la miraba, pensaba en el modo en que el cuerpo de Patrick Donovan (su cuerpo, ahora) había reaccionado en el instante en que Julie se había apretado contra él para sostenerlo.

Comprendía lo que había pasado. Sabía lo que era una erección... teóricamente.

El roce suave de sus pechos había disparado el recuerdo de ella retorciéndose desnuda sobre la mesa de examen surcada de venas azules; de cómo su cuerpo menudo y bien formado luchaba contra la fuerza invisible que la sujetaba.

La mezcla de aquel recuerdo con los recuerdos de Patrick Donovan, exacerbada por el contacto físico, había hecho que su órgano reproductor se pusiera momentáneamente duro. Val sabía que eso significaba que estaba excitado, que quería aparearse con una hembra y depositar su esperma.

Lo que no entendía era la sensación que aquello le había producido.

No dijo nada mientras la enfermera lo llevaba en silencio por el pasillo, pero sus pensamientos acerca de Julie Ferris se vieron ahogados por sensaciones más acuciantes. El ruido de pisadas en el corredor, el suave golpeteo de los zapatos de suela de goma mezclado con el crujido del cuero; el estruendo amortiguado de las voces entremezcladas, algunas de ellas bajas y susurrantes, otras elevadas en encendido debate mientras atravesaban velozmente los pasillos. Los olores que había sentido en su habitación eran mil veces más intensos allí fuera; algunos eran tan fuertes que le hacían arder las fosas nasales.

Al acercarse a la puerta principal, el sol inundó el vestíbulo. Val parpadeó varias veces, guiñando los ojos mientras los rayos brillantes se clavaban dolorosamente detrás de sus ojos.

—Cuídelo bien, señorita Ferris —dijo la enfermera al pasar por la puerta automática empujando la silla de ruedas y salir a la amplia escalinata de cemento de delante del edificio. Un fuerte brazo de mujer lo ayudó a ponerse en pie—. Estoy segura de que va a dar mucho trabajo —le guiñó un ojo y Julie sonrió.

Él vio alejarse a la mujer, pero no dijo nada. Estaba absorto en las imágenes y los sonidos que lo asaltaban.

—¿Seguro que estás bien? —preguntó Julie con expresión preocupada y los ojos fijos en su cara. Le dio un brazo y lo ayudó a mantenerse en pie–. De repente estás un poco pálido.

Val se pasó la lengua por los labios, que notaba entumecidos y correosos. Aunque hubiera podido decirle lo que sentía, no habría sabido cómo describirlo. No había modo de describir aquella avalancha de colores: el verde radiante de los árboles y el césped, el azul del cielo, el rojo vivísimo de un coche deportivo que pasó rugiendo por la calle.

–Estoy bien, Julie. Pero voy a alegrarme de llegar a casa.

Ella lo observó con preocupación.

–El coche está justo allí, delante de la zona de carga de pasajeros. No tenemos que ir muy lejos.

No dijo nada más, ni él tampoco. Val apenas podía reaccionar, abrumado por las sensaciones entremezcladas que desfilaban por su cabeza. Toril era un planeta de paz y serenidad. No había colores brillantes, ni ruidos fuertes, ni olores intensos. Era un mundo de color pastel, un mundo de grises y marrones y unos pocos tonos de azul pálido, una paleta de colores apagados que parecían asombrosamente desvaídos comparados con los tonos vibrantes que avivaban la Tierra.

Aparte de la ropa que había visto en sus sujetos de estudio y de lo que había observado del planeta a través de sus dispositivos de vigilancia, nunca había experimentado nada que pudiera compararse con el hermoso despliegue que se ofrecía a él como un banquete para la vista. En Toril, el cielo era de un blanco insulso, y las plantas tenían suaves tonos pastel incluso cuando estaban en flor. La gente vestía de colores sólidos, con aquellos mismos tonos aguados, y la vestimenta variaba muy poco entre los distintos estamentos sociales, las tres razas distintas y los géneros masculino y femenino.

Allí parecía como si cada individuo intentara labrarse su propia identidad a través del color y el estilo de su indumentaria. Aquello daba al lugar una atmósfera de fiesta constante, un desfile de rayas luminosas, estampados y cuadros que se fundían en un revoltijo de colores y diseños y salpicaban la pared interna del ojo.

Casi habían llegado a la acera cuando un coche tocó el claxon y él se tambaleó hacia atrás. Sonó luego otra bocina, y otra, y aquel estruendo se metió en su cabeza. Levantó las manos para taparse los oídos y sintió que a su lado Julie se ponía tensa.

—Monta en el coche —ordenó ella, abriendo la puerta y ayudándolo a entrar. Notó que cada vez estaba más pálido. Echó un poco el asiento hacia atrás y lo ayudó a meter las piernas.

El coche era pequeño, un Mercedes, le dijo la memoria de Patrick. Pero la capota estaba puesta y las ventanillas cerradas. Cuando Julie cerró la puerta, el ruido se apagó en parte. Mientras ella se acomodaba en el asiento del conductor y abrochaba su cinturón y el de él, Val echó la cabeza hacia atrás y cerró los ojos.

—No tienes buena cara. Quizá no deberían haberte dado el alta tan pronto. A lo mejor debería llevarte dentro otra vez.

Él abrió los ojos de golpe. Se sentó un poco más derecho en el asiento.

—Estoy bien. Sólo quiero irme a casa.

—¿Estás seguro, Patrick? Y no me mientas. Me sentiría fatal si te pasara algo.

Él volvió la cabeza hacia ella y sintió un extraño hormigueo en la boca del estómago.

—¿Sí?

Ella se puso colorada. Val sabía que aquella efusión de sangre estaba causada por sentimientos de vergüenza. Comprendía la sensación, puesto que ya le había pasado a él.

—Claro que sí. Somos amigos, ¿no?

—Sí... amigos —en su cabeza algo le decía que no era amistad lo que Patrick sentía por Julie Ferris y que no era eso lo que quería de ella.

Val se recostó en el asiento mientras el coche cobraba vida rugiendo y su curiosa vibración le subía por la espalda y los hombros. Una fragancia suave y dulce le llegaba desde el lado del coche que ocupaba Julie. Era un olor tan sutil que no había reparado en él hasta ese momento.

—Me gusta el... perfume... que llevas —dijo, probando la palabra.

—Es de Michael Kors. Tu padre me lo regaló el año pasado por mi cumpleaños. Es muy caro, pero es mi preferido.

—El mío también —dijo él, e inhaló profundamente. En Toril no había olores desagradables como los que había notado en el hospital, o como los que subían de la alcantarilla que había olfateado al montarse en el coche. Pero tampoco había nada parecido a la fragancia dulce y suave de Michael Kors. Le gustaba cómo se mezclaba con el olor peculiar de Julie, dándole una fragancia suavemente femenina característica de ella.

El pequeño coche avanzaba zumbando. Val volvió a recostarse en el asiento y estiró sus largas piernas lo mejor que pudo. Más allá de la ventanilla, el paisaje de Beverly Hills se deslizaba en un borrón de colores y sonidos. Automóviles de todos los diseños y tonos atestaban las calles. La gente caminaba en tropel por la acera, dirigiéndose a toda prisa a destinos que él ni siquiera podía imaginar. Los edificios se alzaban desde el pavimento, los toldos de colores daban sombra a las fachadas y en los escaparates relucían letreros vibrantes hechos de... neón. Sí, ésa era la palabra.

—Ya casi hemos llegado —dijo Julie al dejar Wilshire y entrar en Oakhurst Drive. Nada más pasar Burton Way, aminoró la velocidad, giró y se apartó de la calzada, deteniéndose delante de la gruesa reja metálica que rodeaba el aparcamiento—. Encontré esto con tu ropa.

Levantó una cajita cuadrada, y la memoria de Patrick le dijo a Val que aquello abriría la puerta del aparcamiento subterráneo.

—Una de tus amigas se habrá pasado por aquí y lo habrá recogido junto con el resto de tus cosas.

Aquella mujer llamada Anna, recordó él. Una hembra alta, esbelta y rubia que había ido a verlo varias veces al hospital. Lo había besado, recordaba Val, y no había sido desagradable, pero cuando había metido la mano bajo las sábanas para acariciarle el sexo, casi le había dado otro infarto.

Los recuerdos de Patrick habían entrado en acción y le habían aclarado la relación que había entre ellos... y el hecho de que la mujer era en gran medida la razón por la que la esencia viva y racional de Patrick Donovan había desaparecido, excepto la parte que había absorbido Val.

Aun así, la transformación no había sido como él esperaba. Con cada hora que pasaba sentía un cambio sutil, un acercamiento, una fusión de conciencias a medida que iba asimilando nueva información y empapándose por completo del ser de Patrick. Esperaba dominar la situación con firmeza, sentirse menos vulnerable a los pensamientos de Patrick y a las emociones que éste había experimentado.

Pero era como si Patrick y él se hubieran fundido y hubieran comenzado a formar un ser distinto. Aquello le asustaba. Le preocupaba el poso que aquellos cambios pudieran dejar en él.

Miedo. Val podía sentir su sabor en la boca.

Era una emoción desconocida para la gente de Toril.

CAPÍTULO 6

—Pero no quiero salir el fin de semana, Julie. Prefiero quedarme aquí.
—Vamos, cielo —le dijo Julie a su hermana por teléfono—. Es mi cumpleaños. Babs va a venir a cenar el sábado por la noche. Owen está en la ciudad. Me ha prometido que se pasaría. Haremos una fiesta.
—No sé...
Julie se frotó la sien, intentando ignorar el dolor de cabeza que empezaba a formarse detrás de sus ojos.
—Vamos, Laura, por favor. Va a hacer buen tiempo. Podemos tumbarnos en la playa y nadie nos molestará. Así podrás contarme qué tal van tus sesiones con el doctor Heraldson.
—Quiere hipnotizarme.
—¿Y?
—Yo no quiero, Julie.
—¿Por qué no?
—No lo sé. No me gusta la idea, nada más.
Julie respiró hondo y soltó el aire lentamente.
—Hablaremos de eso cuando estés aquí.
—Ya será demasiado tarde. Tengo cita mañana.
—Bueno... si el doctor Heraldson cree que es buena idea, quizá debas hacerlo.

—Supongo que sí. Imagino que no puede hacerme ningún mal —un momento de silencio—. Había olvidado que era tu cumpleaños.

—¿Significa eso que vas a venir?

—Claro que sí.

—Estupendo. ¿Puedo contar contigo el viernes por la noche? Podríamos salir a cenar.

—No puedo, tengo una cita. Iré el sábado por la tarde.

Una cita, pensó Julie, y rezó por que no fuera con el inútil de Jimmy Osborn. La cabeza le dolió aún más.

—Si no queda más remedio, tendré que conformarme. Tengo un par de casas que enseñar el sábado por la mañana. Si no estoy en casa cuando llegues, ya sabes dónde está la llave.

Se despidieron y Julie colgó pensando en Laura. Estaba preocupada por ella, pero, como Babs había dicho, eso era lo normal. Entró en el cuarto de baño, abrió el armario de las medicinas y registró los estantes buscando el frasco de analgésicos que le había recetado el doctor Marsh para sus migrañas. Aquél amenazaba con ser de los fuertes.

Le temblaban las manos cuando destapó el frasco y se echó un par de pastillas en la palma de la mano. Cayó una tercera. Se sintió tentada por un momento, pero luego pensó en Patrick y en adonde lo habían conducido las drogas y volvió a meter la tercera pastilla en el frasco.

Media hora después, los calmantes aún no habían hecho efecto. Una punzada de dolor atravesó su cráneo cuando comenzó a sonar el teléfono que había junto a la cama. Alargó el brazo y lo descolgó.

—¿Julie? Soy Patrick.

El dolor de cabeza era tan fuerte que empezaba a revolverle el estómago. Se humedeció los labios secos con la punta de la lengua y pensó que iba a vomitar.

—Hola, Patrick. ¿Cómo te encuentras? —hacía una semana que le habían dado el alta. Se estaba tomando las cosas con calma, como le habían sugerido los médicos, lo cual resultaba sorprendente tratándose de Patrick.

—Mejor de lo que tengo derecho a sentirme. Por eso te llamo. Estoy en la oficina. Creía que ibas a venir. Imaginaba que querrías repasar los documentos de los Rabinoff.

—Me temo que no me encuentro bien, Patrick. Pero la hipoteca está lista para cerrarse. No creo que surjan más problemas imprevistos.

—¿Estás enferma? —de pronto parecía preocupado—. ¿Qué te pasa?

—Otro de mis dolores de cabeza. Éste es fuerte y no parece que se pase con nada. Me he tomado unas pastillas que me recetó el doctor Marsh, pero...

—Voy a pasarme por tu casa. Estaré allí en unos minutos. Échate y estate tranquila hasta que llegue.

—Patrick, no puedes venir hasta aquí conduciendo. Seguramente no deberías conducir. Además, no puedes hacer nada que no haya hecho ya el médico.

—Puede que sí. Tengo talentos ocultos que te sorprenderían. Además, tú me ayudaste a mí, ¿no? Te debo una —colgó antes de que Julie pudiera decir algo más.

Val sabía lo que le pasaba a Julie Ferris. Su resistencia a los escáneres había sido dolorosa e inmediata. Los dolores de cabeza brutales que había sufrido después eran de esperar, teniendo en cuenta que otros sujetos parecidos a Julie los habían tenido ya. Pero aquellas horribles migrañas estaban durando más de lo que esperaban, quizá porque, a diferencia de otros, a Julie la habían llevado a bordo una segunda vez.

Val sintió una punzada de culpabilidad, un sentimiento nuevo para él. Cuando había tomado la difícil decisión de llevar a la hermana mayor otra vez a bordo, sabía que podía haber complicaciones. Deseaba poder explicárselo, asegurarle que los dolores de cabeza desaparecían muy pronto. Pero no estaba seguro de que fuera así. Estaba allí, entre otras cosas, para observar su evolución. Recogió su abrigo del perchero que había en un rincón de su despacho y se dirigió a la puerta.

Mientras tanto, conocía la causa de las migrañas y cómo tratarlas. Al menos, podía ahorrarle parte del dolor.

Abrió la puerta de la oficina y echó a andar por la acera hacia el muchacho regordete de la entrada del Spago que aparcaba el coche de Patrick. Esa mañana había conducido por primera vez el reluciente Porsche negro, un modo de locomoción anticuado que le parecía fascinante. Se alegró de que Patrick supiera cómo manejar el coche y disfrutó de cada segundo tras el volante.

Había descubierto que Patrick conducía muy bien; parecía tener un talento natural para manejar el vehículo por la carretera que atravesaba Laurel Canyon. Después, había tomado Mulholland Drive.

Por el camino, el cielo de un azul brillante se curvaba sobre él, iluminado por nubes tan blancas y bellas que le hacían sentirse feliz. Al llegar a lo alto de la colina había aparcado el coche un rato y se había quedado mirando el paisaje. Flores silvestres de color morado y azafrán, amapolas de un rojo ardiente y anaranjado. Un gran pájaro marrón (un azor, le apuntó su memoria) descendía volando en círculos por la montaña, dejándose llevar por las corrientes del viento.

Después anotó aquella experiencia en el diario que llevaba, llenando páginas con palabras escritas con la letra de Patrick. Era el único modo que se le ocurría de plasmar aquellas sensaciones desconocidas, los matices sutiles de sus pensamientos. Mandaba informes a sus superiores, desde luego, y se comunicaba con el equipo del *Ansor* a través de los canales espaciales normales.

Pero era imposible describir lo que estaba sucediendo a la manera de Toril.

Tendría que conformarse con el diario. Cuando regresara a la nave, podría escanear aquellas páginas y traducirlas por ordenador a palabras e imágenes mucho más detalladas que su mente lógica y directa pudiera manejar.

Val dio propina al aparcacoches por segunda vez ese día, se prometió que empezaría a aparcar el coche él mismo en el aparcamiento de la oficina y se deslizó en el asiento de cuero rojo del deportivo, cuyo motor ronroneaba suavemente. Pisó el acelerador, relajó su mente y dejó que la destreza de Patrick para conducir se hiciera cargo de la situación. Él conocía el camino a casa de Julie y el modo más rápido de llegar allí. Evitando el tráfico todo lo que pudo, tomó la autopista del Pacífico y circuló por la carretera de la playa que llevaba a la casa de estilo ranchero y recubierta de madera en la que vivía Julie.

Vio la casa encaramada a la ladera del acantilado. Tenía dos plantas y en la parte de abajo había un garaje para dos coches. Las paredes estaban cubiertas de azaleas de un rosa vivísimo. Si no hubiera estado tan preocupado, Val habría sonreído.

Aparcó el coche en la entrada, tocó a la puerta con los nudillos y unos minutos después Julie Ferris lo dejó entrar.

—Esto es absurdo, Patrick. No deberías haber venido.

Pero estaba tan pálida que Val se alegró de haber ido. Se sentía responsable de lo que le estaba sucediendo. Era responsable. No había vuelta de hoja. Aun así, la ciencia era lo primero. La misión del *Ansor* era lo primero.

Y sin embargo, al ver a Julie, Val deseó que hubiera otro modo.

—¿Por qué no te tumbas en el sofá? —dijo suavemente—. Doy unos masajes fantásticos. ¿Qué te parece si probamos, a ver si da resultado?

—No sé, Patrick...

—Vamos, Julie, por favor. Hazlo por mí.

Un atisbo de incertidumbre apareció en la cara de Julie. Siempre había desconfiado de Patrick y, pese a todo, eran amigos, más o menos.

—Está bien. ¿Qué puedo perder?

Unos minutos después estaba tumbada boca abajo en el sofá. Un albornoz azul claro la cubría de la cabeza a los pies. Val se arrodilló a su lado y empezó a masajearle los hombros.

—Debo de estar loca —masculló ella cuando él bajo las manos un poco y comenzó a masajear los músculos de su espalda—. Si intentas algo, Patrick, te juro que no te lo perdonaré nunca.

Él se sonrojó un poco. En parte porque empezaba a gustarle sentir su cuerpo menudo y femenino bajo las manos y en parte porque su órgano viril estaba cobrando vida otra vez.

Contestó como lo habría hecho Patrick.

—Te prometo que mis intenciones son completamente honestas.

—Más te vale.

Siguió con su masaje profundo, subiendo de nuevo hacia los músculos del cuello, y al llegar a la base del cráneo, que era su objetivo desde el principio, metió los dedos entre su pelo. Apenas podía creer que fuera tan suave y sedoso y al mismo tiempo tan crespo y vibrante que se agitaba lleno de vida y energía.

La piel de Julie era tersa y suave al tacto. Cuando la había visto a bordo, Val no había reparado en su textura satinada. Pero Patrick debía de haberse fijado en ella cien veces, y por eso él también lo notaba.

Le temblaba un poco la mano. La sangre que atravesaba su cuerpo parecía haberse adensado y acumulado en su bajo vientre. Se obligó a hacer caso omiso.

Bajo sus manos, una minúscula vesícula palpitaba bajo una densa capa de carne. Val la tomó entre los dedos, aplicó una suave presión y sintió que la tensión empezaba a abandonar el cuerpo de Julie.

—¿Mejor? —preguntó, sintiéndose un poco más al mando de la situación.

Ella dejó escapar un sonido parecido a un ronroneo y asintió.

—No sabes cuánto.

Él siguió masajeando aquella vesícula. Sabía exactamente cuánta sangre debía dejar que fluyera y cuándo cortarla.

Julie se relajó todavía más.

—¿Se puede saber dónde aprendiste a hacer eso?

«En la Tierra, no», pensó él. Pero se limitó a sonreír y no lo dijo.

—Me alegro de que esté funcionando.

—Uhmmm, sí que está funcionando. Casi se me ha quitado el dolor de cabeza —dio un gran bostezo y sus ojos se cerraron. Su respiración se aquietó, se hizo más profunda. Unos minutos después estaba dormida.

Val se apartó de ella. Sentía una extraña reticencia a marcharse. Cruzó la habitación hasta una silla tapizada de sarape y se sentó para mirarla, aprovechando la ocasión para estudiarla sin que se diera cuenta. Tomó nota mentalmente de su postura, de cómo se acurrucaba en la bata como un animalillo de sangre caliente. Observó su respiración y cómo hacía ésta que un mechón de su pelo rojo oscuro se agitara junto a su oído.

Miró con atención sus pequeños pies y sus manos y el esmalte rosa claro que cubría las uñas. Sabía cómo era su cuerpo por debajo de la bata, pero procuraba no pensar en ello. Cuando lo hacía, los músculos de su estómago se contraían y empezaba a excitarse otra vez. Al final, sacó el diario y empezó a usar las palabras de Patrick y sus propias impresiones para describir lo que había aprendido... y lo que sentía al ver dormir a Julie.

Aquel descubrimiento no le hacía muy feliz. Se sentía acalorado, excitado sexualmente y a punto de perder su preciado control. Y dado que lo que más necesitaba era control, se prometió tener más cuidado en el futuro.

Por fin, dejó a Julie una nota sobre la mesa baja de pino blanqueado que había delante del sofá, salió y apretó el botón del pomo de la puerta para cerrarla a su espalda. De camino a casa se preguntó si su modo de reaccionar cuando estaba con Julie pertenecía por completo a Patrick... o si en parte podía pertenecerle a él.

Brian Heraldson, doctor en psiquiatría, estaba sentado detrás de la mesa de su despacho, recubierto de paneles de nogal y forrado de libros, en la avenida Galey de Westwood. Se recostó en su silla, juntó los dedos de las dos manos delante de sí y sus gruesas cejas castañas se fruncieron en un ceño. Tenía treinta y cinco años, se había divorciado hacía tres y había superado la ruptura de su matrimonio, pero seguía desconfiando de las relaciones de pareja que conllevaran cualquier clase de compromiso. Su consulta lo era todo para él (su jefa, su amiga y su amante), y era bueno en lo que hacía.

Era franco, objetivo y considerado. Para él, la psiquiatría no era un simple trabajo. Era una guía de cómo vivir y una profunda responsabilidad. Y de ese modo se enfrentaba a su nueva paciente, Laura Maxine Ferris. La mujer más bella que había visto nunca.

Le incomodaba pensar en eso. Era muy poco ético liarse con una paciente. Y él creía firmemente en la ética. No permitiría que la atracción física que sentía por Laura le impidiera prestarle la ayuda que tanto necesitaba ella.

Sin darse cuenta, Brian empezó a acariciarse la barba cuidadosamente recortada. Se la había dejado crecer hacía diez años, cuando empezó a ejercer. Le hacía parecer mayor, más maduro, y daba a sus pacientes más confianza en su capacidad para ayudarlos. Desde entonces, se había acostumbrado tanto a la barba que no se imaginaba sin ella. Se preguntaba si a Laura Ferris le atraían los hombres con barba, y luego rezó sinceramente por que no fuera así.

Se inclinó hacia delante, apretó el botón de la pequeña grabadora digital que había encima de su mesa y la voz suave y femenina de Laura salió flotando de los altavoces del aparato compacto.

Ella le estaba hablando de su infancia, describiendo el día en que su padre las abandonó y lo terriblemente triste que había sido aquello.

—Mamá fue la que más lloró —decía—. Yo me agarré a la pierna de papá cuando abrió la puerta y le supliqué que no se marchara. Le decía «no te vayas, papá, por favor», pero él sólo sacudía la cabeza. Recuerdo cómo me acariciaba el pelo. Lo tenía igual que él, rubio claro, y sus ojos eran castaños, igual que los míos. Empecé a llorar y él también parecía a punto de llorar.

—¿Y su hermana? ¿Qué hizo ella?

—Julie se quedó allí parada, viendo cómo hacía la maleta. Estaba apoyada en la pared del rincón y nos miraba a mamá y a mí. Nos vio llorar y no sé por qué, pero se puso furiosa. Empezó a gritarnos a mamá y a mí, a decirnos que dejáramos que se marchara. Decía «dejad que se vaya. Ya no nos quiere. ¡Que se marche!». Corrió hacia mi padre y le dijo que se fuera. Que no le importaba si volvía o no. Creo que mamá no se lo perdonó nunca.

La silla chirrió cuando Brian se sentó más derecho.

—¿Su madre pensaba que fue culpa de Julie que su padre se marchara?

Una expresión de tristeza cruzó la cara de Laura.

—En realidad, no. Pero quería tener a alguien a quien culpar, además de a sí misma, por haberlo ahuyentado.

—¿Y usted? ¿Culpaba a su hermana?

Laura sonrió levemente.

—No. Sabía que Julie lo quería más que nosotras. Por eso no lloró. Temía no poder parar, si empezaba.

Brian pulsó el botón de stop de la grabadora y la cinta se detuvo con un susurro. Sintió el dolor de Laura por segunda vez al volver a oír su historia, se compadeció de aquella dos niñitas solitarias que sólo se habían tenido la una a la otra.

Llevaba viendo a Laura tres veces por semana desde que había empezado el tratamiento. Había mucho terreno que cubrir, pero ella parecía estar respondiendo muy bien y entre ellos se había establecido una buena relación.

Brian adelantó la cinta hasta llegar a la sesión de hipnosis a la que ella había accedido por fin y que había tenido lugar el día anterior por la tarde. Él había querido empezar por su infancia, con la esperanza de localizar el detonante de su reciente paranoia, que al parecer se había iniciado hacía poco tiempo.

Quería saber si le había sucedido algo aterrador, algo que hubiera reprimido, algo que quizá le daba miedo recordar. ¿La habían agredido, violado o había sufrido abusos de algún tipo? ¿O era la paranoia resultado de algún problema más reciente que acababa de empezar a aflorar?

En cualquier caso, era posible que un único incidente hubiera hecho emerger sus miedos. Brian apretó el botón de inicio, se recostó en su silla y escuchó con atención la parte final de la sesión. Había inducido en Laura una hipnosis profunda y la había hecho retrotraerse al día en que, varias semanas antes, empezó a sentir miedo.

Se dio cuenta de cuándo alcanzaba ella aquel instante por la súbita rigidez de su postura; sus dedos largos y finos se habían clavado en los brazos del asiento.

—¿Dónde estás, Laura? —preguntaba él suavemente.

Ella se limitaba a sacudir la cabeza.

—¿Dónde estás? Laura, no tienes que tener miedo. Dime dónde estás.

Ella se puso pálida. Sus cejas se juntaron. Sus manos se estremecían, sus rodillas temblaban bajo los pliegues de la falda de algodón holgada con estampados de cachemira.

—En el hospital —murmuró.

—¿Estás en el hospital?

Ella había asentido rígidamente, todavía aferrada a los brazos de la silla.

—¿Cuándo fue eso, Laura?

—En junio. Fui a casa de Laura. Nos tomamos un día libre en el trabajo y nos fuimos a la playa.

Aquello no tenía sentido. Que él supiera, no había ocurrido ningún accidente, ninguna emergencia, nada parecido.

—¿Te llevó Julie al hospital?

Ella había sacudido la cabeza.

—No.

—¿Cómo llegaste allí?

—No... no lo sé.

Aquello no iba como él esperaba. Optó por otra táctica.

—Está bien, Laura. Estás en el hospital. Háblame de ello. Dime por qué tienes miedo.

Ella se mordisqueó el labio inferior. Estuvo un rato callada, mirando hacia delante como si volviera a estar consciente.

—Me quitaron la ropa —dijo por fin—. Estaba desnuda. Hacía frío... muchísimo frío —empezó a temblar.

—Continúa —la urgió él suavemente.

—Me lavaron el cuerpo con algo parecido a alcohol, pero era pegajoso y casi no olía. Cuando me lavaron entre las piernas, empecé a llorar.

Brian miraba a su paciente en silencio, dando vueltas a lo que decía.

—¿Qué pasó luego? —preguntó. De pronto no estaba seguro de querer saberlo.

—Intenté resistirme, pero no podía moverme. No podía levantar los brazos. Me doblaron las rodillas, me levantaron las piernas. Me metieron dentro algo frío y duro. Intenté gritar, pero no me salió la voz.

A Brian empezaron a temblarle las manos.

—Sigue, Laura.

—Les supliqué que no me hicieran daño. «No, por favor... no me hagan daño». Pero no me oían. Me sacaron esas cosas metálicas de dentro y me metieron una cosa de goma en la boca. Noté su cosquilleo en la garganta y me dieron arcadas. Me daba miedo ahogarme si vomitaba. Cerré los ojos lo más fuerte que pude, intenté no pensar en lo que tenía en la boca, ni en el crujido que sentí dentro de la cabeza cuando me metieron una cosa pequeña y dura por la nariz.

Brian se pasó el dorso de la mano por los labios.

—¿Qué más recuerdas, Laura?

Ella no contestó. Se quedó allí, temblando.

—¿Laura? Dime qué más recuerdas.

Ella sacudió la cabeza.

—Nada más. No recuerdo por qué estaba allí. No sé cómo llegué a casa —empezó a llorar con suaves sollozos que se clavaban en las entrañas de Brian. Él sabía que debía insistir, intentar descubrir cómo había empezado aquel extraño desvarío, pero estaba casi seguro de saberlo.

Según su historial médico, hacía años que Laura no pisaba un hospital. Desde que tenía diecisiete y estaba soltera y embarazada. Su novio la había convencido de que abortara, pero no eligió el mejor médico. Hubo complicaciones. Por suerte, su hermana descubrió lo ocurrido y la llevó a un buen médico que se ocupó de que recibiera los cuidados adecuados.

Todo eso estaba en su historial médico.

Todo, menos el trauma que aquel asunto debía de haberle causado.

Brian apagó la cinta y se recostó en su silla. Dos días más hasta la cita siguiente. Otra sesión de hipnosis podía resultar interesante. Claro que sin duda era muy duro para ella. Quizás era demasiado pronto para desvelar nuevos traumas. Brian tendría que pensárselo despacio.

Aunque, por otro lado, quizá lo último que debía hacer era pasar más tiempo aún pensando en Laura Ferris.

Julie miró la hora en su Rolex. Eran las diez de la mañana. Se sentía muy bien (hacía dos días que no le dolía la cabeza) y tenía un descanso de dos horas antes de su comida con Evan Whitelaw y su mujer para hablar de las condiciones del pago de la casa de Beverly Hills que acababan de comprar.

Julie sonrió al pensar en la venta que había hecho. Cierto, la casa limitaba con Bel-Air, pero técnicamente no estaba en Bel-Air, como había insistido Jane Whitelaw. Su sonrisa se hizo más amplia al pensar en lo mucho que se alegraba de haber convencido a Jane de que echara un vistazo a la que había resultado ser la casa perfecta para ellos.

Salió de su despacho y pasó junto al mostrador de recepción, donde Shirl Bingham estaba limándose las uñas.

—Si alguien pregunta por mí, estoy arriba, en el gimnasio. Volveré antes de comer para ver si tengo algún mensaje.

Shirl se limitó a asentir con la cabeza y siguió limándose las uñas largas y rojas. Julie pensó que a Alex Donovan le habría dado un ataque si la hubiera sorprendido así. Pero a su hijo le importaba muy poco la imagen de la compañía.

Julie salió por la puerta principal, pasó por una entrada distinta del mismo edificio y se metió en el ascensor. Se bajó en el tercer piso y entró en el gimnasio. Para algunas personas que trabajaban por allí cerca, el local estaba bien cuidado, estaba muy a mano y no era muy grande. Julie llevaba tres años yendo a clases de aeróbic con bastante regularidad.

Entró en el vestuario, se puso unos pantalones negros cortos y una camiseta de tirantes, se ató los cordones de sus Reebok y entró en la sala de pesas para calentar un poco en una de las cinco bicicletas estáticas. Pero se paró en seco al ver a Patrick en la cinta andadora, empapado en sudor.

—Dios mío, esto es un milagro —se detuvo junto a la máquina con una sonrisa incrédula.

—Hola —contestó él. Le brillaba la cara de sudor. Un rizo negro y húmedo le caía sobre la frente. Julie sintió el extraño impulso de alargar la mano y apartarlo.

—No sabía que fueras socio del gimnasio —dijo.

—No lo era. Hasta hace un par de días. Pensé que, como está tan a mano, sería un buen modo de ponerme en forma.

La sonrisa de Julie se borró.

—¿Seguro que estás bien para hacer esto? Creía que tenías que tomarte las cosas con calma.

Él pareció incómodo un momento; luego le lanzó su sonrisa blanca y encantadora.

—Me lo estoy tomando con calma. Todos los días estoy en la cama a las diez, no fumo, no tomo drogas, ni alcohol. Yo diría que una vida más tranquila no puedo llevar.

Ella levantó una ceja.

—¿En la cama a las diez? No lo dudo. La pregunta es con quién. Veamos... ¿podría ser la encantadora Anna? ¿O has vuelto con Charlotte? O puede que sea una nueva.

Él se sonrojó debajo del bronceado. Julie no daba crédito.

—Baste decir que no me estoy metiendo en líos. Voy a ponerme en forma, como me dijeron los médicos.

Ella no le creía, desde luego. Pero, si por algún milagro aquello era cierto, no podía durar mucho tiempo. Lo observó, asaltada por una idea repentina.

—¿Era tu coche el que he visto en el aparcamiento al llegar esta mañana?

—He venido pronto. Tenía que ponerme al día con unos asuntos.

Julie se quedó callada y por primera vez se tomó tiempo para mirarlo de veras. Nunca había visto a Patrick con tan poca ropa. Sólo llevaba unos pantalones cortos blancos, ajustados y húmedos, que dejaban entrever el considerable abultamiento de su sexo, una camiseta de tirantes roja, calcetines y zapatillas deportivas. Con cada paso que daba sobre la cinta, los largos músculos de sus piernas sobresalían. Tenía la cintura estrecha, los hombros muy anchos, mucho más musculosos de lo que ella imaginaba, y su piel oscura parecía sorprendentemente tersa. Por encima del cuello de su camiseta, el vello rizado y negro de su pecho relucía lleno de gotas de sudor.

–Espero que te guste lo que ves –dijo Patrick en voz baja. De pronto sus ojos azules tenían una mirada intensa, y esta vez fue Julie quien se sonrojó.

–Perdona. No quería mirar, es sólo que... que verte aquí me ha pillado por sorpresa.

–Acabo dentro de unos minutos. ¿Por qué no acabas de entrenar y luego...? ¿Qué te parece si vamos a comer?

¿A comer con Patrick?

–Yo... he quedado con los Whitelaw para hablar de las condiciones del pago de su casa –¿le había oído bien? ¿Le había pedido que salieran juntos? Hacía años que no lo hacía.

–Si no puedes quedar para comer, ¿qué te parece si cenamos juntos? Iremos a algún sitio tranquilo donde podamos hablar.

Aquello era una locura. Patrick odiaba los restaurantes tranquilos. Siempre quería estar donde había acción. En los sitios más de moda que pudiera encontrar.

–¿Hablar de qué? –preguntó con perplejidad, convencida de que se estaba perdiendo algo–. ¿Hay algún problema en el trabajo? ¿Está descontento alguno de mis clientes? Con los Rabinoff hubo algunos momentos críticos, pero creía que al final habían quedado contentos.

Patrick aflojó el ritmo, dejó de correr y se bajó de la máquina.

—No pasa nada, Julie —era asombroso lo alto que parecía cuando ella llevaba zapatos planos. Se limpió el sudor de la cara con una toalla de algodón blanco—. Sólo quería tener compañía. Y he pensado que quizá tú también.

—No puedo creerlo, Patrick —sin darse cuenta, dio un paso atrás—. Hace años que decidimos que sería mucho mejor ser amigos. Los dos sabemos qué es lo que esperas de las mujeres con las que sales. Y sabes que eso no vas a conseguirlo de mí. Creo que lo mejor es que sigamos como hasta ahora.

Él se quedó mirándola un momento sin decir nada. Julie no recordaba que la hubiera mirado nunca de aquella forma.

—Te lo estoy pidiendo como amigo, Julie. No espero nada más.

Ella se sintió como una tonta. Naturalmente, era amistad lo que él esperaba. Tenía media docena de mujeres hermosas a las que podía llamar en cualquier momento. La única razón por la que alguna vez la había deseado era que ella siempre le decía que no.

Y dejando a un lado una atracción física que no buscaba, ella, desde luego, no quería liarse con él.

Pero, por otro lado, después del susto que se había llevado, tal vez Patrick necesitara una amiga. Además, quizá fuera agradable salir a cenar con un hombre para variar, en vez de con una clienta, con Babs o con su hermana.

—¿Qué me dices? —insistió él.

Julie sonrió.

—Esta noche no puedo, pero mañana me viene bien. Tengo citas hasta las ocho. Después, soy toda tuya.

Él se aclaró la garganta.

—Vale. Genial. Entonces, ¿te recojo en tu casa o estarás en la oficina?

—En la oficina. Estaré allí toda la tarde. Ahora tengo que irme. Ya he perdido un cuarto de hora de clase. Nos vemos luego, en el trabajo.

Patrick se limitó a asentir con la cabeza. Usó la toalla que tenía alrededor del cuello para limpiarse otra vez el sudor mientras la veía alejarse.

Julie tenía una sensación de lo más extraña, una sensación que la inquietaba intermitentemente desde que él había salido del hospital. Patrick parecía un poco cambiado últimamente en muchos sentidos. Incluso tenía un aspecto ligeramente distinto, más maduro, más dominante. Y su actitud hacia ella también había cambiado, aunque Julie no estaba segura de qué forma exactamente. Quizás aquella cena arrojara luz sobre el asunto. Si así era, tal vez ella encontrara algún modo de ayudarlo a mantenerse alejado de las drogas y el alcohol. Aunque no pudiera hacer otra cosa, eso se lo debía a Alex.

Tomó una decisión firme: si podía, ayudaría a Patrick.

CAPÍTULO 7

Sentada detrás de la mesa de su despacho, Julie colgó el teléfono con mano temblorosa y se levantó lentamente. Brian Heraldson, el psiquiatra de Laura, acababa de llamar. Decía que necesitaba verla. Decía que Laura acababa de marcharse de su consulta después de su segunda sesión de hipnosis. Decía que era importante que hablaran.

A simple vista, aquello no parecía de tan mal agüero. Como hermana de Laura, Julie se había ofrecido a ayudar como pudiera, consciente de que quizá Heraldson quisiera preguntar algo al único familiar cercano que le quedaba a Laura. Pero había algo en la voz del psiquiatra (algo apremiante, quizás incluso asustado) que hizo que a Julie le diera un vuelco el estómago.

Pulsó el botón del intercomunicador, le dijo a Shirl que iba a salir un rato y salió por la puerta trasera que daba al aparcamiento. Westwood no estaba lejos. Unos minutos después estaba delante del mostrador de recepción de la consulta, pidiéndole a la guapa chica morena que le dijera al doctor que estaba allí.

—Enseguida la atiende, señorita Ferris —dijo la joven, probablemente una estudiante de la Universidad de Los Ángeles que trabajaba a tiempo parcial, dado que el campus estaba a unas manzanas de allí. El mismo tipo de trabajo que había hecho Julie.

Julie paseó la mirada por la oficina. Le gustaban la moqueta de un gris suave, los tonos apagados y los cuadros impresionistas de las paredes, que daban a la sala un ambiente acogedor, en vez de estéril.

—Hola, Julie —el doctor Heraldson apareció en la puerta abierta que daba a sus habitaciones privadas—. Pasa, por favor.

Ella sonrió indecisa al pasar a su lado. El corazón había empezado a latirle con violencia en el pecho.

—He venido en cuanto he podido. Laura está bien, ¿verdad? ¿Ha podido irse sola a casa?

—Laura está bien... al menos, en apariencia —él cerró la puerta con firmeza—. Le he pedido que venga con la esperanza de que pueda arrojar algo de luz sobre un asunto que me tiene un poco desconcertado —le indicó que tomara asiento en el mullido sofá gris claro—. Quiero que escuche una grabación. No suelo hacer esto, y nunca sin el permiso del paciente. Laura ha dado su consentimiento, y me gustaría que me diera su opinión sobre lo que dice su hermana en la cinta.

—Por supuesto. Quiero ayudar a Laura de cualquier manera que pueda —se sentó en el sofá mientras el médico se acercaba a la silla de detrás de la mesa. Se fijó en que era un hombre guapo, con su pelo castaño y abundante, un poco demasiado largo, y la barba pulcramente recortada. Le extrañó no haberse dado cuenta al conocerlo, el día que comenzaron las sesiones de Laura, o la segunda vez que se pasó por allí.

—No voy a ponérsela entera. Hay partes extremadamente íntimas —detuvo la cinta, la rebobinó un poco, volvió a adelantarla y luego apretó el botón—. Ésta es la cinta que grabé a principios de semana, en su primera sesión de hipnosis. Ésta es la parte que quiero que oiga.

Julie permaneció inmóvil mientras Laura describía la primera vez que había sentido miedo. Fue el día que estuvieron tomando el sol en la playa. Al principio, era lo mismo que recordaba Julie. Luego, la historia de Laura cambiaba. Su hermana decía que, después de ir a la playa, había ido al hospital, lo cual no era cierto, desde luego. Julie sintió que su piel empezaba a erizarse mientras su hermana relataba una experiencia aterradora, describiendo con vivo detalle el examen humillante al que había sido sometida y cómo la habían desnudado, lavado e invadido su cuerpo.

Sin darse cuenta, dobló los brazos sobre el pecho y esperó a que aquella horrible narración acabara. Se sobresaltó cuando el doctor apretó el botón de stop, acallando bruscamente la voz tensa y horrorizada de su hermana.

—No es cierto, ¿sabe? —dijo en voz baja—. No fue al hospital. Cuando se fue de mi casa, se fue a la suya, nada más. La llamé luego, así que sé que llegó sana y salva.

—No creo que esto haya ocurrido de verdad. Al menos, no ese día. No había nada en su historial médico, ni nada en los impresos de admisión que rellenó cuando empezó el tratamiento.

—Pensaba que supuestamente la gente dice la verdad cuando está hipnotizada.

—Dice la verdad según la percibe. Creo que Laura puede haber confundido algún otro hecho de su vida, quizás el aborto al que se sometió hace unos años. Por lo menos, ésa fue mi impresión hasta la sesión que hemos intentado hoy.

—¿Eso se lo ha contado ella?

Él asintió.

A Laura no le gustaba hablar del aborto. A los diecisiete años, el embarazo y el aborto habían sido un incidente más en una larga cadena de errores.

—Ha dicho que ésa fue su impresión hasta hoy.

—Exacto.

A Julie empezó a arderle el estómago.

—¿Y... qué ha pasado hoy?

—Creo que el mejor modo de explicárselo es que escuche usted la cinta.

Julie se limitó a asentir con la cabeza. Sentía un nudo en las entrañas. Había algo extrañamente inquietante en lo que Laura había dicho, aunque ella sabía que no era cierto. Recostándose en el sofá, se concentró en el suave murmullo de la grabadora. Sentía una opresión en el pecho. El doctor Heraldson se saltó la primera parte de la sesión, durante la cual había hipnotizado a Laura, y la conversación que había llevado al asunto del que quería hablar. Puso en marcha la cinta en la parte en la que le preguntaba a Laura por su visita al hospital el día que fueron a la playa y si desde entonces había vuelto a sentir aquel miedo.

Seguía una pausa larga y tensa. Luego:

—Una noche me pareció oírlos. Pensé que estaban allí, al otro lado de la ventana de mi cuarto. Llamé a la policía. Miraron fuera, pero no había nadie. Unos días después, creí volver a oírlos. Estaba muy asustada. No sabía qué hacer. Volví a llamar a la policía, pero no encontraron ni rastro de ellos.

La voz grave del doctor emergió suavemente de la cinta.

—¿Quién creía que había allí, Laura?

—No lo sé. La gente del hospital, supongo.

—¿Ha vuelto a verlos?

Ella tragaba saliva tan fuerte que Julie pudo oírlo en la cinta.

—Sí... Fueron a buscarme a casa de Julie. Debí imaginar que irían. Allí fue donde fueron a buscarme la otra vez. Allí, a la playa. No debí quedarme con Julie.

Julie se irguió en el sofá. Su estómago se contrajo aún más.

—Dígame qué ocurrió —decía el doctor.

—Los... lo oí fuera, en la terraza... pisadas, pequeños arañazos. Sabía que eran ellos. Dios mío, estaba tan asustada... Quería esconderme. Quería huir. Pero sabía que me encontrarían allí donde fuera. Fuera estaba oscuro. Cuando se apagaron las luces, tuve ganas de acurrucarme y morir. Unos minutos después, la habitación se llenó de una luz brillante, tan fuerte que me hacía daño en los ojos. Luego volvió la oscuridad –Laura dejaba escapar un leve sollozo de desesperación–. Entonces fue cuando entraron en la habitación.

Se oía el ruido de la silla del doctor al moverse.

–Continúe, Laura –murmuró suavemente–, esto es sólo un recuerdo. Está usted distanciada de él. El recuerdo ya no puede hacerle daño.

Ella pareció relajarse al oír aquello.

–No sé cómo entraron. Estaban en la terraza y de repente aparecieron allí, alrededor de la cama. Yo no podía moverme. Ni siquiera podía gritar. Estuvieron mirándome un rato... Luego me llevaron con ellos.

El doctor se aclaró la garganta.

–¿Qué más recuerda?

–Nada hasta que me desperté. Estaba allí... en el hospital. Me quitaron el camisón y me lavaron el cuerpo con esa misma cosa pegajosa y húmeda que me pusieron la primera vez. Me separaron las piernas y me metieron algo dentro. Me dolió un poco, pero sobre todo sentía vergüenza. Creo que en realidad no querían hacerme daño, pero yo los odiaba de todas formas. Los odiaba por lo que estaban haciendo. Estaba allí tendida, desnuda, y rezaba por que no fueran reales, para que aquello sólo fuera una pesadilla. Rezaba por despertarme, pero en el fondo sabía que no estaba soñando.

El doctor no decía nada.

La cinta siguió girando con un murmullo en medio del silencio de una pausa.

–Hay otra cosa –decía Laura–. Pero creo que no recuerdo lo que es –debía de haber inclinado la cabeza para proferir el sollozo que escapaba de su garganta y que sonó sofocado y desigual. Luego empezó a llorar.

Julie se sobresaltó cuando la grabadora se apagó, levantó la mirada de sus manos, que tenía unidas con fuerza sobre el regazo, y fijó su atención en Brian Heraldson. Deseó que la sangre volviera a su cara.

–Ya comprenderá usted por qué la he llamado.

Ella se humedeció los labios. Notaba la boca llena de algodón.

–Sí.

–¿Recuerda usted algo de esas dos ocasiones que pueda ayudar a explicar las cosas que ha dicho Laura?

–No. No tiene ningún sentido. El día que fuimos a la playa, las dos nos quedamos dormidas un rato. Después recogimos nuestras cosas y volvimos a mi casa. No nos encontrábamos muy bien. Seguramente tomamos demasiado el sol. Yo tuve luego un dolor de cabeza espantoso, pero aparte de eso no pasó nada raro.

–¿Y después, el fin de semana que pasó con usted después del incidente con la policía?

–Como dice ella en la cinta, le daba miedo que alguien estuviera intentando entrar en su apartamento. Estaba asustada. Por eso aceptó venir a mi casa.

–¿Cómo se comportó esa noche? ¿Notó usted algo fuera de lo normal?

–No. Cenamos pronto. Pollo con limón, uno de sus platos preferidos. Tomamos una copa de vino y estuvimos un rato hablando en la terraza. Luego nos fuimos a la cama. A mí me dolía otra vez la cabeza, así que me tomé unas pastillas para dormir. Creo recordar que vi una luz muy brillante esa noche, pero no podía ser nada... quizá fueran los focos de alguno de los Jeep de las patrullas de la playa. Después de eso, supongo que me quedé dormida. No recuerdo nada hasta que me desperté por la mañana.

—¿Cómo estaba Laura entonces?

Julie frunció el ceño al recordar la palidez de su hermana al día siguiente.

—Ahora que lo menciona, estaba un poco decaída. Pensé que estaba incubando la gripe. Esa tarde la llevé a ver a nuestro médico de cabecera.

—He leído el informe del doctor Marsh. La hemorragia que sufrió su hermana coincide con el recuerdo del examen físico que cree haber sufrido... pero se sabe que el cuerpo suele ayudarnos en nuestros desvaríos.

—¿Qué quiere decir?

—No es infrecuente, en casos de trauma, que aparezcan marcas sin ningún contacto físico, quemaduras, hematomas en la piel, esa clase de cosas. Las manifestaciones psicosomáticas pueden causar todo tipo de problemas.

El doctor sorprendió su mirada preocupada y se levantó de la silla.

—Veo que está usted disgustada y no era ésa mi intención al hacerla venir —rodeó la mesa y se acercó a ella—. La terapia de Laura acaba de empezar. Ella no ha oído las cintas. Yo quería hablar con usted primero, descubrir todo lo que pudiera. He decidido ponérselas en la próxima sesión. Quizás oírlas la ayude a recordar qué desató sus miedos. Al menos, dado que nada de eso ha ocurrido, podrá comprender que no tiene fundamento real. Luego podremos empezar a indagar en sus sentimientos sobre el aborto.

Julie se frotó el puente de la nariz, intentando olvidar el dolor de cabeza que empezaba a sentir.

—¿De veras cree que se trata de eso?

—¿Usted no?

—No lo sé. Fue muy traumático para ella en su momento, pero creía sinceramente que lo había superado. La verdad es que no sé qué pensar y estoy muy preocupada por ella.

—Lo sé, Julie. Y su preocupación es una de las cosas que

van a ayudarla a recuperarse —la acompañó hasta la puerta—. Preferiría que no hablara de esto con Laura. Al menos, todavía.

—De acuerdo. Y si hay algo más que pueda hacer, avíseme, por favor.

El doctor Heraldson fue con ella hasta la puerta y luego la cerró suavemente a su espalda. Mientras iba a hacia su coche, Julie pensó en los terrores alojados en la bella cabeza de su hermana, y se le encogió el estómago.

El comandante Val Zarkazian se echó un último vistazo en el espejo que había sobre la cómoda de teca negra del dormitorio de su ático. Su cara (la cara de Patrick, se corrigió) había perdido su palidez. La piel morena y recién afeitada volvía a parecer robusta, sin rastro de la hinchazón causada por el abuso de las drogas. La carrera que se daba cada mañana dejaba sus rasgos cincelados y fibrosos y la línea de su mandíbula firme. Hasta su pelo ondulado y negro parecía tener un brillo y una vitalidad nuevos.

Cuando recordaba los primeros sujetos terrestres que había visto, no creía que alguna vez pudiera llegar a gustarle su apariencia humana. Pero le gustaba. Siendo Patrick se sentía... sustancial. Una masa sólida de músculo y hueso. Se sentía masculino y viril de un modo muy distinto a cuanto había experimentado en Toril.

En su planeta, los hombres y las mujeres eran distintos y sin embargo muy parecidos. Aunque él era más corpulento que sus congéneres femeninos, cualquier diferencia de tamaño, forma o pensamiento carecía de importancia. Todos hacían las mismas tareas, recibían la misma educación y compartían por igual la crianza de los hijos que se les asignaban, niños probeta resultantes de su unión genética.

Hasta su llegada a la Tierra, nunca había experimentado el impulso de proteger a las hembras de la especie, ni de mostrarles deferencia como señal de cortesía. Y lo que era aún más importante: nunca había conocido aquel anhelo, aquella ansia por aparearse con una hembra. Era algo que no lograba entender.

Y sin embargo aquella división entre los sexos, aquel poderoso sentimiento de virilidad, le parecían mucho más estimulantes de lo que había imaginado.

Se enderezó la corbata de seda estampada, se apartó del espejo y cruzó la habitación decorada con pocos muebles pero con gusto artístico, pasando junto a la enorme cama con canapé. Sus zapatos negros repiqueteaban sobre el suelo de tarima bruñida. En las paredes colgaban cuadros modernos, no demasiado caros, de jóvenes artistas con buen ojo para el color y la forma. Los gustos contemporáneos de Patrick se correspondían con las líneas sencillas que predominaban en el mundo del que procedía Val, y le hacían más fácil aceptar aquella casa como su hogar temporal.

Cuando salía, pasó junto a la bandeja de fiambres y galletas saladas (una de las comidas preferidas de Patrick) que había decidido comer. Tomó un trozo de salami, sintió que se le revolvía el estómago y volvió a dejarlo en el plato. Consumir comida terrestre era una de las cosas a las que más le estaba costando acostumbrarse. Todo estaba demasiado especiado, demasiado caliente o demasiado frío, las texturas eran tan distintas a las que estaba habituado que casi le daban ganas de vomitar.

Aun así, su cuerpo necesitaba alimento. Tenía que seguir intentándolo. Tomó una loncha fina de chóped, la enrolló y dio un mordisco, se obligó a masticar, hizo una mueca y se lo tragó casi entero. Luego entró en el cuarto de estar. Mientras tanto, seguía pensando en la velada que iba a pasar con Julie Ferris.

Era crucial que se relacionara más con ella. Estaba allí para estudiarla en su entorno natural, para ver qué podía descubrir. Físicamente, no había descubierto nada que la distinguiera del resto de las mujeres humanas, pero sus comprobaciones habían sido mínimas. Necesitaba estudiar sus hábitos, sus gustos y aversiones, qué comía, cómo cuidaba su cuerpo. Gracias al banco de la memoria de Patrick, sabía ya muchas cosas. Pero esa noche tendría una nueva oportunidad de observarla.

Cuando a las ocho en punto llegó a la oficina, ella estaba todavía trabajando, inclinada sobre la mesa con el teléfono pegado a la oreja. Estaba de espaldas a él, anotando algo en un trozo de papel. La luz de la lamparita de bronce que había al borde de la mesa se reflejaba en su pelo rojizo. Vestida con un traje azul claro con grandes botones de perla, se alisó la falda, que le llegaba hasta las rodillas y que se ceñía a las curvas de su trasero. La chaqueta no se ajustaba a su cintura minúscula.

Al verla, Val sintió una tensión en la entrepierna. Su sangre comenzó a espesarse y a latir rítmicamente por sus venas. ¡Maldición! Su cuerpo se estaba preparando, el deseo se difundía a través de él y apretaba su sexo contra la parte delantera de sus pantalones. Fijó su atención en el plano del condado de Los Ángeles que Julie había clavado a una pared. Estudió las calles, memorizó los nombres de las que no conocía todavía. Cuando ella colgó, tenía mojada la espalda, entre los omóplatos, pero volvía a ser dueño de sí mismo.

Julie se volvió hacia él y sonrió. Sus bonitos labios rosados se levantaron por las comisuras.

—Perdona el retraso. Pensaba que habría acabado cuando llegaras.

—No importa. Me gusta verte trabajar.

Ella lo miró de manera extraña.

—Llevas ocho años viéndome trabajar.

Él notó un calor en la cara.

—Siempre me ha gustado. Pero nunca te lo he dicho

—era la verdad. Patrick deseaba a Julie (la deseaba con ansia), pero únicamente conforme a sus términos. Dado que eso no podía tenerlo, había ignorado sus sentimientos hacia ella. Val pensaba utilizar esos sentimientos para sus propios fines.

Ella desvió la mirada y se puso a ordenar los papeles de su mesa.

—Más vale que nos vayamos —puso los papeles en un pulcro montón y se volvió para mirarlo con una sonrisa—. No he comido nada desde mediodía y tú seguramente estarás muerto de hambre.

Él no tenía hambre, claro. En Toril, la gente comía cantidades mucho más pequeñas, y comer no era, desde luego, una forma de disfrute. Pero su cuerpo necesitaba sustento. Se obligaría a comer.

—No sabía a qué hora ibas a acabar, así que no he hecho ninguna reserva. He pensado que podíamos ir a Trebecca. Es tranquilo y sé lo mucho que te gusta la comida italiana.

La sonrisa de Julie se hizo más amplia.

—Y yo sé que a ti no te chifla precisamente. ¿Por qué no probamos en ese pequeño restaurante japonés que han abierto en esta misma calle? Dicen que es muy bueno.

Japonés. Eso Val no lo había probado aún. Y, decididamente, la comida italiana no le sentaba bien. Se preguntó si le costaría mucho trabajo tragar platos cocinados al estilo japonés y confió en que las raciones fueran pequeñas.

—Me parece bien, si podemos entrar.

—¿Bromeas, Patrick? No hay un solo sitio en esta ciudad en el que tú no puedas entrar.

Tenía razón. Patrick sabía cómo engrasar una rueda. Con dinero, podía conseguir casi cualquier cosa.

Val se descubrió frunciendo el ceño. Hasta empezaba a pensar como Patrick. Claro que quizás aquello era bueno. Quería empaparse de la cultura de la Tierra, conocerla como no lo había hecho ninguno de sus congéneres.

—Venga —dijo, deslizando un brazo por la cintura de Julie—, vámonos. Se está haciendo tarde, y tengo más hambre de lo que pensaba.

El restaurante estaba a corta distancia en coche. Val dio una propina al maître, que prometió encontrarles una mesa tranquila al fondo. Unos minutos después, estaban sentados en el suelo, sobre un tatami, delante de una mesa baja y lacada de color negro, con un hueco debajo de las piernas. La versión americana de cómo sentarse al estilo japonés en el suelo.

El camarero les dio la carta. En cuanto empezó a leer los platos de la lista, Val se dio cuenta de que Patrick odiaba la comida japonesa.

Nunca se lo había dicho a nadie. Comer sushi estaba de moda. No estaba dispuesto a reconocer que no le gustaba el pescado crudo. Sencillamente, evitaba sitios como aquél.

Val sonrió a Julie desde su lado de la mesa.

—No conozco mucho la cocina japonesa. ¿Por qué no pides tú por los dos?

Ella lo miró con cierta extrañeza. Patrick rara vez cedía las riendas.

—De acuerdo.

Cuando la diminuta camarera japonesa se acercó a la mesa, Julie pidió varios tipos de sushi como aperitivo, seguidos por sopa y un plato de gambas y verduras. Llegó el primer plato y Val, indeciso, puso en su plato dos rollos de sushi delicadamente preparados, pero no empezó a comer; se quedó allí sentado, intentando armarse de valor, y de pronto sintió la mirada de Julie clavada en él.

Ella empezó a sonreír. Sus grandes ojos verdes burbujeaban de alegría.

—¿Por qué no me has dicho que no te gustaba el sushi? No es ningún delito, ¿sabes?

—¿Qué te hace pensar que no me gusta? —dijo él suavemente.

—Seguramente que no te lo estás comiendo. Sólo lo miras como si fuera a salir del plato andando.

Una leve sonrisa tiró de los labios de Val. Tomó con decisión el rollito de pescado y arroz, se lo metió en la boca y empezó a masticar lentamente. Sabía sorprendentemente suave, no como esperaba. De hecho, se parecía mucho al *bizcal*, una comida de Toril.

Le resultó igual de fácil comerse el segundo bocado. Se acabó el sushi y empezó a comerse la sopa fina y clara, que estaba un poco salada para su gusto, pero no incomible. El plato principal se componía en su mayor parte de verduras, y la salsa era agradablemente suave, siempre y cuando evitara la soja. Comió una gamba y su textura le desagradó, pero el resto de la comida le gustó más que cualquiera de las que había probado hasta ese momento.

—Creo que está empezando a gustarte.

—Pues sí, no está mal del todo. Puede que sólo necesitara que pidieras tú.

Ella puso una sonrisa bonita, bajó la mirada y vio el tenedor que sostenía él.

—Ah, no, nada de eso. Sólo palillos. Si no sabes usarlos, te enseño.

Patrick sabía usarlos, desde luego. De hecho, era un profesional. Aunque evitaba la comida asiática siempre que podía, no estaba dispuesto a quedar en ridículo delante de sus ligues.

Val, por su parte, pensó que podía ser divertido que Julie le enseñara. Se puso a trastear torpemente con los largos palillos negros.

—Me temo que no se me da muy bien. ¿Cuál es el truco?

—Es muy sencillo. Sólo tienes que sujetarlos así —se lo enseñó varias veces, pero él no parecía acabar de dominar la técnica. Julie se levantó, rodeó la mesa y se arrodilló en el suelo, a su lado. Val sintió sus pechos apretados contra su espalda cuando ella se inclinó sobre su hombro, y el calor de sus dedos pequeños envolvió sus manos grandes y morenas. El olor levemente dulce de su perfume lo rodeaba.

—No es así —ella colocó cuidadosamente el palillo—. Si los sujetas muy abajo, significa que eres un campesino. Y tú sólo puedes ser de la flor y nata, muchacho.

Él sujetó bien los palillos, los movió un par de veces para enseñarle que por fin lo había entendido y luego tomó un trozo de comida.

—Perfecto —ella sonrió con placer y empezó a levantarse, pero antes de que pudiera escapar Val tomó su mano y se la llevó a los labios.

—Gracias —dijo con suavidad.

Ella pareció paralizada un momento. Luego se apartó.

—D-de nada.

Volvió a su sitio frente a él y siguió comiendo, con cuidado de mantener la cabeza agachada. Aquello permitió a Val observarla un momento, estudiarla como era su intención. Era una joven encantadora, por dentro y por fuera: todo lo que sabía de ella así lo confirmaba. Pero ¿qué había de distinto en ella? ¿Qué la distinguía de otros sujetos como ella?

¿Qué tenían en común un pintor de Santa Fe y una agente inmobiliaria de Beverly Hills? Val repasó mentalmente la lista de los sujetos que se habían resistido a las pruebas con la misma violencia: un coronel del ejército jubilado, un ama de casa de Detroit, madre de tres hijos, y un inmigrante italiano dueño de una pizzería en Nueva Jersey. ¿Cuál era el vínculo que los unía?

—¿Alguna vez vas a la iglesia, Julie?

No iba, que él supiera. Trabajaba por lo menos tres domingos al mes. Pero quizás había alguna otra forma de religión que le daba aquella increíble fortaleza interior.

Ella lo miró extrañada. Aquélla era una pregunta muy rara viniendo de Patrick.

—No, no voy. No es que sea contraria a la iglesia, ni nada

parecido. Es sólo que mis padres no eran religiosos, así que de pequeña nunca iba a la iglesia. Pero creo en Dios. Creo que está en todas partes, a nuestro alrededor. Que forma parte de todo lo que hacemos. Quizás a veces incluso nos dirige.

—¿Y tu hermana? ¿Es religiosa?

—Sé que cree en Dios. No se pone tan filosófica como yo al respecto, pero es creyente, eso seguro —dejó los palillos apoyados en el plato—. ¿Y tú, Patrick? Nunca antes habías hablado de la iglesia. ¿En qué crees?

Él le sonrió suavemente.

—Creo que Dios está en todo el universo. Que es el vínculo que todos tenemos en común. A los ojos de Dios, todos somos uno. El tiempo y el espacio son uno. Todas las cosas forman parte de un todo. Y sí, creo que nos guía, si somos listos y le escuchamos.

Julie se quedó mirándolo.

—Nunca te había oído hablar así. Creía que sólo pensabas en a qué fiesta ibas a ir o a qué mujer ibas a seducir.

Una voz cautelosa lo advirtió de que debía dar marcha atrás, volver a adoptar la superficialidad de Patrick. Pero no quería hacerlo. Quería que Julie vislumbrara a la persona que había dentro de él.

—Puede que mi roce con la muerte me haya dado tiempo para pensar, para ver las cosas desde una perspectiva distinta.

—Eso espero, Patrick. De veras.

Después de eso hablaron de cosas más ligeras, del tiempo, de las ventas que había pendientes en la oficina... De nada importante y, sin embargo, aquello ayudó a Val a perfilar la imagen de Julie que tenía en la cabeza.

Ella miró su plato vacío.

—De acuerdo, reconócelo. Al final, te ha gustado la comida —le sonrió desde el otro lado de la mesa.

—Estaba buenísima. Tenemos que volver a venir.

La cálida sonrisa de Julie se desvaneció. Se quedó mirándolo un momento.

—Patrick, ¿seguro que te encuentras bien?

Él se inclinó hacia delante y la tomó suavemente de la mano.

—Hacía años que no me sentía tan bien. ¿Y tú? ¿Ha vuelto a dolerte la cabeza?

Julie suspiró.

—La verdad es que me ha dolido esta tarde, a última hora.

Él frunció el ceño. No le gustó aquella noticia.

—¿Qué dice el médico? —aquello no tenía importancia, dado que nadie podía determinar la causa de sus jaquecas. Pero aun así tenía curiosidad.

—No han encontrado nada físico. El doctor Marsh piensa que es el estrés. Después de lo que ha pasado hoy, supongo que tiene razón.

—¿Hoy? ¿Qué ha pasado hoy?

Ella bebió un sorbo de té de la tacita pintada a mano que había al borde de su tapete de bambú y volvió a dejarla sobre la mesa.

—Fui a ver al doctor Heraldson, el psiquiatra de mi hermana. Laura tiene problemas últimamente. Hoy he escuchado la cinta de sus dos últimas sesiones de hipnosis. Ha sido... —se interrumpió y levantó la mirada—. No sé por qué te cuento esto. No creo que te interesen mucho mis problemas personales.

Val le apretó la mano.

—Te equivocas, Julie. Me interesan. Dime qué ha pasado con el psiquiatra de Laura —sabía que la chica estaba visitando a un médico. Laura llevaba un implante, un minúsculo dispositivo de seguimiento. Lo sabían todo sobre ella.

—Estoy muy preocupada por ella, Patrick. Si hubieras oído esa cinta... Dios, decía unos disparates... Hablaba de hospitales y de que alguien la examinaba... Y parecía muy asustada. No entiendo qué le ocurre.

—Se pondrá bien. Te tiene a ti para ayudarla. ¿Qué más podría pedir?

Julie sonrió levemente.

—Eres muy amable por decir eso —lo observó un momento; luego, una expresión recelosa apareció en su cara. Se estaba preguntando por sus motivos, y su sonrisa se borró. Apartó la mano—. He disfrutado mucho de la cena, Patrick, pero se está haciendo un poco tarde. Todavía me queda un largo camino para llegar a casa.

Él sofocó el impulso de ofrecerse a llevarla. Si se precipitaba, sólo conseguiría que desconfiara aún más de él.

—Está bien, te acompaño al coche.

Ella se relajó un poco al ver que no la presionaba. Por el camino hablaron de cosas triviales y unos minutos después estaban en el aparcamiento de detrás de la oficina.

Él tomó la llave de Julie y abrió la puerta de su pequeño descapotable plateado.

—Me lo he pasado muy bien, Julie —la ayudó a subir y luego se le ocurrió una idea extraña y se detuvo—. Mañana es tu cumpleaños, ¿verdad?

—Sí, ¿cómo lo sabes?

—Antes de que le diera el ataque, mi padre solía llevarte a cenar todos los años —sonrió—. Como este año no está en condiciones de hacerlo, ¿por qué no voy yo en su lugar?

Ella sacudió la cabeza y se mordisqueó el labio con nerviosismo.

—Te agradezco el ofrecimiento, Patrick, de veras, pero me temo que no puedo aceptar. Tengo invitados en casa. Babs, Laura y Owen Mallory han prometido pasarse.

Él frunció el ceño.

—No estás con Mallory, ¿verdad? Quiero decir que no sois pareja, ¿no? Sé que siempre le has gustado, pero no creía que...

—Owen es uno de mis mejores clientes. Aparte de eso, es un amigo, nada más.

Val sintió una oleada de alivio. De un tipo distinto al que esperaba. Aquello le molestó y de pronto se sintió inquieto. Forzó una sonrisa.

—Entonces, no te importará que me pase yo también. Prometo llevar una botella de buen champán.

—N-no sé. No creo que sea buena idea.

Él levantó una ceja.

—¿Por qué?

—¿Que por qué?

—Eso he dicho.

—Porque... porque... —levantó la barbilla—. Sabes muy bien por qué. Porque tú eres tú y yo soy yo. Porque eres mi jefe. Porque trabajamos juntos, por eso.

—También somos amigos, ¿no?

—Por supuesto, pero...

Él cerró la puerta de su pequeño Mercedes, encerrándola dentro.

—Nos vemos mañana por la noche —dijo alzando la voz para que lo oyera a través del cristal—. Cierra bien las puertas —gritó por encima del hombro mientras ella bajaba la ventanilla, pero siguió andando.

La noche siguiente volvería a verla, podría observar sus movimientos en el entorno de su casa. De momento, no tenía ni idea de por qué su reacción a las pruebas había sido tan distinta a la de su hermana. Quizá si las veía juntas...

Pero al montarse en el coche no pensaba en estudiar el comportamiento de Julie. Pensaba en cómo se le apretaba la chaqueta contra los pechos, en el atractivo tono rosa de sus labios. Toda la velada había estado excitado intermitentemente, sentado a la mesa del restaurante. Pensar en ello volvió a excitarlo.

Usó uno de los exabruptos preferidos de Patrick. A

aquellas alturas, su benefactor ya habría desahogado sus necesidades sexuales con una o más de sus muchas conocidas, hecho que verificaban sus recuerdos increíblemente gráficos. Rememorarlos servía a Val para saber qué hacer y cómo conseguirlo. Todos los días desde que había salido del hospital lo había llamado alguna mujer para ofrecerle sus condolencias y mucho más. Pero a diferencia de Patrick, a Val sólo le interesaba una mujer. Se preguntaba cómo sería llevarse a Julie Ferris a la cama.

CAPÍTULO 8

Julie se despertó el sábado por la mañana sintiéndose un poco indispuesta. Ese día cumplía veintinueve años. Estaba a un año de cumplir treinta. La gran cifra. Y aquello no era agradable para una mujer.

Por eso, entre otras razones, se había tomado el día libre. Sólo se cumplían años una vez al año. Se merecía hacerse un pequeño regalo, y tener tiempo libre para hacer lo que le apeteciera era lo que más deseaba.

Lo último que quería era trabajar.

Era poco probable, pero quizá se tropezara con Patrick en la oficina.

Sintió una opresión en el pecho al pensar en la cena que había compartido con Patrick la noche anterior. Dios, esos ojos. De un azul brillante, como el de las flores del aciano. Unos ojos preciosos que habían seducido a docenas de mujeres. Durante años, ella se había obligado a no prestarles atención. Claro que ni una sola vez en los ocho años anteriores la había mirado él como esa noche: como si no hubiera nadie más en la habitación. Quizá ni siquiera en todo el planeta.

Parecía tan cambiado desde su ataque al corazón, mucho más... fuerte. Ésa era la palabra.

Siempre había sido físicamente atractivo, pero su atractivo se limitaba a la superficie. Bajo su rostro cincelado y su cuerpo atlético había una persona egoísta, hedonista y destructiva. El Patrick Donovan de la noche anterior no era el niño mimado que siempre había parecido. Era un hombre, y Julie se sentía irremediablemente atraída por él.

Aquello era peligroso. Casi tan aterrador como los espantosos desvaríos de Laura. Patrick no había cambiado, en realidad. En el fondo, no. Estaría sobrio algún tiempo, quizá, ahora que se veía obligado a afrontar las consecuencias de sus hábitos autodestructivos.

Pero en el fondo seguía siendo Patrick. Nada en la Tierra iba a hacerlo cambiar.

Decidida a olvidarse de Patrick al menos un rato, pasó la mañana en una tumbona de la terraza, tomando el sol, escuchando el fragor de las olas y leyendo una novela entretenida. Estaba ambientada en Inglaterra y era una historia de amor tan emocionante que se le saltaron las lágrimas. Sabía que era pura fantasía. Ella nunca conocería a un hombre como Ethan Sharpe, el héroe alto y moreno de *El collar del diablo*, pero le encantaban los finales felices y, a pesar de la mala suerte que había tenido con el sexo opuesto, seguía confiando en que, para algunas mujeres, existiera esa clase de amor.

Lo cual volvió a hacerle pensar en Patrick y dejar el libro a un lado.

Durante las horas siguientes estuvo atareada en la cocina, preparando la cena íntima que había planeado. Le gustaba cocinar de vez en cuando y, cuando lo hacía, se le daba bastante bien. Como su padre se había marchado de casa y su madre siempre estaba fuera trabajando, siempre había hecho la cena para su pequeña familia, aunque la de su madre solía acabar en el horno para recalentarla después.

Estaba levantando la tapa de un cazo con agua hirviendo, lista para añadir el aliño al arroz salvaje, cuando oyó que sonaba el timbre. Se limpió las manos en el delantal que llevaba encima del vestido de fiesta negro sin tirantes y al abrir la puerta vio a Laura en el porche.

Babs acababa de detener su Cadillac amarillo a la entrada de la casa. La mesa del comedor refulgía con su mejor vajilla Lennox y su cristalería Waterford, cosas que se había comprado cuando por fin asumió que podía pasar mucho tiempo hasta que pudiera vaciar el baúl de su ajuar.

—¡Feliz cumpleaños! —Laura le dio un abrazo y Julie también la abrazó, quizá más fuerte de lo normal. No había visto a Laura desde su conversación con el doctor Heraldson. Al verla ahora, casi oyó de nuevo la voz angustiada de su hermana en la cinta de la grabadora.

Se obligó a sonreír.

—Soy un año más vieja y no sé por qué, pero no me siento más sabia.

—Descuida —dijo Babs cuando llegó a su lado—. Yo tengo sabiduría de sobra para las tres —se inclinó y abrazó a Julie—. Felicidades, cielo —iba vestida con un traje de punto negro de Saint John, con un reborde de piedras preciosas falsas cuyo color hacía juego con el tono de ónice de su cabello liso, cortado a la altura de los hombros.

Julie sonrió.

—Vamos dentro. Es genial que hayáis venido las dos —entraron en la cocina, donde Julie abrió una botella de *chardonnay* Far Niente—. He pensado que estaba noche había que beber un buen vino.

—Pues sí —dijo Babs—. Sólo se vive una vez.

—Si no te importa, Julie, yo prefiero tomar *zinfandel* blanco. Sé dónde está —Laura abrió la nevera. Sabía que su hermana siempre tenía una botella de aquel vino dulce para cuando iba ella.

Babs sonrió.

—Buena idea, tesoro. No hay nada peor que desperdiciar un buen vino con alguien aficionado al de garrafa.

Laura se rió.

—Vamos, Babs, no es para tanto.

—No, claro que no. Además, si una es lista, nunca se aficiona al vino caro. Porque, cuando lo haces, es imposible volver al barato.

Julie dijo amén para sus adentros. Había aprendido a apreciar el buen vino cuando salía con Jeffrey Muller. Durante sus dos años de relación habían hecho unos cuantos viajes al valle de Napa para reaprovisionar la amplia bodega de Jeff, que era jefe de la sede de Panasonic en Los Ángeles.

Como la mayoría de sus viajes, aquellas excursiones solían acabar con Julie llorando.

Julie ahuyentó aquel recuerdo. Ya nunca pensaba en Jeffrey. Él le había robado sus últimas ilusiones, la idea de tener una familia y un marido. Pero desde entonces habían pasado tres años. Ahora tenía éxito en los negocios y, aunque no se sintiera del todo realizada, estaba satisfecha con la vida independiente que llevaba.

Miró a Laura y deseó que su hermana fuera tan capaz de afrontar sus problemas como ella había aprendido a serlo.

—Bueno —dijo Babs—, sé que eres doña Eficiente, pero algo habrá que podamos hacer para ayudarte.

Babs tenía razón, no había mucho que hacer. Julie les encomendó un par de tareas de última hora, pero la cena estaba casi lista. Pollo a la mostaza, arroz salvaje, brócoli con salsa holandesa, ensalada con aliño de hierbas aromáticas y, de postre, fresas frescas bañadas con Grand Marnier. Una comida muy poco sofisticada, pero saludable y relativamente baja en calorías.

—¿A qué hora llega Owen? —preguntó Laura, atrayendo la atención de Julie, cuya mirada se ensombreció al ver el semblante demacrado de su hermana. Con su sencillo vestido de seda azul y el pelo recogido en un moño prieto,

Laura parecía bastante serena. Pero Julie no podía dejar de pensar en la cinta que le había puesto el doctor Heraldson.

—Prometió estar aquí a las siete —dijo—. Debería llegar en cualquier momento —observó a Laura más atentamente y, con el paso de los minutos, empezó a notar en ella una leve inquietud, una tensión sutil. ¿En qué estaba pensando?, se preguntaba Julie. ¿Por qué tenía tanto miedo?

Unos minutos después sonó el timbre.

—Será Owen.

Era él, en efecto. Con su cabello castaño claro y algo canoso, su piel bronceada y su cuerpo atlético, Owen Mallory aparentaba treinta años, aunque tenía cuarenta y cinco. Era inglés, más rico que Donald Trump, pero el Duque de las Finanzas, como solía llamarlo la prensa, no destacaba tanto.

—Buenas noches, Julie. Felicidades por tu cumpleaños —se inclinó y la besó en la mejilla.

—Es un placer verte, Owen.

—Había un poco de atasco en la autopista. El pobre Arthur estaba de los nervios —Arthur era su chófer, un negro ya mayor que vivía en una de las casitas de campo de la enorme finca de su jefe.

—Me alegra que hayas podido venir.

—No me lo habría perdido por nada del mundo, querida. De hecho, pienso pasar un poco más de tiempo en Oceanside —aquél era el nombre que había dado a su mansión palaciega de la playa—. Puede que por fin tengamos ocasión de vernos más a menudo.

Julie sonrió.

—Eso sería estupendo —siempre le había caído bien Owen Mallory. Era un placer trabajar con él, y hasta le había enseñado un par de cosas sobre cómo invertir—. En todo caso, siempre es un placer verte.

—¿Y yo qué? —preguntó Patrick desde la puerta, asomando la cabeza—. ¿A mí también te alegras de verme?

—Patrick... —ella se puso colorada—. Sí... claro que sí.

Él le dio una botella de Dom Perignon y un ramito de rosas rojas.

—Feliz cumpleaños —pero en lugar de besarla en la mejilla, se inclinó y le dio un suave beso en la boca.

Julie notó un aleteo y luego un vuelco en el estómago. Fue un beso corto, nada impúdico. Santo Dios, no podía creer que la afectara de aquel modo.

—O-os conocéis, claro.

—Claro —dijo Owen, mirando a Patrick fijamente. Julie se preguntó por qué había fruncido el ceño, y luego se acordó de que una vez habían hecho negocios juntos. Por el evidente desagrado de Owen, se notaba que la cosa no había funcionado.

—¿Por qué no entráis?

Owen entró en el cuarto de estar, pero Patrick se quedó un momento rezagado. Miraba fijamente los labios de Julie. Estaba un poco colorado, como si se sintiera ligeramente inquieto. Luego sonrió.

—¿Puedo ayudar en algo?

—Todo está bajo control. Hay vino en la cocina. Y licores en el bar, si lo prefieres. Sé que sueles beber Chivas.

—Prefiero un vaso de agua con gas.

Ella arqueó una ceja.

—¿Ya no bebes?

—La otra noche no te sorprendiste.

—Eso fue distinto. Estábamos cenando en un japonés. Imaginé que el té iba mejor con el sushi que el whisky escocés... aunque supongo que podías haber pedido sake.

—Agua con gas. Eso es lo que bebo últimamente. No está tan buena como el Dom Perignon, pero tampoco está mal.

Ella puso una sonrisa radiante.

—Eso es fantástico, Patrick. Estoy muy orgullosa de ti.

Estuvieron hablando los cinco un rato, bebieron vino y

comieron unos aperitivos, y luego pasaron al comedor y se sentaron a la larga mesa de pino blanqueado con cubierta de cristal. Owen sirvió el Dom Perignon, llenando las copas de todos, menos la de Patrick. Patrick llenó la suya con agua con gas y la levantó para brindar junto con los demás.

–Feliz cumpleaños, querida mía –dijo Owen–. Que cumplas muchos, muchos más.

En el equipo de música del cuarto de estar sonaba música de jazz de Dave Brubeck. Mientras empezaban a comer, cayó la noche. La llamas de las velas altas y blancas, en veleros de cristal tallado, se agitaban empujadas por la brisa que entraba por las ventanas, llenando la habitación de suaves tonos dorados. Fuera, el océano se precipitaba sobre la playa.

Acabaron de cenar conversando tranquilamente, y luego Babs ayudó a Julie a recoger los platos y volvieron a la mesa para tomar el postre sin prisa. Todos menos Patrick tomaron una taza de café torrefacto francés, el de Laura con mucha crema. Más allá de la ventana, el fragor acompasado de las olas sobre la arena, suave como un arrullo, hacía la atmósfera más grata aún.

Grata para todos, al parecer, menos para Laura.

De momento, sólo Julie había notado que su hermana miraba furtivamente hacia la oscuridad que iba adensándose allá fuera y que había empezado a removerse inquieta en su silla. Laura dejó que su café se enfriara y empezó a beber más vino, llenándose la copa hasta el borde con lo que quedaba de la botella de *chardonnay* que había abierta en medio de la mesa.

Sentada a su lado, Julie alargó el brazo y tomó la mano que Laura tenía apretada sin darse cuenta sobre el regazo. Estaba fría y pegajosa, humedecida por el sudor.

–Laura, cariño, ¿estás bien?

Patrick también se había fijado en Laura. La observaba con extraña intensidad y preocupación.

—Estoy bien, Julie. Un poco estresada, nada más.

—¿Has tenido un mal día en el trabajo?

—Sí... supongo que sí —miró hacia las ventanas y se mordió nerviosamente el labio—. He decidido irme a casa después de la cena. Mañana tengo cosas que hacer. Lo entiendes, ¿verdad? ¿No te enfadas?

—Pero si has traído la bolsa de viaje. Pensaba que ibas a quedarte.

Laura miró hacia las puertas de la terraza.

—Tengo que irme.

Julie se forzó a sonreír.

—Está bien. No tienes que quedarte, si no quieres. Claro que no me enfado —le apretó la mano, la soltó y volvió a sumarse a la conversación. No quería llamar la atención sobre su hermana. Pero por el rabillo del ojo vio cómo Laura daba vueltas a su servilleta, tirando de un hilo suelto del borde. Cada pocos segundos, sus ojos se dirigían hacia la oscuridad de fuera.

Alguien se rió, pero la cara de Laura se puso rígida.

—¿Qué ha sido eso? —dijo, interrumpiendo la anécdota que estaba contando Owen sobre la caótica semana que acababa de pasar en Londres—. ¿Q-qué es ese ruido?

Todos se detuvieron a escuchar.

—Yo no oigo nada —dijo Babs—. Espera un momento... Sí, ahora sí lo oigo.

Era un rumor sordo, un ruido lejano que parecía moverse hacia ellos. Al acercarse iba haciéndose más fuerte, emitía sobre ellos un zumbido y parecía comprimir el aire. A Julie le recordaba algo... algo... pero no sabía qué.

—¡Son ellos! ¡Ya vienen! —Laura se levantó de un salto y se echó hacia atrás tan bruscamente que volcó la silla. Ésta se estrelló con estruendo contra el suelo de tarima.

Julie también se levantó.

—No pasa nada, Laura. No hay por qué asustarse. Vamos a salir, a ver qué es.

Laura se quedó paralizada, con la cara muy pálida mientras aquel zumbido se aproximaba. Luego, la habitación se llenó de una luz blanca y brillante que los iluminó a todos, proyectando sobre su cara luces y sombras.

–¡Noooo! –gritó Laura–. ¡No voy a permitir que me lleven con ellos! Dios mío, no voy a dejar que vuelvan a hacerme daño –echó a correr, pero tropezó con la silla y cayó al suelo. Se puso de rodillas y comenzó a retroceder deslizándose por el suelo hasta que chocó con la pared y se acurrucó en un rincón.

Babs fue la primera en llegar hasta ella.

–No pasa nada, cielo, nadie va a hacerte daño. Sólo es un helicóptero –el estruendo de las aspas sonaba ahora justo sobre ellos.

–Tranquila, Laura –dijo Julie mientras el foco se movía y el helicóptero se alejaba rugiendo por la playa, llevándose consigo aquel zumbido sordo–. Es uno de los helicópteros del sheriff –se arrodilló junto a Laura y abrazó su cuerpo tembloroso. Pero temblaba casi tanto como ella–. Pasan por aquí de vez en cuando, ¿te acuerdas? Seguramente fue eso lo que pasó la última vez que estuviste aquí.

Laura intentaba refrenar las lágrimas.

–¿Cómo... cómo lo sabes? ¿Recuerdas lo que pasó? Yo lo recuerdo, Julie. Lo recuerdo todo. Durante un tiempo no lo recordé, pero ahora sí.

–¿De qué está hablando? –preguntó Babs.

–De algo que le dijo al doctor Heraldson. Algo que cree que le pasó la última vez que se quedó aquí.

Laura la miró con los grandes ojos oscuros llenos de lágrimas.

–¿Te ha dicho el doctor Heraldson lo que pasó? ¿Por eso quería que oyeras la cinta?

–Sí. Dijo que tenías miedo de algo que te pasó en el hospital. Le dijiste que te habían llevado allí el día que pasamos en la playa. Como las dos sabemos que eso no pasó, el doctor pensó que quizá a mí se me ocurriera algo que pudiera haberte asustado ese día.

—Sé lo que me asustó. Ahora mismo... al oír ese ruido, me he acordado de todo... de todo lo que pasó. De cada momento de sufrimiento.

Patrick se acercó a ellas.

—Está claro que Laura está angustiada. La cena se ha acabado. Todos lo hemos pasado muy bien. ¿Por qué no dejamos que Julie y su hermana hablen en privado?

—¿Julie? —preguntó Babs, y lanzó a Patrick una mirada penetrante—. ¿Seguro que es eso lo que quieres? A lo mejor debería quedarme —Babs había tenido una breve aventura con Patrick hacía años, pero era una de las pocas mujeres que lo había dejado plantado, razón por la cual probablemente seguían siendo amigos.

Julie miró a Laura, que seguía tan pálida que se le transparentaban las venas azules de las sienes. Sus miembros temblaban y tenía los puños cerrados con fuerza.

—Creo que Patrick tiene razón —sin darse cuenta, se frotó la nuca. Sentía una punzada amortiguada de dolor. Maldición, lo último que necesitaba era un dolor de cabeza—. Os agradecería que os fuerais a casa. Creo que a mi hermana le vendrá bien estar un rato sola.

Owen alargó el brazo y le apretó suavemente el hombro.

—Estoy aquí al lado. No me cuesta ningún trabajo volver, si me necesitáis.

—Gracias, Owen. Seguro que estaremos bien.

Patrick los acompañó a la puerta, lo cual era extrañamente considerado tratándose de él. Se despidió agitando un momento la mano y luego se fueron todos.

Julie exhaló un suspiro de alivio.

—Bueno... —compuso una sonrisa y se volvió para ayudar a Laura a levantarse—. ¿Por qué no vamos al cuarto de estar? Te preparo una taza de té caliente y me cuentas de qué va todo esto.

Laura asintió, aturdida. Julie la condujo al cuarto de estar y volvió luego con una taza de té humeante, como había prometido. Laura aceptó la taza, la rodeó con las manos para calentárselas, pero no bebió ni un sorbo.

—¿Te apetece hablar de ello? —dijo Julie suavemente, sentándose a su lado en el sofá.

La mirada oscura de Laura se dirigió hacia ella.

—Creía que habías oído la cinta.

—También he dicho que no tenía ni pies ni cabeza. Decías que estabas en un hospital, pero no es cierto, al menos las dos veces de las que hablabas.

—No era un hospital, Julie —Laura se quedó con la mirada perdida. Julie nunca había visto tanta desolación—. Era una nave espacial. El día que fuimos a la playa, me llevaron a bordo de una nave espacial.

Aquella noticia fue para Julie como un puñetazo en el estómago. Laura había dicho muchos disparates durante sus veinticuatro años de vida, pero aquél se llevaba la palma. El pálpito doloroso que notaba en la cabeza seguía creciendo, convirtiéndose en un dolor que le bajaba por el cuello y se clavaba en sus hombros.

—Me temo que no sé qué decir.

—Di sólo que me crees, Julie. Nadie va a creerme. Si tú no me crees, no sé qué voy a hacer —Laura empezó a llorar, rodeándose la tripa con los brazos e inclinándose hacia delante como si sintiera dolor.

Julie acarició su largo pelo rubio.

—Puede que sea mejor que no te crea. Así podremos investigar juntas este asunto, descubrir qué pasó de verdad.

—Yo sé lo que pasó —sollozó Laura—. Ha pasado dos veces... y las dos estaba aquí. No era un sueño, Julie. No era un sueño. Era una pesadilla, pero real.

En ese momento sonó el timbre y ambas se sobresaltaron.

—Voy a ver quién es —dijo Julie, intentando calmar el latido de su corazón. Antes de que pudiera levantarse del sofá, la puerta se abrió y se asomó Patrick.

—¿Puedo pasar? —todavía llevaba su traje oscuro, pero la corbata había desaparecido y se había desabrochado la camisa, dejando ver un triángulo de vello suave y oscuro.

—Creía que habíamos quedado en que era preferible que os fuerais todos a casa.

—Me refería a todos menos a mí —Patrick se acercó a ella con decisión. Curiosamente, Julie se alegraba de verlo—. Además, tenía el presentimiento de que te estaba dando uno de tus dolores de cabeza.

—Sí.

—El otro día te ayudé. Quizá pueda hacerlo otra vez.

Julie se limitó a asentir y se dirigió al cuarto de estar. Patrick la seguía de cerca.

—¿Te encuentras mejor? —le preguntó a Laura, colocando un diván de rayas naranjas y rojas frente al sofá.

—Puede que nunca vuelva a sentirme bien.

—¿Quieres contármelo? Lo creas o no, sé escuchar.

Ella levantó la barbilla, un gesto que Julie y ella habían heredado de su madre.

—Adelante, Julie. Dile lo que he dicho. Seguro que se parte de risa.

Unos ojos azules y preocupados volaron hacia Julie. Ella no esperaba aquella mirada, una mirada que prometía comprensión.

Julie suspiró.

—Laura cree que la llevaron a bordo de una nave espacial.

Él se quedó callado un momento.

—¿Eso es todo? Creía que era algo importante.

Laura sonrió levemente, pero Julie siguió hablando.

—Está convencida de que es verdad. Lo cree completamente —respiró hondo y siguió adelante. De pronto sentía la necesidad de defender a su hermana—. No es la primera persona que cuenta algo así, ¿sabes? He leído artículos sobre eso en el periódico. No recuerdo exactamente qué decían, pero sé que se llama «abducción». No es imposible. El hecho de que no podamos verificarlo no significaba que sea mentira.

Una comisura de la boca de Patrick se alzó.

—No, supongo que no —la observó un momento y luego fijó su atención en Laura—. Pero ¿no sería más tranquilizador creer que fue una especie de truco de la mente, una especie de espejismo? Así podríais analizar el problema y llegar a una solución. No tendrías que tener miedo constantemente.

Laura se quedó pensativa, irguiéndose un poco en el sofá.

—Sería más tranquilizador, Patrick. Sería la mejor noticia del mundo. Pero, por desgracia, no sería cierto.

Él la tomó de la mano y le apretó con fuerza los dedos.

—¿Cómo puedes estar tan segura?

Laura se mordió el labio, que había empezado a temblarle. Las lágrimas rodaron por sus mejillas y Julie sintió que se le encogía el corazón. Santo Dios, cuánto deseaba poder ayudarla.

—No sé por qué estoy tan segura —dijo Laura—. Pero lo estoy. Supongo que, cuando recuerdas algo tan horrible, algo tan espantoso que te paraliza de miedo, es imposible fingir que no es real.

—¿Qué crees que dirá el doctor Heraldson? —preguntó Julie con suavidad.

—N-no lo sé. Seguro que pensará que estoy loca, como todos los demás —se levantó del sofá y se quedó mirando por la las ventanas.

—¿Sigues queriendo irte a casa? —preguntó Julie cuando su hermana miró hacia la puerta.

—Quédate aquí, Laura —ordenó Patrick suavemente—. Te aseguro que estarás a salvo. Esta noche no hay razón para que tengas miedo —había algo en su forma de decirlo. Una autoridad que hacía que sus palabras sonaran a ciertas.

Laura lo miró a los ojos un momento y luego asintió.

—Está bien, me quedaré aquí —se apartó de él—. Estoy horriblemente cansada, Julie. Creo que me voy a la cama.

—Es buena idea. Después de una buena noche de sueño te sentirás mejor —Julie se frotó el puente de la nariz, intentando ignorar el dolor penetrante que notaba detrás de los ojos—. Podemos seguir hablando por la mañana.

Laura se paró y se dio la vuelta. Tenía el vestido arrugado y de su moño se habían soltado largos mechones de cabello rubio.

—Buenas noches, Patrick.

—Buenas noches, Laura.

—Iré a ver cómo estás antes de irme a la cama —dijo Julie tras ella, y sintió una opresión en el corazón al ver la expresión abatida de su hermana. Ella misma estaba al borde de las lágrimas.

En cuanto Laura salió de la habitación, Julie alargó el brazo y apagó la lámpara. Su luz brillante de pronto le hacía daño. Le dolía la cabeza como si un martillo golpeara el yunque de su cráneo.

—Estoy muy preocupada por ella, Patrick —se masajeó las sienes y entonces notó a Patrick a su lado, tirando de ella hacia el sofá.

—Chist —susurró él—. No hablemos más de Laura. Por lo menos, esta noche. Quiero que te relajes —la hizo ponerse boca abajo y empezó a masajearle los hombros y el cuello—. Parece que esta noche las dos hermanas Ferris necesitan que alguien cuide de ellas.

Ella respiró hondo y soltó el aire lentamente. A medida que Patrick masajeaba sus músculos, iba sintiendo una profunda relajación.

—Hmmm —masculló, dando gracias por aquel don de sus manos de largos dedos. Dos meses atrás, le habría dado miedo dejar que él la tocara, convencida de que sólo quería llevársela a la cama. Ahora, cada vez que Patrick la miraba, veía preocupación en sus ojos. Preocupación... y algo que no acertaba a nombrar.

Los dedos de Patrick se deslizaron entre su pelo, por la nuca, y unos segundos después el dolor comenzó a disiparse.

—Tienes unas manos mágicas —susurró ella—. Ahora entiendo por qué las mujeres te encuentran irresistible.

—Llevo años diciéndotelo.

Prolongó el masaje quince minutos más, hasta que el dolor de cabeza de Julie desapareció y su cuerpo quedó inerte. Pero en lugar de dormirse como la vez anterior, Julie se incorporó en el sofá y Patrick se sentó a su lado.

—Gracias por haber vuelto.

Él sonrió y la sonrisa suavizó los rasgos afilados de su cara.

—No pensaba marcharme. Pero sabía que los demás no se irían si intentaba quedarme —alargó el brazo hacia ella y pasó un dedo largo y moreno por su mejilla—. Tienes mejor cara —unos ojos tan azules como el mar se fijaron en sus labios, y una oleada de calor recorrió a Julie.

—Sí... gracias a ti.

—Me alegra que así sea —deslizó la mano bajo su barbilla y le echó la cabeza hacia atrás con firmeza, pero también con suavidad.

Julie cerró los ojos cuando él agachó la cabeza y la besó en los labios. Se quedó sin respiración y el aire pareció hincharse dentro de su pecho. Los labios de Patrick se deslizaron suavemente sobre los suyos, amoldándose perfectamente a ellos, y un leve estremecimiento atravesó a Patrick. Su beso era firme y cálido, pero no tan exigente como ella habría esperado. El roce de su lengua parecía indeciso, casi inseguro. Antes de que estuviera lista para poner fin al beso, Patrick se apartó.

Se miró el regazo y ella siguió su mirada. Vio que estaba excitado. Al darse cuenta de que ella lo había notado, sus pómulos se ruborizaron suavemente.

—Tienes unos labios muy suaves —dijo.

—Yo... no he debido dejar que me besaras.

—¿Por qué no?

Julie suspiró.

—Yo no soy lo que buscas, Patrick. Los dos lo sabemos. Nunca lo he sido.

—¿Cómo puedes estar tan segura?

—Porque te conozco desde hace más de ocho años. En todo ese tiempo, nunca has querido otra cosa de mí que llevarme a la cama.

—Todavía quiero. Ahora mismo me apetece tanto que duele. Pero esta vez mis motivos son distintos.

—¿Distintos? —ella lo miró a los ojos y sofocó el impulso repentino de huir. No debería escucharle. Sabía la clase de hombre que era, dijera lo que dijera—. ¿Cómo que distintos?

Una sonrisa tierna curvó los labios de Patrick.

—Quiero hacerte el amor para llegar a conocerte. Quiero descubrir lo que piensas, lo que sientes. Si estoy dentro de ti, tal vez pueda conocerte como nunca antes.

A Julie se le encogió el estómago y un suave calor se difundió por su interior, deslizándose hacia abajo. Cielo santo, qué imagen había hecho aparecer ante sus ojos: Patrick encima de ella, acariciando sus pechos, hundiendo su sexo dentro de ella. Su cuerpo tembló, estremecido por el deseo. Dios, con razón las mujeres hacían cola para meterse en su cama.

Julie se levantó del sofá y le dio la espalda.

—Yo no... no quiero hablar de eso. Por favor, Patrick... Creo que deberías marcharte.

Patrick también se levantó, pero en lugar de dirigirse a la puerta le puso las manos sobre los hombros y la hizo volverse. La estrechó en sus brazos y volvió a besarla. Esta vez no había en su beso titubeo alguno, ni incertidumbre. La besó con vehemencia y pasión contenida; sus labios ardían, suaves y duros al mismo tiempo, y su lengua se mostraba exigente. Sus músculos tensos se apretaban contra los pechos de Julie, cuyos pezones se tensaron y comenzaron a latir, pegados a su torso.

Patrick ahondó el beso, apoderándose de su boca como si le perteneciera, y comenzó a acariciarla profundamente. El ardor que Julie notaba en la tripa se difundió a través de sus miembros. Hacía tanto tiempo...

Y nunca había sido así.

Cerró los dedos sobre su camisa. El corazón le latía con violencia y su boca se amoldaba a la de Patrick. Por un momento le devolvió el beso y saboreó la aspereza de su lengua, sintió la presión seductora de sus labios, aspiró su olor sutil y masculino. El deseo se agitaba dentro de ella, un ansia tan poderosa que la sacudía hasta el mismo centro de su ser. Luego empezaron a aflorar las dudas, bloqueando la niebla aturdidora de la pasión. La mano de Patrick sobre su pecho produjo una fisión nuclear cuyo calor se extendió por el cuerpo de Julie. Sin embargo, iba acompañada de una fría dosis de razón.

«No deberías estar haciendo esto». Maldición, tenía que parar antes de que fuera demasiado tarde.

Apoyó las palmas sobre su pecho y se apartó. Respiraba con dificultad y le temblaban las piernas, pero retrocedió varios pasos, furiosa consigo misma por lo que había estado a punto de ocurrir y al mismo tiempo extrañamente decepcionada porque no hubiera ocurrido.

—Nunca más vuelvas a hacer eso, Patrick.

Él la miró, pero no pareció arrepentido. Julie no recordaba si alguna vez le había parecido tan imponente.

—Sólo te prometo una cosa. Que no haré nada que no quieras que haga.

Un sonido bajo y extraño salió de la garganta de Julie. Intentaba no sentir el estallido ardiente del deseo.

—Vete, por favor —dijo.

Él se quedó mirándola un momento en silencio, erguido y con los hombros un poco rígidos.

—Quiero ayudarte con Laura. No podemos permitir que lo que está ocurriendo entre nosotros la perjudique.

¿Lo que estaba ocurriendo entre ellos? ¿De qué estaba hablando? Santo Dios, ella no podía permitirse que pasara algo entre ellos.

—¿Y cómo podrías tú ayudar a Laura? Durante treinta y cinco años no has podido ayudarte a ti mismo.

La boca de Patrick se curvó con expresión cínica.

—Quizá precisamente por eso. Puede que sepa mejor que nadie lo que es sentirse tan solo —el tictac del reloj de la repisa de la chimenea resonó en medio del silencio. Él desvió la mirada hacia las ventanas—. O quizá sea solamente que quiero ayudarte a ti.

—No necesito tu ayuda. Laura y yo nos las arreglaremos bien solas —se alejó y abrió la puerta—. Buenas noches, Patrick.

Él se dirigió a la puerta, se detuvo un momento delante de ella y tocó su mejilla.

—Me tienes miedo, Julie, pero no hay razón para ello. No quiero hacerte daño.

Julie apartó la mirada de él pero no dijo nada más. Se quedó allí, en silencio, mientras él salía al porche. Lo vio bajar las escaleras y se sintió temblorosa y extrañamente sola, y se preguntó cómo era posible que su vida se hubiera vuelto del revés tan de repente.

Y qué diablos iba a hacer al respecto.

CAPÍTULO 9

Brian Heraldson estaba sentado a su mesa, frente a la pelirroja bajita y la rubia alta y delgada. Laura Ferris había insistido en que su hermana la acompañara cuando escuchara por primera vez las cintas de sus sesiones anteriores. Le había hablado del incidente ocurrido durante la cena de cumpleaños de su hermana e insistía en que las experiencias que recordaba habían sucedido de verdad.

Se convenció aún más de ello cuando oyó la cinta de las sesiones previas.

Cuando la cinta acabó, tenía los ojos llenos de lágrimas.

—Me llevaron con ellos —susurró. Las lágrimas empezaban a rodar por sus mejillas—. Me desnudaron y metieron esos instrumentos dentro de mi cuerpo, como decía en la cinta —sentada en el sofá gris, apretaba la mano de su hermana—. Recuerdo el ruido de sus pisadas en la terraza, como si arrastraran los pies. Luego, de pronto, estaban allí, en el cuarto de invitados. No entraron por la puerta. Aparecieron de repente.

—Tranquilízate, Laura —dijo Heraldson cuando ella empezó a llorar con más fuerza—. Aquí estás a salvo. Nadie va a hacerte daño.

Ella levantó la cabeza. Se enjugó los ojos con el pañuelo que le había dado Julie.

—¿Cree usted que estoy a salvo? Pues yo no. No creo que esté a salvo en ninguna parte. Creo que pueden llevarme con ellos cuando quieran.

Heraldson se echó hacia delante con la esperanza de disipar su hostilidad. Le molestaba sentir que la dirigía contra él.

—¿Qué pasó después de que entraran en el cuarto de invitados? Durante la sesión de hipnosis no parecías recordarlo.

—Recuerdo muchas más cosas desde la noche de la fiesta de cumpleaños de Julie. Sé que me llevaron por la terraza y por las escaleras y que cruzamos la playa hasta un sitio que había al pie de los acantilados. Me envolvieron en algo. Era flexible, maleable, y se amoldó a mí. Recuerdo que me elevé flotando, volando por el aire, y que vi la casa empequeñecerse allá abajo. No recuerdo nada más hasta que me desperté en esa habitación odiosa.

Se sorbió la nariz varias veces y luego empezó a llorar otra vez. Julie le apretó la mano.

—Te examinaron... ¿no es eso, Laura?

Ella asintió. Tenía la cabeza agachada y una cortina de pelo largo y rubio caía sobre sus ojos marrones oscuros. Brian ignoró un arrebato de piedad y una extraña tensión en el pecho.

—Me sentí humillada... violada. Quería matarlos por lo que estaban haciendo.

—¿Qué aspecto tenían?

Laura levantó la cabeza y Julie hizo lo mismo. Al parecer, era la primera que le hacían esa pregunta.

—No... no estoy segura. Creo que no eran todos iguales. Los que entraron en mi habitación eran más bajos que los otros. Y los otros se parecían mucho entre sí. Eran como soldados, creo.

—Continúa –la urgió él suavemente.

—Tenían la cabeza grande y redondeada, y la barbilla un

poco puntiaguda. Ya sabe, como los marcianos de los dibujos animados, sólo que no tenían ni pizca de gracia. Y tenían unos ojos enormes, negros e insondables.

—¿Insondables? —repitió él—. ¿Qué quieres decir?

—Quiero decir que, cuando los mirabas, no veías nada más que oscuridad. Como un pozo negro tan profundo que no se veía el fondo.

—¿Cómo iban vestidos? —preguntó Julie, que observaba a su hermana con renovado interés.

—Con monos de color azul oscuro. Tenían la piel gris y correosa —se estremeció—. Los otros eran más altos. No recuerdo mucho de ellos, pero puede que me vaya acordando con el tiempo. Las imágenes van volviendo, se hacen un poco más claras cada día. En cierto modo eso es lo que más me asusta.

—¿Te da miedo lo que puedas recordar? —preguntó Brian.

—Sí. Cuanto más recuerdo, más segura estoy de que ocurrió de verdad —sacudió la cabeza—. También sé que, si lo menciono, si se lo cuento a alguien, pensarán que estoy loca, que soy una especie de bicho raro.

Julie fijó su mirada en Brian. Él notó que tenía los pantalones grises humedecidos allí donde se había limpiado las manos sudorosas. Pero mientras escuchaba a Laura Brian descubrió que a él también le sudaban las palmas.

—Sé que todo esto suena absurdo —dijo Julie—, pero ¿es posible, doctor Heraldson, que lo que Laura cree que pasó sea real? Leí algo en el dominical del *Times*. Recuerdo que había una ilustración en el suplemento de estilos de vida, un dibujo de un alienígena como el que ha descrito Laura. Y que habían entrevistado a unas cuantas personas que aseguraban haber sido abducidas por los extraterrestres.

—¿Es posible que Laura también leyera ese artículo?

Laura negó con la cabeza.

—No. Nunca leo el periódico. Ni siquiera veo las noticias. Sólo informan de asesinatos y bombardeos... ¿Para qué quiero verlas?

—¿Es posible, doctor? —insistió Julie.

Era una pregunta que Brian había estado haciéndose desde que Julie lo llamó a casa el domingo por la mañana. Ella le había contado la extraña reacción de Laura al oír el helicóptero, la noche anterior, y él había sugerido que fueran a verlo el lunes a primera hora.

—Voy a ser franco con ustedes. No creo en las abducciones alienígenas. No creo que a Laura la llevaran a bordo de una nave espacial llena de hombrecillos grises. Creo que la raíz del problema está en su infancia y que el aborto que sufrió durante su adolescencia lo ha magnificado. Es probable que hace poco sucediera algo que haya puesto en marcha esas ansiedades reprimidas desde hace mucho tiempo.

Se inclinó hacia delante en la silla.

—Por otro lado, hay un número creciente de personas que aseguran haber experimentado fenómenos como el que describe Laura. Estaría faltando a mi deber si no las animara a investigar la posibilidad de que las experiencias de Laura sean reales.

Las mujeres lo miraban en silencio. Brian se giró en la silla, abrió un cajón de abajo y empezó a rebuscar entre sus archivos. Cuando encontró lo que estaba buscando, sacó la carpeta y la puso sobre la mesa.

—Un colega mío, el doctor Aaron Newburg, que fue a la facultad conmigo, tuvo un paciente que aseguraba haber sido víctima de una abducción extraterrestre. Después de un tratamiento bastante largo, el paciente seguía convencido de que aquello era real. El doctor Newburg lo puso en contacto con un hombre llamado Budd Hopkins. Hopkins está considerado uno de los principales expertos en la investigación de abducciones alienígenas. Como vivía muy lejos, Hopkins remitió al paciente a un psicólogo amigo suyo, el doctor Peter Winters. Winters dirige una terapia de grupo aquí, en Los Ángeles, para gente que dice haber sido víctima de abducciones.

Laura se irguió y se levantó del sofá.

—No puedo creer lo que estoy oyendo. Julie dijo algo el sábado por la noche acerca de otras personas que creían que les había pasado lo mismo, pero en aquel momento estaba tan angustiada que no le hice caso. Ahora usted me dice lo mismo. Si hay personas que dicen que las han abducido, ¿por qué nadie las cree?

—Le estoy diciendo que hay otras personas que aseguran que les ha ocurrido algo parecido. Eso no significa que sea cierto. A mi modo de ver, lo mejor que puede hacer es aceptar esas fantasías como desvaríos y seguir trabajando conmigo para llegar a la raíz del problema. Pero si cree que eso va a hacer que se sienta mejor, quizá deba hablar con el doctor Winters. Al menos, entre los miembros de su grupo, podrá contar su historia sin miedo al ridículo.

Laura se mordió el labio. De pronto le faltaba valor.

—No sé... ¿tú qué crees, Julie?

La hermana mayor parecía pensativa. Sus cejas oscuras se juntaron por encima del puente de su nariz respingona y ligeramente pecosa.

—Creo que deberíamos hablar con el doctor Winters, desde luego. No puede hacernos ningún mal, y quizá sirva de algo.

Por primera vez ese día, Laura sonrió, y Brian sintió que dentro de él se avivaba una llama.

—Sí —dijo Laura—. Hablaremos con él. Eso es precisamente lo que quiero hacer.

Brian procuró ignorar un sentimiento inesperado de abandono y pensó que, en cierto modo, aquello era lo mejor. De momento, había logrado dominar la atracción que sentía por Laura Ferris, pero cada vez que la veía su control se disipaba un poco más. Quizá fuera preferible que Laura acudiera a otra persona, que se pusiera bajo el cuidado de otro doctor.

En aquel mismo momento decidió que, fuera cual fuese el resultado del encuentro entre Laura y Pete Winters, él había dejado de ser su médico. Si Laura volvía a recurrir a él, la remitiría a otra persona. Y se mantendría alejado de ella. Lo último que quería era liarse con una paciente. Sobre todo, con una que creía en hombrecillos grises.

—Bueno, ¿qué te parece? —le preguntó Laura a Julie en cuanto salieron de la consulta del psiquiatra—. ¿He hecho lo correcto?

—Supongo que es demasiado pronto para decidirlo —Julie abrió la puerta del copiloto de su coche plateado, lo rodeó y se sentó en el asiento del conductor. Tal vez debería haber hecho caso al doctor Heraldson, haberle apoyado en sus esfuerzos por convencer a su hermana de que sus recuerdos eran una ilusión. Recordaba muy bien la confusión emocional de Laura cuando decidió abortar.

Pero Tommy Ross era un golfo, un ligón de playa que sólo aspiraba a hacer surf en Hawai. No tenía dinero, ni trabajo y, aunque lo hubiera tenido, hacía mucho tiempo que se había marchado cuando Laura descubrió que estaba embarazada. Ella sólo tenía diecisiete años. Julie estaba en la universidad y trabajaba a tiempo parcial para pagarse los libros y la matrícula. Su madre, Geraldine Ferris, ganaba lo justo para poner comida en la mesa y comprarles ropa barata.

Y la salud de Laura no era buena. Aunque hubiera dejado que el embarazo siguiera su curso, el médico les dijo que era probable que sufriera un aborto natural antes de que llegara a término. En aquel momento pareció una decisión sensata: la única respuesta válida al dilema de Laura. Ella se había llevado un disgusto, desde luego, y le había dado un poco de miedo lo que pudiera pasarle en el hospital, pero Julie no creía que hasta el punto de que pudiera desencadenar algo así pasados los años.

Julie pensó otra vez en Brian Heraldson. Quizá debería haberlo respaldado, haber convencido a Laura de que todo aquello estaba en su cabeza. Pero algo se lo impedía. Era sólo una sensación, una intuición que la impulsaba a indagar un poco más antes de formarse una opinión sólida.

–El doctor Heraldson ha dicho que se ocuparía de que me dieran cita para asistir a la reunión –dio Laura–. ¿Crees que querrá venir? Quiero decir que... tal vez sea agradable que esté allí.

Julie apartó un momento la mirada de la carretera y vislumbró la bonita cara de Laura.

–Te gusta, ¿verdad?

–Confío en él. No sé por qué, pero así es.

Julie sonrió.

–Yo también. Pero creo que, al menos al principio, deberíamos hacer esto solas. El doctor Heraldson ya ha tomado una decisión. No cree que esto haya podido ocurrir y eso podría influirte cuando hables con el doctor Winters.

Laura suspiró.

–Supongo que tienes razón –siguieron circulando en silencio un rato–. Patrick se ha portado muy bien. No me cree, claro, pero por lo menos intentó ayudar. Ha cambiado mucho desde el infarto.

Una especie de calidez inundó el estómago de Julie.

–Ya conoces a Patrick. Estoy segura de que sólo se ha corregido temporalmente. Por el bien de su padre, me gustaría que hubiera cambiado de verdad, pero todos sabemos que probablemente no es así.

–¿Por el bien de su padre? –dijo Laura–. ¿Y por el tuyo?

–No seas tonta. Patrick no me interesa en absoluto –pero no pudo evitar que su corazón aleteara suavemente ni que su esperanza se avivara al oír a Laura hablar así.

El martes por la mañana, Val estaba sentado a la mesa de la cocina de su ático, meditando sobre las páginas que acababa de escribir en su diario. En ellas relataba lo sucedido en la fiesta de cumpleaños de Julie Ferris y la reacción que estaba teniendo Laura a lo que ella llamaba «la abducción».

Frunció el ceño al recordar los acontecimientos de aquella noche. Sabían que los sujetos terráqueos sufrían a menudo graves secuelas. Él había visto sus reacciones cuando los llevaban a bordo de la nave: lloraban, chillaban, suplicaban y gemían, encogidos de terror. Había visto los estudios de seguimiento, que demostraban su tendencia a la sospecha, a la paranoia, al insomnio, a los episodios maniacodepresivos. Había visto todo aquello, y sin embargo nunca había entendido cómo se sentían de verdad.

Nunca lo había entendido porque no era capaz de experimentar aquellos sentimientos.

Hasta ahora.

Val garabateó algunas palabras más en las páginas de su cuaderno.

La clave es la emoción. Los humanos experimentan el mundo que los rodea de manera muy distinta a como lo hacemos nosotros. Están dominados por sus sentimientos, más que por su lógica. No son objetivos como lo somos nosotros. Absorben e interiorizan sus experiencias, en lugar de percibirlas simplemente. Por eso reaccionan tan violentamente a nuestros estudios. No pueden comprender que sólo queremos aprender, conocer, y aunque pudieran hacerlo, lo percibirían como una invasión hostil. Aquí, los derechos individuales son lo primero.

Dejó a un lado el bolígrafo y leyó la última frase que había escrito. En Toril no existían la individualidad, la noción de lo privado, el pensamiento independiente o los derechos y las libertades personales. Todo el mundo trabajaba por el bien común, existía únicamente como parte de la humanidad común.

La memoria de Patrick asemejaba la existencia comunal

de la sociedad toriliana a un grupo de abejas dentro de un panal. Todos se apiñaban y reaccionaban como un solo ser. No había disensiones, ni discordias. Debatían las cosas, tomaban una decisión basada en el bien común y luego actuaban para llevar a la práctica esa decisión. Desde su emergencia hasta su muerte, quinientos años después, se consideraban parte de una única entidad común.

Aquella noción resultaba tan difícil de entender para un humano como el concepto del individualismo para un toriliano.

Val estiró sus largas piernas y se pasó una mano por el pelo negro y todavía húmedo. Había corrido doce kilómetros a las cinco de la mañana, mucho antes de que las calles se llenaran de coches. Estaba tan delgado y en forma como cuando Patrick Donovan tenía veinte años y corría en moto o esquiaba por las laderas más difíciles.

Aquello le alegraba. Le gustaba cómo respondía su cuerpo, cómo obedecía sus órdenes. Le gustaba la energía de sus músculos, la euforia que sentía cuando la sangre corría vigorosamente por sus venas. Le gustaba respirar a grandes bocanadas y sentir la tensión de los tendones de sus piernas largas y fibrosas.

Le gustaba ser un hombre, sentir los deseos y las necesidades de un hombre.

Y quizá más que cualquier otra cosa le gustaba cómo se sentía cuando besaba a Julie Ferris.

Intentó reprimir una oleada de calor que se dirigió hacia la parte inferior de su anatomía. Aquello le pasaba cada vez que se acordaba de Julie, y empezaba a volverlo loco. Con razón Patrick se acostaba con tantas mujeres. Su poderosa virilidad le imponía enormes exigencias, y sólo la tendencia toriliana de Val hacia la monogamia le impedía ceder a ellas.

Suspirando de frustración, dejó a un lado el diario, recogió su maletín de piel y se dirigió a la puerta. Iba todos los días temprano a trabajar y se ponía a repasar contratos y libros de cuentas, a revisar los archivos que Patrick había reunido con los años. Conocía el negocio. A fin de cuentas, sabía todo lo que sabía Patrick. Mientras representara su papel, era necesario que hiciera las mismas cosas que él. Sólo que no se enfrentaba a ellas de la misma manera.

Aun así, mientras fuera Patrick, se esperaba de él que dirigiera la empresa.

De ahí que estuviera sentado en su despacho, detrás de su mesa negra lacada, a última hora de esa tarde cuando la puerta se abrió y entró un hombre alto y vestido con un elegante traje azul marino. Lo seguía otro hombre más bajo y recio, con orejas de soplillo y marcas de granos en la parte inferior de la cara. Por su actitud ligeramente hostil, Val supo enseguida quiénes eran y por qué estaban allí.

—Pasen, caballeros. Los estaba esperando.

El más alto se detuvo delante de su mesa. Con una sonrisa altanera, se volvió y apoyó la cadera sobre el borde.

—¿Ah, sí? ¿Significa eso que tienes el resto del dinero que nos debes?

—Ya saben que no. Imagino que por eso están aquí.

—Exacto, Donovan, por eso estamos aquí.

Val hurgó en el cerebro de Patrick con la esperanza de juntar todas las piezas y entender qué ocurría. Confiaba en que los conocimientos de Patrick sobre el negocio inmobiliario le sirvieran de guía para salir del embrollo en el que se había metido.

—Deduzco que trabajan para la Westwind Corporation.

—Qué demonios, claro que no. Nos manda Sandini. Los tipos que llevan la Westwind no son más que marionetas. Hacen exactamente lo que nosotros les decimos.

—¿O séase...?

El otro hombre se aseguró de que la puerta estaba bien cerrada.

—O séase, seguir redactando los contratos de venta falsos

de esos pisos que no valen nada. Seguir pasando las hipotecas a ese fondo de seguros y recogiendo el dinero de la venta de trozos de papel inservibles.

El cerebro de Val clasificó la información, que Patrick ya sabía. Cada vez era más capaz de asimilar los conocimientos de Patrick. En cierto modo, era ya Patrick Donovan. Y por tanto sólo se sorprendió ligeramente del alcance del fraude que estaban cometiendo aquellos hombres.

Val se había tropezado con la implicación de Patrick en la estafa de la Westwind Corporation en un rincón muy lejano de su mente, donde Patrick había fingido que no existía. Su proyecto predilecto, un enorme complejo de apartamentos cerca de la playa de Santa Mónica se había torcido antes de despegar siquiera. Patrick había vendido su alma para conseguir dinero con que construirlo, y por fin había cedido un porcentaje muy importante a Tony Sandini y Vincent McPherson, los propietarios oficiosos de una empresa fantasma llamada Westwind Corporation, dos sujetos a los que Patrick se refería como a «grandes inversores de Chicago».

Patrick estaba seguro de que el proyecto tenía un gran futuro. Creía que podría ganar millones. Pero los pisos no estaban acabados cuando el mercado estaba al rojo vivo y ahora los tipos de interés habían subido y el mercado había sufrido un brusco declive. Los pisos estaban acabados, pero la edificación era tan chapucera que nadie quería comprarlos. Estaban allí, vacíos, la mayoría sin vender aún.

Y Sandini y McPherson querían su dinero.

—Entonces, ¿cuál es el problema? —preguntó Val, recogiendo las ideas que Patrick había tenido justo antes de morir—. Westwind está emitiendo los documentos falsos, los hace efectivos y los vende. Tarde o temprano, recuperarán el dinero que invirtieron y encima ganarán un buen pellizco. Todos el mundo recibirá su paga y desaparecerá, y ustedes quedarán libres.

—Eso suena muy bien, pero el caso es que el fondo de seguros ha dejado de comprar nuestros contratos de compraventa. Pennsylvania Life se acaba de fusionar con Metropolitan y ya no compra, vende.

—Pues busquen a otros.

—Ya lo hemos hecho —dijo el hombre del traje azul oscuro.

—¿Han encontrado a alguien interesado en comprar los contratos falsos?

El hombre bajo y recio sonrió.

—Sí, y ahí es donde intervienes tú.

Val echó su silla hacia atrás y se levantó.

—Les dije que no podía ayudarlos cuando les cedí las escrituras de la propiedad.

Justo antes del infarto, había hecho una transferencia de propiedad cediendo las escrituras a la Westwind Corporation, con la esperanza de protegerse de la estafa que estaban cometiendo aquellos hombres y de evitar, con suerte, la cárcel. Pero Sandini y McPherson querían su dinero y esperaban que hiciera lo necesario para asegurarles el pago.

—No puedo permitir que me relacionen con Westwind cuando todo esto salga por fin a la luz —dijo, repitiendo lo que había dicho Patrick en otra ocasión.

—Sí, bueno, es una lástima —el hombre bajo le lanzó una mirada que evidenciaba lo mucho que le gustaba hacerle sufrir. Si se descubría su implicación en el fraude, Patrick iría derecho a prisión.

Tarde o temprano, alguien descubriría que los compradores de los pisos no existían. No estaban pagando las cuotas de la hipoteca porque no eran más que nombres y solicitudes de crédito sacadas de los archivos de personas recientemente fallecidas de una oficina local de la Seguridad Social. El Gran Hermano lo sabía todo sobre todo el mundo. Y con un poco de astucia informática, también lo sabía la Westwind Corporation.

El hombre alto sacó una lujosa pitillera del bolsillo interior de su chaqueta. Sacó un cigarrillo, cerró la pitillera y encendió el cigarrillo con un golpe de su reluciente mechero de oro.

—El señor Sandini no espera tanto —dijo, soltando un chorro de humo en la oficina, en la que estaba prohibido fumar—. Una palabra o dos tuyas, una visita personal por la finca deberían bastar para que el trato salga adelante.

—¿Quién va a comprar las hipotecas?

—El Fondo de Pensiones de los Maestros del Condado de Ventura.

Val sintió una tirantez en el pecho.

—Eso es caer muy bajo, ¿no les parece? Los maestros son personas corrientes que se esfuerzan por ahorrar para su jubilación. No pueden permitirse perder tanto dinero.

—Sí, bueno, así son las cosas —dijo el hombre bajo.

—Lo siento, Donovan, pero como dice aquí Jake, así es como va esto. Ese fondo de pensiones está buscando hipotecas en las que invertir y tú vas a ayudarlos.

Él no dijo nada, y los dos hombres se tomaron su silencio por un sí. No estaban acostumbrados a que les llevaran la contraria.

El más alto sonrió.

—Eso está mejor. Westwind les dirá a los directores que te llamen. Puedes quedar con ellos cuando te venga bien. Pero asegúrate de que sea pronto. Este asunto tiene que estar resuelto dentro de dos semanas.

Val los siguió hasta la puerta de su despacho. Los vio pasar junto a la fila de mesas y atravesar el vestíbulo, deteniéndose sólo un momento para que el tal Jake hiciera un comentario soez acerca de los pechos de Shirl.

Julie entró en el momento en que ellos salían, y el hombre del traje azul le lanzó una mirada de deseo. La mano de Val se tensó sobre el marco de la puerta. Una ira extraña e inesperada se había apoderado de él. Su mandíbula se tensó y su pulso comenzó a latir más aprisa. Aquella sensación desconocida no le gustó. Respiró hondo y sustituyó su expresión agria por una sonrisa.

Echó a andar por el pasillo, derecho hacia la pequeña pelirroja que acababa de entrar.

Julie vio a Patrick acercarse a ella. No le gustaba la sensación de ahogo que experimentaba cuando lo veía. No le gustaba que se le encogiera el estómago ni que su pulso se acelerara. Pensando en cómo la había besado él la última vez que se habían visto, apretó el paso con la esperanza de llegar a su despacho antes de que Patrick le cortara el paso. Por desgracia, Patrick tardó menos en recorrer el pasillo con sus largas piernas que ella, con sus pasos cortos, en apartarse de su camino.

—Confiaba en estar aquí todavía cuando llegaras —sonrió, pero tenía una expresión preocupada—. ¿Qué tal le ha ido a tu hermana? —estaba al corriente de la cita de esa mañana con el doctor Heraldson, el terapeuta de Laura. Había llamado la noche anterior para interesarse por Laura.

—Bien, supongo —Julie siguió andando y la manga de la americana marrón chocolate de Patrick rozó ligeramente su pecho. Aquel leve contacto hizo que su pezón se erizara. Se volvió para que él no lo notara, entró en su despacho y alargó el brazo hacia la puerta. Patrick entró y cerró a su espalda, encerrándolos dentro.

—¿Qué ha pasado? ¿Escuchó las cintas?

Julie asintió con la cabeza.

—Está más convencida que nunca de que la abducción sucedió de verdad.

—Supongo que no la creerás.

Julie suspiró.

—No. Pero intento mantener la mente abierta —se inclinó sobre su mesa, recogió un par de carpetas y las metió en su maletín burdeos–. Por eso tengo que irme corriendo.

–¿Adónde vas? –él se había desabrochado la chaqueta y quitado la corbata y llevaba la camisa abierta a medias. Julie recordó su torso empapado de sudor, sus músculos duros y su piel morena y tersa mientras corría en la cinta ergométrica del gimnasio.

–Me voy a la biblioteca. Quiero investigar un poco sobre ovnis. Eso por lo menos se lo debo a Laura –hizo amago de pasar a su lado, decidida a ignorar el modo en que sus ojos se fijaban en todos sus movimientos.

–¿Por qué no voy contigo? –la agarró del brazo–. Quizá pueda ayudarte.

Julie sacudió la cabeza. Se sentía jadeante, incluso un poco mareada.

–C-creo que no, Patrick.

–¿Por qué? Lo creas o no, sé manejarme en una biblioteca. ¿A cuál vas a ir?

–A la de la Universidad de Los Ángeles. Soy ex alumna y todavía puedo sacar libros. Nunca he buscado información sobre ovnis, pero seguro que allí tienen la información más reciente que haya sobre el asunto.

–Parece un buen sitio para empezar. Te llevo en mi coche.

Julie quiso protestar, pero Patrick tiró de ella hacia la puerta trasera y a ella no se le ocurrió ninguna razón de peso para que no la acompañara. Minutos después, su reluciente Porsche negro volaba por Wilshire Boulevard y se desviaba hacia la pequeña ciudad universitaria de Westwood. Después subieron por Hilgard hasta una entrada trasera que les permitió aparcar no muy lejos de las puertas de la biblioteca.

Patrick conocía el campus casi tan bien como Julie. Nunca había asistido a aquella universidad, pero Julie imaginaba que debía de haber salido con docenas de alumnas.

Se envaró un poco y apartó la mirada, confiando en que él no lo notara. Pero lo notó.

Patrick la hizo detenerse bajo un sicomoro alto y de anchas hojas, enfrente de las gruesas puertas de cristal que conducían al interior de la biblioteca.

—¿Qué ocurre, Julie? De repente te pasa algo. Lo noto en tus ojos. Dime qué es.

—Nada —ella empezó a andar, pero Patrick la agarró de la cintura y la apretó contra sí.

—Dímelo.

Julie levantó la mirada y sólo vio azul. Un azul increíble, delicioso: los ojos más profundamente azules que había visto nunca.

—Es sólo que... estaba pensando en las mujeres y en ti. En todas esas jovencitas guapas, en las docenas de mujeres con las que te has acostado a lo largo de estos años. No sé qué haces aquí, Patrick. No entiendo qué quieres.

Su mirada azul no vaciló.

—Te deseo, Julie. Creo que es bastante evidente.

Ella tragó saliva y apartó la cara.

—¿Por qué? ¿Por qué después de tantos años?

Patrick la tomó de la barbilla y la obligó a mirarlo.

—Siempre te he deseado. Ya te lo dije. Pero ahora quiero algo más que tu cuerpo. Quiero conocer tu mente... tu alma —entonces la besó, allí, bajo el árbol. Un beso suave y tierno que se volvió ardiente y lujurioso y acabó con ella colgada de su cuello. Patrick ahondó el beso y el calor de sus manos pareció atravesar la ropa de Julie. Sentía el abultamiento de su sexo, el latido ardiente y húmedo del suyo propio.

—¿Por qué no vamos a mi apartamento? —dijo él suavemente, con su voz profunda y sexy—. Puedes investigar en otro momento.

Aquellas palabras la envolvieron, irresistibles por su intensidad. Su mensaje tácito estaba claro. «Te deseo, Julie.

Ahora mismo». El corazón de Julie, que ya latía con fuerza, dio un nuevo vuelco. Una extraña debilidad se apoderó de sus miembros. No se atrevía a ceder a ella. Santo cielo, ¡era Patrick Donovan! Debía de estar volviéndose loca.

Tuvo que echar mano de toda su fuerza de voluntad para apartarse de él. Se humedeció los labios secos y miró a su alrededor azorada para ver cuántos estudiantes habían visto aquella muestra de ardor. Pero nadie parecía interesarse por ellos. La pasión era algo cotidiano en la Universidad de Los Ángeles.

—Lo siento, Patrick. No debería haber hecho eso. Los dos sabemos que no tengo ni la más ligera intención de irme contigo a casa.

—¿Por qué no?

Ella se apartó un poco más. Necesitaba poner distancia entre ellos.

—Te lo he dicho muchas veces. Porque entre nosotros no puede haber nada. Porque no me interesa tener una aventura pasajera.

—A mí tampoco.

—¿Desde cuándo?

—Desde que descubrí que era a ti a quien realmente deseaba.

Una chispa de calor recorrió a Julie.

—Tengo que entrar. Puedes venir conmigo, si quieres. Si no, cuando acabe, tomaré un taxi para volver a mi coche —sin mirarlo, pasó por las gruesas puertas de cristal. No tuvo que mirar para saber que Patrick iba tras ella. Sentía su presencia imponente en cada paso que daba.

¿Cómo era posible? ¿Desde cuándo era Patrick Donovan tan impresionante?

Ahuyentó aquella idea y volvió a concentrarse. Había ido allí con un propósito. La tarde casi había acabado. Tenía que cumplir lo que se había propuesto. Se dirigió al mostrador de información y pidió a una mujer de cabello gris que le indicara la sección en la que había libros sobre ovnis, encuentros con alienígenas y abducciones.

—Al final de ese pasillo.

—Gracias —ese día quería echar un vistazo general a los libros. Después recurriría a internet para buscar artículos de periódico y revistas con información más reciente sobre el tema. Patrick la ayudó a buscar en las largas hileras de volúmenes. Sacó todos los que pudo y se fue con un montón de ellos. Patrick frunció el ceño al verla cargada con tanto peso, le quitó los libros y echó a andar hacia la puerta.

Llegaron al coche y Patrick la dejó acomodada; después apiló los libros en la estrecha plataforma que servía como asiento trasero del Porsche, deteniéndose un instante para tomar un grueso volumen y leer su lomo. *Encuentros con ovnis: avistamientos, visitas e investigaciones*. Tomó otro.

—*Ovnis: operación Caballo de Troya. Un ovni se estrella en Roswell. Experiencias con ovnis. La conspiración de los platillos volantes. Visitantes del Espacio Exterior. ¿Por fin han llegado?* Madre mía, has sacado más de una docena. Supongo que no irás a leerlos todos.

—Claro que sí. No puedo ayudar a Laura si no sé de qué tiene miedo. Y como da la casualidad de que se trata de naves espaciales y marcianos, eso es lo que tengo que leer.

Él hojeó el primer volumen del montón, que estaba lleno de fotografías en color de avistamientos de ovnis.

—Bueno, por lo menos será entretenido.

Julie se limitó a sonreír.

—De eso no hay duda.

Patrick cerró la puerta del lado del copiloto, rodeó el coche y se deslizó tras el volante. Cuando tomaron la calle que llevaba al aparcamiento de detrás de la oficina eran ya las siete, pero todavía había luz.

—¿Te apetece cenar? —preguntó él—. He encontrado un buen restaurante japonés en Century City.

Julie negó con la cabeza.

—Tengo una reunión con Owen Mallory a primera hora de la mañana. Está pensando en comprar algunas propiedades para invertir. Ya sabes lo astuto que es. Quiero ir preparada. Estar bien despejada y en pie de guerra cuando lo vea.

Patrick sonrió.

—¿Despejada y en pie de guerra?

—Es una forma de hablar.

La sonrisa se borró lentamente.

—Comprar propiedades no es lo único que quiere Mallory de ti. Lo sabes, ¿verdad?

A ella se le erizó la piel de la nuca.

—Owen es un cliente muy bueno, Patrick. Sólo eso. Y él lo sabe.

En el aparcamiento, se detuvieron junto a su coche. Patrick metió los libros en el maletero y lo cerró. Al darse la vuelta, pasó un brazo por la cintura de Julie y la atrajo hacia sí. Ella sintió los músculos de sus piernas, el calor de sus manos, el abultamiento de sus abdominales.

—Si no me dejas que te lleve a cenar, deja por lo menos que te lleve a casa. Va a hacer una noche preciosa. Pararé a comprar algo para comer. Luego podemos dar un paseo por la playa.

—Ya te he dicho que tengo trabajo —contestó ella, pero no le fue fácil responder.

—¿De qué tienes miedo, Julie?

—De ti, Patrick. De cómo eres en realidad, de ése al que tienes encerrado bajo siete llaves. Los dos sabemos que esa persona sigue ahí. Tarde o temprano volverá a aparecer.

—Ya no tomo drogas. No bebo, ni fumo. Ese hombre ha muerto, Julie. Ahora soy otro. No volveré a hacer esas cosas.

—¿Y las mujeres, Patrick? Anna Braxston estaba en tu despacho esta mañana. Seguramente ayer pasaste la noche con ella.

—No pasé la noche con ella. No me interesa Anna Braxston.

—¿Por qué no?

—Porque no eres tú.

Ella sacudió la cabeza, pero sentía el latido de su sangre en los oídos y sus manos habían empezado a temblar.

—Tengo que irme –pero no quería. Quería quedarse con Patrick, tocarlo, abrazarlo, dejar que la estrechara entre sus brazos. Dios, era la sensación más aterradora que había experimentado nunca.

—Está bien, dejaré que te vayas. Pero no creo que sea lo que quieres de verdad, y la próxima vez no dejaré que finjas.

Julie lo miró, aturdida, y luego se volvió lentamente. Patrick la vio montar en su coche y encender el motor. Se quedó allí mientras ella se alejaba. Julie vio su alta figura por el retrovisor, sus largas piernas separadas, sus brazos cruzados sobre el pecho. ¿Era posible que de veras hubiera cambiado? Parecía improbable, y sin embargo el hombre al que acababa de dejar era una persona muy distinta a la que había conocido durante los ocho años anteriores.

Quizás hubiera cambiado de verdad. Costaba creerlo, pero cada vez tenía más la impresión de que valía la pena arriesgarse a descubrirlo.

CAPÍTULO 10

Julie estuvo levantada hasta bien pasadas las doce. En cuanto llegó a casa, empezó a repasar la información sobre inversiones inmobiliarias para su reunión con Owen Mallory. Revisó todos los proyectos que pensaba presentarle, pero le costaba concentrarse; constantemente volvía a pensar en Patrick y en los besos que habían compartido, en las cosas que le había dicho él.

Hacía falta mucha determinación para no detenerse a pensar en el creciente deseo que sentía por él, pero los problemas de su hermana eran mucho más acuciantes. Pensando en Laura y en sus temores, pasó a los libros que tenía que leer. Aunque se estaba haciendo tarde, cuando empezó le parecieron tan interesantes que no pudo dejarlos.

Nunca había pensado mucho en los ovnis, en ningún sentido. Jamás se le había ocurrido que tales cosas pudieran existir. Ahora, mientras hojeaba los volúmenes dispersos sobre el suelo de tarima de su dormitorio, tuvo que admitir que la posibilidad de que hubiera vida en otros planetas no era tan descabellada.

Y no era ella la única que lo pensaba. A lo largo de los siglos, muchos hombres y mujeres habían especulado sobre la existencia de otras formas de vida. Los avistamientos de extrañas «naves aéreas» y astronautas antiguos se remontaban a los orígenes del hombre.

En tiempos más recientes, en la década de 1970, un autor llamada Erich von Däniken había propuesto en su libro *Recuerdos del futuro* una teoría según la cual el planeta podía haber sido visitado por extraterrestres unas cuantas veces a lo largo de los siglos. Quizá culturas extraplanetarias muy avanzadas habían contribuido a la construcción de las grandes pirámides de Egipto, o ayudado a levantar las estatuas de la isla de Pascua, o creado las increíbles pistas de aterrizaje de las llanuras de Nazcar, en Sudamérica, todos ellos misterios que nunca se habían explicado satisfactoriamente.

Otro libro hablaba de un incidente sucedido en la década de 1940. Justo después de la Segunda Guerra Mundial, cierto número de avistamientos avivó por primera vez en tiempos modernos el interés por los ovnis, y en julio de 1947 surgió uno de los misterios más controvertidos de los tiempos recientes. El incidente Roswell. Fascinada, Julie leyó el artículo sobre el accidente, muy publicitado, de lo que se creía era un ovni, y contuvo el aliento al fijarse en una entrevista con un hombre que había sido testigo de la que se consideraba una de las mayores operaciones de encubrimiento del gobierno.

Se trataba de un oficial llamado Lee Beeson, un ex coronel de la Fuerza Aérea que vivía cerca de Thousand Oaks, unos pocos kilómetros al norte de Los Ángeles.

Julie siguió leyendo. Recorrió vorazmente cada página hasta que varias horas después comenzó a bostezar. Cerró el volumen que casi había acabado, echó un vistazo al reloj y gruñó al ver que era casi la una y media de la madrugada. Al día siguiente estaría cansada, pero lo que había aprendido merecía la pena.

Ahora sabía mucho más sobre los ovnis y pensaba buscar a aquel coronel Beeson que vivía en Thousand Oaks. Con un poco de suerte, podría hablar con él. Sería extremadamente interesante ver qué contaba.

—Ojalá supiera qué hacer, Patrick —Fred Thompkins estaba delante de su mesa, sujetando una carpeta entre sus gruesos dedos—. Los vendedores han aceptado la oferta de mi cliente, pero quieren una entrada que mi cliente no tiene. No se lo puede permitir. Tendría que recurrir a todos sus ahorros, y no tendría nada cuando llegara el momento de pagar los impuestos. Y si pasara algo inesperado, las pasaría moradas.

Val hurgó en su memoria, buscando soluciones para problemas similares que se le hubieran presentado a Patrick a lo largo de los años. Patrick tenía un conocimiento asombroso del negocio inmobiliario. Era una lástima que nunca hubiera usado sus capacidades de manera positiva, que nunca hubiera querido esforzarse por conseguir el éxito.

—¿Qué expectativas de ganancias tiene? —preguntó Val—. ¿Alguna bonificación a la vista, aumentos de sueldo, esa clase de cosas?

—Trabaja en publicidad. Por lo que tengo entendido, suelen darse bonificaciones. Creo que así es como ha conseguido parte del dinero que va a usar para comprar la casa.

—Prueba a ver si el vendedor está dispuesto a aceptar un segundo contrato fiduciario, además del primero. Que el segundo sea pagadero de aquí a tres o cinco años. En cuanto se devuelva el dinero, la posición del comprador mejorará y sus pagos bajarán. Y el comprador tendrá la propiedad como garantía. No será muy arriesgado para él.

Fred Thompkins sonrió por encima de su pajarita de cuadros.

—¿Sabes?, puede que funcione. Gracias, Patrick. Confiaba en que se te ocurriera algo.

—Ya me contarás qué pasa, Fred.

Fred parpadeó al oír esto último. A Patrick siempre se le había dado bien resolver problemas, pero rara vez se preocupaba por nada.

—Lo haré. Gracias otra vez.

Unos segundos después, el corpulento agente había cruzado la habitación y salido por la puerta, moviéndose más aprisa de lo que cabía esperar de un hombre de su tamaño y edad. En cuanto la puerta se cerró, Val se levantó de la silla, se acercó a la ventana interior y miró por entre las rendijas de la persiana que ocultaba su despacho a la vista de la zona principal de trabajo.

Según Shirl, Julie debía llegar en cualquier momento. Él estaba fuera cuando ella había llamado, pero al parecer lo estaba buscando. Su reunión con Owen Mallory había acabado y por lo visto ella tenía una de sus migrañas. Si no fueran tan dolorosas (y no se sintiera tan culpable), Val se habría alegrado.

Al menos, Julie confiaba en él para eso.

Lamentablemente, los dolores de cabeza eran también peligrosos. Val había leído en Internet que doce millones de estadounidenses padecían migrañas. Varios estudios habían demostrado que la gente que las sufría tenía también muchas más posibilidades de sufrir embolias en la madurez. Aunque los dolores de cabeza de Julie eran cada vez menos frecuentes, a Val no le gustaba pensar que la sonda de estudio del *Ansor* había sido su desencadenante y que las jaquecas podían causarle graves perjuicios mucho después de que él se hubiera ido.

Mientras miraba por la ventana, la vio entrar. Llevaba su maletín burdeos y un montón de libros. Val vio que eran algunos de los que había sacado de la biblioteca. Ella sonreía, y él se lo tomó como una buena señal. Salió de su despacho, avanzó por el pasillo, hacia ella, y se detuvo delante del mostrador de Shirl.

—Recibí tu mensaje —dijo—. ¿Cómo te encuentras?

La sonrisa se hizo más amplia.

—Gracias a Dios, se me ha pasado el dolor de cabeza. Los médicos no han descubierto qué los causa, pero la buena noticia es que parece que están desapareciendo.

—Me alegra que estés bien, aunque reconozco que me apetecía darte uno de mis masajes.

Un suave rubor cubrió las mejillas de Julie.

—Ahora ya no hace falta, pero te agradezco mucho las veces que me has ayudado. Me encantaría saber cómo lo haces.

—Años de estudio —bromeó él, pero esta vez ella no sonrió.

—Sí, bueno, es una suerte que ya no me haga falta, porque tengo muy poco tiempo. Tengo que mandar una carta y salir pitando.

—¿Adónde vas?

—A Thousand Oaks. ¿Has oído hablar del incidente Roswell?

A Val se le encogió el estómago. Había oído hablar de aquello, desde luego. Aquel accidente era una infamia en la historia de Toril. Por suerte, en la Tierra se había encubierto todo el asunto, enterrado por un gobierno que intentaba recuperarse de una guerra espantosa, atenazado por el miedo a un futuro que incluía la bomba atómica y a una situación que podía ser aún más peligrosa. Desde el incidente Roswell, los gobiernos mundiales habían adoptado una política del avestruz (meter la cabeza bajo la arena) que daba rienda suelta a los visitantes interestelares y que al mismo tiempo evitaba a los diversos gobiernos tener que enfrentarse a una cuestión que no estaban preparados para manejar.

—He oído hablar de Roswell, sí —dijo Val—. Vi una película sobre el tema.

—Sí, bueno, mucha gente piensa que esa noche de verdad se estrelló una nave espacial en el desierto de Nuevo México. Creen que el gobierno sabe lo que pasó y que simplemente echó tierra sobre el asunto.

—¿Y tú lo crees?

—No lo sé. Tendré una idea más clara después de hablar con el coronel Beeson.

—Imagino que ese tal Beeson vive en Thousand Oaks.

Ella sonrió.

—Exacto —pasó a su lado rozándolo, entró rápidamente en su despacho y se sentó tras su mesa. Su ordenador ya estaba encendido. Tomó una hoja de papel con membrete, la metió en la impresora, mecanografió la carta, usó el botón del ratón para activar la impresora y esperó a que apareciera la carta acabada.

Apoyado en el marco de la puerta, Val observaba su eficacia con admiración.

—Ya he acabado por hoy. Me gustaría ir contigo.

Ella levantó la cabeza. Val se preparó para una negativa y pensó una respuesta. Pero la negativa no llegó.

Julie se quedó mirándolo un momento mientras zumbaba la impresora.

—Shirley me ha dicho que Charlotte Rollins te estaba buscando esta mañana —dijo sin venir a cuento—. Charlotte dice que no le haces caso. Que estás muy raro y que está preocupada por ti.

—Charlotte ya no me interesa.

—¿Quieres decir que ya no te acuestas con ella?

—No, ya no me acuesto con ella. Como te decía, no me interesa.

—¿Y yo sí?

—Sí.

Algo brilló en los ojos verdes como hojas de Julie. Se puso a revolver unos papeles y luego lo miró.

—Está bien, Patrick. Me encantaría tener compañía esta tarde.

—¿Y luego nos vamos a cenar? —preguntó él.

—Sí.

Val no estaba seguro de qué acababa de pasar exactamente, pero estaba convencido de que era algo importante.

—¿En mi coche o en el tuyo? —preguntó, reculando un poco para cederla algo de control y darle un poco de espacio.

—En el mío —echó hacia atrás la silla, sacó la carta de la impresora, la metió en el sobre en el que ya había puesto las señas y lo dejó en la bandeja del correo. Sonrió—. Venga, vámonos. No quiero llegar tarde.

Val se descubrió sonriendo mientras ella tiraba de él por el pasillo, hacia la parte de atrás del edificio y por el aparcamiento. Se preguntaba qué otras sorpresas le tendría reservada la tarde.

El coronel Lee Beeson vivía en una casita modesta, en un barrio antiguo de Thousand Oaks, cerca de la autopista 101. Era un hombre de poco más de ochenta años, de estatura media pero extraordinariamente atlético y elegante, con una abundante mata de pelo gris acero.

—Pasen, pasen —dijo, sujetando la puerta mosquitera cuando subieron al porche—. Hacía mucho tiempo que no recibía visitas. Vivo solo y echo un poco de menos tener compañía. Lo mejor de lo que pasó en Roswell es que de vez en cuando viene alguien a verme.

—Gracias por recibirnos —dijo Julie.

—Como les decía, es un placer tener a alguien con quien hablar de cuando en cuando.

Julie le presentó a Patrick y los dos hombres se estrecharon la mano; luego entraron los tres en el cuarto de estar. La casa no era grande y la habitación era un poco oscura. Olía a moho, como si rara vez se abrieran las ventanas. El coronel Beeson apartó un montón de periódicos del sofá para que pudieran sentarse y tomó asiento en una butaca raída pero que parecía cómoda.

—Supongo que querrán oír toda la historia.

—Sí, si no le importa, coronel —Julie sacó una libreta y la colocó cuidadosamente sobre su regazo.

—Ya nadie me llama coronel. Aun así, después de tantos años, es agradable oírlo —respiró hondo lentamente y se recostó en el sillón. Cuando empezó a hablar, quedó claro que había contado aquella historia muchas veces antes, lo cual no la hacía menos interesante.

—Yo entonces era un simple teniente —comenzó—. Aquella noche, estaba de patrulla. Era julio de 1947. Recuerdo que hacía mucho calor. Me estaba limpiando la frente con un pañuelo cuando vi la luz, una especie de rayo plateado que cruzaba el cielo. Luego, cuando chocó contra el suelo, vi un resplandor. Avisé por radio, claro. Pensé que podía ser una avioneta que se había estrellado, o quizás un meteorito o algo por el estilo. Un par de horas después, me uní al pelotón de rescate.

Se removió y de pronto levantó la mirada.

—He olvidado preguntárselo. ¿Quieren un café o algo así? Hay Coca-cola en la nevera.

—No, gracias —contestó Julie por los dos.

El coronel se limitó a asentir con la cabeza, acomodándose en su asiento.

—Esa noche mandaron a más de una docena de soldados al sitio donde se estrelló la nave. Vi el siniestro muy de cerca. Y vi lo que había dentro.

—¿Qué aspecto tenía? —preguntó Julie al ver que hacía una pausa.

—Estaba todo hecho trizas, ¿comprende usted?, pero algunos de los trozos eran bastante grandes. Había una especie de vigas con marcas extrañas. Parecían jeroglíficos egipcios, pero nadie consiguió descifrar qué decían. Otras piezas brillaban como si fueran de plata, pero cuando las recogías eran ligeras como una pluma. Uno de los chicos dijo que tenía que ser muy ligera para soportar las fuerzas de aceleración.

—¿Cómo era de grande? —preguntó Patrick.

—Por lo que quedaba, calculamos que podía tener unos cuatro metros y medio. Nos pareció que debía de tener forma de disco cuando estaba entera. No vimos ninguna ventana.

—Ha dicho que vio lo que había dentro —Julie se inclinó hacia delante en el sofá—. ¿Qué es lo que vio, coronel Beeson?

—No qué, señorita Ferris, sino a quién. Eran cuatro, muy pequeños, de no más de metro veinte de alto. Grises, eran, con la piel como de cuero. Con la cabeza grande, el cuerpo pequeño y unas manos con los dedos muy largos y finos. Algunos de los hombres los cargaron en camillas y una ambulancia se los llevó. No pudimos examinarlos muy de cerca, pero por lo que pudimos ver estaban todos muertos.

Julie sintió un escalofrío.

—Al día siguiente apareció la noticia en el periódico, ¿no es cierto?

Él asintió.

—Algún reportero del *Daily Record* de Roswell se lo oyó contar a los rancheros que esa noche dieron parte del accidente. Fueron los primeros que llegaron. Un periodista llamó a alguien de la base y al principio a nadie se le ocurrió negarlo. Al día siguiente, intervinieron los de arriba y las cosas empezaron a ponerse feas. A todos los que participamos en el pelotón de rescate nos ordenaron tajantemente que tuviéramos la boca cerrada. Alto secreto, decían. Información clasificada de la mayor prioridad. Después de eso, los que se mostraron poco dispuestos a cooperar no duraron mucho en la Fuerza Aérea. Se marcharon con la amenaza de un juicio por alta traición si hablaban de una operación secreta.

—Pero usted sí duró —dijo Patrick—. Así que supongo que guardó silencio durante años.

—Así es. No dije una palabra hasta que me jubilé y hasta que empezó a aflorar otra vez el tema de Roswell. Era ya mayor y estaba más dispuesto a admitir lo que significaba. Empecé a pensar que tal vez el gobierno debía empezar a contarle a la gente la verdad sobre lo que pasó. Tenía que pensar en mis nietos. Empecé a preguntarme cuántos avistamientos de ovnis más se habían ocultado y si era lo más sensato ocultarlos.

Julie anotó unas palabras en su cuaderno.

—En uno de los artículos que he leído, se decía que últimamente han hecho declaraciones más de quinientas personas relacionadas de un modo u otro con el incidente de Roswell.

—Exacto, contando el personal militar, las esposas de los militares y los hijos de las personas que se vieron implicadas en el asunto cuando ocurrió.

—Si el incidente Roswell ocurrió de verdad —dijo Patrick—, ¿por qué no lo admite el gobierno? A fin de cuentas, sucedió hace más de sesenta años. ¿Qué importancia podría tener ahora?

—Mucha, amigo mío. En cuanto se supiera la verdad y se confirmara de manera fehaciente la presencia de los extraterrestres, toda la labor del gobierno tendría que ir dirigida a afrontar los problemas que plantearía. Tendrían que considerar la defensa militar, la comunicación con otra forma de vida, proteger al público de posibles enfermedades alienígenas... La lista es interminable. ¿Qué jefe de gobierno quiere enfrentarse a todo eso?

Julie no dijo nada, ni tampoco Patrick.

Pensó en Laura y se removió con nerviosismo en el sofá.

—¿Cree usted posible que todavía puedan estar ahí fuera? Observándonos, quiero decir. Quizás incluso estudiándonos.

Beeson profirió un gruñido.

—Todo es posible, supongo. Sé que los ovnis existen. Eso es lo único que puedo decirles. El resto tendrán que descubrirlo ustedes mismos.

Julie se levantó, y Patrick hizo lo mismo.

—Gracias, coronel Beeson.

—No hay de qué. He disfrutado de la conversación. Mis hijos viven muy lejos. No vienen por aquí a menudo —los acompañó a la puerta—. Una historia fantástica, ¿verdad? Sería un relato buenísimo, aunque acabara de inventármelo.

Julie volvió la cabeza bruscamente.

—Pero no se lo ha inventado, ¿verdad?

El coronel Beeson se echó a reír.

—Estuve allí, ¿recuerda? —no dijo más ni ella insistió. Parecía que la verdad era siempre una cosa nebulosa.

Dejaron la casa y Patrick abrió la puerta del coche a Julie y luego se sentó en el asiento del copiloto.

—No creerás de verdad a ese viejo, ¿verdad?

Julie se había estado haciendo esa pregunta desde el momento en que había conocido a Lee Beeson.

—Francamente, sí, lo creo. Al menos, lo de la nave. He leído otros relatos que coinciden con esa parte de lo que ha dicho. Y hay unos cuantos. Cientos de personas dicen que el incidente Roswell sucedió de verdad.

Patrick se encogió de hombros, moviendo los largos músculos de sus hombros.

—Es posible, supongo, pero aunque fuera verdad eso no significa que tu hermana haya sido abducida.

—No, pero da más credibilidad a su teoría —circulaban por las montañas, de vuelta a la casa de Julie en la playa de Malibú—. ¿Sabías que en un pinar del este de Texas, en

1980, dos mujeres y un niño pequeño dijeron haber pasado con su coche por debajo de un ovni que estaba despegando? Sufrieron quemaduras de radiación que están documentadas, y dolencias debidas a la radiación que siguen afectándolos hoy día. Lo más raro de todo es que demandaron al gobierno de Estados Unidos por daños y perjuicios. En los años 90, el proceso seguía en marcha. No he leído cómo acabó.

—¿Por qué demandaron al gobierno?

—Porque, cuando el platillo despegó, veintitrés helicópteros militares despegaron del bosque, rodearon la nave y la siguieron. Evidentemente, sabían que estaba allí, así que tenían que saber que había peligro. Docenas de vecinos de la zona vieron tanto la nave como los helicópteros, pero el gobierno lo niega todo.

Patrick dejó escapar una lenta exhalación.

—Me temo que sigo sin creérmelo.

—¿Por qué? ¿Por qué estáis tan seguros tú y tanta gente de que no puede ser real?

Él sonrió.

—La respuesta es muy sencilla: la física.

Julie arrugó el ceño.

—¿La física? ¿Qué tiene la física que ver con esto?

—Bueno, si te acuerdas de tus tiempos de la universidad, un principio básico de la física es que un objeto no puede viajar a mayor velocidad que la luz. Dado que es así, incluso a 299.000 kilómetros por segundo, casi la velocidad de la luz, un viajero espacial tardaría cientos, incluso miles de años en llegar aquí. Eso hace que sea muy difícil tragárselo.

Julie se quedó pensando.

—Está bien, esto tiene cierto sentido. Dejaremos la cuestión en suspenso hasta que reúna más información —lo miró y sonrió—. Mientras tanto, estoy muerta de hambre. Has dicho que me invitabas a cenar. Voy hacia Malibú. He pensado que podíamos comprar algo y llevárnoslo a casa. Y quizá luego dar ese paseo por la playa. ¿Qué clase de comida compramos?

Patrick sonrió.

—¿Qué te parece japonesa?

Julie levantó los ojos al cielo.

—Creo que he creado un monstruo.

Siguieron avanzando en silencio un rato, describiendo curvas entre las suaves colinas, cubiertas con tiesos matorrales y hierbas marrones y onduladas. El sol calentaba la cara de Val, pero la brisa fresca del mar hacía soportable el calor del día. El pequeño Mercedes de Julie llevaba la capota bajada.

Val miró a la mujer que conducía con habilidad por los sinuosos pasos de montaña. Llevaba un pañuelo de gasa blanca atado alrededor del cabello rojo oscuro y sonreía. Parecía disfrutar del reto que suponía el camino, de la velocidad y, quizá, confiaba Val, de la compañía del hombre sentado a su lado.

Llevaba toda la tarde muy cambiada. Val había notado su cambio sutil desde el momento en que ella accedió a que la acompañara. Parecía un poco más relajada que de costumbre, como si hubiera tomado una decisión trascendental y ahora sólo tuviera que llevarla a la práctica.

Pararon a comprar comida china, lo más parecido a la comida japonesa que encontraron por el camino, y se sentaron a comerla en la terraza de Julie, acompañándola con vasos altos de Perrier. La botella de Pouilly Fuisse que había llevado Owen Mallory la noche del cumpleaños de Julie seguía intacta sobre la encimera.

Val se había quitado la chaqueta y la corbata y se había desabrochado el cuello de su camisa Oxford azul. Julie se había puesto una túnica vaporosa y sin mangas que caía pegándose a su cuerpo y subrayando sus curvas femeninas. La seda estampada susurraba sobre su piel cuando se movía, y Val tenía que hacer un esfuerzo para no alargar el brazo y tocarla.

Cuando acabaron de cenar había caído la noche y la luna había salido: una esfera enorme y blanca que colgaba sobre las montañas, al este.

—Es preciosa, ¿verdad? —Julie estaba de pie junto a él, en la barandilla, escuchando el fragor de las olas al romper en la playa, varios pisos más abajo.

—Magnífica, sí.

—Te vi mirarla la noche que viniste a cenar. No sabía que fueras tan romántico hasta que vi cómo mirabas la luna.

Él levantó una ceja.

—¿Y cómo la miraba?

—Como si no la hubieras visto nunca. Como si acabaras de descubrirla y te pareciera completamente fascinante.

Val sonrió, pensando que casi había dado en el clavo. En Toril no había lunas, y estudiar la luna desde el espacio no era lo mismo que verla salir y convertir todo a su paso en plata refulgente.

—Es todo un espectáculo —dijo—. Creo que nunca me cansaré de ver cómo ilumina el cielo, de cómo hace brillar el color escarlata de tu pelo —levantó una mano, envolvió alrededor de uno de sus dedos un rizo rojo de Julie y sintió cómo se deslizaba sobre su piel.

Ella se volvió un poco y él le tocó la mejilla.

—La luna y tú. Sois las dos preciosas —inclinó la cabeza, la besó, sintió que su boca suave temblaba bajo la suya. Dentro de su pecho, el corazón comenzó a latir velozmente. Al mismo tiempo, su sangre pareció adensarse y hacerse más lenta. Se acumuló en su bajo vientre, excitándolo, y el ansia que había aprendido a sofocar se alzó con fuerza primigenia.

—Patrick... —Julie ladeó la cabeza y amoldó su boca a la de él. Sus labios encajaban perfectamente. Ella se abrió a él y lo invitó a ahondar el beso. Val chupó suavemente su labio inferior y luego la saboreó con la lengua. Las paredes de su boca eran suaves y resbaladizas, y su lengua áspera y sensual hacía arder el sexo de Val. Su erección se hizo más fuerte y comenzó a empujar con insistencia la parte delantera de sus pantalones. Val no podría haber imaginado aquellas sensaciones increíbles, la poderosa energía de su deseo.

La túnica vaporosa que llevaba Julie tenía un amplio escote en la espalda. Val pasó las manos sobre su piel, trazando su tersura, y dejó que el placer lo embargara lentamente. Saboreaba cada nueva sensación. Echó la cabeza de Julie hacia atrás, besó su garganta y depositó una senda de besos húmedos por sus hombros. Bajó la cremallera de la túnica y le bajó la prenda hasta la cintura, desnudando sus bellos pechos blancos como la leche.

Una oleada de calor lo inundó, y su frente se llenó de sudor. Acercó la cabeza a uno de sus pezones oscuros, lo sintió tensarse bajo su lengua y un gruñido escapó de su garganta. Su cuerpo palpitaba, caliente y pesado. Latía de una forma para la que no estaba preparado, y de pronto empezaron a temblarle las manos. Abrió la boca, chupó profundamente el pezón hinchado y redondo y se llenó luego las manos con sus pechos. La sentía estremecerse mientras ella se aferraba a sus hombros y empezaba a desabrocharle los botones de la camisa.

La besó de nuevo, profunda y seductoramente, dejando que aquel calor insoportable quemara su cuerpo. La deseaba y luchaba por dominarse. Sintió las manos de Julie sobre su pecho, siguiendo el contorno de sus músculos y deslizándose entre su vello negro y rizado. Ella le quitó la camisa, le desabrochó los botones del pantalón y le bajó la cremallera. Le temblaban los dedos. De pronto parecía un poco insegura.

A él le temblaron las manos al tocar sus pechos; los circundó con la lengua y una oleada de fuego lo atravesó. Sentía el sexo pesado, lleno, duro como una roca y palpitante. Se apoderó de la boca de Julie con voracidad y acarició la dulzura de su interior, deseoso de poseerla, ansiándola como una droga.

Temblaba por completo, en llamas por el deseo. Estaba perdiendo el control. Cuando ella volvió a tocarlo y rodeó su sexo con la mano, empezando a acariciarlo, el placer lo embargó en oleadas y experimentó un deseo tan intenso que tuvo que apretar los dientes para impedir que su cuerpo estallara.

El pánico se apoderó de él. Su corazón latía aún más aprisa. Su sangre palpitaba, quemaba sus venas; sentía la piel caliente y húmeda y un estremecimiento que recorría todo su cuerpo.

Luchaba por conservar el control, intentaba concentrarse, pero sólo podía pensar en hundir en ella su miembro largo y duro. Deseaba arrancarle la ropa, tumbarla sobre la terraza, separarle las piernas y hundirse entre ellas. Una neblina de pasión envolvía su mente. Su cuerpo latía de deseo y ardor, palpitaba con un ansia tan fuerte que Val sentía su sabor en la lengua.

Cerró las manos sobre los hombros de Julie. Intentó reunir la fuerza que necesitaba, la forma de recuperar el control, pero sólo encontró un ansia primitiva que nublaba su mente.

El miedo estalló dentro de él, devorando su escaso dominio de sí mismo. ¿Y si le hacía daño? ¿Y si perdía el control completamente y la tomaba por la fuerza? Tenía que detenerse, debía dominarse, no podía permitir que aquel furor se apoderara de él por entero. Apretó con fuerza los puños. Sus ojos oscuros tenían una expresión adusta. Con un último esfuerzo, se apartó de ella y respiró con esfuerzo grandes bocanadas de aire.

—¿Patrick? —Julie temblaba a la luz de la luna. Sus ojos luminosos tenían una mirada insegura—. ¿Ocurre algo? ¿He hecho algo...? —con manos temblorosas, se subió la túnica para cubrirse los pechos, ciñéndose la tela pudorosamente.

—No —él sacudió la cabeza. Su voz sonaba áspera—. No. No eres tú. Soy yo —apartándose de ella, recogió su camisa del suelo y se la puso. Intentó torpemente abrocharse los botones, se dio por vencido y se remetió los faldones en los pantalones. Luego se subió la cremallera. Se echó el pelo hacia atrás y se dirigió hacia la puerta, sin apenas darse cuenta de que Julie lo seguía.

—¿Adónde... adónde vas?

—A casa. Tomaré un taxi desde el centro comercial del final de la calle.

Ella levantó la barbilla.

—Yo te traje. Puedo llevarte a casa.

Él se limitó a negar con la cabeza.

—Necesito caminar. Llegaré bien a casa. No te preocupes —salió antes de que ella pudiera decir nada.

Aunque viviera quinientos años, nunca olvidaría la confusión y el dolor que vio en su bello rostro.

CAPÍTULO 11

Julie se quedó mirando fijamente la puerta que Patrick acababa de cerrar tras él. Agarraba entre las manos la fina seda de la túnica con que se cubría los pechos. Oyó sus fuertes pasos en las escaleras que llevaban a la calle. Le dolía el pecho. Las lágrimas rebosaron por sus pestañas y resbalaron por sus mejillas.

—Oh, Dios, Patrick ¿qué he hecho? —pero el silencio fue su única respuesta. Durante los ocho años anteriores, había abrigado íntimamente un deseo físico por Patrick Donovan. Había luchado contra él, lo había vencido, lo había mantenido alejado de sí. Pero desde el infarto, las cosas habían cambiado.

Rechazar al hombre desconsiderado y hedonista de antaño había sido fácil. Pero aquel nuevo Patrick, aquel Patrick Donovan tierno, cariñoso y responsable era irresistible. Le había asustado el riesgo que estaba corriendo, pero en ningún momento se le había ocurrido pensar que Patrick pudiera tener también sus reservas. O quizás había descubierto que ya no la deseaba tanto como creía.

Refrenando una nueva oleada de lágrimas, Julie entró en el cuarto de estar. Tomó un pañuelo de papel con las manos todavía temblorosas, se limpió las mejillas y se sonó la nariz. Luego se dejó caer en el sofá cansinamente. Su corazón todavía latía con violencia. Sus entrañas se estremecían. El ansia del deseo insatisfecho latía en sus venas.

¿Qué era lo que acababa de suceder? ¿Qué había hecho? Julie sofocó el deseo de llorar otra vez. Nunca servía de nada y solía hacer que se sintiera peor. Además, debería haber imaginado que ocurriría algo malo. A fin de cuentas, se trataba de Patrick. ¿Qué esperaba?

Aun así, hacía tres años que no estaba con un hombre, desde que puso fin a su relación con Jeffrey Muller. Después de decidir acostarse con Patrick, había querido que todo fuera perfecto. El momento parecía el adecuado: una noche preciosa, luna llena, el sonido sedante del mar batiendo suavemente en la orilla. Había deseado intensamente a Patrick, y al principio él también a ella. No sabía qué había pasado después, ni si alguna vez podría volver a mirarlo a la cara.

Le dolía la garganta y tenía el estómago revuelto por la vergüenza que le producía el frío rechazo de Patrick. Se frotó las sienes con la esperanza de que no empezara a dolerle la cabeza y pensó que, tal y como iban las cosas últimamente, no debería sorprenderle nada de lo que ocurriera.

Primero aquellas horribles migrañas, luego la paranoia de Laura y sus extrañas afirmaciones. Y ahora Patrick y la espantosa certeza de que entre ellos nada volvería a ser igual.

Pensó en la conducta de Patrick y en sus propios deseos eróticos y sintió que se sonrojaba de vergüenza. Estiró la espalda. Los dolores de cabeza iban remitiendo poco a poco. Estaba segura de que con el tiempo desaparecerían. Su hermana necesitaba su ayuda. Haría lo que pudiera por ocuparse de ella.

En cuanto a Patrick... Patrick Donovan podía irse derecho al infierno.

Val se paseaba por el dormitorio de su apartamento, se detenía, daba la vuelta y volvía a recorrerlo otra vez. Sus zapatos chirriaban sobre la moqueta con cada uno de sus pasos largos y nerviosos. Esa mañana, antes de irse a trabajar, había enviado el informe que exigían sus superiores usando un dispositivo pequeño y potente, del tamaño de una tarjeta de crédito, que llevaba en la cartera.
En cuanto llegó a casa por la noche se había puesto a trabajar en su diario, que estaba abierto sobre la mesa, a unos pasos de distancia. Sus hojas rebosaban de palabras con las que describía lo ocurrido en casa de Julie. Impresiones personales que no estaba preparado aún para compartir con sus superiores a bordo de la nave.

Creía estar preparado. Y no lo estaba. Mi experiencia con Julie Ferris ha sido más intensa, más poderosa, que cuanto había imaginado. Que cuanto pueda imaginar cualquier toriliano. Junto con las cosas que he aprendido desde mi llegada y el conocimiento almacenado en la memoria de Patrick, me ha hecho ver a esta gente con una luz distinta, comprenderlos como nunca antes.

Intento encontrar palabras, pero no me salen con facilidad. Baste decir que aunque en ciertos aspectos nuestras culturas se asemejan, su mundo no se parece en nada al nuestro. Ellos no son como nosotros. Quizá en términos sencillos podría decir que la pasión domina su naturaleza. Está presente en todo lo que hacen, en todo lo que sienten. Están embebidos de ella, absorbidos por ella. Por eso todas sus experiencias son más intensas. A veces, la pasión los domina. Remueve su ira, sus miedos, y hasta provoca guerras y asesinatos, llevándolos a extremos que nosotros no somos capaces de comprender.

Se detuvo un momento, pensando en lo que había escrito y en las cosas que había sentido aquella noche. Aunque no había culminado el acto sexual como pretendía, la pasión que había experimentado le había permitido asomarse a sentimientos que, como toriliano, se le escapaban. Por primera vez empezaba a comprender el grado de intensidad de las emociones humanas.

Siguió paseándose por la habitación, reflexionando sobre todo lo que había aprendido, sobre lo que le quedaba por aprender, pensando en Julie Ferris.

Todavía la deseaba.

Su cuerpo seguía palpitando, poseído por el ansia que ella había avivado. Todavía latía con el calor del deseo. Sentía el peso de los pechos de Julie en sus manos, rememoraba el sabor erótico de su piel. La deseaba más que nunca, ansiaba conocer plenamente lo que podía revelarle su unión. Pero ahora, debido a que sus necesidades físicas le habían asustado hasta tal punto, había destruido el vínculo entre ellos y era probable que Julie no le diera otra oportunidad.

Sintió otro arrebato de emoción y un nudo pareció formarse en su pecho. No estaba seguro de qué era: una mezcla de dolor y de algo más profundo, más intenso.

Ignoraba cómo aliviar aquella sensación, cómo hacer que desapareciera.

Y en parte temía averiguarlo.

Julie no vio a Patrick al día siguiente, lo que fue el único golpe de suerte que tuvo. Laura llamó por la mañana, muy temprano. El doctor Heraldson le había concertado una cita para que asistiera a la reunión del grupo de Peter Winters a las siete de la tarde de ese mismo día.

—Esperaba que pudieras venir conmigo —le había dicho Laura por teléfono.

Julie se lo pensó.

—Tendría que llamar a los Harvey para posponer nuestra

cita de esta tarde. Van a firmar los papeles de la hipoteca del piso que acaban de comprar, pero seguramente podremos quedar mañana —todavía le hacía gracia haberles quitado la idea de comprar un piso de la urbanización de Patrick, pero rara vez había visto a Patrick hablar con tanta firmeza, y el piso que habían comprado por fin podía acabar siendo mucho más rentable.

—Me gustaría mucho que vinieras —insistió Laura.

Julie notó su ansiedad.

—Entonces iré. De hecho, iré a recogerte. ¿Dónde vas a estar? ¿En casa o en el trabajo?

Una larga pausa.

—Ya no trabajo en la tienda.

Otra pausa igual de larga del lado de Julie.

—¿Por qué?

—No me gustaba trabajar hasta tan tarde. Salir cuando ya era de noche.

Julie pensó en su hermana encogida por el miedo la noche de su fiesta de cumpleaños, y se compadeció de ella.

—Seguro que encuentras otra cosa. Mientras tanto, tendrás más tiempo para trabajar con el doctor Winters. Iré a recogerte a las seis.

Colgó, estuvo trabajando un rato en los documentos de la hipoteca, enseñó una finca en Palos Verdes a un amigo de Owen que estaba pensando en mudarse y luego compró un par de sándwiches para que Laura y ella se los comieran por el camino y se dirigió a Venice Beach.

El grupo de terapia del doctor Winters se reunía en una casa particular de Long Beach, no muy lejos de allí. La casa resultó ser un bonito edificio de dos plantas que por la parte de atrás daba a un canal. No era lo que Julie esperaba. Ni tampoco lo era el grupo de gente que se reunía allí para hablar de sus miedos.

—Soy Robert Stringer —el dueño de la casa las esperó en

el porche y las invitó a pasar–. Tú debes de ser Laura. Y ésta tiene que ser tu hermana, Julie.

–Laura soy yo –puntualizó su hermana, dado que el hombre se había equivocado–. Ésta es Julie.

–Hola, señor Stringer –dijo Julie, y se preguntó si el hecho de ser baja hacía de ella una víctima más probable que su hermana, más alta y delgada.

–Robert a secas. Aquí todos somos amigos –era un hombre muy formal, de poco más de cuarenta años, jefe de Digital Asociates, una importante empresa de software. La última persona a la que Julie hubiera imaginado convencida de la existencia de las abducciones extraterrestres.

Cuando entraron en el vestíbulo, un hombre bajo vestido con vaqueros, mocasines y camisa blanca de manga larga se acercó a ellos.

–Bienvenidas. Soy el doctor Winters.

Peter Winters las condujo al interior de la casa y les presentó al resto del grupo sentado en el cuarto de estar. Carrie Newcomb, una joven atractiva de veintitantos años, era peluquera y se había mudado a Los Ángeles desde Phoenix. Leslie Williams era afroamericana, alta y esbelta, con ojos oscuros e inteligentes y una sonrisa cálida de labios gruesos. Trabajaba en Xerox, en el departamento de ventas y márketing, y todas las semanas se trasladaba en coche desde San Diego para asistir a las reuniones. Matthew Goldman, un hombre delgado y nervioso con un tic, estaba en paro; y Willis Small, de cincuenta y tantos años, era autor de una docena de libros de jardinería con mucho éxito.

Una mezcla interesante, pensó Julie. Gente sin ninguna conexión aparente. El único que parecía tener algún trastorno visible era Goldman, el hombre del tic, que en menos de quince minutos demostró ser un impostor o un esquizofrénico. Julie no estaba seguro, pero habría apostado más bien por lo último.

–Dado que el grupo está abierto a cualquiera que quiera

venir —dijo el doctor, tomando asiento a la cabecera del círculo—, me gustaría abrir la conversación cediendo la palabra a quien desee decir algo. ¿Qué te parece, Leslie?

La mujer con la piel color cacao sonrió.

—Me alegra decir que para mí ha sido una buena semana. He dormido mejor que de costumbre. Me siento más fuerte, menos asustada desde que vengo aquí. Quiero que sepáis cuánto valoro formar parte de este grupo.

El doctor Winters sonrió.

—Gracias, Leslie. Nos alegra tenerte con nosotros. ¿Alguien más? —se volvió hacia Robert Stringer—. Puesto que esta noche tenemos una nueva invitada, quizá no te importaría repetirnos la historia de tu abducción, Robert.

Julie no comprendió por qué había elegido precisamente a Robert Stringer hasta que vio cómo su historia empezaba a afectar a los otros. Antes, todos excepto Goldman parecían calmados. Ahora, de pronto, comenzaron a removerse en sus asientos. Quizá para la mayoría repetir la historia era como revivirla. Era demasiado traumático.

—Como la mayoría sabéis, estaba trabajando en Denver cuando ocurrió mi... mi primer encuentro con los Visitantes. A mi hijo mayor, Tommy, le encanta pescar, así que fuimos los dos a pasar el fin de semana a un pequeño lago de montaña que hay cerca de Crested Butte. Era verano y hacía un día tan bueno que habíamos quitado la capota del Jeep. Era casi de noche cuando pasó. Estábamos volviendo a la tienda de campaña cuando oímos un zumbido extraño. Nunca habíamos oído nada parecido. Era bastante inquietante, irritante, podría decirse. Denso y sordo, y al principio no sabíamos de dónde venía.

Un hormigueo de inquietud recorrió los nervios de Julie. Había oído un ruido parecido el día que estuvieron en la playa.

Robert Stringer se removió un poco en su silla.

—Paré en la cuneta cuando nos dimos cuenta de que el

ruido venía justo de encima de nosotros. El objeto que vimos tenía forma de disco y estaba hecho de un metal plateado y bruñido. Parecía macizo y estaba suspendido justamente sobre nosotros. Nos quedamos allí, mirando pasmados aquella cosa. Recuerdo que el pequeño Tommy me agarró de la mano.

Leslie Williams empezó a llorar.

Un escalofrío recorrió la espalda de Julie.

—¿Qué pasó entonces, Robert? —preguntó suavemente el doctor Winters.

—Eso es lo último que recuerdo hasta que me desperté en la nave.

—¿Y entonces?

—Me quitaron la ropa. Recuerdo que intenté resistirme, pero no podía moverme. Recuerdo que buscaba como un loco a mi hijo. No lo veía, pero, no sé por qué, sabía que estaba allí —su garganta se movía arriba y abajo, pero de ella no salía ningún sonido. Con evidente esfuerzo, consiguió dominarse.

—¿Puedes continuar, Robert?

Él asintió con la cabeza y se frotó las palmas de las manos sobre los pantalones.

—Me pusieron en una mesa metálica muy fría y me bañaron con algo... Era una cosa pegajosa, y recuerdo que olía un poco a queso cheddar. Era húmeda e incolora, e hizo que empezara a tiritar. Estaba tumbado de espaldas. Bajaron una especie de máquina sobre mi cabeza y me la sujetaron a la frente con lo que parecían unos electrodos. Estaba leyendo algo. Mis pensamientos, creo. Lo estaba aprendiendo todo sobre mí. Cuando acabaron, me metieron una sonda metálica por la garganta y otra por el recto. Me obligaron a tener un orgasmo y tomaron una muestra de semen. Recuerdo que lloré. No podía soportar que me tocaran.

Julie tragó saliva. Tenía la garganta seca. Le temblaban las manos. Miró a Laura con preocupación y vio resbalar las lágrimas por las mejillas de su hermana. Quiso acercarse a ella, reconfortarla, pero tenía que prestar atención. Se mordió el labio y se obligó a no moverse.

—¿Qué aspecto tenían? —preguntó el doctor con suavidad.

—Los había de distintos tipos. La mayoría eran pequeños, de menos de metro y medio de alto. Tenían la cabeza grande y los ojos enormes y oscuros, e iban vestidos exactamente igual. Recuerdo que en aquel momento pensé que eran soldados —se removió, inquieto, cruzó las piernas y luego las estiró—. Pero también había otros. Más altos y delgados. Eran los que daban las órdenes, aunque yo no los oí.

—Yo sí —dijo otra persona en voz baja. Su voz era baja y rasposa. Julie se volvió y vio a Carrie Newcomb inclinada hacia delante en su silla—. No movían la boca, pero los oía hablar. Me decían que no tuviera miedo.

—Eran demonios —bufó Goldman—. Con las orejas de punta y colas largas con pinchos. Nos han condenado al infierno y van a asegurarse de que acabemos allí.

—Todos conocemos tu opinión, Matt —dijo el doctor con firmeza—. ¿Por qué no dejamos acabar a Robert?

Goldman se recostó en su silla. Era evidente que los demás deseaban que no estuviera allí.

—No recuerdo mucho más sobre esa vez —prosiguió Robert—. Cuando me desperté, estaba otra vez en mi coche y era casi de día. Mi hijo dormía en el asiento de al lado. No recuerda nada de lo que pasó, y espero que nunca lo recuerde.

—¿Cómo... cómo puedes estar seguro de que a él también se lo llevaron? —preguntó Julie.

Robert Stringer se inclinó hacia delante. Se enrolló la manga de la camisa.

—¿Ves esto?

—Sí. Parece un pequeño triángulo isósceles.

—Esa mañana, cuando me desperté, tenía esta marca en el brazo. Mi hijo tiene una exactamente igual.

Laura dejó escapar un sonido estrangulado. Julie se volvió hacia ella y vio que se estaba desabrochando el puño de la blusa. Cuando le dio la vuelta, Julie vio aquel pequeño triángulo. «Dios mío». Sintió un nudo en el estómago. Laura tenía la cara tan blanca como la camisa del doctor Winters.

—¿Laura? —Julie se levantó con la boca seca y el corazón tan encogido que apenas podía hablar. Se dirigió hacia su hermana, pero antes de que pudiera llegar hasta ella, Laura puso los ojos en blanco y se desplomó de lado en el sofá.

—¡Maldita sea! —bramó alguien desde el fondo de la habitación. La puerta corredera se abrió de pronto y Brian Heraldson apareció con expresión iracunda. Era evidente que había estado escuchando—. Temía que pasara algo así.

Peter Winters lo agarró del brazo, deteniéndolo antes de que llegara al sofá.

—¿También temías que los temores de tu paciente fueran ciertos? —señaló la pequeña marca del brazo de Laura, sosteniendo la mirada de Brian durante unos momentos que resultaron inquietantes, hasta que un leve gemido de Laura rompió el silencio.

Brian se desasió.

—¿Laura? —se sentó a su lado en el sofá—. Tranquila, soy el doctor Heraldson —el médico apoyó una mano sobre su frente y Laura parpadeó y abrió los ojos.

—¿Brian? —se incorporó en el sofá bruscamente y se tambaleó, apoyándose en él—. Cuánto me alegro de que estés aquí, Brian.

Él carraspeó, un poco incómodo por aquella muestra de familiaridad.

—Sí, bueno, cuando concerté la cita para que vinieras,

pensé que quizá debía estar presente. Hablé con el doctor Winters. No pensaba entrar, pero...

—Me alegro de que hayas venido.

Julie miraba a su hermana con una mezcla de compasión y angustia. Sentía un peso en el corazón. ¿De veras había experimentado Laura el horror de una abducción, las espantosas invasiones de su cuerpo y su mente que había descrito Robert Stringer? Aunque su hermana y Stringer no se conocían, sus relatos eran asombrosamente parecidos. Pero, si Laura había sido víctima de una abducción, ¿dónde había estado ella mientras tanto?

Se miró el brazo. En su piel no había ninguna marca triangular. Sin duda, si estaba en la playa o en casa cuando tuvo lugar la abducción, como sugería el recuerdo de Laura, tendría que compartir con su hermana algún recuerdo del incidente. Pero no recordaba nada.

—Si ha estado escuchando —le dijo al doctor Heraldson—, supongo que habrá oído lo que ha contado el señor Stringer acerca de su experiencia. Obviamente, es muy parecido a lo que nos ha contado Laura.

El doctor asintió gravemente.

—He leído otros relatos similares y pensaba que quizá lo sería. A simple vista, las pruebas de la abducción parecen convincentes, pero tiene usted que entender que hay otras explicaciones posibles.

—¿Como cuáles? —preguntó Julie.

—Una alucinación compartida, para empezar. Todas las supuestas víctimas pueden estar compartiendo un acontecimiento ilusorio; como dos personas que tienen el mismo sueño. En siglos pasados, la gente imaginaba que hadas y ángeles malévolos se tomaban esas mismas libertades con sus cuerpos. Hoy día vemos películas sobre alienígenas y ovnis e imaginamos marcianos. O puede que se deba a un problema médico.

—¿Un problema médico? ¿De qué tipo?

—Se denomina trastorno del lóbulo temporal.

—¿Qué es eso? —preguntó Laura.

Fue el doctor Winters quien contestó.

—Hay varias enfermedades mentales que pueden causar alucinaciones. La epilepsia del lóbulo temporal, como se la llama también, es una de ellas. A menudo se atribuyen a ella experiencias psíquicas y religiosas, sensaciones de haber revivido una experiencia ya pasada, cuadros de ansiedad y ataques de pánico. Las visiones producidas por ese trastorno pueden ser extremadamente vívidas y contener incluso olores y sonidos.

Fijó en Brian Heraldson una sonrisa dura.

—De nuestro grupo, sólo a Willis Small se le han hecho pruebas para detectar ese trastorno. No lo tiene. Puede que el doctor Heraldson no sepa que la mayoría de la gente que afirma haber sido abducida y se ha sometido a pruebas para detectar el trastorno del lóbulo temporal no tiene la enfermedad.

Brian lo miró con frialdad.

—La esquizofrenia y la paranoia también están asociadas con las alucinaciones —dijo a la defensiva.

—Cierto. Y sin duda hay personas a las que podría aplicárseles ese diagnóstico —su mirada se dirigió hacia Matthew Goldman, el hombre del tic—. Pero a la mayoría no.

Julie fijó su atención en el doctor Heraldson.

—¿Qué me dice del triángulo del brazo de Robert Stringer?

—Como le dije en otra ocasión, la mente y el cuerpo a menudo actúan al unísono. La mente influye al cuerpo hasta un punto a veces difícil de creer.

—Está usted diciendo que su mente provocó la aparición de esa marca.

Él se limitó a asentir con la cabeza.

—O es posible que estas personas estén diciendo la verdad —dijo Peter Winters.

Heraldson no respondió. Miró a Julie y a Laura, que seguía apoyada en él.

—Sea como sea, creo que Laura ha tenido suficiente por el momento. Puede que sea hora de que se vaya a casa —había ternura y preocupación en su semblante, y quizás algo más. El doctor Heraldson era el psiquiatra de Laura. Julie frunció el ceño al pensar en lo que aquello podía significar.

Él ayudó a Laura a levantarse del sofá y volvió a mirar a Julie.

—Sé lo que está pensando. Quiero que sepa que a partir de ahora no podré atender a Laura. No creo que pueda seguir siendo tan objetivo como debería.

Julie se relajó un poco al oírle, agradecida por su profesionalidad. Heraldson ayudó a Laura a sostenerse en pie y juntos se dirigieron hacia la puerta.

Carrie Newcomb los detuvo en la entrada.

—Siempre es peor al principio —le dijo a Laura, apretándole la mano—. El miedo no se pasa nunca, pero pasado un tiempo empiezas a aceptarlo. Después, las cosas mejoran. Y el doctor Winters es fantástico. Siempre está ahí para ayudarte cuando lo necesitas.

—Eso es, Laura —dijo Winters, acercándose a ellos—. Hablar sobre ello puede ser muy terapéutico. Espero que te veamos por aquí la semana que viene.

—Ya veremos —respondió Brian fríamente, y Laura levantó la cabeza.

Se concentró en Peter Winters.

—Aquí estaré, doctor Winters. Puede contar con ello.

—Laura... —comenzó a decir Brian, pero la sonrisa que ella le lanzó pareció atajar sus palabras—. Podemos hablar de eso más adelante —dijo él, malhumorado—. Mientras tanto, voy a llevarte a casa. Si te parece bien, claro.

Laura miró a Julie y volvió a mirar a aquel hombre alto y barbado.

—Sí, me gustaría, doctor Heraldson.

—Brian —puntualizó él—. Ya no soy tu médico. A partir de ahora sólo somos amigos.

Laura sonrió suavemente. Sus mejillas todavía tenían un rastro de lágrimas, pero el color había vuelto en parte a su cara.

Julie le apretó la mano.

—Llámame si necesitas algo —los vio alejarse. Estaba preocupada por Laura, pero se alegraba de que su hermana tuviera un amigo como Brian Heraldson en el que apoyarse.

Entonces la imagen de otro hombre se le vino a la mente; la imagen de un hombre más alto, más moreno, más guapo y sensual. Se preguntaba qué habría pensado Patrick Donovan de lo sucedido esa tarde. Su opinión podría haberle importado si las cosas hubieran sido distintas entre ellos.

Pero, después de su frío rechazo, Julie se decía que en realidad no le importaba.

Val se acercó al bar del despacho de Patrick y tomó un decantador de cristal lleno de whisky.

—¿Sigues bebiendo Chivas? —preguntó a la mujer alta y escultural que, vestida de negro, acababa de entrar en la habitación. Su pelo de color ónice enmarcaba una cara ovalada y bellísima, realzando su cutis blanco y casi impecable.

Felicia Salazar sonrió, y el pequeño lunar en forma de corazón que tenía junto a la boca se levantó.

—Siempre has tenido buena memoria. Al menos, para las cosas importantes.

Aquello hizo gracia a Val. Era otro de los muchos talentos de Patrick.

—A veces resulta muy útil.

Felicia se acercó a él por la espalda y apoyó una mano de largos dedos sobre sus hombros.

—¿De qué más te acuerdas, Patrick? —le quitó un hilillo imaginario de la americana azul marino—. ¿De la noche que hicimos el amor en la terraza de nuestra habitación en Puerto Vallarta? Esa noche bebimos champán, ¿recuerdas? Tú me lo echaste sobre los pechos y luego lo lamiste mientras estábamos sentados al borde de la piscina. Dios, fue tan romántico...

Se inclinó hasta que su aliento rozó el oído de Val.

—O puede que te acuerdes de algo un poco más erótico. Como esa vez en Century City, cuando paraste el ascensor entre el octavo y el noveno piso del nuevo edificio de oficinas de mi padre. Las paredes del ascensor eran de espejo, ¿recuerdas? Nos veíamos reflejados mientras lo hacíamos. Recuerdo lo excitado que estabas, cómo me acorralaste en el rincón y me subiste la falda. Me penetraste tan fuerte que me corrí enseguida. Te acuerdas de eso... ¿verdad, Patrick?

Él tragó saliva. Le temblaban un poco las manos. Se acordaba, sí. Aquellas imágenes llenas de erotismo habían vuelto a excitarlo.

La sonrisa de Felicia se volvió más exótica, sus ojos de densas pestañas se oscurecieron. Estiró el brazo hacia abajo y agarró su entrepierna.

—Sí... ya veo que te acuerdas —se inclinó hacia delante y lo besó, metiéndole la lengua dentro de la boca.

Val le devolvió el beso. Le gustaban las sensaciones ardientes que lo embargaban, y se abrió a ellas. Felicia Salazar acababa de regresar de Brasil, donde había estado viviendo con su tercer marido. Se habían separado, decía. Se sentía sola. Buscaba la compañía de Patrick.

Él ahondó el beso, deslizó un brazo alrededor de su cintura y la apretó contra su sexo. Asió sus nalgas y las acarició con fuerza a través de la falda corta y negra. Pensó que, pese a que estaba físicamente excitado, se sentía mucho más dueño de sí mismo que con Julie.

Felicia puso fin al beso lentamente.

—Estoy segura de que tu sofá sería suficiente, cariño, pero tengo una cita a la una y estoy demasiado ansiosa para conformarme con unos pocos minutos. Mi limusina te recogerá a las ocho. Iremos a cenar a algún sitio espacial y luego a mi suite en el Penn. Podemos follar como conejos toda la noche, y luego desayunar juntos por la mañana —volvió a besarlo—. Sin ataduras. Ni expectativas. Será como en los viejos tiempos.

Val frunció las cejas. Era a Julie a quien deseaba, no a Felicia. Estaba aún más decidido a hacerla suya, pero, si hacían el amor, no podía permitirse cometer otro error. Aunque podía revivir las experiencias de Patrick a través de su memoria en cualquier momento, no era lo mismo que haberlas vivido. Esta vez quería hacer las cosas bien, y sólo había un modo de asegurarse de ello.

Sonrió.

—Está bien. Parece la cita perfecta.

Felicia pasó una de sus largas uñas rojas por su cuello.

—Lo será, cariño, te lo prometo.

Se marchó y, mientras la miraba alejarse, Val se preguntó si había tomado la decisión correcta. Se sentía inquieto. Había algo que le desagradaba. Aun así, parecía lo más sensato, la forma más lógica de conseguir su objetivo final.

Tenía que hacer un par de llamadas. Cuando acabó, salió de su despacho y se acercó al mostrador de recepción.

—¿A qué hora dijo Julie que vendría? —le preguntó a Shirl Bingham.

—La verdad es que no lo dijo. Comentó que tenía citas todo el día. Ha llamado un par de veces para ver si tenía mensajes, pero no me ha dado la impresión de que fuera a venir —detrás de él, la puerta se abrió y sonó la campanilla que había encima—. Babs acaba de entrar. Pregúntale a ella.

Val se volvió hacia Babs. Iba impecablemente vestida

con unos pantalones anchos de color limón y una camiseta negra y amarilla.

—Hola, forastera —dijo Val—. ¿Qué tal en México? —Babs había estado tres días en Acapulco con su nuevo novio, un jugador de polo llamado Renaldo de la Garza.

—Mucho calor —hizo girar sus ojos azules—. Debo de estar loca por ir en esta época del año. Lo único que hemos hecho ha sido beber margaritas y vegetar en la piscina.

—Parece un trabajo muy penoso.

Ella sonrió.

—Sí, bueno, alguien tiene que hacerlo.

Val sonrió.

—¿No sabrás por casualidad dónde puedo encontrar a Julie?

—Ahora mismo, no, me temo. Pero he hablado con ella. Me ha dicho que vendría tarde. Puede que la pilles en casa esta noche.

Esa noche, no, pensó él. Tenía que echar un polvo, por utilizar una expresión del vocabulario de Patrick. Claro que quizá fuera mejor así, esperar a aclarar las cosas entre ellos cuando su noche con Felicia hubiera pasado.

—Si la ves, dile que necesito hablar con ella, ¿quieres? Dile que mañana estaré en mi despacho todo el día.

—De acuerdo —Babs arqueó una de sus cejas negras—. Por cierto, he visto a tu ex novia en el aparcamiento. Dice que está otra vez libre.

—Eso creo —dijo Val.

—Supongo que los dos sabemos lo que significa eso.

—¿Ah, sí?

—Claro. Significa noches de fiesta salvaje. Significa que el viejo Patrick ha vuelto.

—Ya te he dicho que he acabado con las drogas y el alcohol.

Ella le clavó una mirada fría.

—Intenta recordarlo, ¿quieres, Patrick? Últimamente te

estás portando muy bien. Hasta a Fred empiezas a caerle en gracia. No lo fastidies.

Val no contestó. Sólo había una cosa que quería de Felicia Salazar: una lección de cómo hacer el amor. Sin ataduras, había dicho ella. Sin expectativas. En cuanto la lección acabara, no habría nada más.

Se marchó de la oficina a las cinco, regresó a casa, pasó un rato escribiendo su diario y luego se cambió para salir. No estaba tan nervioso como esperaba. Había sintonizado los recuerdos que guardaba Patrick de sus encuentros sexuales con Felicia y pensaba usarlos como guía. Cuando el conductor de la limusina llamó desde el vestíbulo anunciando la llegada de Felicia, se puso la chaqueta del traje de seda negro de Armani y bajó, enfrentándose a la velada con una calma que no esperaba.

El chófer abrió la puerta del largo Lincoln blanco y Val montó. Aquella belleza esbelta y de pelo negro lo estaba esperando en el asiento trasero, tendiéndole una copa de champán escarchada.

Val aceptó la copa. Su cuerpo estaba en perfecta forma física. Nunca tomaría drogas, pero, a pesar de los temores de Julie y Babs, sabía que una copa o dos no le harían daño, y esa noche necesitaba complacer a la mujer con la que estaba, si quería conseguir su propósito.

—Gracias —tomó la copa de cristal y se sentó a su lado en el mullido asiento de cuero gris.

—Estás guapísimo, Patrick. Hacía años que no te veía tan bien.

Él sonrió.

—He dejado las drogas y el alcohol. Ésta es la primera copa que tomo desde que me dio el infarto.

—Me enteré de lo que te pasó —puso una mano sobre su pierna y la deslizó hasta la mitad de su muslo—. No parece que te haya afectado mucho.

Él se inclinó y la besó en los labios.

—Luego lo veremos.

Fueron al bar del hotel Four Seasons, uno de los sitios de moda de Los Ángeles, pidieron una cena extravagante en una mesa íntima del comedor y luego regresaron a la limusina.

Con Felicia, la conversación era muy limitada. Se componía principalmente de insinuaciones sexuales acerca de lo que pensaba hacer con él en cuanto estuvieran en la cama. Cuando acabó la cena, Val se preguntaba, teniendo en cuenta lo poco que habían comido y lo insulso de su diálogo, por qué se habían molestado en salir.

Volvieron al coche y el chófer se dirigió hacia el Peninsula, el lujoso hotel de Felicia.

—Maldita sea —Val se acordó de algo de repente y apretó el botón del intercomunicador que conectaba el asiento trasero con el lado del conductor, parapetado detrás de una luna tintada—. Tengo que pasarme por mi oficina. Necesito recoger unos documentos —a Felicia le dijo—: Tengo una reunión a primera hora.

Ella arqueó una ceja, extrañada por aquel comportamiento tan poco propio de Patrick, y luego le lanzó una mirada petulante.

—No muy temprano, espero.

La boca de Val se curvó ligeramente.

—No, no muy temprano.

El Lincoln se detuvo en la parte de atrás de la oficina y, cuando Val salió, Felicia tiró de él para darle un beso.

—Date prisa —dijo con su voz profunda y sexy, y él sonrió.

—Sólo será un minuto.

Se marcharon en cuanto volvió. El chófer paró en la larga entrada del hotel Peninsula y un portero uniformado les abrió la puerta. La suite de Felicia, situada en una hilera de casas separadas que había al fondo, estaba lujosamente decorada en colores crema y melocotón. Había mármol y sobredorados, y todo era ostentoso y caro. Nada más cerrarse la puerta, Val se encontró envuelto entre sus brazos.

–Debo de estar loca por no haberte traído derecho aquí –dijo, besándolo con ferocidad, y, metiendo los dedos entre su pelo, le mordió un lado del cuello–. De hecho, debería haber dejado que me lo hicieras en tu despacho. Es lo que quería de verdad. Pero pensé que estaría bien que antes retomáramos un poco el contacto.

En realidad, según la memoria de Patrick, nunca se habían conocido bien. Se habían utilizado el uno al otro. Eso era lo que los dos querían.

Val la besó profundamente. Su cuerpo se agitó, siguió excitándose, pero faltaba el ardor, la lujuria apasionada que había sentido al besar a Julie. Notó las manos de Felicia en su bragueta, acariciándolo a través de los pantalones. Le bajó la cremallera de la espalda del vestido y ella se lo quitó y se quedó delante de él, con un liguero y unas medias de nailon negras. No llevaba sujetador. Ni bragas.

Por un instante, Val se quedó paralizado. Tenía el sexo hinchado y duro, y sin embargo sentía que algo no iba bien. Su cuerpo quería que la poseyera, pero el hombre que era en realidad, el hombre al que parecía estar perdiendo, decía que no. Quería acostarse con ella, alcanzar por fin el clímax, pero su mente permanecía extrañamente imperturbable.

Algo iba mal, se dijo, cada vez más inquieto. Con Julie, su cuerpo y su mente funcionaban al unísono, realzando mutuamente sus sensaciones. Ahora se enfrentaba únicamente a sus deseos físicos.

Y había otra cosa que le molestaba.

Era una sensación extraña, la impresión visceral de que estaba defraudando a Julie. Clasificó aquella sensación como traición; una violación de la confianza, una palabra que significaba deslealtad y engaño. Cosas que, sencillamente, el hombre que era en realidad no podía aceptar.

Felicia le quitó la camisa y le bajó la cremallera antes de que entendiera del todo lo que aquello significaba. Practicar el sexo y hacer el amor eran cosas distintas. El sexo era algo físico. El acto animal de la procreación. Hacer el amor con otra persona requería alguna forma de afecto. Aquélla era la forma que tenía Patrick de mantenerse alejado de cualquier compromiso emocional, libre de ataduras, sin preocuparse por nadie ni querer a nadie.

Pero Val no era así, ni nunca lo sería.

Agarró la fina muñeca de Felicia cuando ella se disponía a meter la mano bajo la cinturilla de sus calzoncillos. Felicia levantó la cabeza bruscamente. Sus labios brillaban, húmedos, y tenía los ojos enturbiados por la pasión. El marrón del iris era casi tan oscuro como sus pupilas. El cuerpo de Val ansiaba un orgasmo, anhelaba saciar aquella ansia que lo acompañaba desde hacía tanto tiempo, y sin embargo su mente se resistía.

Por segunda vez en cuestión de días, iba a dejar a una mujer que lo quería en su cama. Pero por razones muy distintas.

—Patrick...

—Lo siento, Felicia, pero esto no va a funcionar.

—¿De qué... de qué estás hablando?

Él empezó a apartarse.

—He dicho que no va a funcionar. Han pasado muchas cosas desde la última vez que estuvimos juntos. Han cambiado muchas cosas.

—¿Q-qué ha pasado? ¿Qué ha cambiado?

—Yo —contestó él con suavidad, alejándose un poco más. Recogió el vestido de Felicia y se lo dio—. Siento que esto haya salido mal. Espero que intentes entenderlo.

—¿Entenderlo? —repitió ella, poniéndose rígida. Se puso el vestido y echó los brazos hacia atrás para subirse la cremallera—. Claro que lo entiendo. Entiendo que eres un auténtico hijo de puta, Patrick. Lo que has sido siempre.

Él se puso la camisa, se la abrochó y se la remetió en los pantalones.

—Lo siento, Felicia, lo siento de veras.

—Sal de aquí, cabrón.

Él no dijo nada más. Se limitó a abrir la puerta y a salir al pasillo. Cuando llegó al vestíbulo, uno de los recepcionistas le despidió con un ademán y un portero de la entrada llamó a un taxi.

De camino a su apartamento, repasó lo que había hecho, rememorando cada instante. Había tomado muchas decisiones, y nunca había estado tan seguro de haber hecho lo correcto.

CAPÍTULO 12

Era una estupidez. Una auténtica tontería estar llorando por un hombre como Patrick Donovan. Pero Julie no podía evitarlo. No había podido evitarlo desde que, al salir de la oficina a las diez de la noche y sentarse tras el volante de su coche, había visto a Patrick salir de la lujosa limusina de Felicia Salazar. Julie sabía de quién se trataba: el coche llevaba una matrícula que decía *Felina I*. No era difícil deducirlo. Además, había visto a Felicia besando a Patrick cuando él había abierto la puerta del coche.

Dios, con sólo pensarlo le daban náuseas.

Bebió un sorbo del coñac que se había servido al llegar a casa para calmar los nervios. No era de extrañar que Patrick no la deseara. ¿Por qué iba a desearla cuando una mujer tan bella y exótica como Felicia se moría de ganas de meterse en su cama?

Dios, qué tonta se sentía.

Bebió un poco más de coñac, ladeó la copa y la apuró. Luego tosió al sentir la quemazón del líquido en la garganta. ¡Maldito fuera! ¡Al diablo con él! ¿Qué le había hecho creer que había cambiado?

Alegrándose de que el alcohol empezara a entumecerla, Julie se metió en la cama y al cabo de un rato se quedó dormida. Dio vueltas en la cama, se despertó al menos cuatro veces y luego se quedó despierta hasta que el despertador sonó a las cinco y media.

Estuvo toda la mañana aturdida, cansada y destemplada, pero se puso un traje pantalón de color melocotón, tomó su maletín, montó en su coche y se dirigió al trabajo. Estaba harta de esconderse. Patrick la había dejado en ridículo, pero lo cierto era que no se había acostado con él, así que aún le quedaba parte de su orgullo.

Y ahora que sabía la verdad se defendería de él con más fiereza que nunca.

Lo vio a las diez de la mañana, cuando él entró con Ron Jacobs, un vendedor nuevo de la oficina. Iban hablando de vender la finca Weatherby, una propiedad que por lo visto Patrick había ayudado a conseguir a Ron, y los dos se reían, embriagados por su triunfo sobre la mitad de los agentes of Beverly Hills que habían intentado hacer lo mismo.

Incluso de lejos la voz áspera y viril de Patrick hizo que una oleada de calor recorriera involuntariamente su cuerpo. Intentó no fijarse en lo fresco que parecía esa mañana, como si no hubiera pasado la noche revolcándose en la cama con Felicia. Procuró ignorar el dolor que brotaba dentro de ella y que le daba ganas de dar media vuelta y huir.

—¡Hola, Julie! —Ron se acercó cuando ella pasaba junto a la mesa de Fred Thompkins—. ¿Te has enterado? Acabo de conseguir la finca Weatherby, gracias a Patrick. Deberías haberlo visto. Estuvo fantástico.

—Eso es estupendo —dijo Fred con una sonrisa—. Felicidades, chico. Ahora lo único que hay que hacer es venderla.

Era sábado por la mañana. Fred no iba vestido para trabajar. Sólo se había pasado por allí para recoger unos papeles de una de las propiedades que había vendido. En lugar de su traje de costumbre y su pajarita de colores, llevaba unos chinos y una camiseta en la que se leía *los estudiantes de matemáticas siempre montando el número*, un vestigio, al parecer, de sus tiempos de profesor.

—He visto la finca —dijo Julie sin apartar los ojos de Ron. Se resistía a mirar a Patrick, que estaba a unos pasos de allí—. Estuve allí hace un par de años. Quizá pueda enseñarla por ti. Tengo una clienta que llega de Nueva York el miércoles por la tarde. Su marido trabaja para la NBC. Lo han trasladado a la Costa Oeste. Sería la casa perfecta para ellos.

—Genial —dijo Ron—. Te haré una copia de la tasación y me encargaré de que te dejen entrar. Tú sólo dime lo que necesitas —Ron tenía treinta años, había estudiado en la universidad y siempre le había costado trabajar para otros. Parecía haber encontrado su sitio en el negocio inmobiliario, en el que su jefe era en gran medida él mismo.

—Te avisaré en cuanto sepa los detalles —dijo ella. Dos meses antes, Ron había hablado de cambiar de oficina. Tenía poca experiencia y necesitaba cierto asesoramiento que allí no conseguía. Últimamente, Patrick había empezado a ayudarlo. Ahora parecía que iba a quedarse.

Julie seguía sin mirar a Patrick, aunque poco importaba. Sentía aquellos intensos ojos azules clavados en su cara.

—¿Recibiste mi mensaje? —preguntó él, obligándola a prestarle atención—. Me gustaría hablar contigo en cuanto tengas tiempo.

Ella levantó la barbilla.

—Me temo que ahora mismo estoy ocupada —sonrió dulcemente a los demás—. Si me disculpáis...

Fred la miró con interés cuando se alejó. Ron le dijo adiós con un ademán y se dirigió a su mesa para empezar a ocuparse de la venta de la casa. Patrick echó a andar tras ella. Al llegar a su despacho, Julie empezó a cerrar la puerta, pero él metió el pie en el hueco.

—Sólo necesito un minuto —su cuerpo se proyectó hacia delante, obligándola a retroceder hacia el interior de la habitación.

Julie compuso una sonrisa.

—Me temo que no dispongo de un minuto, Patrick. Tengo una cita importante. Debo irme —lo miró fijamente, decidida a no flaquear. Era tan alto que tuvo que echar la cabeza hacia atrás—. Tendremos que hablar en otro momento.

Patrick cerró la puerta con un golpe que sonó tan hueco como el estómago de Julie.

—Tenemos que hablar ahora —sus intensos ojos azules la traspasaban, llenos de determinación.

Ella se mantuvo firme un momento. Luego vaciló y empezó a retroceder.

—No tenemos nada que decirnos —se volvió hacia la mesa y se puso a revolver unos papeles. Luego empezó a meterlos en su maletín.

—Yo creo que tenemos que decirnos muchas cosas. Para empezar, quiero explicarte lo que pasó la otra noche.

Ella se volvió con una sonrisa cínica.

—Eres muy amable, Patrick. Pero, ya que estás, quizá puedas explicarme también por qué has pasado la noche con Felicia Salazar. Tengo la sensación de que es una historia mucho más interesante.

Patrick juntó las cejas. Julie notó que se preguntaba cómo lo sabía.

—Te vi con ella. Me quedé trabajando hasta tarde. Acababa de subir al coche cuando parasteis en el aparcamiento —cerró su maletín con la esperanza de que él no notara cómo le temblaban las manos—. Ahora, ¿puedo irme? —se dirigió hacia la puerta, pero Patrick le cortó el paso. A la luz que entraba de soslayo, su cara tenía un aspecto amenazador. Las sombras oscurecían sus pómulos y en sus ojos, de un azul más oscuro, parecía agitarse una emoción turbulenta.

—Estuve con ella, sí. Pero no me acosté con ella.

—No me tomes el pelo, Patrick. Esa mujer te metió la lengua hasta la mitad de la tráquea en el aparcamiento —alargó la mano hacia el picaporte, pero él la agarró del brazo.

—No me acosté con ella, Julie. Te doy mi palabra.

—Me das tu palabra —repitió ella con sarcasmo.

—Sí.

Julie levantó la mirada hacia él. La expresión de Patrick no vaciló. ¿Cómo podía parecer tan sincero? Claro que, a pesar de todo, nunca se le había dado bien mentir.

—No te acostaste con ella —repitió Julie.

—No.

—¿Por qué?

—Porque no me apetecía. Descubrí que era a ti a quien deseaba. Ninguna otra mujer me vale.

Ella soltó un bufido al oírlo.

—Ah, sí. Me deseabas tanto que te marchaste y me dejaste medio desnuda en el cuarto de estar, sintiéndome como una imbécil.

Él puso las manos sobre sus hombros y la sujetó con fuerza. Su contacto era extrañamente suave, sin embargo.

—No te culpo por estar enfadada. Sé que lo eché todo a perder. Por eso tenía que verte.

Haciendo un esfuerzo, ella se desasió.

—Apártate, Patrick. No quiero oír nada más.

Él no se movió.

—Te lo advierto, Patrick. Si no te apartas, utilizaré la violencia.

Él casi sonrió. Un lado de su boca se curvó ligeramente. Dios, qué guapo era.

—¿A qué hora acabas?

—No es asunto tuyo.

—Escúchame, Julie. De un modo u otro tienes que escucharme. Esta conversación no va a acabar hasta que oigas lo que tengo que decirte —se quedó inmóvil unos segundos más; luego se apartó de mala gana.

Julie giró el pomo y abrió la puerta de un tirón.

—Díselo a quien le importe —cuadrando los hombros y haciendo caso omiso del nudo que sentía en el estómago, pasó a su lado y salió a la parte principal del edificio.

Fred y Ron levantaron la mirada cuando pasó delante de ellos, pero ninguno dijo una palabra. Habían llegado otros vendedores. De la sala de descanso de los empleados salía un olor a café recién hecho. Los teléfonos sonaban, la gente iba de acá para allá. Si alguien notó la tensión que había entre Patrick y ella, no lo demostró.

Julie trabajó con ahínco todo el día, llenando cada momento libre, intentando mantenerse ocupada y no pensar en Patrick. Aun así, cuando no estaba pensando en Laura y preocupándose por lo que le ocurría a su hermana, no podía evitar pensar en él.

El hombre formidable que había dejado en su despacho era mucho más fuerte que el Patrick al que ella había conocido, mucho más decidido... y mucho más atrayente.

Se preguntaba qué tenía que decirle.

Maldición, no podía decirle nada. Ella prácticamente se había arrojado en sus brazos y él la había rechazado de plano por Felicia Salazar.

No había nada más, no podía haberlo.

Aun así, Julie no podía evitar acordarse de cómo la había besado esa noche bajo la luna, con ardor y sin embargo con ternura. Ni siquiera cuando parecía más apasionado se había mostrado exigente con ella, como esperaba. De hecho, casi parecía tímido. Julie todavía veía su cara cuando se había alejado por fin, crispada por una extraña y oscura emoción. Si hubiera tenido que ponerle un nombre, habría sido miedo.

Pero aquello era imposible, era totalmente impropio de él. Sin embargo, fuera lo que fuese, la conmovía, la tentaba a escuchar lo que él quería decirle. Ahuyentó de sí la tentación. Patrick sabía cómo manipular a las mujeres. Ella no podía correr ese riesgo. Lo había hecho una vez y estaba pagando por ello.

No, no iba a permitir que Patrick se acercara a ella.

En cuanto lo viera acercarse, huiría como un ciervo en sentido contrario.

Val se limpió el sudor de la frente con la toalla que llevaba alrededor del cuello y siguió corriendo. Eran las seis de la mañana del lunes. Ya había corrido doce kilómetros, pero ese día no le bastaban. No, después del sueño que había tenido, de las imágenes eróticas que tenía que combatir cada vez que se quedaba dormido. Imágenes de las veces en que Patrick había hecho el amor con Felicia. Sólo que no era a la bella brasileña a la que veía en sueños, sino a Julie. Desnuda y complaciente, ella le metía los hermosos pechos en la boca, le arañaba la espalda y le suplicaba que la tomara.

Él la complacía de buena gana, la tumbaba en el suelo, le abría las piernas y se hundía en ella una y otra vez. Se había despertado excitado y trémulo.

Ahuyentó aquellas imágenes mientras seguía corriendo. Dobló la esquina de Alden y Elm. Sus pies se movían rítmicamente, devolviéndolo a su apartamento. Cuando llegó, se quitó la ropa empapada en sudor y se fue a la ducha, deteniéndose sólo un momento para añadir unas pocas líneas a la entrada del diario que había hecho esa misma mañana.

Era agradable sentir el agua cayéndole por la cabeza, llevándose el agarrotamiento de sus músculos y arrastrando los vestigios de la tensión sexual. Se secó con una toalla, se afeitó y se vistió para ir a la oficina.

Le costó un gran esfuerzo, pero por fin consiguió concentrarse en el trabajo. Recibió varias llamadas, la última de Sarah Bonham, jefa de administración del Fondo de Pensiones de los Maestros del Condado de Ventura.

—El señor Starky, de la Westwind Corporation, me sugirió que lo llamara —dijo la señora Bonham—. Cree que, siendo usted el propietario anterior y el promotor de los pisos de Brookhaven, podría darme algunos datos que necesito. Confiábamos en que tuviera usted tiempo de enseñarle la urbanización a los miembros de nuestro comité ejecutivo esta semana.

—Me encantaría —mintió él, y luego se las ingenió para no encontrar ni un solo hueco en su apretada agenda para quedar con ellos. Los llamaría la semana siguiente, le dijo, consciente de que no tenía intención alguna de fijar una cita.

Si seguía dándoles largas, cabía la posibilidad de que su estancia temporal en la Tierra como Patrick Donovan acabara. Y, sin su ayuda, con suerte el trato nunca llegaría a cerrarse. Los maestros no verían desaparecer el dinero de su fondo de jubilación, y Patrick no estaría por allí para ir a la cárcel.

Se puso a tamborilear con los dedos sobre la mesa, junto al teléfono. Luego sonrió. A Sandini y McPherson no les haría ninguna gracia descubrir que sus planes fraudulentos se habían visto frustrados. Quizá pudiera dejar aquel lugar con la certeza de haber hecho algún bien.

Naturalmente, ése no era su propósito, en realidad. Su objetivo era estudiar a Julie Ferris, y desde su llegada había trabajado con denuedo.

Utilizando el módem del primitivo ordenador de su despacho, junto con sofisticados archivos informáticos de la nave, había logrado reunir varios archivos sobre ella. Había accedido al sistema de Hacienda y recabado todos los archivos asociados con su número de la Seguridad Social, que obtuvo fácilmente a través del departamento de contabilidad de la agencia inmobiliaria. Era asombroso lo que había encontrado.

Dado que el número se le había asignado durante su primer año en la universidad, al conseguir su primer empleo, Val había podido consultar su historial laboral. Julie había trabajado desde que tenía dieciséis años, empezando como dependienta, encargada de envolver regalos en un centro comercial. Ganaba lo suficiente para pagarse los estudios, que había acabado, según otro archivo, con sobresaliente. Se había graduado entre las primeras de su promoción. También había archivos financieros: cuentas bancarias, préstamos universitarios, préstamos hipotecarios. Incluso podía acceder a información médica a través de los impresos que había rellenado y remitido a las compañías de seguros.

Por lo que había podido descubrir, Julie llevaba una vida muy tranquila. Ganaba mucho más que el americano medio, pero ahorraba mucho, y pagaba sus facturas puntualmente. La casa que se había comprado en la playa de Malibú era cara debido a su ubicación, aunque fuera bastante modesta de estilo. La ropa que se compraba era elegante, pero no de las marcas más caras.

En el terreno médico, parecía sana; rara vez necesitaba algo más que un chequeo anual. Los movimientos de su cuenta bancaria demostraban que dedicaba un buen pellizco de sus ganancias a pagar las facturas de su hermana.

Val tenía páginas y páginas de información sobre ella, pero, pese a todos los datos que había reunido, a las pruebas que habían hecho a sujetos como ella y a lo que había podido observar en la Tierra, seguía sin saber por qué Julie Ferris y un pequeño porcentaje de sujetos poseían la capacidad mental de resistirse a sus sofisticados exámenes neurológicos.

Val se pasó una mano por el pelo ondulado y negro, se levantó y se acercó a la ventana que daba a la oficina. Al fondo del pasillo apareció el objeto de sus pensamientos. Julie acababa de entrar por la puerta trasera, como solía, sin perder el paso, llena de energía y determinación. Pero Val también tenía un propósito y estaba decidido a cumplirlo. Apretó los dientes y se dirigió a la puerta.

Julie lo vio acercarse. Las largas piernas de Val se comían el espacio que los separaba. Iba vestido con un traje gris oscuro perfectamente cortado, camisa blanca de puño francés, con sus iniciales grabadas en el bolsillo, y corbata de rayas grises y burdeos. Era de esos hombres en los que las mujeres se fijaban por la calle. Y sin embargo desde su ataque al corazón había cobrado una dimensión distinta. Había en él una solidez que antes no existía, un aire autoritario y lleno de determinación. Parecía más sabio de lo que le correspondía por su edad, sereno y confiado.

Aquello lo hacía infinitamente más atractivo.

Y también hacía que Julie desconfiara aún más de él. Le dieron ganas de huir hacia la puerta.

Patrick sonrió al acercarse, y la sonrisa suavizó sus rasgos.

—Me alegro de verte. ¿Qué te parece si vamos a comer? Hay un restaurante mandarían muy bonito y pequeño que...

—Dios, Patrick, ¿es que sólo comes comida asiática? Pensaba que te cansarías después de un tiempo.

Una ceja negra y bien formada se arqueó.

—¿Y si vamos a The Grill? Está enfrente. Podemos comer y estar de vuelta en una hora.

—No, gracias. Tengo muchas cosas que hacer —echó a andar y esta vez él no la detuvo.

Julie salió un par de veces a hacer recados y a sus citas de costumbre, pero cada vez que regresaba él volvía a aparecer como por arte de magia. Patrick le pidió que tomara un café con él, aunque Julie sabía que últimamente evitaba la cafeína. Le pidió que fueran a tomar una copa después del trabajo, a lo que ella se negó en redondo.

A las siete, al marcharse, se lo encontró junto a su coche, en el aparcamiento. Su Porsche estaba aparcado en el sitio de al lado; su gran motor rugía y la puerta estaba entreabierta.

Julie pasó a su lado.

—Buenas noches, Patrick —dijo como si él fuera a desaparecer sin más.

—Ni lo sueñes —la agarró del brazo, la hizo girarse y dio un paso hacia ella—. Da la casualidad de que sé que esta noche no tienes nada previsto, lo que significa que por fin tienes tiempo para mí.

—Te equivocas. No tengo tiempo para ti. Ni lo tendré en un futuro inmediato.

Una sonrisa malévola curvó los labios de Val. Julie nunca había visto una sonrisa como aquélla.

—Esta vez no vas a darme esquinazo. Vas a escuchar lo que tengo que decirte. Vamos a ir a mi apartamento, donde podremos hablar sin que nadie nos moleste. Vas a montarte en mi coche y voy a llevarte. Si no, te levantaré en vilo y te meteré en el coche yo mismo.

Julie se quedó boquiabierta. Patrick nunca le había hablado así. No podía creer que la estuviera amenazando de verdad, pero veía claramente que hablaba en serio.

—¿Y bien? —dijo él amenazadoramente, dando un paso hacia ella—. ¿Qué prefieres?

Julie cuadró los hombros.

—Evidentemente, Patrick, si tanto significa para ti... —se acercó al Porsche, abrió la puerta y se sentó en el asiento con la cabeza muy alta. Patrick cerró la puerta.

Al ver su expresión satisfecha, Julie estuvo a punto de bajarse. Podría haberlo hecho, pero una sola mirada a su cara decidida y de rasgos duros y la idea voló por la ventana. Estaba furiosa y al mismo tiempo extrañamente intrigada porque se tomara tantas molestias. Se acomodó en el asiento, esperó a que él montara y dejó que la llevara. Unos minutos después llegaron a su apartamento en la calle Elm, cerca de Burton Way.

Tomaron el ascensor hasta el ático, en silencio. Patrick abrió la puerta y entraron.

—¿Te apetece una copa? —él se quitó su chaqueta gris y la arrojó sobre una silla; luego se aflojó tranquilamente la corbata—. Tienes cara de que te vendría bien una.

Julie paseó la mirada a su alrededor, negándose a mirarlo.

—Tomaré una copa de vino blanco, si tienes.

No había vuelto a su apartamento desde su única y desastrosa cita, hacía ocho años. Se fijó en los tonos negros y grises, muy masculinos, y en la mesa baja acrílica que había delante del sofá de lana gris, todo ello acentuado con buen gusto por las luminosas manchas de color que ponían los cuadros modernos colgados de las paredes. La habitación estaba escuetamente amueblada, pero producía una sorprendente sensación de comodidad.

Lo cual no debería haberla sorprendido. Patrick siempre había tenido muy buen gusto.

Aquello la hizo pensar en Felicia Salazar. Tenía el ceño fruncido cuando él volvió con una copa de vino blanco. Su copa estaba llena de Perrier.

—Sea lo que sea lo que estás pensando, no parece muy agradable.

Ella le lanzó una sonrisa tensa y burlona.

—La verdad es que estaba pensando en tu novia, Felicia. Estaba admirando esta habitación y tu gusto exquisito... tanto para la decoración como para las mujeres.

Él puso una expresión casi divertida.

—Me alegra que te guste mi apartamento. Y Felicia no es mi novia. No creo que lo haya sido nunca.

—¿No crees?

—De acuerdo, antes disfrutaba con ella en la cama. Pero, que yo recuerde, nunca compartimos nada más. Me di cuenta la otra noche. Ya no me interesan esa clase de vínculos.

Vínculos. Parecía una palabra extraña. Julie se puso a juguetear con el borde de su copa, pasando el dedo por él mientras se acomodaba en el sofá.

—¿Qué hago aquí, Patrick? ¿Qué quieres exactamente?

Él se sentó a su lado. Sus vívidos ojos azules se clavaron en su cara.

—Creo que ya sabes lo que quiero. Y creo que tú quieres lo mismo.

Julie no dijo nada. De pronto se había acordado de cómo la había besado aquella noche en la terraza, por encima del mar. Casi podía sentir sus manos en los pechos, el modo en que su lengua rodeaba sus pezones. Debajo de su sujetador de encaje, éstos comenzaron a endurecerse.

—Si me deseabas, ¿por qué te marchaste?

Él la observó por encima del borde de su copa como si necesitara tiempo para sopesar sus palabras.

—Lo creas o no, estaba asustado.

—¿Tú? ¿Y se puede saber por que?

Él alargó el brazo y pasó un dedo por su mandíbula.

—No estoy seguro. Todo me parecía tan irreal... Nunca me he sentido así con una mujer. Nunca he deseaba tanto a nadie. Sé que cuesta creerlo, pero es la verdad.

Julie se quedó mirándolo. No podía ser cierto. Era imposible.

—Sé la clase de mujer que eres —continuó él—. Sé que el presente que me ofrecías tenía un precio muy alto para ti. Y me asustaba lo que podía significar.

Miedo. Julie lo había visto esa noche en sus ojos. Por imposible que pareciera, Patrick estaba diciendo la verdad.

—Hacer el amor contigo significaba que me importas, Patrick. Que veía en ti algo que no había visto nunca antes. Empezaba a creer en ti. Empezaba a pensar que podías haber cambiado de verdad, que tal vez sintieras algo por mí

—desvió la mirada. Sentía una opresión en la garganta—. Cuando te vi con Felicia, supe que me había equivocado —estaba al borde de las lágrimas. Clavó las uñas en la palma de su mano para no ponerse a llorar delante de él.

Patrick le hizo volver la cara.

—No te has equivocado. Me importas, Julie.

—No tienes por qué mentir, Patrick. Sé cómo eres. Cómo serás siempre. Fui una tonta por creer que podías cambiar.

—He cambiado. Lo que creías ver era cierto. No me acosté con Felicia. No quería. He descubierto que la única mujer a la que deseo eres tú.

A ella se le cerró la garganta. Parpadeó y una lágrima rodó lentamente por su mejilla. Le daba miedo creerle. No se atrevía. Pero no podía evitar que sus esperanzas se avivaran.

—¿Lo dices en serio, Patrick?

—Nunca te mentiría, Julie —enjugó su lágrima con un dedo—. Te deseo. Te deseo desde hace mucho tiempo.

Julie sacudió la cabeza.

—Dios mío, Patrick, estoy tan asustada... —en cuanto dijo aquello, él la abrazó, atrayéndola hacia sí y apretándola con fuerza.

—No tengas miedo, Julie. Por favor, no tengas miedo.

Era tan deliciosa sentirse abrazada así, estar envuelta en los brazos de Patrick, sentirse reconfortada por su fortaleza... Se sentía protegida, segura y, poco a poco, dejó de tener miedo. Levantó la mirada hacia él y vio que sus ojos se habían vuelto de un azul más oscuro.

—Yo también te deseo, Patrick. Te deseo muchísimo.

Él la besó, con un beso poderoso y embriagador que revelaba cuánto la deseaba. Había ternura en él, en el roce suave de su lengua, en la suavidad con que saboreaba las comisuras de su boca. Luego la besó profunda y minuciosamente, y la sangre comenzó a fluir a toda velocidad por las venas de Julie. Su estómago se estremeció y se contrajo.

Su piel se erizó y sus pezones se encresparon. Él le desabrochó la blusa, deslizó la mano dentro de la copa de su sujetador de encaje y comenzó a acariciar su pecho. El sujetador se cerraba por delante, y lo desabrochó con facilidad. Después tomó en la mano su pecho pesado y utilizó el pulgar para rozar suavemente el pezón.

—Patrick... —fue lo único que se le ocurrió decir cuando él agachó la cabeza y se metió el pezón en la boca, chupándolo delicadamente. El otro pecho lo atraía. Le dedicó sus atenciones y ella arqueó la espalda y le suplicó más sin decir nada.

—Eres tan hermosa... —musitó él, y su lengua circundó el pezón de Julie. Lo mordió suavemente y una oleada de placer recorrió el torrente sanguíneo de Julie—. Deseo tanto estar dentro de ti...

A través de la neblina caliente y húmeda del deseo, ella apenas notó que le quitaba la ropa, que estaba desnuda y se aferraba a su cuello. Él se quitó la ropa unos minutos después: la camisa, los zapatos, los calcetines y los pantalones, quedándose con unos calzoncillos ceñidos de color burdeos oscuro.

Julie se apartó de él. Quería verlo. Era todo él piel bronceada y músculo terso. Una densa mata de vello negro y rizado cubría su pecho fibroso.

Patrick le tendió los brazos, la atrajo hacia sí y la besó otra vez mientras se llenaba las manos con sus pechos. Hundió la lengua en su boca y un calor húmedo inundó el sexo de Julie. Estaba mojada y lista, inquieta y ansiosa, llena de deseo por él.

Los dedos de Patrick rodearon su ombligo, se deslizaron más abajo, se abrieron paso entre los densos rizos rojizos de su pubis. Él se removió en el sofá y ella notó una tensión en su cuerpo, una crispación de los músculos de su pecho. Sus caricias eran de pronto distintas; parecía haber en ellas un atisbo de indecisión. Aun así, metió los dedos entre los rizos rojos y oscuros, separó los gruesos pliegues de su sexo con evidente placer y hundió un dedo dentro.

Ardor, deseo feroz, una espiral de calor. Julie se arqueó contra su mano y clavó los dedos en sus hombros. Echó la cabeza hacia atrás, apoyándola en el brazo del sofá, y lo besó con tal ansia que empezó a retorcerse contra él. Patrick fue depositando besos a lo largo de su garganta y sobre sus hombros, besó sus pechos y su vientre. Mientras tanto la acariciaba, utilizando sus hábiles manos para hacer que se arqueara y se retorciera.

—Dios mío, Patrick... —susurró ella, apenas capaz de hablar por el ardor que la atravesaba.

La tensión del cuerpo de Patrick pareció disminuir. Ya desnudo, desenvolvió un condón que ella no había visto hasta ese momento y se apoderó de su boca mientras le separaba las piernas y se colocaba entre ellas.

—Tranquila, cariño —susurró cuando ella gimió. Ella nunca le había dejado que la llamara así, pero de pronto le parecía lo natural, como si aquel título le perteneciera a ella. Se apropió de sus labios con avidez, lamió sus pechos, tiró de sus pezones y comenzó a besarla otra vez.

Julie sentía su erección entre las piernas, presionándola íntimamente, y de pronto deseó haberlo tocado, haberse familiarizado con su miembro. Arqueó las caderas, esperando que la penetrara, pero él no se movió.

Se dio cuenta de que intentaba dominarse, sintió el leve temblor que lo atravesó. Volvía a parecer indeciso, y aquella idea resultaba tan enternecedora que Julie alargó el brazo entre sus cuerpos, asió con firmeza su sexo y lo guió dentro de sí.

Patrick gruñó y se deslizó hacia delante, hundiéndose tan profundamente que ella tuvo que morderse el labio inferior. Él se detuvo y ella oyó su respiración trabajosa, sintió el rugido tempestuoso de su corazón. Latía como si fuera a desgarrarle el pecho. Patrick siguió sin moverse, y de pronto una idea aterradora asaltó a Julie.

—Patrick... Dios mío, ¿te encuentras bien? ¿Tu corazón no...?

Su risa baja y ronca la atajó.

—Estoy bien, amor. Créeme. No me he sentido mejor en toda mi vida —se movió entonces, lenta y sensualmente, sacando su miembro duro y volviendo a penetrarla profundamente. Siguieron besos ardientes, oleadas de calor que embargaron a Julie, y un dolor dulce y agudo se aposentó en su vientre.

Ardía por dentro, estaba en llamas por el deseo y la necesidad. Santo Dios, no se saciaba de él. Se aferró a sus hombros, se arqueó hacia arriba para salir al encuentro de cada una de sus embestidas y sintió que las manos de Patrick se deslizaban bajo sus nalgas para levantarla, y que se hundía más profundamente en ella. Luego comenzó a penetrarla con fuerza, cabalgándola con acometidas profundas que la arrastraban hacia el placer que ella ansiaba. Julie lo sintió tensarse y luego resbaló por el borde del abismo, saboreando las espirales dulces y ardientes del clímax.

Gritando su nombre, se agarró a él e intentó sobrevivir a la feroz avalancha de la pasión. Varias acometidas más y el cuerpo de Patrick se puso rígido. Apretó los dientes y los músculos de su cuello sobresalieron; echó la cabeza hacia atrás y se convulsionó, presa del orgasmo.

Ninguno de los dos dijo nada. Patrick se dejó caer sobre ella. Su cuerpo fibroso y duro estaba cubierto por una película de sudor. Julie le apartó el pelo húmedo que le caía sobre la frente y le dio un beso suave en la mejilla.

—Dios mío —susurró él con algo parecido al asombro.

Julie sabía a qué se refería. Esta vez fue ella quien se echó a reír.

—Te juro, Patrick, que si no supiera que es imposible, pensaría que eres nuevo en esto —los músculos de Patrick se tensaron–. Y no es que no haya sido completamente maravilloso. Tú has estado maravilloso, Patrick.

Él se relajó entonces, tumbándose a su lado en el sofá. Pasó un brazo a su alrededor y la apoyó contra su pecho.

–Ha sido más que maravilloso. Ha sido increíble –se movió un poco para poder verle la cara–. Y en cierto modo soy nuevo en esto. Todo en mi vida es nuevo. No había hecho el amor con nadie desde que salí del hospital.

Ella lo miró.

–¿De veras?

–Que me muera ahora mismo si no es así.

Julie le puso un dedo contra los labios.

–No digas eso ni en broma. Nunca olvidaré cómo me sentí cuando te vi tendido en la acera. No quiero volver a sentir eso nunca.

Patrick no dijo nada, pero una expresión sombría cubrió su semblante. Julie se preguntó en qué estaría pensando y una sombra de duda la recorrió. Fue como si él también lo sintiera, porque la atrajo hacia sí y empezó a besarla otra vez, depositando besos tiernos en su garganta y su cuello. Acarició sus pechos y el pasadizo carnoso y resbaladizo de entre sus piernas; luego volvió a penetrarla.

La tomó con ansia feroz, y sin embargo sus besos eran tan dulces que Julie sentía la quemazón de las lágrimas en los ojos. Rezaba por haber hecho lo correcto al entregarse a él. Sólo el tiempo lo diría.

Se preguntaba qué les depararía el mañana.

CAPÍTULO 13

A las cuatro de la mañana, Val abrió los ojos de repente. Estaba tumbado junto a Julie en su cama, completamente despierto. En el lugar del que procedía no existía el sueño; su proceso evolutivo había dejado atrás la necesidad de dormir hacía más de diez mil años. Pero allí, en la Tierra, su cuerpo lo exigía para mantenerse sano.

Había aprendido a dormir un par de horas, un ciclo de sueño normal. Pero cuando el ciclo acababa, en lugar de caer en otro periodo de sueño, como la mayoría de la gente, solía despertarse. Pasaba un rato dando vueltas por la casa, leyendo o escribiendo su diario; luego volvía a la cama e intentaba dormir otras dos horas. Durmiendo así, en ciclos breves pero intensivos, seis horas eran suficientes. Pero ello requería un esfuerzo supremo. Era una batalla que tenía que librar constantemente. Como comer comida terrestre, aquélla era una lucha que no podía permitirse perder.

Estiró sus largas piernas bajo la sábana y permaneció recostado en la almohada. El cabello rojo de Julie se rizaba a unos centímetros de su nariz. Alargó la mano y le apartó de la mejilla un mechón suave; luego le dio un beso en la frente, pensando que seguramente esa noche había dormido mejor que cualquier otra desde su llegada. Al recordar el motivo, un estremecimiento erótico lo recorrió, yendo a parar a su entrepierna.

Rememoró la increíble experiencia que había compartido con Julie, más intensa de lo que podía haber imaginado. Su unión había sido tan poderosa, tan arrolladora, que en algunos momentos había pensado que no sobreviviría a ella. Sólo gracias al aliento de Julie había podido superar sus temores y continuar. Al final, con los recuerdos de Patrick como guía, ambos habían logrado un placer inimaginable, una sensación tan nueva, tan intensa, que Val había pensado que se desgarraba.

Sonrió al recordar y en su cuerpo se inició aquel latido ya familiar, un pálpito rítmico que despertaba su excitación y hacía que su miembro se pusiera duro como una roca.

La deseaba de nuevo. Su memoria le decía que no era nada raro. La virilidad de Patrick, combinada con la novedad de aquella experiencia y con la sexualidad sin explorar de Val, despertaban en él un ansia que le hacía arder de deseo por ella. Se levantaría un rato y cuando volviera la despertaría y la tomaría en cuanto entrara en la habitación.

Apretó el paso al dirigirse a su despacho. Cerró la puerta, recogió las llaves del apartamento que había dejado encima de su escritorio de teca negro, silenció su tintineo, se inclinó y abrió el cajón de abajo, que siempre mantenía cuidadosamente cerrado. Dentro había algunos archivos personales de Patrick. Bajo ellos, Val guardaba su diario, así como el pequeño dispositivo de comunicación que solía llevar consigo. Esa noche, estando Julie en el apartamento, lo había guardado allí.

Tomó el dispositivo, lo abrió y vio con sorpresa que la lucecita roja estaba encendida. Miró la puerta para asegurarse de que la había cerrado bien, respondió a la llamada y descubrió que se reclamaba inmediatamente su presencia en el *Ansor* para una reunión con sus superiores.

Tecleó su respuesta. *Debo esperar al menos otras seis horas terrestres*. Tiempo suficiente para que Julie se levantara, se vistiera y regresara a su casa. Por alguna razón, pensar en su marcha le inquietó.

Apareció otra hilera de símbolos. *Se exige su presencia inmediata, comandante.*

Pensó en Julie, en su misión, y en lo que había aprendido de su sujeto esa noche. *No es posible*, escribió. *Solicito seis horas de retraso.*

La pantalla permaneció en blanco unos segundos más que antes. *Seis horas aceptadas.* El Ansor cortó la comunicación y el potente dispositivo quedó en negro.

Val apagó el aparato y lo guardó en el cajón. El traslado a la nave se haría desde su apartamento a las diez en punto de la mañana siguiente, aunque su forma humana quedaría allí, en un estado de sueño suspendido. Con suerte, volvería a tiempo para comer. Sonrió al pensar qué diría Julie de la velocidad de su viaje inminente.

Brian Heraldson escuchó el pitido del otro lado de la línea de su teléfono móvil. Por fin se dio por vencido y colgó. Maldición, sabía que ella estaba allí. Le daría otra hora para calmarse; luego volvería a marcar su número. Si la siguiente vez no contestaba, iría a su casa y conseguiría que lo dejara entrar.

Masculló algo al pensar aquello. No era precisamente muy cortés. Más bien parecía un macho alfa agresivo, decidido a resolver un conflicto con su mujer. Una idea tan inquietante como la primera. Se estaba obsesionando con Laura Ferris, y aquello no le gustaba lo más mínimo. No le gustaba el arrebato de deseo que sentía cada vez que la miraba, ni el estar preocupado por ella.

Tampoco le gustaba la discusión que habían tenido. Una discusión que había empezado mientras comían el día después de que la llevara a casa desde Long Beach. Una conversación acerca de su asistencia al grupo de terapia de Winters que se había convertido en un concurso de gritos y había acabado con Laura cerrándole la puerta de su apartamento en las narices.

Por el amor de Dios, se suponía que era un psiquiatra con experiencia. En cambio, había reaccionado como un marido angustiado. Bueno, él no era su marido, pero su preocupación era cierta. Y era una preocupación muy personal. Por suerte había tenido la sensatez de poner fin a su relación profesional.

Pensó en la pelea que habían tenido, que había ido creciendo en cuanto salieron del pequeño restaurante de Venice Beach y continuó durante todo el trayecto hasta el apartamento de Laura.

—Tiene que ser otra cosa —había dicho él—. Los marcianos no existen.

—Fuiste tú quien sugirió que viera al doctor Winters.

—Lo sé, pero eso fue antes de oír hablar a sus presuntos abducidos.

—Esa gente dice la verdad.

—La verdad según la ven. Pero lo cierto es que hay docenas de explicaciones distintas. Encontraremos la que encaja en tu caso y solucionaremos este asunto.

—Todas tus presuntas explicaciones confirman que estoy loca.

—Yo nunca he dicho eso.

—Que desvarío. Que sufro alucinaciones. Que estoy paranoica, quizás incluso esquizofrénica. Ésa es tu respuesta a todo esto. Dios, ni siquiera sabía decir esa palabra hasta que pasó esto.

—Tienes problemas emocionales. Eso no significa que estés loca.

—No tengo problemas emocionales. Fui abducida, igual que Robert Stringer y el resto del grupo.

—Matthew Goldman es un esquizofrénico.

—Está bien, está bien, él no. Pero todos los demás sí. Lo creas o no, sucedió. ¿Y sabes qué?
—¿Qué?
Ella se quedó parada delante de él en el cuarto de estar, con los brazos en jarras.
—Creo que mi hermana también estuvo allí. En el fondo de mi mente, recuerdo haberla visto allí. ¿Qué te parece?
A él aquello no le gustó. No le gustó lo más mínimo.
—Mi amigo Aaron Newburg es un psiquiatra competente. Más que competente, y será muy comprensivo. Prométeme que irás a verlo.
—Vete a casa, Brian.
—Prométemelo —dijo él, retrocediendo hacia la puerta que Laura había abierto.
—No voy a prometerte nada. Voy a volver al grupo del doctor Winters. Voy a oír lo que cuentan los demás. Es la única promesa que pienso hacer —lo hizo retroceder hasta el porche—. Adiós, Brian.
—Maldita sea, espera... —pero la puerta se cerró con fuerza delante de su cara y así acabó la conversación.
Ahora, sentado a la mesa de su despacho, Brian tomó su taza de café, descubrió que estaba frío y lleno de densos posos negros y volvió a dejarlo sobre la mesa. Laura Ferris lo obsesionaba. Aquello no le gustaba, pero no podía evitarlo.
Ella pretendía ahora arrastrar a su hermana a aquel embrollo inconcebible. Se prometió no mencionárselo a Julie y confió en que Laura tuviera el buen sentido de olvidarlo.

Suspendida cuarenta kilómetros por encima de la superficie de la Tierra, las luces verdes y rojas del *Ansor* destellaban al borde de su fuselaje plateado. La nave tenía forma de disco, con excepción de una superficie redondeada que se alzaba en la parte de arriba, como un bol puesto boca abajo. Era difícil de ver a la luz del día, y de noche se la confundía a menudo con un satélite o un avión en vuelo. Dentro, trescientos tripulantes se ocupaban de sus múltiples quehaceres para mantener la nave operativa y en marcha.

En el ala científica, el comandante Val Zarkazian se hallaba en pie junto al extremo de una mesa larga y rectangular, cuya superficie dura y transparente le permitía ver el suelo azul oscuro y esponjoso. A su alrededor, los diez miembros del Alto Consejo de la nave se habían reunido para escuchar el informe sobre sus progresos y comentar las observaciones que había hecho durante su estancia en la Tierra.

Val miró el diario que descansaba sobre la mesa, delante de él. Repasó las ideas que había anotado cada día, hizo un breve resumen de lo que había sucedido hasta la fecha (omitiendo el ritual de apareamiento, del que no quería hablar aún) y se sentó para someterse a una ronda de preguntas. Cuando sus superiores acabaron, empezaba a cansarse y estaba cada vez más inquieto por el rumbo que estaba tomando la reunión.

Uno de los ministros habló desde un extremo de la mesa. En su voz vibraba un reproche.

—Agradecemos su minuciosidad, comandante. Nos ha presentado un compendio de observaciones muy interesante, pero el estudio de su entorno era una tarea secundaria dentro de su misión. Su principal cometido consistía en estudiar al sujeto hembra Julie Elizabeth Ferris. Lo que nos ha dicho hasta el momento... a lo que se reduce toda esta retórica, es que sigue sabiendo tan poco de la humana en cuestión como al principio.

—Al contrario —repuso Val—. Creo haber hecho grandes progresos en lo que respecta a la comprensión del sujeto, así como de otros de la especie. Estas gentes, aunque extremadamente primitivas según nuestros parámetros, son mucho más complejas de lo que suponíamos. Como he mencionado en mi informe, son seres de emociones intensas, cosa que un toriliano sólo puede entender de manera abstracta. Estoy cada vez más convencido de que son esas emociones las que, de una forma u otra, utilizan para resistirse a la sonda.

–Emociones... –Calas Panidyne, su inmediato superior y jefe del Consejo, hizo pasar aquella palabra con desagrado por sus labios–. Los sentimientos no nos son desconocidos, comandante. Los torilianos experimentamos placer y malestar, felicidad y tristeza. No veo cómo las emociones humanas...

–Es el grado de las emociones que experimentan, señor, lo que los hace tan distintos. Mientras que nuestro espectro de emociones podría compararse con suaves colinas y valles poco profundos, el suyo sería más equiparable a altísimos picos y simas casi insondables. Sienten las cosas con tal intensidad que colorean todos sus pensamientos, todas sus reacciones, todas sus respuestas.

–Aunque la emoción sea la clave –dijo uno de los miembros femeninos del consejo–, eso no aclara a qué clase de emoción hay que atribuir la resistencia de Julie Ferris y otros como ella.

–Sugiero que traigamos al sujeto para hacerle más pruebas –dijo el ministro dirigiéndose al grupo–. Cada hora que el comandante Zarkazian pasa en la superficie aumenta el factor riesgo. La unificación está todavía en fase experimental. No sabemos qué efectos secundarios podría tener cuando el comandante regrese definitivamente a bordo. Examinar a la mujer...

–¡No! –su negativa resonó en la mesa como un meteorito cruzando el espacio. Hasta Val se sorprendió por la fuerza con que había hablado. Se dio cuenta de que estaba furioso. De pronto era consciente de lo que había causado aquel estallido repentino. Pero la ira no tenía cabida en el

Ansor. Era una emoción que no existía en Toril desde hacía diez mil años. No podía enfurecerse, se dijo. Sólo Patrick Donovan podía, y no estaba allí.

Se dominó con esfuerzo y rezó por que sus compañeros no hubieran notado lo que acababa de suceder.

—Lo que quería decir es que encontrar respuestas nunca es fácil. Llevará algún tiempo. Todos los días me encuentro con gran cantidad de información útil. Si paso unos meses más en la Tierra...

—Semanas, comandante —Panidyne con ojos oscuros e insondables—. Este estudio no fue diseñado como un proyecto a largo plazo. Confiábamos en que un breve interludio nos permitiera resolver un problema que se ha planteado varias veces y nos ayudara a no perder más vidas. Pero, si sus observaciones no pueden darnos lo que necesitamos, nos veremos obligados a retomar las pruebas.

A Val se le quedó la boca seca. La idea de que Julie fuera llevada de nuevo al *Ansor*, de que siguiera resistiéndose y estuviera al borde de la muerte bastaba para ponerlo enfermo.

—Quizá tengan razón —dijo, pese a que no lo creía—. Sin embargo, estoy convencido de que en el tiempo que queda podré encontrar la respuesta que necesitamos. Suponiendo que sea así, no habrá necesidad de volver a examinar al sujeto.

Panidyne sonrió blandamente.

—Sería la solución más conveniente.

Val se obligó a devolver aquella sonrisa desprovista de emoción.

—Entonces puede contar con ello, señor. Lo que significa que, cuando antes vuelva a mi tarea, mayores serán las posibilidades de éxito. Si el consejo no tiene más preguntas, quizá puedan disculparme para que regrese a mi trabajo.

—¿Alguien quiere añadir algo antes de que levantemos la sesión? —preguntó Panidyne.

Al ver que el grupo mascullaba una negativa, Panidyne se volvió hacia él y le dijo que podía marcharse. Quince minutos después, Val había regresado del *Ansor* y estaba de nuevo en su ático. Estaba exhausto, más de lo que esperaba, y sin embargo la adrenalina corría por sus venas.

Dado que estaba de nuevo unido a Patrick, se dijo que era normal que aún estuviera enfadado.

Y que tuviera miedo.

Babs llamó con ímpetu a la puerta del despacho de Julie, giró el pomo sin esperar respuesta y entró. Como de costumbre, Julie estaba hablando por teléfono con un cliente, sosteniendo el aparato entre el oído y el hombro. Su teléfono móvil sonaba dentro de su bolso.

Babs no se inmutó. Estaba acostumbrada al horario agotador de Julie. Se sentó en el sofá, cruzó las piernas, sacó una lima de su bolso Dolce & Gabbana recién comprado y empezó a limarse febrilmente las uñas pintadas de rojo.

Julie puso fin a su segunda llamada y luego, lanzando una mirada a Babs, apretó el botón del intercomunicador y le dijo a Shirl que retuviera cualquier llamada que entrara. También apagó el móvil.

—Está bien, conozco esa mirada, Babs. ¿Qué pasa?

La mirada a la que se refería Julie era de exasperación con un tinte de alarma.

—He venido a hacerte esa misma pregunta, amiga mía, pero me temo que ya sé la respuesta, y ésa es la verdadera razón por la que estoy aquí.

—¿De qué estás hablando?

—En una palabra, o mejor dicho en dos, de Patrick Donovan.

Julie empezó a ponerse colorada.

—¿Qué pasa con él?

—Te estás acostando con él, ¿verdad?

Su rubor aumentó, extendiéndose por sus mejillas y sus pechos.

—No me estoy acostando con él. Me he acostado con él. Una vez. Tú siempre me estás diciendo que me vendría bien un poco de sexo sin importancia. Deberías alegrarte de que te haya hecho caso.

—¿Sexo sin importancia con Patrick Donovan? Vamos, Julie. ¿A quién pretendes engañar? Puede que para Patrick no haya tenido importancia, pero para ti sí, eso seguro.

Julie se irguió en su silla.

—¿Qué quieres decir con eso?

—Sabes muy bien lo que quiero decir. Siempre te has sentido atraída por Patrick, puede incluso que estuvieras un poco enamorada del hombre que creías que podía ser. Hasta hace poco has sido lo bastante lista como para comprender que Patrick no va a cambiar, que querer a un tipo como él sólo puede hacerte infeliz. Lo que no entiendo es por qué has flaqueado de pronto. Sólo porque le haya dado un infarto...

—Ésa no es la razón —Julie echó la silla hacia atrás y se levantó. Rodeó la mesa, se acercó y se sentó en el sofá—. Patrick ha cambiado, Babs. Seguro que has notado la diferencia. En muchos sentidos, es el mismo que antes, pero en otros más importantes es distinto. Patrick dice que significo algo para él, que no quiere sólo sexo. Tengo que descubrir si es cierto.

Babs endureció su corazón para no dejarse afectar por la expresión soñadora y esperanzada de su amiga.

—El otro día salió con Felicia Salazar. ¿Te lo ha dicho, por casualidad? Supongo que de Felicia también quiere algo más que sexo.

Antes de que Julie pudiera responder, llamaron a la puerta y entró Patrick. Ignorando a las mujeres sentadas en el sofá, se fue derecho a la mesa de Julie, dejó en ella un montón de carpetas y se volvió hacia Babs.

—No me acosté con ella ni pienso hacerlo, ni con ella ni con ninguna otra.

—Estabas escuchando —dijo Julie en tono de reproche, aunque sin aspereza.

—No pretendía espiaros. Os he oído a través de la puerta —Patrick sonrió a Julie—. ¿Qué te parece si cenamos juntos? Me estoy aficionando a cocinar. Prepararé algo especial si vienes después del trabajo.

La sonrisa de Julie se volvió radiante.

—No acabaré hasta las ocho. Si puedes esperar hasta entonces, iré encantada.

—Perfecto —él miró a Babs con expresión sorprendentemente seria—. Sé que hemos tenido nuestras diferencias. Y sé que estás preocupada por Julie, pero no tienes por qué estarlo. No voy a hacerle daño. Mientras estemos juntos, Julie es la única mujer que me interesa.

Babs no dijo nada; se había quedado pasmada. Quizá Patrick hubiera cambiado de verdad... un poco. Era lo de «mientras estemos juntos» lo que la molestaba. Se preguntaba si de veras creía él que, cuando dejara de salir con Julie, ella no sufriría.

Después de una cena a base de platos vegetarianos cocinados con sencillez y de varias horas de sexo delicioso, Julie se despertó en la cama de Patrick. Al volverse hacia él, descubrió que su lado de la cama estaba vacío. La puerta del dormitorio estaba cerrada, pero una rendija de luz entraba por la parte de abajo. Se acercó desnuda al armario, sacó una de las batas de diseño de Patrick, de gruesa felpa azul, y se la puso; entró un momento en el baño y luego siguió la luz hasta su origen, el despacho de Patrick al fondo del pasillo.

—¿Patrick? —llamó ligeramente a la puerta y al probar con el pomo descubrió con sorpresa que la llave estaba echada. Llamó otra vez—. Patrick, ¿estás ahí? —oyó un ruido de papeles y luego pasos que se acercaban.

Él sonrió al abrir la puerta.

—Perdona, cariño, no podía dormir. Se me ha ocurrido repasar unos documentos —tenía el pelo levemente revuelto y algunos mechones de color ónice le caían sobre la frente. Vestido con una bata de seda burdeos que se abría hasta la cintura, salió al pasillo, cerró la puerta a su espalda y la estrechó entre sus brazos.

—Quizás ahora que estás despierta se nos ocurra un modo de descansar un poco.

Siguió un largo beso que despojó a Julie de los últimos vestigios del sueño. Notó su erección bajo la bata, sintió el calor de su cuerpo duro y fibroso, y el deseo se alzó dentro de ella. No había ido en busca de aquello, pero le gustaba la idea. Echó la cabeza hacia atrás y dejó que la boca de Patrick se deslizara hasta detrás de su oreja, por su cuello y sus hombros. Unos dedos largos desataron el cinturón de su bata. Patrick tomó uno de sus pechos y acarició el pezón. Luego bajó la cabeza y se lo metió en la boca.

Julie gimió y se arqueó hacia él. El ardor la embargaba. Su sexo estaba cada vez más húmedo. La mano de Patrick se deslizó sobre su vientre, por debajo del ombligo, separó los pliegues de su sexo y comenzó a acariciarla. Con habilidad de experto, masajeó el botoncillo sensitivo hasta que ella empezó a gemir y a apretarse contra él. Julie esperaba que la llevara a la cama para hacerle el amor lánguida y lentamente. Pero él le abrió la bata, la levantó en vilo y la penetró.

Mientras la besaba apasionadamente, introduciéndole la lengua hasta el fondo y ella rodeaba su cintura fibrosa con las piernas, la llenó por completo. Julie se aferró a sus anchos hombros, le clavó las uñas y buscó su boca en otro beso devorador. El deseo y el ardor la embargaban en grandes oleadas. Alcanzó el clímax dos veces antes de que Patrick se permitiera seguirla. Estuvo agarrada a su cuello hasta que las leves ondas del placer se disiparon por fin.

Patrick la besó suavemente; luego dejó que se deslizara por su cuerpo hasta que sus pies tocaron el suelo. Riendo en voz baja, la llevó por el pasillo, hacia el dormitorio.

–¿De qué te ríes? –preguntó ella cuando se acomodó bajo las mantas de la enorme cama. Patrick se deslizó a su lado–. No es muy tranquilizador, ¿sabes?, oír a un hombre reírse después de hacer el amor como salvajes.

–De eso me reía.

–¿De qué? ¿De que hayamos hecho el amor como salvajes?

–No. De que hacerlo a las dos de la mañana en medio del pasillo pareciera una idea estupenda.

Julie se limitó a sonreír. No era de extrañar que las mujeres se sintieran tan atraídas por él. Patrick era un amante maravilloso, apasionado, inventivo, decidido a dar tanto como a recibir; su apetito sexual parecía casi insaciable. Y después de ocho largos años, aquel Patrick nuevo e increíble era suyo.

Al menos, de momento.

Aquella idea borró la sonrisa de su cara.

Val miraba a Julie desde el otro lado de la mesa del desayuno de su apartamento. Era una habitación soleada, decorada completamente en blanco, desde las encimeras de formica a los electrodomésticos de esmalte blanco, eficientes y modernos. Cubierta con un albornoz tan blanco como la cocina, Julie tenía el pelo atractivamente revuelto y la cara todavía acalorada por el encuentro amoroso del que habían disfrutado justo antes de levantarse.

Era asombroso lo fácilmente que se había acostumbrado

a la rutina de Patrick. Bueno, al menos a su rutina más agradable. Val ya no se sentía amenazado por el ritual de apareamiento que Patrick tanto valoraba. De hecho, había llegado a disfrutarlo muchísimo.

Y unirse a Julie era enormemente esclarecedor. Aumentaba su conocimiento de ella, su comprensión de sus sentimientos íntimos, de sus deseos y necesidades.

Miró por encima del ejemplar de *Los Angeles Times* que estaba leyendo y observó la lustrosa cabeza de Julie inclinada sobre la sección del periódico dedicada al sector inmobiliario. Al verla casi envuelta en los pliegues de su albornoz, no pudo evitar sonreír por la encantadora estampa que presentaba.

Encantadora, vivaz y llena de vida. Con sólo mirarla se sentía vivo como nunca antes. Pensó en la compañera que, con el tiempo, tomaría cuando volviera a casa. No le conmovería más que una amiga o una hermana. No como allí. Allí la gente vivía, la gente moría, se apareaba, engendraba hijos, pero rara vez permanecía impertérrita a lo que ocurría.

Volvió a pensar en la reunión a bordo del *Ansor*, en los datos que había expuesto, y comprendió que no había logrado hacerles comprender. Panidyne quería hacer más pruebas. Julie estaba en peligro.

«No permitiré que la toquen», se prometió. «No dejaré que le hagan daño». Sabía, no obstante, que si su misión fracasaba, no podría hacer nada por impedirlo.

—Mi hermana me llamó a casa esta mañana —dijo ella, interrumpiendo sus cavilaciones—. Dejó un mensaje en el contestador.

Él bajó el periódico.

—Espero que esté bien.

—Eso parecía. Pero con Laura a veces es difícil saberlo —dobló la sección del periódico bruscamente y la dejó sobre la mesa—. Ha comprado una pistola, Patrick. Dice que la hace sentirse más segura.

—¿De dónde demonios la ha sacado?
—No estoy segura. Un conocido suyo conocía a alguien que tenía una para vender.
—¿Sabe siquiera cómo usarla?
—Creo que está dando clases. Con sus problemas psiquiátricos, no me parece bien, desde luego, pero la verdad es que yo también tengo una, así que ¿qué puedo decirle?
Val no contestó. Por fin suspiró.
—En esta ciudad, puede que se necesite un arma.
—Cuando la compré fui a una clase de tiro. Vuelvo una vez al año, para renovar el certificado.
Él asintió con la cabeza. En Toril no había armas antiguas como las pistolas. Sencillamente, no hacían falta.
—El grupo de Laura se reúne otra vez esta noche en casa de Stringer —continuó Julie—. Laura quiere que vaya con ella.
—¿Vas a ir?
—Sí. Sea cual sea la verdad, lo que le ocurriera, mi hermana necesita todo el apoyo que pueda recibir.
—Entonces me gustaría ir con vosotras.
Ella ladeó una ceja, mirándolo.
—¿Por qué?
—Ya te lo he dicho. Porque quiero ayudarla. Tú misma acabas de decir que necesita todo el apoyo que pueda conseguir —naturalmente, aquello era sólo parte de la verdad. Quería estudiar a Laura, evaluar el trauma que ella y los demás del grupo habían sufrido como consecuencia de las pruebas a las que los habían sometido en el *Ansor*. Al vivir como Patrick, empezaba a comprender como nunca antes la magnitud de lo que le estaban haciendo a la gente a la que llevaban a bordo de la nave.
Julie sacudió la cabeza.
—No sé. Todo esto es muy extraño. Me cuesta creer que puedas mantener una actitud abierta.
Ésa era la otra razón por la que quería ir. Para desalentar

la creencia de las hermanas en la historia de Laura. Fomentar la creciente preocupación pública por los ovnis sólo hacía más difícil la misión del *Ansor*.

Le lanzó una de las atractivas sonrisas de Patrick.

—Te prometo que seré lo más objetivo que pueda. Me gustaría mucho ir con vosotras, de veras.

Julie sonrió.

—Está bien. Iremos juntos. A mí también me vendrá bien un poco de apoyo.

CAPÍTULO 14

La reunión estaba a punto de empezar cuando llegaron Julie y Patrick. Laura, que se había reconciliado con Brian Heraldson y había aceptado que la acompañara, ya estaba sentada junto a él en el sofá del cuarto de estar, una zona con moqueta blanca y cortinas de seda que daba sobre el canal.

Julie presentó a Patrick como a un amigo suyo y de Laura y, a instancias del doctor Winters, pasaron y se sentaron con los demás.

—Me alegra que hayáis venido todos —vestido con vaqueros y camisa blanca de manga larga, el doctor observaba las caras familiares que llenaban la habitación—. Espero que la semana no haya sido muy difícil para ninguno.

Willis Small, el experto en jardinería, se removió un poco en su asiento.

—Me temo que la mía no ha sido muy agradable. Esta semana he tenido varias pesadillas, doctor Winters.

—¿Pesadillas en las que aparecían los Visitantes? —preguntó el doctor.

Willis Small asintió.

—No recuerdo gran cosa. Soñé que me llevaban a bordo de una de sus naves. Me hacían unas pruebas. Soñé que me tomaban una muestra de semen y recuerdo que veía a varias mujeres a las que habían llevado a bordo. Creo que estaban embarazadas. Les suplicaban que no les quitaran a sus hijos.

Leslie Williams, la mujer negra, alta y esbelta de San Diego, se inclinó hacia delante.

—¿Está seguro de que era un sueño, señor Small? ¿Está seguro de que lo que nos está contando no sucedió de verdad? —bajó la voz hasta un susurro—. Eso es exactamente lo que me sucedió a mí.

Willis se removió, nervioso.

—Tiene que haber sido un sueño. En cierto momento, recuerdo que me desperté y bajé las escaleras para beber un vaso de agua. Luego el sueño volvió a empezar cuando me quedé dormido.

—Eso de bajar en busca de un vaso de agua podría ser un falso recuerdo —dijo Robert Stringer—. Durante años, después de mi abducción, creí que mi hijo y yo habíamos parado varias horas a cenar en un hostal cuando volvíamos de nuestra excursión. Aquello me inquietaba, porque precisamente habíamos ido a pescar porque nos apetecía cocinar trucha fresca para cenar. ¿Por qué íbamos a parar en un restaurante cuando teníamos justo lo que queríamos en el maletero del coche? Luego empecé a recordar.

Laura levantó la mano.

El doctor Winters le hizo una seña con la cabeza.

—Adelante, Laura. No seas tímida. Puedes decir lo que quieras.

Laura se puso a juguetear con un mechón de su largo pelo rubio.

—Yo... puede que tenga también un falso recuerdo. Cuando el doctor Heraldson me hipnotizó, le dije que me habían llevado al hospital la tarde de mi abducción. No era cierto. Hace años que no piso un hospital.

—Puede que se debiera a distintas causas —se apresuró a

decir Brian Heraldson–. Un trauma, quizá, relacionado con algún problema de tu juventud.

Laura sabía que se refería al aborto de Laura. Era una explicación plausible. Se preguntaba si sería correcta.

Patrick tomó la palabra.

–He venido aquí por Laura y Julie. No sé mucho acerca de lo que pueden haber experimentado ustedes, pero he leído que los traumas infantiles afloran de muy distintas maneras. Si son suficientemente dolorosos, imagino que incluso podrían emerger en forma de creencia en una abducción alienígena.

–Eso es, Patrick –dijo Brian–. Se llama síndrome del falso recuerdo. Es como un recuerdo que sirve de pantalla, sólo que en este caso el falso recuerdo es el de la abducción extraterrestre.

–¿Qué pensáis los demás al respecto? –preguntó Winters–. ¿Es la abducción un recuerdo creado como consecuencia de un trauma anterior? ¿Es simple coincidencia, pues, que vuestras experiencias se parezcan tanto?

–No es coincidencia –contestó Carrie Newcomb, la peluquera joven y bonita–. Fuimos abducidos. Todos recordamos casi lo mismo, la humillación, los experimentos, las manipulaciones sexuales. Si se debe a problemas de nuestro pasado, ¿por qué recordamos todos las mismas cosas?

–Está bien –concedió Brian–, puede que en algunos casos no se deba a un trauma. Puede que sea simplemente una alucinación compartida. Como ha dicho Carrie, muchos de sus recuerdos tienen matices de índole sexual. Dado el clima de represión que afrontamos en este país, eso podría significar que los delirios son endógenos, inventados por una sociedad que tiene problemas para enfrentarse a sus necesidades físicas insatisfechas. Seguramente eso es lo que pensaría Freud.

–Pues yo creo que el doctor Freud y tú sólo decís bobadas —dijo Laura con vehemencia, arrancando una carcajada al grupo—. Si hubieras estado allí, no tendrías ninguna duda de que lo que te pasó es real.

Brian y Patrick guardaron silencio. Julie notó que Patrick parecía absorto en las historias que se contaban. El grupo estuvo hablando un rato; cada uno contó sus experiencias personales, repitiendo incidentes que ya habían mencionado otras veces, expresando miedos y haciendo preguntas. Fue una sesión dolorosa, como la anterior. Carrie Newcomb tenía lágrimas en los ojos cuando Willis Small acabó de hablar, y Robert Stringer estaba pálido y demacrado.

Julie notó que Patrick fruncía el ceño y que tenía tensos los músculos de los hombros. No había pensado que el sufrimiento del que hablaba aquella gente pudiera afectarlo tanto.

Entonces la voz de Laura atrajo su atención.

—Hay algo que necesito decir.

El doctor Winters se volvió hacia ella.

—Adelante, Laura —dijo.

—Es algo que recuerdo, algo que tengo que decirle a Julie —sus ojos se dirigieron nerviosamente hacia su hermana.

Brian Heraldson la tomó de la mano.

—Laura, ya hemos hablado de eso. Piensa lo que vas a hacer.

Julie empezó a inquietarse y se echó hacia delante en la silla.

—No pasa nada, Laura. ¿Qué es lo que quieres decirme?

—Sé que no quieres oírlo, Julie. Sé que en el fondo no crees que esto sea real, pero tú estuviste allí conmigo. Recuerdo que te vi. No sé por qué no te acuerdas, pero sé que estabas allí. Te vi.

Un escalofrío recorrió la espalda de Julie. Juntó las manos sobre el regazo.

—No puede ser, Julie. Aunque esa historia increíble fuera cierta, a mí no pudo pasarme. Yo no siento ninguna de las cosas que sentís tú y los otros, y... y no tengo esa marca en el brazo.

—En realidad, las marcas físicas son poco frecuentes —dijo suavemente el doctor Winters. Le lanzó una sonrisa tranquilizadora—. Me doy cuenta de que la idea resulta aterradora, Julie, pero, sólo por un momento, ¿por qué no exploras la posibilidad de que tu hermana esté en lo cierto?

—No... no creo que sea buena idea.

—Julie tiene razón —dijo Patrick—. No es buena idea. Laura ya tiene bastantes problemas para enfrentarse a esto. Implicar a Julie sólo puede empeorar las cosas.

Laura no le hizo caso.

—Por favor, Julie... hazlo por mí.

—Creo que es hora de que nos vayamos a casa —Patrick se levantó y le tendió la mano a Julie.

—No pasa nada, Patrick. Si Laura quiere que lo intente, ¿qué mal puede hacerme? —se volvió hacia el doctor—. ¿Qué debo hacer, doctor Winters?

—Creo que para empezar lo mejor es que nos digas qué recuerdas. Relájate un momento y tómatelo con calma. Intenta pensar en esa tarde en la playa como si estuviera pasando a cámara lenta.

Julie asintió.

—De acuerdo. Eso puedo hacerlo —se recostó en su silla, cerró los ojos y pensó en aquella tarde, rememorando las horas que habían pasado en la playa—. Recuerdo que había un perro. Un perro grande y negro al fondo de la playa, merodeando cerca del agua. Hacía mucho calor y estábamos cansadas. Recuerdo que oí un zumbido extraño y sordo y que luego la radio se apagó.

—Continúa —dijo el doctor.

—Eso es todo lo que recuerdo. Nos quedamos dormidas unos minutos después y cuando despertamos me dolía horriblemente la cabeza. Durante los días siguientes los dolores de cabeza empeoraron, pero no creo que tuvieran nada que ver con que me quedara dormida en la playa, y últimamente han ido desapareciendo.

—¿Cuánto tiempo pasaste dormida?

—Un par de horas, por lo menos.

—En un día tan caluroso, tuviste que quemarte si pasaste tanto tiempo tendida al sol.

—No... la verdad es que, ahora que lo dice, no me quemé nada. Recuerdo que me sorprendió. No me había puesto protector solar —frunció el ceño, inquieta ante aquella idea—. No... no sé por qué no me quemé.

—¿Recuerdas algo más? ¿Alguna costa extraña que notaras luego?

Ella frunció más aún el ceño y las arrugas de su frente se hicieron más pronunciadas.

—Recuerdo que tenía un puntito en la parte interior del codo. Parecía la marca de una aguja, pero no podía serlo, claro. Y me dolían las muñecas. La verdad es que tenía todo el cuerpo un poco dolorido.

Laura se levantó.

—¿Lo ves, Julie? Robert Stringer oyó el mismo zumbido sordo, igual que nosotras. Y no nos quemamos porque estábamos dentro de la nave.

Julie no dijo nada. Aquello era absurdo. Tenía que serlo. Sin embargo, el corazón le latía dolorosamente.

—Puede que te doliera el cuerpo porque te resististe a las ataduras —sugirió Leslie Williams—. A mí me pasó.

—Espera un momento —Brian se levantó junto a Laura—. Todo esto se nos está yendo de las manos. Es injusto sugerirle algo así a Julie. Hasta ahora, no ha tenido ningún recuerdo de que ocurriera algo así.

—El doctor Heraldson tiene razón —reconoció el doctor

Winters, para sorpresa de Julie–. Se puede indagar un poco, pero el poder de la sugestión es algo bien distinto. No tiene sentido implantar ideas en la mente de la señorita Ferris.

–No, no tiene sentido –añadió Brian, lanzando a Laura una mirada de reproche.

–Lo siento –dijo Julie–. Soy consciente de que podéis deducir muchas cosas de lo que acabo de contar, pero la verdad es que no recuerdo nada especial de esa tarde. Me quedé dormida en la playa y me desperté con dolor de cabeza. Eso es todo –sonrió tristemente a su hermana–. No puedo decir que me apene no recordarlo, Laura. Aunque lo que crees que pasó resultara ser cierto, lo que estás pasando hace que me alegre de no recordar –sintió la mano de Patrick sobre su hombro. Su contacto era leve, pero persuasivo.

–Creo que deberíamos irnos a casa.

Julie asintió.

Laura alargó el brazo y le apretó la mano.

–Gracias, por intentarlo, hermana –logró sonreír temblorosamente–. En cierto modo, como tú dices, me alegro de que no te acuerdes.

Se abrazaron y Julie dejó a Laura al cuidado de Brian Heraldson para que la acompañara de vuelta a su apartamento. Entre ellos había una atracción creciente, a pesar de sus diferencias respecto al asunto de la abducción. Si comparaba a Brian con los hombres con los que solía salir su hermana, su hermana no podía por menos que alegrarse.

Salió junto a Patrick y esperó mientras él abría la puerta del Porsche. Se acomodó dentro, y él rodeó el coche y se deslizó en el asiento del conductor.

Encendió el motor en silencio, se quedó escuchando un momento su potente rugido y puso el coche en marcha. La velada había sido más extraña de lo que ella le había advertido. Y algunas de las cosas que había recordado sobre aquella tarde la hacían pensar.

Julie se preguntaba qué estaba pensando Patrick.

Sobre el horizonte luminoso se superponían capas de rosa y naranja. Como Julie tenía una reunión a primera hora con sus clientes, los Harvey, para hablar del préstamo para la compra de su piso, Val la despertó antes de que amaneciera para que tuviera tiempo de ir a casa, ducharse y cambiarse. La acompañó a su coche, se despidió de ella con un beso y la vio alejarse. Luego montó en su Porsche y se dirigió hacia las colinas.

Necesitaba estar solo. Necesitaba tiempo para pensar, para repasar las cosas que había descubierto en la reunión a la que había asistido con Julie la noche anterior. Sobre las cosas que había sentido cuando los sujetos de las pruebas del *Ansor* (víctimas, se hacían llamar) habían hablado de su calvario.

Sabía que aquello les afectaba, desde luego. Había de por medio procedimientos médicos, y cualquier intrusión física, por sofisticada que fuera, siempre era incómoda. Era la angustia mental lo que no había comprendido hasta ese momento.

En teoría, sí. Sabía que los sujetos terráqueos sufrían hasta cierto punto un trauma. Para algunos, como Julie, incluso podía poner en peligro sus vidas.

Aun así, sólo al fundirse con Patrick había podido entender la intensidad de las emociones de aquellos sujetos, el grado de sufrimiento que soportaban. Tenía que ser cien veces peor de lo que había creído; quizá mil veces peor. Las sensaciones que experimentaba allí, en la Tierra, los colores, las imágenes, los sonidos, los sabores y olores le habían brindado al fin la capacidad de sentir empatía con su sufrimiento. Las emociones que era capaz de sentir ahora le permitían vislumbrar el horror, la humillación y la impotencia que un toriliano no podía ni siquiera empezar a comprender.

La noche anterior, al oír sus historias, al ver el dolor reflejado en sus caras, al sentir la angustia que habían soportado, había comprendido por fin.

El motor ronroneaba. Había llegado a encantarle aquel sonido sedante. Tomó un tramo solitario de la autopista, paró en un mirador desierto que se asomaba a la ciudad y apagó el motor. Allá abajo, las luces titilaban como pequeñas estrellas. En algún lugar sobre él, las luces del *Ansor* brillaban al borde del fuselaje. No pudo evitar pensar en sus compañeros, que en aquel mismo momento quizá estuvieran subiendo a bordo a otro sujeto, desencadenando así todas las emociones con las que se había topado la noche anterior y otras muchas que ni siquiera alcanzaba a imaginar.

Por primera vez se le ocurrió cuestionar la misión del *Ansor*. ¿Merecía la pena infligir tanto sufrimiento para obtener información? ¿Dónde acababa la ciencia y empezaba la humanidad, fuera cual fuese su forma?

¿Y cuál era su responsabilidad en todo aquello? ¿Tenía el deber de persuadir a su gente de que pusiera fin a las pruebas, al menos en su forma actual?

Pero las respuestas no llegaban y, a medida que se levantaba el sol, la paz de la mañana se iba desvaneciendo. Val arrancó y se dirigió a Beverly Hills, de vuelta a los problemas que afrontaba en la oficina.

De momento, su preocupación más acuciante eran Sandini y McPherson. Había mantenido a raya a sus presuntos «socios» usando una excusa u otra. Sarah Bonham, del Fondo de Pensiones, lo llamaba todos los días. Parecía que su comité ejecutivo se moría de ganas (como habría dicho Patrick) de comprar todas las falsas hipotecas de Westwind.

Val no estaba seguro de cuánto tiempo podría seguir dándoles largas. Otra semana, quizá. Después, no sabía.

Sólo sabía que necesitaba tiempo, tiempo con Julie, tiempo con los demás sujetos del grupo de terapia. No iba a conseguirlo: estaba cada vez más claro.

Y había otra cosa.

Entre él y Julie había un vínculo cada vez más fuerte. Sus sentimientos hacia ella se hacían más intensos, más hondos cada día. Dentro de poco tendría que dejarla. No había pensado que aquello supusiera un problema. Ahora la sola idea hacía que sintiera una opresión en el pecho y que se le revolviera el estómago. No lo entendía. Sólo sabía que la idea de dejar a Julie le hacía sufrir.

Había prometido no hacerle daño.

Ahora se preguntaba si su marcha causaría el mismo sufrimiento a Julie.

Julie entró a toda prisa por la entrada principal de la agencia inmobiliaria Donovan y recogió sus mensajes, pero pasó de largo delante de la puerta de su despacho. Llamó rápidamente a la puerta del despacho de Patrick y entró. Al ver su cabeza morena inclinada sobre la mesa, revisando lo que parecía ser el contrato de la nueva asignación de Ron Jacob, se sonrió.

Patrick levantó la cabeza, sus ojos de un azul intenso recorrieron lentamente su cuerpo hasta llegar a su cara, y Julie sintió un dulce vuelco en el estómago.

—Hola —dijo un poco sin aliento. Deseaba poder atribuirlo a su tarde apresurada, pero sabía que se debía únicamente a que acababa de ver a Patrick. Siempre había sido un hombre guapo. Ahora, su fortaleza, la determinación que ardía en sus ojos, le hacían casi irresistible.

Él sonrió: un destello blanco sobre su piel tersa y bronceada.

—Parece que tienes mucha prisa. ¿Pasa algo emocionante?

—No exactamente. Tengo poco tiempo, eso es todo.
—¿Y qué hay de nuevo en eso? —bromeó él.
Ella sonrió.
—Tengo que devolver los libros que saqué prestados de la biblioteca. Ya que voy, quiero echar un vistazo a periódicos y revistas recientes, para buscar artículos sobre ovnis. He estado mirando en Internet y quiero seguir buscando, pero tengo la sensación de que saco más provecho de una revista en papel. Se me ha ocurrido que quizá pudiera convencerte para que me acompañaras.
Patrick frunció el ceño.
—Creía que lo habías dejado. Después de lo de anoche...
—Anoche dije que no creía que me hubieran llevado a bordo de una nave espacial. Pero todavía intento mantener la mente abierta, por el bien de Laura —y por el suyo propio, añadió en silencio.
Patrick se recostó en su silla.
—Ya que estás investigando sobre los ovnis, sigue existiendo el problema del que hablamos, el de la velocidad de la luz y los miles de años que se tardaría en llegar a otras galaxias. Supongo que no habrás encontrado una solución.
Julie sonrió.
—Lo creas o no, puede que sí. Mientras buscaba en Internet, descubrí a una mujer, una astrofísica llamada Meryl Stover. Enseña en el departamento de física de la Universidad de California del Sur. Cree que hay varias formas de alcanzar la barrera de la velocidad de la luz, quizás incluso de romperla. Leí algunos de los artículos que ha escrito y luego la llamé. Le dije que estaba investigando sobre viajes espaciales, y fue tan amable de darme una cita para que nos veamos mañana por la tarde.
Patrick sonrió, pero no parecía muy contento.
—Hoy no puedo ir contigo, pero lo de mañana no me lo perdería por nada del mundo —su expresión cambió. Sus ojos se movieron hacia abajo, recorriendo su cuerpo de un

modo que hizo que Julie se ruborizara–. Y está esta noche, claro.

–¿E-esta noche?

Una comisura de su boca se alzó.

–He pensado que podíamos cenar en casa. Cocinaré yo, y podemos irnos a la cama temprano. Podemos ir a tu casa, si quieres. Así que no tendrás que levantarte temprano e irte a casa.

Julie pensó en la invitación dirigida a Patrick que había visto en la mesa de Shirl.

–¿Y la fiesta?

–¿Qué fiesta?

–La fiesta que Jack Winston da en The Grill para gente famosa. Pensaba que ibas a ir –el Patrick de antes no se la habría perdido.

–No... a no ser que tú quieras ir.

Julie sintió una oleada de alivio. Negó con la cabeza. Jack Winston y su panda de moscones eran las últimas personas a las que le apetecía ver.

–No, no me gustan mucho esas cosas.

Él sonrió.

–Entonces no se hable más. Esta noche cenamos en tu casa y luego damos un paseo por la playa a la luz de la luna. Y mañana vamos a ver a la doctora Stover.

La noche fue incluso mejor de lo que Patrick le había prometido. Preparó una especie de sopa de fideos oriental y de postre sirvió helado de chocolate. Sus gustos en cuestión de comidas eran un tanto extraños, pero la cena estaba buena, pese a todo. Después fueron a pasear por la playa desierta y acabaron haciendo el amor sobre la arena, en una manta. Salvo por los paseos de Patrick en plena noche, que la despertaron dos veces, Julie durmió como un tronco y se despertó más tarde de lo normal.

Después de una mañana muy ajetreada en la oficina y de comer un bocadillo del Prego's, una tienda de la misma calle que la oficina, se fueron en coche a la Universidad de California del Sur. Buscaron a la profesora Stover en su despacho y en su aula, pero no la encontraron allí. Por fin dieron con ella en su laboratorio, situado en otro edificio.

Meryl «Smoky» Stover estaba sentada a su mesa, en el rincón, escondida detrás de varios montones de carpetas que casi la ocultaban por completo. Sólo su corona de pelo castaño claro asomaba por encima. Iba vestida con ropa blanca de laboratorio que colgaba, suelta, sobre su cuerpo menudo y enjuto.

—¿Doctora Stover? Lamento molestarla. Ya veo que está ocupada, pero...

—No importa, siempre estoy ocupada —se levantó en medio de aquel desorden. Era una mujer baja, de más de cincuenta años, con la cara apergaminada de los grandes fumadores—. Usted debe de ser Julie Ferris. Pase.

La doctora los observó a ambos cuando entraron en el laboratorio. Sonrió con interés a Julie y admiró visiblemente a Patrick. Podía ser mayor, pero era una mujer y no estaba muerta todavía, parecía decir su mirada atenta.

—Éste es Patrick Donovan, doctora Stover. Un amigo al que también le interesan los viajes espaciales.

—Es un placer conocerlo —al fijarse en el atuendo formal de ambos (Patrick con su traje de Versace y Julie con sus pantalones de vestir azules oscuros y su blusa de seda blanca), se hizo evidente que tenía sus dudas. Pero, si así era, no dijo nada—. Bueno, espero que pueda servirles de alguna ayuda.

Sacó un cigarrillo del paquete que había sobre la mesa, se lo puso entre los dedos, pero no hizo amago de encenderlo.

—Estoy intentando dejarlo —explicó mientras cruzaba el laboratorio con el cigarrillo sujeto entre los dedos—. Hace tres meses y todavía me subo por las paredes.

—Tiene que ser difícil —comentó Julie mientras la seguían. La sala era grande y estaba llena de cosas interesantes. En las paredes había gráficos y diagramas de colores. Maquetas y dispositivos mecánicos cubrían las encimeras. Julie nunca había visto máquinas como aquéllas.

–Dijo usted que había leído algunos de mis artículos –le dijo la doctora a Julie, con el cigarrillo todavía en la mano–. Si es así, sabrá ya lo difícil que es viajar por el espacio.

–Para serle sincera, sólo estoy empezando a entenderlo. He estado leyendo mucho sobre el tema. Sé lo lejos que tendríamos que ir y que nuestro primer punto de recalada estelar está en el sistema Alfa Centauro; o sea, a 4,3 años luz de distancia.

Los labios de la doctora se curvaron.

–Es decir, cincuenta trillones de kilómetros, por si no lo ha notado.

Patrick apartó la mirada del gráfico que había estado estudiando.

–Los viajeros espaciales afrontan enormes obstáculos –dijo–. Además del problema de la radiación (que es muy intensa durante las tormentas solares magnéticas), están los fragmentos rocosos desprendidos de cometas y asteroides, que podrían destruir fácilmente el casco de una nave.

Julie lo miró extrañada, pero Patrick se limitó a encogerse de hombros.

–Yo también fui a la universidad, ¿sabes? Todavía me acuerdo de algo de lo que aprendí.

–Los dos tienen razón. Viajar por el espacio está lleno de peligros: la reacción del cuerpo a largos periodos de falta de gravidez, el problema de la comunicación a través de vastas extensiones de espacio vacío... Pero el principal problema es el tiempo que se tardaría en llegar a cualquier parte.

–Que es, supongo –dijo Patrick–, donde interviene usted.

—Exacto. Soy experta en astrofísica teórica. En desarrollar ideas que permitan a los científicos alcanzar sus metas.

Julie observó uno de los diagramas. Mostraba una plataforma espacial orbital, una especie de estación de satélites que podía servir de atraque a una nave espacial procedente de una órbita inferior terrestre y lanzarla a mucha mayor velocidad en su viaje por el espacio.

Julie se volvió hacia la doctora.

—En uno de sus artículos decía que, al menos en teoría, el hombre puede alcanzar en algún momento la velocidad de la luz.

Smoky dio sin darse cuenta una calada a su cigarrillo apagado.

—La velocidad de la luz, 300.000 kilómetros por segundo. Sí, creo que con el tiempo podrá hacerse, del mismo modo que se alcanzó y se superó la velocidad del sonido. Aun así, incluso a la velocidad de la luz, harían falta más de diez años para llegar a un sistema con un planeta o planetas propicios para la existencia de vida.

—Seguramente esa clase de sistemas serán raros —dijo Julie.

La doctora Stover se rió. Su risa era ligeramente rasposa e inquietante.

—Eso es lo que cree la mayoría de la gente. Puede que sea lo que quieren creer. La verdad es que los sistemas planetarios como el que existe alrededor de nuestro sol pueden ser la norma, más que la excepción. Hay doscientos mil millones de estrellas sólo en la galaxia de la Tierra. Lo que significa que en el universo puede haber cientos de miles, incluso millones de planetas habitables.

Julie se quedó callada, aturdida por aquella idea.

Patrick miró hacia los gráficos de las paredes.

—Entonces es sólo cuestión de llegar a ellos —dijo suavemente—. Lo cual nos devuelve al punto de inicio.

—El problema es la distancia, sí. Por eso tendríamos que

ir incluso a más velocidad que la luz para conseguir el viaje interestelar con que sueña el hombre.

—¿Eso es posible? —preguntó Julie.

—Teóricamente, sí —señaló la pared—. Echen un vistazo a esos gráficos. Cada línea muestra varios métodos de propulsión aeroespacial —pasó un dedo fino bajo una de las líneas—. El hidrógeno metálico y la fusión nuclear ya están en fase de experimentación, pero no pueden alcanzar más que un treinta por ciento de la velocidad de la luz —señaló otra línea—. Con la materia negativa podríamos llegar hasta el setenta por ciento. Combinada con la materia-antimateria, podríamos alcanzar el noventa y nueve por ciento de la velocidad de la luz.

—Si no recuerdo mal —dijo Patrick—, Einstein creía que nunca podríamos alcanzar la velocidad de la luz porque crearíamos masa infinita.

Los ojos de Julie se agrandaron. No podía creer que Patrick estuviera allí, hablando tranquilamente de las teorías de Einstein como si las estudiara todos los días. Todos aquellos años había subestimado su inteligencia. O quizá fuera que él se había empeñado en ocultarla.

—Albert Einstein nunca oyó hablar de unas partículas llamadas tachyones —dijo la doctora Stover—. Creemos que, si de verdad existen, no pueden viajar a menor velocidad que la luz. Si es así, lo único que tenemos que hacer es superar la barrera de la velocidad de la luz y no habrá límite para la velocidad con la que podremos desplazarnos.

Aquello era alucinante, no había duda de ello. Pero lo que más interesaba a Julie era que, si científicos como Meryl Stover y sus colegas creían que los viajes espaciales eran posibles, y si de veras había cientos de miles de planetas potencialmente habitables, era muy probable que alguna otra forma de vida, superior al hombre, intentara también viajar por el espacio y que incluso ya lo hubiera hecho.

—Estamos recurriendo a la mecánica cuántica para encontrar respuestas —continuó la profesora—. Es extremadamente complejo, pero creemos que, una vez saltemos la barrera de la luz cuánticamente, podría utilizarse una especie de cohete propulsado por tachyones. Podría acabar llevando la nave a una velocidad trescientas veces superior a la de la luz.

Julie miró a Patrick, que estaba muy serio.

—Si a eso se añade la existencia de agujeros negros o agujeros de gusano por los que podría viajar una nave espacial, la distancia entre galaxias podría acortarse aún más. O puede que haya un modo de salvar las inmensas distancias espaciales, o formas de combinar distintas modalidades de viaje...

Llamaron a la puerta y ésta se abrió.

—Siento molestarte, Smoky, pero ese periodista del *Tribune* está aquí.

La doctora suspiró y levantó los ojos al cielo. Luego hizo un gesto con la cabeza al hombre que se había asomado a la puerta.

—Al parecer, el deber me llama —le dijo a Julie—. Siempre estamos intentando conseguir dinero para promover nuestros estudios. Toda publicidad ayuda —se volvió hacia su ayudante—. Gracias, Tom. Dile que enseguida voy.

—Le agradecemos su tiempo, doctora Stover. Creo que empiezo a comprender el marco general.

—Como verá, hay docenas de posibilidades. Como les decía, de momento son sólo teóricas, pero así es como se hacen los avances científicos.

Julie miró a Patrick con expresión triunfante.

—Bueno, ¿te has convencido ya de que puede que haya un modo de que una nave espacial llegue a la Tierra?

El semblante de Patrick pareció ensombrecerse un momento. Luego sonrió.

—Después de oír a la doctora Stover, mentiría si dijera que no creo que pueda hacerse.

—Hay un par de buenos libros sobre el tema —dijo la profesora—. Stephen Hawking escribió uno titulado *Breve historia del tiempo*. *Arrugas en el tiempo*, de Smoot y Davidson, es otro.

—Puede que los lea —dijo Julie. Pero cuando salieron por la puerta iba pensando que en realidad no le hacía falta.

Después de oír a la doctora Stover, por lo que a ella concernía los viajes espaciales no eran tan descabellados. De pronto pensó que, si una nave espacial de otro mundo llegaba a la Tierra, ¿qué harían sus tripulantes una vez allí?

No costaba imaginar que quizá, como insistía Laura, se dedicaran a estudiar a sus habitantes.

CAPÍTULO 15

Sentado en el despacho de su ático, Val leía el *Los Angeles Times*. A Patrick Donovan siempre le había gustado leer el periódico. Val no podía leer la primera página sin que un escalofrío le recorriera la espalda. Asesinatos, violaciones, violencia callejera, abusos a menores... Los habitantes de la tierra eran unos salvajes. Sus impulsos primitivos les hacían temerarios; con frecuencia se dejaban dominar por la emoción o el instinto, en vez de por el sentido común. Sólo en Los Ángeles, no parecía pasar un día sin que hubiera un tumulto o se produjeran docenas de crímenes horrendos.

Val dobló el periódico y lo dejó sobre la mesa. En Toril no había delitos. Ni asesinatos, ni tumultos, ni enfermedades espantosas, ni suicidios. Incluso los accidentes eran raros. Ni siquiera el clima desempeñaba un papel en el ciclo de la vida y la muerte, como en la Tierra. El tiempo nunca cambiaba. La cúpula transparente y de aspecto acrílico que albergaba las ciudades del planeta estaba controlada mediante un termostato.

La vida también estaba controlada, planeada de manera ordenada desde el nacimiento hasta la muerte. Desde la concepción in vitro hasta el fin de un ciclo normal de quinientos años. Cualquier impulso temerario y autodestructivo había desaparecido de los genes torilianos diez mil años atrás.

La historia, sin embargo, hablaba de un tiempo en el que no habían sido tan civilizados, tan perfectamente comedidos. Un tiempo en el que no eran muy distintos de las gentes de la Tierra.

Y a decir verdad, aunque la violencia le ponía los pelos de punta, también daba lugar a ciertas formas de belleza que ya no existían en Toril. En el arte y en la música, la violencia, la pasión retratada hacía que la obra cobrara vida. Lo mismo que en el caso de los moradores de la Tierra. El reto de sobrevivir sacaba lo mejor de la gente, los ayudaba a madurar, a cambiar y a lograr una nueva lucidez.

Y él había descubierto que, a pesar de su estupor, se sentía también atraído por la lucha a vida o muerte que afrontaba aquella gente cada día. Verlos luchar contra la fuerza de un tornado o el poder destructivo de un huracán era sumamente atrayente. Un hombre con coraje suficiente para afrontar y superar un cáncer, o, como el padre de Patrick, para luchar por recuperarse de un ataque incapacitante era una inspiración para Val y para otros.

La vida en la Tierra estaba esencialmente llena de riesgos, pero tenía también increíbles recompensas que servían de contrapunto.

Val reflexionaba sobre aquello cuando abrió el cajón del medio de su mesa y sacó el diario que escribía cada día. Lo abrió por la última anotación, tomó un bolígrafo y empezó a dar golpecitos sobre la página en blanco.

Aquí la vida es lucha, empezó, anotando al azar sus pensamientos.

Valoran sus diferencias, incluso las ensalzan. Para nosotros, esta actitud es sorprendente, inquietante, quizás incluso peligrosa. Un ser humano, libre de voluntad y guiado por sus pasiones, podría suponer una amenaza que va mucho más allá de su pequeño lugar en el mundo.

Se detuvo un momento y luego volvió a mover el bolígrafo.

Quizá no sea el salvajismo del ser humano lo que tememos, sino su capacidad para actuar por su cuenta.

Cerró el diario y volvió a pensar en los gráficos que había visto en la pared del laboratorio de la doctora Stover. Gráficos que mostraban con toda claridad varias formas de viajar en el tiempo a velocidades mucho mayores que la de la luz. Aunque este logro pertenecía al futuro, los torilianos tenían motivos para preocuparse.
Pero ¿les daba eso derecho a intervenir?
Val se levantó y comenzó a pasearse por la habitación. Volvía a pensar en Julie, en los experimentos del *Ansor*, en cómo podían afectarles a ella y a muchos otros. Aunque ésa nunca había sido su intención, las pruebas a bordo de la nave no eran menos violentas, menos salvajes que los actos sobre los que leía en el periódico.
Cada vez se convencía más de que tenía que ponerles fin.

Laura daba vueltas por su pequeño apartamento. El teléfono acababa de dejar de sonar (otra vez) y saltó el contestador.
—Laura, soy Brian. Sé que estás ahí. Maldita sea, contesta.
Ella no contestó, por supuesto. Escuchó cómo él le exigía y luego le suplicaba, y pensó que ninguna de las dos cosas serviría de nada. Le gustaba Brian Heraldson. Le gustaba mucho. Físicamente, se sentía ferozmente atraída por él. Pero Brian se equivocaba respecto a ella, y Laura no pensaba permitir que su actitud médico-paciente se convirtiera en la fuerza dominante en su relación.

Aunque en realidad no había ninguna relación, se dijo con firmeza. Brian había sido muy amable con ella. Era un hombre muy amable... casi siempre. Un hombre formal, como los que las mujeres buscaban para casarse. Aunque a ella eso no le interesaba. Brian era también arrogante y autoritario, terco y decidido a doblegarla a su voluntad.

Así que ¿qué importaba que fuera guapo? ¿Qué importaba que con sólo ver cómo se curvaba su labio inferior al sonreír notara un hormigueo en el estómago? Jimmy Osborn también era guapo. Y aunque de vez en cuando tenía mal genio, no intentaba dominar su vida.

Daba la casualidad de que Jimmy había llamado esa misma mañana, justo después de su pelea con Brian. Decidida a olvidarse de Brian Heraldson y de su despotismo, Laura había aceptado verlo.

Miró el reloj. Jimmy llegaría en cualquier momento.

Sólo llegaba media hora tarde (puntualmente, tratándose de él) cuando Laura oyó que llamaba a la puerta. Se acercó apresuradamente, descorrió los cerrojos, quitó la cadena y abrió.

—Hola, nena, ¿qué tal? —llevaba vaqueros y camiseta de tirantes. Se había peinado hacia atrás el pelo denso y negro y tenía un palillo metido entre los dientes blancos. Una rosa tatuada cubría parte de sus grandes bíceps.

—Hola, Jimmy.

—Bueno... ¿qué? ¿Nos vamos a tomar una cerveza?

Ella se humedeció los labios. De pronto estaba un poco indecisa. No recordaba que Jimmy tuviera un aspecto tan tosco la última vez que habían salido.

—Sí... claro... voy a recoger mi bolso.

Recogió el bolso de punto que había hecho ella misma, se paró un momento delante del espejo para ver cómo estaba (se había puesto una camiseta amarilla, vaqueros y sandalias) y salieron.

Fueron al Ernie's, la cervecería preferida de Jimmy en

Venice. Jugaron al billar, bebieron cerveza y comieron patatas fritas y hamburguesas grasientas. Cosa rara, a las diez Jimmy ya quería irse a casa.

Laura también quería marcharse. En el curso de la tarde había descubierto que ya no le interesaba Jimmy Osborn. No le gustaba oírle contar cómo había «molido a palos a ese inútil de Buddy Taylor». No le gustaba oírle reírse con su amigo Joe Rizzoli mientras comentaban lo buena que estaba Teresa Wilson, o lo prieto que tenía el coño cuando Joe por fin se la había tirado.

Sólo pensaba en lo corto de entendimiento que era Jimmy y en que también de ella debían de hablar como hablaban de Teresa.

No podía evitar pensar en Brian. Las veces que se habían visto, habían hablado de cosas interesantes e importantes. Él la había desafiado, le había hecho recordar cosas que había aprendido en el colegio, había despertado en ella el deseo de seguir aprendiendo. Incluso cuando discutían, Brian la hacía pensar, y no sólo reaccionar. Y ella debía reconocer que a veces él tenía razón.

Jimmy detuvo junto a la acera su Camaro negro, viejo y abollado, y Laura abrió la puerta y salió. Sabía que Jimmy no daría la vuelta para ayudarla a salir, como siempre hacía Brian. Además, estaba ansiosa por llegar a casa. Nunca se había alegrado tanto de llegar a la puerta de su apartamento.

—Gracias, Jimmy —de pie sobre el umbral de cemento, abrió los cerrojos y entró—. Ya hablaremos.

Él apoyó una mano en el marco de la puerta, por encima de su cabeza.

—Eh, espera un momento. ¿Intentas librarte de mí o qué?

—No, no, claro que no. Sólo estoy cansada, eso es todo. Últimamente no duermo muy bien. Esta noche quería irme a la cama temprano.

—Buena idea —dijo él con una sonrisa lasciva.

—No me refería a eso —intentó cerrar la puerta, pero él puso la bota junto a la jamba.

—Oye, nena, te he invitado a cenar, ¿recuerdas? Te he invitado a las copas —empujó la puerta con fuerza, haciéndola retroceder, y entró en la casa—. No vas a librarte así como así.

—Márchate, Jimmy. Te daré el dinero de tu asquerosa hamburguesa, pero sal de mi casa.

—De eso nada, nena —la agarró del brazo y la atrajo hacia sí con fuerza. Asió brutalmente su mandíbula y la obligó a abrir la boca. Luego le metió la lengua hasta la mitad de la garganta. Sintiendo una náusea, Laura le arañó la mejilla y se apartó, dando varios pasos hacia atrás.

—¡Fuera! —gritó—. ¡Lárgate o llamo a la policía!

Jimmy se frotó la mejilla y vio que tenía una mancha de sangre en la mano. Sus ojos se achicaron y se oscurecieron.

—No voy a marcharme, nena. Voy a quedarme aquí y a enseñarte modales —sus labios se curvaron ligeramente—. Voy a darte tu merecido, Laura. Así quizá la próxima vez te lo pienses mejor antes de intentar jugársela a Jimmy Osborn.

Laura dejó escapar un sonido estrangulado e intentó huir, pero Jimmy la agarró del brazo y la empujó contra la pared. La asió del pelo y le echó la cabeza hacia atrás.

—Te vas a enterar, nena. Te vas a enterar.

—¡No, Jimmy! —suplicó Laura—. Suéltame, por favor.

Se oyó un ruido leve en la puerta.

—Ya ha oído lo que le ha dicho la señorita. Suéltela —la puerta se abrió de par en par y Brian apareció en el vano—. Apártese de ella y salga de esta casa.

—Brian...

Él tenía los puños cerrados y una expresión agria en la boca. Era más alto que Jimmy, pero Jimmy era más joven y musculoso. Y no tenía escrúpulos. Si se peleaban, Brian saldría herido.

Los labios de Jimmy se curvaron.

—Sal de aquí, tío. Esto no es asunto tuyo.

—He dicho que la suelte —repitió Brian, con las piernas ligeramente separadas y los músculos tensos.

—¡Ten cuidado, Brian!

Jimmy le tiró tan fuerte del pelo que se le saltaron las lágrimas.

—¡Cállate, zorra! Me ocuparé de ti cuando acabe con éste.

La soltó y se volvió hacia Brian. En cuanto se vio libre, Laura entró en su dormitorio. Le temblaban tanto las manos que le costó abrir el cajón de la mesilla de noche, pero al fin lo logró. La 38 especial que había comprado a través de un amigo estaba exactamente donde la había dejado.

Asió el arma con las dos manos, como la habían enseñado a hacer en la única clase que había recibido e intentó sostenerla firme. Respiró hondo para calmarse y volvió corriendo al cuarto de estar, justo a tiempo de ver a Jimmy Osborn delante de Brian. Tenía la boca tensa y sus ojos oscuros brillaban con ferocidad.

Laura levantó la pistola. Le temblaban las manos, pero menos de lo que esperaba.

—¡Quieto, Jimmy! No te muevas —de pie, con las piernas ligeramente separadas, mantenía los brazos rectos delante de ella, como la habían enseñado. Le temblaban las rodillas, pero se mantuvo firme, apuntando directamente al pecho de Jimmy—. No quiero problemas, Jimmy. Sólo quiero que te vayas.

Brian la miraba con incredulidad.

—Laura, ¿de dónde...?

—Ahora no, Brian. ¿Vas a irte, Jimmy?

Él la miró y un músculo vibró en su mandíbula. Su boca crispada resaltaba entre la sombra de barba que empezaba a oscurecer sus mejillas.

—No puedo creerlo. La pequeña Laura Ferris plantándole cara a Jimmy Osborn —se rió sin ganas—. Tienes más agallas de lo que creía, nena —Laura se puso tensa cuando empezó a moverse, pero Jimmy se limitó a pasar junto a Brian y se dirigió hacia la puerta–. Hasta otra.

Laura no dejó de apuntar con la pistola hasta que Jimmy se marchó y la puerta estuvo firmemente cerrada. Luego bajó el arma y dejó que las lágrimas que había estado conteniendo corrieran por sus mejillas.

Brian cruzó la habitación en tres pasos. Le quitó suavemente el arma de las manos, la dejó sobre la mesa y estrechó a Laura entre sus brazos.

–Tranquila, cariño, no llores. Ya se ha ido. Ahora todo irá bien.

Laura intentó contener las lágrimas.

–Lo siento muchísimo, Brian. No debería haber salido con él. Julie me lo advirtió. No lo habría hecho... –levantó la mirada–... si no hubiera estado tan enfadada contigo.

Él la abrazó con fuerza.

–Lo siento, cariño. Eso he venido a decirte. Sé que he hecho mal metiéndome en tu vida. Si no me importaras tanto... –su voz se apagó y Laura sonrió suavemente. Levantó la mano para tocarle la mejilla.

–Te has afeitado.

–Sí. Pensé que así parecería más joven. En realidad no nos llevamos tantos años, ¿sabes? Esperaba que te gustara el cambio.

–Me encanta.

Él sonrió y ella vio que tenía hoyuelos, antes escondidos debajo de la barba.

–Has estado maravillosa –dijo él–. Aunque no deberías tener una pistola.

Laura se enfurruñó.

–Esa pistola te ha salvado el pellejo, Brian Heraldson.

–Supongo que sí. Pero quizá te hubiera sorprendido salvándome yo solo. En la universidad boxeaba. Y se me daba bastante bien.

Laura no le dijo que Jimmy Osborn no habría peleado conforme a las reglas de Queensbury.

—Gracias por lo que has hecho. Te habrías peleado por mí. Eso no lo ha hecho nadie.
—¿Nadie?
—Excepto mi hermana, claro. Julie lleva luchando por mí desde que tengo memoria.
Él le pasó un dedo por la mejilla.
—Esta noche has luchado tú sola.
Laura sonrió.
—Sí, ¿verdad? —se acercaron al sofá y se sentaron. Laura se acurrucó a su lado—. ¿Sabes una cosa, Brian? Aunque todo este asunto de la abducción ha sido horrible, en cierto modo ahora me siento más fuerte. ¿Crees que es posible?
—Tal vez. Superar la adversidad fortalece a las personas.
—No creo que haya superado nada, pero lo estoy intentando. Lo estoy intentando con toda mi alma.
—Eso es lo único que importa, cariño —la besó en la coronilla—. No puedo decir que crea en extraterrestres, pero quiero que sepas que estoy contigo. Espero que tengas en cuenta mis consejos, como amigo, pero sea como sea como te enfrentes a esto, estaré contigo.
Laura le rodeó el cuello con los brazos.
—Gracias, Brian. Eso es lo único que puedo pedir —lo besó. Un beso suave de agradecimiento, que pronto se convirtió en algo mucho más ardiente, más dulce e intenso.
Laura lo tumbó en el sofá y el beso se volvió apasionado y febril. Sus bocas se fundieron mientras se acariciaban y sus cuerpos se tensaban, pegándose el uno al otro.
Brian le besó un lado del cuello.
—Te deseo, Laura. He intentado evitarlo, pero te deseo muchísimo.
—Yo también a ti, Brian. Hazme el amor... por favor.
Él gruñó. Otro beso largo y profundo. Brian desabrochó torpemente los botones de la camiseta de Laura. Le deslizó la camiseta por los hombros, desnudándola hasta la cintura. Laura desabrochó frenéticamente los botones de

su camisa. Su pecho era ancho y velludo, más musculoso de lo que esperaba.

Brian le acarició los pechos. Luego bajó la cabeza para chupar uno.

—Eres preciosa —susurró mientras saboreaba el montículo suave y blanco—. Sabía que lo serías.

Se quitaron febrilmente el resto de la ropa; luego Brian la tumbó en el sofá y se colocó sobre ella, penetrándola con una sola y suave acometida. Alcanzaron juntos el orgasmo, rápidamente, con furia y ardor la primera vez; más despacio y mucho más suavemente la segunda.

Brian se quedó dormido en brazos de Laura, con la cabeza apoyada sobre sus pechos. Ella acariciaba su pelo castaño oscuro. No recordaba haberse sentido nunca tan contenta. Quizás era por saber que le importaba. O quizá por cuánto había llegado a importarle él.

Sus párpados se cerraron y pensó que iba a quedarse dormida. Ahora era más fuerte, se dijo; estaba orgullosa de haberlos salvado a ambos de Jimmy. Pero el sueño no llegó, y en las horas que precedieron al amanecer, se descubrió aguzando el oído en busca de un zumbido sordo y denso.

Esa noche no lo oyó. Nadie la molestó. Pero tarde o temprano volverían. Estaba segura de ello.

Incluso con Brian, la angustia comenzó a reconcomerla por dentro, y no pudo sacudirse el miedo.

—¡Oh, Dios mío! ¡Oh, Dios mío! —Shirl Bingham se quitó los auriculares y los dejó caer sobre la mesa, delante de ella. Todavía le temblaban las manos por la llamada que acababa de recibir. Tenía que encontrar a Patrick o a Julie, pero los dos estaban fuera.

Justo en ese momento la puerta de atrás se abrió y Shirl se levantó de un salto. Como por milagro, Julie acababa de entrar.

—¡Julie! —Shirl cruzó corriendo la oficina y se detuvo delante de ella—. ¡Julie! ¡Es el señor Donovan!

A Julie le dio un vuelco el corazón.

—Dios mío, dime que no es su corazón.

—¡No, Patrick, no! ¡Su padre! ¡Le ha dado otra embolia!

La poca sangre que quedaba en la cara de Julie se retiró.

—Oh, no. ¿Lo han llevado al hospital?

—Por lo visto todavía está en casa. El doctor ha dicho que era más peligroso moverlo que dejarlo donde estaba. Oh, Julie, me siento fatal. El señor Donovan es tan bueno...

Julie sofocó el miedo que empezaba a apoderarse de ella.

—Todavía no sabemos si es grave. Tenemos que ser positivas, Shirl —agarró su bolso y las llaves del coche—. Encuentra a Patrick, dile lo que ha pasado. Dile que he ido a ver a su padre —corrió hacia la puerta de atrás, se detuvo y se volvió—. Ah, y cancela mis citas de esta tarde. Hay una mujer... la señora Rosenberg. Su número está en la agenda de mi mesa. Había quedado con ella a las tres para enseñarle casas. Dile que ha habido una emergencia. Intenta darle cita para la semana que viene.

—Me ocuparé de ello.

—Gracias, Shirl —salió por la puerta como una exhalación, montó en su pequeño deportivo y metió la llave en el contacto con manos temblorosas. Santo Dios, pobre Alex. Había sufrido tanto ya... Y Patrick estaría como loco de preocupación. Quería a su padre. Su relación era difícil, y hacía años que no estaban muy unidos, pero el amor estaba allí, entre ellos, luchando por abrirse paso.

Los neumáticos chirriaron cuando revolucionó el motor del Mercedes y salió del aparcamiento hacia Canon Drive. Unos minutos después circulaba a ciento treinta por hora por la autopista de Glendale, en dirección al desvío de Flintridge.

La casa de estilo mediterráneo de Alexander Donovan estaba en Chevy Chase Drive. Tenía dos plantas, nueve habitaciones, cada una con su baño privado; una biblioteca; un solario; un salón de billar; y un edificio separado para el servicio en la parte de atrás. Julie paró el coche delante de las grandes verjas de hierro, marcó el código de seguridad y las puertas se abrieron. Llevó el coche hasta la puerta de entrada y salió de un salto, dejando las llaves en el contacto. El mayordomo abrió la puerta antes de que llegara a ella, y Julie penetró en el vestíbulo de baldosas rojas.

Hacía fresco en la casa. Grandes palmas alojadas en tiestos se mecían agitadas por la leve brisa que entraba por los altos ventanales abiertos. El azul suave de la piscina de la parte de atrás contrastaba con las paredes blanquísimas. La única señal de que algo no iba bien era el olor a antiséptico y hospital que impregnaba la casa.

—Pase, señorita Ferris —el mayordomo, un italiano bajito, meticuloso y de cabello negro llamado Mario, estaba junto a la puerta—. La estábamos esperando a usted y al señor Patrick.

—Patrick estaba fuera de la oficina cuando avisaron. Van a intentar localizarlo a través del buscapersonas y el móvil. Estoy segura de que llegará enseguida —miró hacia la habitación de Alex en el piso de arriba y se humedeció los labios con nerviosismo—. ¿Cómo está?

Mario sacudió la cabeza.

—No muy bien, señorita Ferris. La ambulancia llegó enseguida cuando llamamos a emergencias, pero decidieron no moverlo. El médico está arriba, con él. Y Nathan también.

Julie parpadeó, luchando contra la súbita quemazón de las lágrimas.

—Será mejor que suba yo también —dejó al mayordomo y subió las escaleras. Notaba los miembros pesados y la boca seca como algodón. Sabía que era muy posible que Alex sufriera otro ataque y que, si así era, podía ser fatal, pero aun así no estaba preparada.

Al llegar a lo alto de la escalera, respiró hondo y luego recorrió el pasillo. Nathan Jefferson Jones, el enfermero afroamericano y amigo de Alex, estaba en la puerta.

–Hola, Nathan.

–¡Julie! Cuánto me alegro de que estés aquí. El señor D. ha preguntado por ti.

–¿Cómo está, Nathan?

Su cara normalmente redonda parecía demacrada, casi enflaquecida.

–No voy a mentirte, Julie. La cosa no tiene buena pinta.

–Oh, Dios, Nathan –empezó a llorar. Sintió que unos grandes brazos la rodeaban, abrazándola suavemente. Había visto a Nathan sujetar así a Alex cuando necesitaba ayuda, y un sentimiento de ternura por aquel grandullón se apoderó de ella–. Gracias, Nathan. Ya estoy mejor.

Irguió los hombros, se apartó de él, inclinó la cabeza y Nathan abrió la puerta.

Julie entró en una habitación que parecía más una enorme habitación de hospital que un dormitorio cualquiera. Así había sido desde el primer ataque de Alex. Había una cama ajustable por control remoto, con barras metálicas suspendidas encima para que el paciente pudiera incorporarse, y una mesa con bandeja y ruedas para adaptarla a la cama, un sistema de intercomunicadores y una televisión de alta definición colocada cerca del techo.

Ese día, tubos intravenosos colgaban de soportes con ruedas, introduciendo gota a gota fluidos en los brazos delgados de Alex. Colocadas contra la pared había varias bombonas de oxígeno, y un monitor cardíaco pitaba rítmicamente junto a la cabecera de la cama. La habitación era un revoltijo de aparatos médicos, a la mayoría de los cuales Julie no podía ponerles nombre, y en medio de ellos, un Alexander Donovan pálido y encogido yacía quieto como un cadáver bajo las mantas. Tenía la cara tan blanca como las sábanas de algodón fino.

El doctor se acercó a Julie. Cyrus McClean tenía algo más de cuarenta años, el cabello gris y escaso y llevaba gafas. Era el mejor en su campo. Martin Cane, el médico de toda la vida de los Donovan, se lo había recomendado a Alex. Julie lo conocía desde el primer ataque de Alex, y el médico sabía que, para Alex, ella era como de la familia.

La agarró del brazo, la condujo a un rincón tranquilo y la animó a sentarse.

—¿Cómo... cómo está? —preguntó ella.

—Seré sincero contigo, Julie. El diagnóstico no es bueno. Alex no se había recuperado del todo de su ataque anterior. Si supera las próximas veinticuatro horas, puede que tenga una oportunidad, pero...

—Siga, doctor McClean, por favor. Necesito saberlo.

—Lo siento, pero no es probable que eso ocurra.

Julie sintió un nudo en la garganta.

—Me está diciendo... me está diciendo que Alex se está muriendo.

—Me temo que sí.

—Oh, Dios mío —las lágrimas empezaron a resbalar por sus mejillas. El médico sacó un pañuelo de papel del bolsillo de su chaqueta blanca y se lo dio.

—Ha estado consciente intermitentemente. Ha preguntado por Patrick y por ti. Me alegro de que al menos uno de los dos esté aquí.

Ella ignoró su tono de reproche. Sabía lo que el doctor pensaba del hijo de Alex.

—Patrick no se ha enterado aún. Estoy segura de que llegará enseguida.

El doctor McClean se limitó a asentir con la cabeza, y Julie se volvió hacia el hombre tumbado en la cama. Respiró hondo, temblorosa, cuadró los hombros y se acercó a la cama. Alargando el brazo, tomó su mano frágil. Estaba tan fría e inerte como parecía Alex, y una oleada de tristeza se apoderó de ella. «Oh, Alex». Sentándose a su lado, se inclinó sobre su oído.

—Alex, soy Julie. ¿Puedes oírme?

Al principio, él no se movió. Siguió allí tumbado, en silencio. Lo único que se oía era el pitido agudo del monitor.

Julie tragó saliva. Le dolía la garganta.

—Alex, soy Julie.

Un ligero movimiento, y luego sus párpados se movieron y se abrieron por fin. La miró e inclinó levemente la cabeza.

El dolor de la garganta de Julie se hizo más intenso. Alex era el padre que nunca había tenido. Había estado con ella desde sus primeros tiempos en la universidad, cuando luchaba por abrirse camino. Era su amigo y su mentor; no soportaba verlo así.

—Patrick viene para acá —susurró, luchando desesperadamente por no llorar—. Tú descansa, que todo saldrá bien.

Él cerró los ojos. Logró sacudir un poco la cabeza. Julie sintió un leve movimiento cuando él intentó apretarle la mano; luego sus dedos se abrieron, inermes. Oh, Dios, intentaba decirle adiós. Creía que se estaba muriendo y quería despedirse de sus seres queridos.

—Vas a ponerte bien —susurró ella con vehemencia. Tenía la garganta tan tensa que apenas podía hablar—. Tienes que ponerte bien. Patrick te necesita. Yo te necesito —se le quebró la voz—. Por favor, Alex, no puedes dejarnos ahora.

Pero él no abrió los ojos, ni movió los dedos. Julie se inclinó sobre él y besó su mejilla hundida. Las lágrimas se deslizaban silenciosas por su cara.

—No te vayas —musitó—. Te quiero mucho. No te vayas, querido Alex. Por favor, no nos dejes.

Unas manos apretaron suavemente sus hombros. Patrick la hizo levantarse de la silla y la estrechó entre sus brazos. Ella no lo había oído llegar, pero se alegraba de que estuviera allí.

—Tranquila, amor. Mi padre no querría que lloraras —su contacto era suave, pero tenía una expresión amarga. Su frente estaba surcada por profundas arrugas, y la piel de sus pómulos parecía tensa.

—Tenemos que ayudarlo, Patrick. Algo habrá que podamos hacer.

—¿Has hablado con el doctor McClean?

—Sí, pero... parece que no tiene esperanzas.

Él la apartó unos pasos.

—Pase lo que pase, ahora está en manos de Dios. Lo único que podemos hacer es rezar.

Ella se apoyó contra él, descansando la cabeza sobre su pecho.

—No quiero que muera, Patrick.

—Lo sé, amor, yo tampoco.

—Duele tanto, Patrick. Dios, cuánto duele —se quedaron allí, en silencio, abrazados el uno al otro. Julie lloraba y Patrick le acariciaba el pelo.

Ella levantó por fin la cabeza y usó el pañuelo que le había dado el médico para enjugarse las mejillas.

—Ya me encuentro mejor.

Pero no parecía encontrarse bien. Estaba pálida y temblorosa y Val deseó poder hacer algo por borrar aquella mirada atormentada. Volviéndose hacia Nathan, le indicó que la sacara de la habitación. La vio salir, sintiendo el peso de su pena, una tensión dolorosa en el pecho que no había experimentado nunca antes. Julie quería a Alexander Donovan. Perderlo la estaba destrozando. Y, cosa extraña, Val parecía compartir su dolor.

Esperó hasta que ella se marchó; luego se sentó en la silla que había junto a la cama y fijó la mirada en el hombre frágil tumbado casi inerte bajo las sábanas.

—Hola... padre.

Unos ojos azules y acuosos se abrieron. Unos ojos astutos y perspicaces, incluso ante la muerte. Su boca se movió, pero de ella no salió ningún sonido. Val se preguntó qué le habría dicho el viejo si hubiera podido hablar.

–Tranquilo. Necesitas descansar. Tienes que intentar dormir –había pasado poco tiempo en compañía del viejo. Sólo se había pasado por su casa de vez en cuando, como habría hecho Patrick. No quería arriesgarse a más. Si alguien podía notar los cambios en Patrick Donovan desde la llegada de Val, era su padre.

Él se removió ligeramente en la cama. Tenía una mano paralizada por el ataque, pero la otra empezó a temblar. Val comprendió que intentaba levantarla, alargarla para tocar a su hijo. Tomó la mano del viejo y en cuanto sus dedos se rozaron sintió que un dolor intenso constreñía sus entrañas. De pronto le dolía la garganta. Sentía en ella un nudo tan grande que temió ahogarse.

–Padre –murmuró, consciente de que la emoción que sentía era tristeza. Procedía de Patrick, era el mismo dolor que sentía Julie, aunque Val era capaz de distanciarse, de mantener a raya las emociones que no quería sentir.

Era Julie quien le preocupaba. Julie quien sufriría por la muerte de una persona querida.

Tomó la decisión en un instante. Sabía que no debía, que era preferible dejarlo todo en manos del destino, pero se inclinó sobre la cama. Alex Donovan tenía los ojos cerrados, pero su mano delgada y venosa se aferraba a él. Val buscó en su bolsillo, sacó una pequeña placa plateada del tamaño de medio billete de dólar y de unos milímetros de ancho. Era para emergencias médicas. A fin de cuentas, el cuerpo que ocupaba era humano. Podía tener diversos problemas.

Se desasió de la mano frágil de Alex, le puso la placa en la palma y volvió a tomarlo de la mano. No estaba seguro de que sirviera de algo. Era evidente que el ataque había causado graves daños. Pero quizás ayudara y, si Alex Donovan sobrevivía, aquello también ayudaría a Julie, haría desaparecer su terrible tristeza.

Se quedó allí sentado unos minutos; luego apartó la placa plateada y se la guardó en el bolsillo. Cuando se levantó, vio a Julie en la puerta.

—¿Qué era eso? —preguntó ella cuando Val se acercó.

—¿El qué?

—Me ha parecido ver algo... —desvió la mirada, un poco avergonzada—. Es igual. No puedo pensar con claridad, estando Alex así.

El médico apareció en ese momento.

—Creo que deberíamos dejarlo descansar —lanzó una mirada a Patrick—. ¿Piensa pasar la noche aquí o...? —«¿O tiene cosas más importantes que hacer que velar a su padre en su lecho de muerte?», parecía preguntar su mirada de censura.

Val sabía que estaba pensando en el primer ataque que había sufrido Alex, en la fiesta a la que había asistido toda la noche, en la chica con la que se había acostado después. No había llegado a casa hasta el día siguiente, a última hora. Entre tanto, su padre había estado al borde de la muerte.

—Nos quedamos, por supuesto —contestó Julie a la defensiva, leyéndole el pensamiento al doctor—. Seguramente Mario ya tendrá preparadas nuestras habitaciones.

El doctor seguía mirando a Patrick.

—Me quedo —dijo él.

La boca del médico se suavizó ligeramente.

—Bien. Su padre ha dicho que ha cambiado usted desde su infarto. Puede que tenga razón.

Val no dijo nada, ni tampoco Julie. Había cambiado, desde luego. Sólo confiaba en que, si el viejo vivía, no se diera cuenta de hasta qué punto.

CAPÍTULO 16

Julie se debatía entre accesos de llanto y arrebatos de feroz determinación. Alex Donovan no era de los que se daban por vencidos, ni tampoco ella. Siempre cabía la posibilidad de que sobreviviera.

Pero, con el paso de las horas, esa posibilidad parecía cada vez más remota. A las diez entró en coma. A medianoche seguía igual. A las dos de la madrugada, Julie estaba sentada en el pasillo, junto a la puerta, llorando en silencio.

Patrick acababa de entrar.

Salió unos minutos después.

—El médico dice que descansa tranquilo. Tú deberías hacer lo mismo.

—No voy a irme. De todos modos no podría dormir, aunque lo intentara.

Patrick también se quedó levantado, sentado a su lado en el sofá que Mario había ordenado colocar en el pasillo. Con la mejilla apoyada sobre su hombro firme y reconfortante, Julie se preguntaba qué estaba pensando. Recordaba cuánto había sufrido por el primer ataque de su padre, el sentimiento de culpa que se había apoderado de él por no estar allí cuando su padre lo necesitaba. Estaba casi paralizado.

Esta vez, parecía más dueño de sí mismo, resignado en cierto modo a aceptar la suerte que pudiera correr Alex. Era como una roca para Nathan y para ella, y su presencia fuerte y reconfortante los ayudó a pasar las horas hasta que amaneció. Cuando Julie despertó, él le estaba acariciando el pelo.

Ella se frotó los ojos y se incorporó en el sofá.

—Debo de haberme quedado dormida. ¿Cómo está?

—Igual. El doctor está durmiendo. Nathan está con él. Dentro de media hora es mi turno.

—Has estado en pie toda la noche. Yo he descansado un par de horas. Me quedaré con él.

Patrick negó con la cabeza.

—No tengo sueño. Pasaré yo ahora y luego puedes entrar tú.

Julie parpadeó y se quedó mirándolo. Salvo por su ropa ligeramente arrugada (unos pantalones grises claros y un polo burdeos de manga corta), parecía tan fresco como cuando había llegado. Y pensando en sus paseos nocturnos, Julie pensó que seguramente así era.

—¿Qué hora es? —más allá de la ventana, la primera luz grisácea del amanecer se filtraba por entre los árboles que rodeaban la piscina.

Patrick miró el lujoso Patek Philippe que llevaba en la muñeca.

—Las cinco.

Julie sintió una oleada de esperanza y se le saltaron las lágrimas.

—Entonces es casi de día. El doctor dijo que si Alex superaba las primeras veinticuatro horas, tendría una oportunidad.

Patrick le apretó la mano.

—Mi padre es duro de pelar. Puede que lo consiga.

Julie se limitó a asentir. No quería echar las campanas al vuelo, pero no parecía poder evitarlo.

—Voy a traer café —dijo. Ya no tenía sueño.
Patrick le lanzó una sonrisa.
—Para mí sólo agua, si no te importa.
Julie se inclinó y al darle un beso en la mejilla notó la aspereza de su barba negra.
—Perdona, lo había olvidado.
Por la mañana, contra toda esperanza, Alex Donovan vivía aún. Seguía en coma, pero sus signos vitales habían mejorado ligeramente.
—Reconozco que es buena señal —dijo el médico—. Pero lo cierto es que, a su edad y en su estado físico, es casi imposible que se recupere.
—Pero usted dijo...
—Soy consciente de lo que dije. Pero una noche no significa gran cosa. Lo mejor es resignarse. A estas alturas, teniendo en cuenta su parálisis y el hecho de que ignoramos los daños que ha sufrido el cerebro, seguramente sería preferible que falleciera.
La esperanza de Julie se disipó. Alex moriría o quedaría paralizado en parte, quizá sufriría daños cerebrales y estaría postrado en la cama el resto de su vida. Pero, pasara lo que pasase, ella estaría a su lado, como él siempre había estado al suyo.
Durante los tres días siguientes, salvo una rápida visita a su casa para recoger ropa limpia y cosas de aseo, Julie se quedó en la casa de Flintridge. Patrick también se quedó. Sólo hizo un viaje a la oficina y regresó en cuanto pudo.
La cuarta noche, la cara de Alex había recuperado parte de su color, pero el médico les advirtió que no le dieran demasiada importancia. Seguía habiendo muy pocas posibilidades de que se recuperara. Sencillamente, su estado físico no era bueno.
Lo mismo podía decirse de Julie en ese momento. Llevaba tres noches sin dormir y apenas había podido comer. Sabía que Patrick estaba preocupado por ella... y al parecer decidido a hacer algo al respecto.

—Recoge tu chaqueta —le dijo él, acercándose a ella a última hora de la tarde—. Y un pañuelo. Vas a salir de esta casa un rato... aunque tenga que atarte y llevarte en brazos.

Ella sonrió cansinamente.

—Eso parece una amenaza, señor Donovan.

—Es una promesa, señorita Ferris.

—Está bien, me doy por vencida. Sé cuándo llevo las de perder. Espera un momento, voy a cambiarme de ropa —diez minutos después, vestida con vaqueros, zapatillas de deporte y una camisa de algodón de cuadros de manga larga, Julie estaba en la entrada de la casa, escuchando el rugido del Porsche negro de Patrick, parado frente a la puerta. Vio que Patrick le había quitado la capota.

Él le abrió la puerta del copiloto y esperó a que montara.

—No tardaremos mucho —prometió—. Sólo una vuelta rápida por las colinas. He descubierto que a veces un poco de aire fresco hace milagros.

Aire fresco. Aquello era algo que al antiguo Patrick Donovan no le habría interesado. Pero aquel Patrick cuidaba de su cuerpo, y de su mente. Y al parecer también estaba empeñado en cuidar de ella.

—¿Adónde vamos? —ella se puso el pañuelo rojo alrededor del pelo y se lo anudó bajo la barbilla.

—Conozco un sitio en las colinas, no muy lejos de aquí. Es precioso de noche. Se ve toda la ciudad y nadie sabe que uno está allí.

Julie no dijo nada. Era agradable estar fuera de la casa, aunque la culpa la reconcomía. ¿Y si ocurría algo mientras estaban fuera?

—Quizá no deberíamos hacer esto, Patrick. Me sentiría fatal si pasara algo y no estuviéramos aquí cuando Alex nos necesitara.

Patrick tomó un desvío ligeramente en pendiente.

—Mi padre podía pasar días así, incluso semanas. Te

quiere, Julie. ¿Crees que le gustaría verte así? Acabarás por enfermar tú también.

—No sé... Estoy tan preocupada... —lo miró y se le saltaron las lágrimas—. No quiero que muera, Patrick. No quiero que muera.

Empezó a llorar, sofocando sollozos que salían del fondo de su ser. Patrick masculló una maldición y se apartó de la carretera en un lugar recoleto que había encontrado y que se asomaba sobre la ciudad. Apagó el motor y la estrechó en sus brazos.

—Tranquila, nena. Sé cómo te sientes. Sé cuánto duele —le dio un beso suave en la mejilla y otro a un lado del cuello—. Shh, amor, por favor, no llores. Él no querría verte así —cubrió de besos tiernos su frente, besó sus ojos y luego, levemente, sus labios.

Julie lo miró, vio sus bellos ojos azules ensombrecidos por la preocupación y el dolor que sentía comenzó a disiparse. Notaba el latido del corazón de Patrick, el calor de sus manos, y la tristeza empezó a cambiar, a fundirse con el latido del cuerpo duro y fibroso de Patrick, que sentía contra los pechos. Se mezcló con la violenta necesidad de consuelo que empezaba a cobrar vida dentro de ella.

—Te necesito, Patrick —musitó—. Te necesito muchísimo —deslizó los brazos alrededor de su cuello y buscó su boca para besarlo. Su beso fue suave al principio, un roce tierno de sus labios. Patrick deslizó las manos entre su pelo y ahondó el beso, sintiendo su urgencia, su muda desesperación. Su boca era caliente y húmeda, y tenía el sabor cobrizo del deseo. El deseo de Julie se inflamó, dejando su cuerpo maleable. La lengua de Patrick se hundió en su boca y ella aceptó su invasión e introdujo a su vez la suya en la boca de él.

Patrick tocó sus pechos y los apretó a través de la ropa. Levantó su turgencia redondeada, pellizcó sus pezones hasta que se endurecieron y luego empezó a desabrocharle la camisa de algodón. No había ternura en sus caricias; no era ternura lo que ella buscaba. Quería olvidar su temor por Alex, sentir el ardor del deseo, dejarse abrasar y consumir por él unos instantes.

Los dos botones de arriba de su camisa saltaron, en sus prisas por librarse de ellos, y desaparecieron bajo el asiento. Le quitó el jersey a Patrick y pasó luego los dedos por sus hombros y su ancho pecho. Era muy velludo y musculoso; tenía el vientre plano y estrecho, con una serie de concavidades musculares a ambos lados.

Él clavó los dientes en su cuello y una ráfaga de placer atravesó a Julie. Luego, Patrick tomó uno de sus pechos en la palma de la mano, acercó la boca a él y comenzó a chupar el pezón.

Un calor líquido embargó a Julie, aposentándose entre sus piernas. En el interior del pequeño deportivo era casi imposible moverse, pero tirando frenéticamente de la parte delantera de los vaqueros de diseño de Patrick, logró abrírselos y metió la mano dentro. Su sexo estaba duro como una roca, caliente y palpitante.

Los dedos de Patrick encontraron la cremallera de sus vaqueros. Deslizó la mano dentro, la metió bajo el pequeño elástico de las bragas. Apartó los pliegues de su sexo y comenzó a excitar el pequeño botoncillo de su centro. Unos minutos después, ella se retorcía en el asiento, presa de un potente orgasmo.

Le pareció oír gruñir a Patrick.

Entre la neblina eufórica de su clímax, oyó sus pasos fuera del coche y se incorporó cuando él abrió su puerta y le dijo que saliera a la oscuridad. Julie lo besó salvajemente cuando la subió encima del capó del coche, le arrancó las zapatillas, le bajó los pantalones y los tiró al suelo. Agarró sus bragas y se las bajó, desgarrándolas en sus prisas por quitárselas. Un beso largo y profundo y luego la empujó hacia atrás, le separó las piernas y se colocó entre ellas.

Besó sus pechos, los mordisqueó, lamió y saboreó sus pezones.

Allí donde la tocaba parecía arder un fuego que seguía el recorrido que marcaba su boca entre los pechos y el ombligo de Julie. Lamió su ombligo y luego siguió más abajo, por entre los densos rizos de color caoba de entre sus piernas, hasta colocar la boca sobre el botoncillo palpitante de más abajo.

Julie gritó cuando comenzó a chuparlo, a saborearlo y acariciarlo; luego se hundió profundamente en ella. Unos segundos después, ella se retorcía, con los dedos metidos entre su cabello negro y ondulado, gimiendo suavemente su nombre. Patrick no se detuvo hasta que ella se arqueó hacia arriba, alcanzando de nuevo el orgasmo, y su cuerpo tembló por entero.

Debería haberse sentido saciada, pero su ansia era tan intensa, su necesidad tan fuerte, que cuando Patrick la bajó del capó, la tumbó boca abajo y la inclinó sobre el guardabarros, el deseo volvió a apoderarse de ella. Liberándose de sus vaqueros ceñidos, él la penetró rápidamente. Le levantó las caderas para hundirse más en ella y comenzó a moverse con un ardor que parecía tan grande como el de Julie.

Julie sabía que aquello era una locura, pero no quería que acabara. No, hasta que sintió que la tensión crecía dentro de ella, hasta que notó cada una de sus acometidas como si Patrick formara parte de ella, como si fueran una sola persona empeñada en encontrar el placer.

—¡Patrick! —gritó. Con las manos sobre su cintura, él la levantó y la llenó por completo. Sus embestidas produjeron en Julie una oleada de placer que la embargó por completo, empujándola más allá del borde del abismo. Su cuerpo se tensó más aún, y luego aquella tensión saltó, liberándose.

Una placer glorioso, perverso. Un éxtasis tan dulce que Julie sintió su sabor en la lengua.

Patrick también alcanzó el orgasmo. Todos sus músculos se tensaron; su corazón latía con violencia, y un leve gruñido emergió de su garganta. Volvió a hundirse en ella, se inclinó y besó su nuca. La abrazó hasta que el temblor de ambos se disipó. Luego la bajó del coche y, haciendo que se volviera en sus brazos, la besó con ternura una última vez.

Peinó delicadamente su pelo con la mano.

—Sabes que no te he traído aquí por esto.

—Lo sé.

—Pero no puedo decir que me arrepienta.

Ella levantó la mano y le acarició la mejilla.

—Yo tampoco. Gracias, Patrick.

—¿Por qué? ¿Por hacerle el amor a una mujer preciosa?

—Por saber justo lo que necesitaba.

—Ha sido un placer —dijo él con una sonrisa traviesa. Recogió sus vaqueros del suelo y se los dio. A la luz de la luna, Julie habría jurado que se sonrojaba al darle las bragas rotas.

—Será mejor que nos vayamos —dijo, y Patrick asintió con un gesto.

Julie dejó que la ayudara a subir al coche y que cerrara la puerta; luego lo observó mientras él rodeaba el coche con pasos largos y montaba en él. Durante todo el camino de regreso, los ojos se le iban constantemente hacia su perfil moreno y atractivo, hacia sus cejas negras, sus ojos azules y su recia mandíbula. Pensaba en cómo habían hecho el amor, en la sensación que le habían producido su boca y sus manos, su miembro duro dentro de ella. Nunca se había sentido más completa, más mujer.

Se recostó contra el reposacabezas y miró las estrellas. La verdad estaba clara, aunque no quisiera verla. Estaba enamorada de Patrick Donovan. Locamente enamorada de él. Como todas las mujeres que él había conocido.

La idea resultaba aterradora.

Tan aterradora como el miedo de Laura a la abducción extraterrestre. Quizás incluso peor.

Milagrosamente, cinco días después del ataque que había estado a punto de costarle la vida, Alex Donovan comenzó a recuperarse. Salió del coma preguntando por su hijo, cuya sonrisa era amplia y cálida. A fines de la segunda semana, Alex estaba sentado en la cama y, para asombro del doctor McClean, su cerebro parecía intacto. Incluso empezaba a recuperar el uso de la mano izquierda, antes paralizada.

Nathan se ocupó de sus cuidados desde entonces, comenzando una rehabilitación física gradual. Las cosas volvieron a la normalidad y todo el mundo regresó al trabajo.

Incluso Laura trabajaba. Había conseguido un trabajo a media jornada como camarera en un restaurante. El horario era flexible y ello le convenía, ya que había decidido volver a estudiar. Sólo le quedaban unos créditos para poder graduarse en Artes y Oficios en la facultad local. Podía dar las clases necesarias y estar en casa mucho antes de que anocheciera, lo cual la tranquilizaba hasta cierto punto, aunque el miedo nunca la abandonaba.

Y tenía otra preocupación. Julie. El mayor problema de su hermana no eran los alienígenas: era Patrick Donovan. Era evidente que estaba loca por él, y no cabía duda de que saldría malparada.

Patrick no era hombre de una sola mujer. En opinión de Laura, nunca lo sería. Sencillamente, no estaba en su naturaleza. Laura estaba preocupada por ella, igual que por sí misma.

Desde la segunda abducción no había habido otra, pero no lograba sacudirse la impresión de que la observaban constantemente. Había discutido con Brian porque quería conservar el arma que había comprado. Se veían mucho y los sentimientos de ambos eran cada vez más fuertes. Laura no quería poner en peligro la relación que parecían estar forjando, y Brian se había mostrado tan inflexible respecto a la pistola que ella había cedido al fin y había dejado que la guardara él.

Ahora lamentaba no haber sido más firme.

Quizá Brian no la creyera lo bastante estable emocionalmente para manejar un arma, pero él no se había enfrentado a un ejército de feos hombrecillos grises, de cabeza grande y ojos negros.

Aunque no era a ésos a los que más temía. Eran los otros, sus superiores, los que más miedo le daban. Ignoraba quiénes eran o qué aspecto tenían, pero sabía que eran los que mandaban.

Una vez, durante su segunda experiencia a bordo de la nave, recordaba haber pensado: «Las formas superiores de vida no se mezclan con la población militar». No sabía cómo se había colado aquella idea en su cabeza, pero sabía de dónde procedía. Y temía tener que enfrentarse de nuevo, tarde o temprano, a sus poderosos secuestradores.

Se estremeció al pensarlo. A veces envidiaba a su hermana, que vivía al día, como si nada hubiera pasado, felizmente ajena a todo. Laura recordaba cada momento de aquel calvario espeluznante y sobrecogedor.

No había ni una sola posibilidad de que lo olvidara.

Val levantó las pesas por encima de su cabeza. Se entrenaba en el gimnasio de al lado de la oficina por lo menos tres veces por semana. En cierto modo era extraño, porque sabía que sólo era cuestión de tiempo que tuviera que abandonar el cuerpo de Patrick a su fin terrenal: una fría tumba a varios metros de profundidad. Le apenaba pensar que un espécimen tan sano se pudriera, pero no podía hacer nada al respecto. El alma de Patrick se había ido hacía tiempo, pocos minutos después de que cediera su corazón. De él sólo quedaba una cáscara humana.

Entre tanto, Val seguía afinando sus fibras y tendones, los músculos que cada vez parecían formar más parte de él. Quizá fuera sencillamente que le gustaba su apariencia humana, la flexión del músculo sobre los huesos cuando se movía. Y quizás aún más le gustaba ver los ojos de Julie cuando lo tocaba, y oír las cosas íntimas que le susurraba cuando estaban a solas.

Pensó en aquella noche en su coche, por encima de la ciudad; en su forma salvaje de aparearse. Nada de lo que había leído, ninguno de los especímenes que había estudiado, lo había preparado para la energía arrolladora de aquel encuentro.

O para lo que había sentido cuando acabaron.

Sentía un ansia feroz de proteger a Julie; se sentía apasionadamente implicado en aquella relación. Unido a Julie de un modo para el que no estaba preparado. Transcurridas unas semanas más, tendría que dejarla. Pensar en ello le causaba un dolor en el pecho, provocaba una aguda punzada en sus entrañas.

Por primera vez pensó que no quería marcharse. Le gustaba aquel planeta salvaje y primitivo, con sus gentes apasionadas. Le gustaba no saber qué nuevo reto le deparaba cada día. Le gustaba aceptar el desafío y superarlo.

Pero era un científico, comandante del ala científica del *Ansor*, un hombre poderoso entre su pueblo. El Alto Consejo exigiría su regreso y él se vería obligado a obedecer.

Mientras tanto, tenía cosas que hacer. Por eso, cuando acabó de entrenar, se fue derecho a casa de Julie y, sentado en su sofá de colores, la ayudó a ordenar el montón de artículos de revistas y periódicos sobre avistamientos de ovnis que ella había sacado de Internet.

Los artículos apenas suponían una amenaza. En todo lo que leía el tratamiento era el mismo: al margen de cuánta gente dijera haber visto un ovni, se los trataba como si estuvieron locos. Como cabras, habría dicho Patrick.

Peores aún eran los informes sobre abducciones alienígenas. Las víctimas parecían sufrir una doble agresión: la de los «Visitantes» que invadían sus cuerpos y sus mentes; y la de la sociedad, que los condenaba al ridículo y se negaba a creer lo que habían soportado.

Pensó en Laura Ferris y deseó poder aliviar la preocupación de Julie por ella. Pero lo cierto era que Laura no había sido tan fuerte como Julie y que la abducción la había afectado gravemente. Lo único que él podía hacer era intentar que Julie no corriera la misma suerte. O una peor aún.

—Escucha esto... —vestida con vaqueros y sudadera, ella estaba sentada en el suelo, a sus pies, con las piernas cruzadas—. Según un estudio dirigido por Nicholas Spanos, un psicólogo de la Universidad Carleton de Ottawa, la gente que asegura haber avistado ovnis no sufre ningún trastorno psicológico, ni es especialmente fantasiosa —levantó la mirada—. Al parecer, hicieron un estudio con gente que había informado de avistamientos y encuentros con alienígenas y utilizaron un grupo de control de gente que no. Psicológicamente, los dos grupos resultaron iguales.

—Impresionante. La gente que está lo bastante loca para creer en ovnis no está más loca que los demás.

Ella le dio un puñetazo en la pierna.

—Qué escéptico eres.

—Sí, bueno, no soy el único. Aquí dice que dos psiquiatras asociados a la facultad de medicina de Harvard creen que los platillos volantes son percepciones alteradas de los órganos sexuales. Alucinaciones que surgen de modos primitivos de pensamiento originados en la niñez. Dicen que un platillo volante es en realidad una representación de los pechos maternos. Un objeto en forma de cigarro es sencillamente un símbolo fálico. Los objetos voladores son, y cito, «manifestaciones extremas de gratificación y omnipotencia», fin de la cita.

Julie lo miró como si se hubiera vuelto loco.

–Dime que es una broma.

Él se rió suavemente.

–Me temo que no.

Julie se puso de rodillas, apretó la boca y meneó un dedo delante de su cara.

–Si crees por un momento que...

Val sonrió y levantó las manos en señal de rendición.

–No lo creo. Aunque tampoco soy muy escéptico.

Ella se rió suavemente, se acomodó en el suelo y empezó a rebuscar entre los papeles extendidos sobre la moqueta. Tomó uno y empezó a leer.

–¿Qué te parece esto? «La pequeña localidad de Rachel, Nevada, se ha convertido en destino turístico para los aficionados a la ufología. Aunque sólo 53 coches al día circulan por la carretera estatal 375, de 157 kilómetros de largo, se ha informado de tantos avistamientos que dicha carretera ha sido rebautizada como 'la autopista extraterrestre'. La carretera pasa cerca del Área 51, una sección de la base de la Fuerza Aérea en Nellis, y algunos ufólogos creen que el gobierno está probando naves espaciales capturadas a los extraterrestres».

Él arqueó una ceja.

–¿Naves especiales capturadas a los extraterrestres? Ahora eres tú la que está de broma.

–Puede que sí, puede que no. He oído hablar de esa Área 51. Dicen que es tan secreta que compraron todas las tierras de los alrededores en un radio de kilómetros para que nadie pudiera acercarse lo suficiente para ver nada.

–Eso es lo que suelen hacer los gobiernos –dijo él–. Intentar mantener en secreto sus defensas. Pero no significa que estén probando naves espaciales alienígenas –aunque Val imaginaba que podía ser cierto. En el transcurso de los años, varias naves torilianas habían caído a tierra y nunca habían podido recuperarse. Y había otros viajeros espaciales que habían visitado el planeta a lo largo de los años.

—Mira esto. He sacado un listado de Google. Hay docenas de páginas web dedicadas a personas que aseguran haber visto ovnis. En Ufosightings.com hay relatos de astronautas de la NASA. Y mira esto: hubo un importante avistamiento en el aeropuerto de O'Hare, en Chicago, hace poco. Escucha esto. «En noviembre, un objeto gris y metálico, con forma de platillo, fue avistado sobrevolando el aeropuerto internacional de O'Hare, en Chicago. Doce empleados de United Airlines divisaron el objeto e informaron sobre ello».

—Seguramente sería una sonda meteorológica —dijo Patrick, la respuesta habitual ante un avistamiento. Julie le lanzó una mirada.

—«Funcionarios de la aerolínea afirman no tener conocimiento de que tal cosa ocurriera, y la Administración Aérea Federal no está llevando a cabo ninguna investigación». Me parece asombroso.

Patrick se encogió de hombros.

—Imagino que reciben un montón de informes falsos. No tendrán tiempo para investigarlos todos.

—Aquí hay un artículo viejo de la revista *Omni*, de cuando todavía salía en papel. Es un número especial sobre supuestas visitas extraterrestres. Dice que en 1969, después de dieciséis años de investigación, el gobierno puso fin oficialmente a su interés por los ovnis. Pero más adelante algunas personas aseguraron que un grupo secreto del ejército había continuado el estudio.

Miró las páginas que había sacado impresas.

—Un comandante del ejército retirado llamado Robert Dean dijo que la OTAN sacó en los años sesenta un informe clasificado afirmando que los ovnis eran reales, extraterrestres, y que habían visitado la tierra. Un científico llamado Bob Lazar aseguró que a fines de los años ochenta trabajó en una nave espacial extraterrestre que se estaba investigando y probando en Nevada, y un coronel retirado de la Fuerza Aérea llamado Charles Hald dijo haber visto e investigado ovnis en Inglaterra.

—¿Dice ahí cuánto cobraron esos hombres por sus historias? Yo diría que ése es un factor importante a la hora de decidir si creer o no lo que dicen.

Julie frunció el ceño.

—Supongo que sí, pero...

—Pero nada. Eres demasiado crédula, amor mío.

—Aquí hay algo interesante. Al parecer fue una historia muy sonada en los años setenta. Miles de cabezas de ganado aparecieron mutiladas en todo el país. Hubo toda clase de investigaciones, pero nadie descubrió quién era el responsable.

—¿Crees que fueron alienígenas?

—El gobierno, naturalmente, dice que fue todo un bulo monumental, que las muertes las causaron animales salvajes. Puede que algunas fueran obra de miembros de algún tipo de secta —buscó entre las páginas esparcidas a su alrededor, encontró lo que buscaba y comenzó a leer—. Un libro titulado *Cosecha alienígena*, de una tal Linda Howe, sugiere que hay pruebas sólidas de que los extraterrestres estuvieron implicados. Howe asegura que las incisiones que presentaban las reses muertas sólo podían haber sido causadas por sofisticados aparatos láser con un peso superior a doscientos kilos.

—O por la descomposición natural, que es lo que probablemente creen casi todos los científicos —qué necios eran, pensó Val. Durante años, los torilianos habían utilizado reses como animales de laboratorio... hasta que empezaron a utilizar humanos.

Julie suspiró. Se puso a hojear las fotocopias que había hecho de revistas de la biblioteca: «Encuentros con alienіgenas», de la *National Review*; «En busca del ultramundo», del *Skeptical Inquirer*. Había también un reportaje sobre abducciones sacado de *Newsweek*. Y varios de *Omni*.

En *Aviation Week* y *Space Technology* había también algunos artículos interesantes. En otro número de *Newsweek* aparecía un artículo extenso sobre la posibilidad de que hubiera habido vida en Marte, sobre los trabajos que se estaban realizando y sobre los planes del gobierno para llevar gente allí.

Julie hurgó en su montón de papeles y sacó un artículo breve de *Los Angeles Times*.

—Esta mañana me encontré con esto en Internet. Lo imprimí por la fecha. Es un avistamiento del que el periódico informó al día siguiente de la supuesta abducción de Laura en la playa. Todavía no he podido leerlo. Sólo lo imprimí y lo dejé en el montón.

Val alargó la mano hacia el artículo, pero Julie lo apartó.

—Quiero leerlo yo primero —se volvió hacia el pedazo de papel, un suelto de las últimas páginas del periódico—. Dice: «Un objeto descrito como un disco plateado, en forma de platillo, fue avistado ayer tarde sobrevolando la playa de Malibú, California» —levantó la cabeza—. ¿En Malibú? Dios mío, Patrick —volvió a bajar la cabeza—. Varios testigos informaron del avistamiento, incluido un piloto de United Airlines cuyo nombre no ha trascendido. El piloto afirmó que la estela del objeto volante se vio durante aproximadamente dos minutos después de que pasara —se quedó callada mientras leía frenéticamente el resto de la noticia.

Val veía cómo latía el pulso en su garganta.

—Esto no puede ser una coincidencia, Patrick. Alguien informó de un ovni sobrevolando el mar cerca de la playa de Malibú el mismo día que Laura asegura que fue abducida. Quizá...

Él le quitó la hoja de la mano y leyó la noticia hasta el final.

—Puede que fuera un misil fallido lanzado desde la base de la Fuerza Aérea en Vandenberg, como dice aquí —le devolvió la copia y Julie volvió a leer el artículo.

—Ya sé que es lo que dice, pero...

—Pero prefieres creer que tu hermana fue abducida por alienígenas.

Julie se recostó en el sofá. Dejó escapar un soplo de aire.

—Me hace dudar, nada más. Mucha gente cree en estas cosas, pero por lo visto los poderosos no creen en ellas. Si quisieran encubrir las cosas, seguramente podrían hacerlo.

—¿Por qué iban a hacer eso?

—Por muchas razones. Por no crear alarma pública, supongo. O quizá no quieren enfrentarse a las consecuencias de tener que reconocer que existe una amenaza semejante. Quiero decir que ya nos enfrentamos a terroristas en todo el mundo. Puede que sea demasiado, que la gente no fuera capaz de soportarlo. Quizá...

—Quizá los ovnis no existan. Quizás el ruido que oíste ese día en la playa tuviera algo que ver con el misil que lanzaron desde Vandenberg.

Julie se sentó más derecha y ladeó la cabeza. Luego se apartó de él y levantó el teléfono.

—¿Qué haces?

—Voy a llamar al periódico. En la noticia no aparece la hora exacta del avistamiento. Quiero saber cuándo fue. Luego voy a llamar al periódico de Lompoc, dado que es allí donde está la base. Alguien podrá confirmar la hora de lanzamiento del misil y la hora en que fue abortado. Si no pueden, llamaré a Vandenberg.

—¿No crees que eso es ir demasiado lejos?

—Puede ser. Supongo que habrá que esperar a ver qué pasa.

Tardó casi una hora en conseguir la información que necesitaba. Cuando acabó, sus ojos brillaban con una mezcla de satisfacción y lo que a Val le pareció temor, y sus manos temblaban.

—Ya lo decía yo, Patrick. Ya decía yo que podían echar tierra sobre el asunto. El avistamiento fue a las 3:07 de la tarde. El misil se lanzó a las cuatro en punto y fue abortado trece minutos después. Ni siquiera había despegado del suelo cuando se informó del avistamiento del ovni.

Él sacudió la cabeza.

—Eso no significa que lo que vieron esas personas fuera una nave espacial.

—No, pero tampoco era un misil.

Val no dijo nada. No le gustaba cómo iban las cosas, pero de momento no podía hacer nada.

—¿Y ahora qué?

—No estoy segura. Sólo me he metido en esto con la esperanza de encontrar un modo de ayudar a mi hermana. Al principio estaba segura de que era una paranoia de Laura. Siempre ha tenido problemas emocionales. Estaba convencida de que se habían convertido en algo más. Ahora... ya no lo sé. Después de oír lo que contó en sus sesiones con el doctor Heraldson y de asistir a la terapia de grupo del doctor Winters, no puedo decir que esté segura al cien por cien de que no sea verdad. Le dije a Laura que intentaría mantener la mente abierta y creo que lo he hecho. Al menos ahora, si me dice que unos hombrecillos grises la llevaron a bordo de su nave espacial, puedo escucharla con empatía.

—Estás diciendo que la crees.

—No, no es eso. Estoy diciendo que hay una posibilidad de que sea cierto. Una posibilidad mucho más grande de lo que yo imaginaba —Julie se estremeció, y Val alargó el brazo, la hizo levantarse y la sentó en su regazo.

Puso detrás de su oreja un mechón de pelo rojo oscuro y lustroso.

—Si es cierto, amor, puede que no sea tan terrible que los viajeros espaciales existan de verdad. En muchos sentidos la gente es igual, al margen de donde proceda.

—Si es cierto, están haciendo daño a la gente. Personas inocentes están sufriendo, y no hay nadie que pueda detenerlos.

Val la apoyó contra su pecho y comenzó a acariciarle el pelo.

—Quizá no quieran hacer daño a nadie. Quizá sea simplemente que no comprenden, aunque sean muy inteligentes.

Julie lo miró con extrañeza, pero no contestó. Se limitó a acurrucarse contra su pecho. Val sintió que se estremecía. Cuando ella levantó la cabeza, estaba un poco pálida.

—Llévame a la cama, Patrick. No quiero seguir pensando en esto.

Él tampoco. Pero, a diferencia de Julie, no tenía elección.

CAPÍTULO 17

Julie estaba sentada junto a la cama de Alex Donovan, sosteniendo la mano antes paralizada del anciano. Alex estaba incorporado en la cama y sonreía. Sus mejillas parecían robustas, en vez de hundidas. Hacía años que no tenía tan buen aspecto.

—Es un milagro —dijo Alex—. Debería estar junto a Martha, a dos metros de profundidad, pero por alguna razón a Dios se le antojó conservarme la vida.

—Sí, es un milagro, Alex. Y nadie se alegra de ello más que yo.

—¿Qué tal está Patrick? No viene mucho por aquí desde el ataque. A veces es difícil saber qué piensa mi hijo.

—Patrick apenas se apartó de tu lado todo el tiempo que estuviste enfermo. Te quiere, Alex. Siempre te ha querido. Supongo que no creerás lo contrario.

Alex señaló una pequeña pelota de goma que había sobre una bandeja, junto a la cama, y Julie se la acercó.

—Está la cuestión de su herencia —empezó a apretar la pelota con la mano izquierda, todavía débil, ejercitando con decisión músculos y tendones—. Antes de su infarto, había veces en que parecía necesitar dinero urgentemente.

—Estaba intentando construir Brookhaven, y tenía muchos problemas económicos. Pero nunca pensó en implicarte a ti, Alex, ni en pedirte que lo ayudaras. Sabía que no podía permitirse una inversión así. Además, creo que una de las razones por las que quería construir esos pisos era demostrarte su valía. Quería que te sintieras orgulloso de él.

Alex masculló algo ininteligible.

—Era difícil estar orgulloso de un hijo cuya única meta en la vida era entregarse a los excesos... o quizás encontrar un modo de destruirse a sí mismo.

—Ahora ha cambiado.

—¿Sí? Estoy muy orgulloso del hombre en que se ha convertido después de su ataque al corazón. Pero me asusta que el cambio sea sólo temporal —alargó una mano delgada para tocar su mejilla—. Estoy preocupado por ti, Julie. Temo que te haga daño.

Julie sintió la quemazón inesperada de las lágrimas.

—Patrick ha cambiado —insistió—. No toca el alcohol, ni las drogas. Se mantiene en forma. Está más fuerte que nunca, más firme y seguro de sí mismo —tragó saliva, a pesar de que notaba un nudo en la garganta—. Lo quiero, Alex. He intentado no quererlo, pero no puedo.

Alex suspiró.

—Lo sé. Lo veo en tus ojos cada vez que lo miras. Y tienes razón, está distinto, es más hombre de lo que nunca creí que llegaría a ser. La agencia Donovan ha empezado a ganar dinero otra vez, gracias a mi hijo. Y a ti, Julie. Durante años, no has querido saber nada de él. Ahora me dices que estás enamorada. En otras circunstancias, estaría loco de contento. Pero ¿de veras es posible que un hombre cambie tanto?

Julie intentó sonreír, pero su sonrisa salió temblorosa.

—Eso espero, Alex. Rezo todos los días por que el hombre al que quiero sea real y no sólo una ilusión.

—Yo también rezo por eso, Julie. Por mi hijo... y por ti.

Al día siguiente, cuando Val llegó a la oficina, había mucho ajetreo. Sin levantar la mirada del mensaje que estaba tomando, Shirl le puso un puñado de notas en la mano y señaló hacia el pasillo. Tapó el micrófono del teléfono con una mano.
—Hay un par de tipos en tu despacho. Intenté que te esperaran fuera, pero insistieron en entrar. Me pareció que lo mejor sería dejarlos pasar.
Val miró hacia la puerta cerrada y adivinó enseguida quiénes eran aquellos hombres.
—Has hecho bien, Shirl. Ya me ocupo yo.
Ella asintió con la cabeza y siguió tomando mensajes frenéticamente. Era asombroso cuánto ajetreo había en la oficina desde hacía unas semanas. Era una lástima que Patrick no se hubiera preocupado de dirigir a su personal como había hecho Val en su lugar. No era difícil, y a Patrick se le daba bien. A Val le molestaba pensar en lo que sería del negocio cuando él se hubiera ido.
Llegó a la puerta de su despacho, se detuvo un momento fuera, entró y cerró la puerta. Lo esperaban los mismos dos hombres, uno delgado y bien vestido, apoyado en la silla de detrás de su mesa; el otro recio y rubio, recostado en el brazo del sofá. Esta vez, Val conocía sus nombres.
Les lanzó una media sonrisa burlona.
—Ah, señor Ceccarelli. Qué alegría que se haya pasado por aquí. Y usted también, por supuesto, Naworski.
El italiano alto y de pelo cano lo miró con una mezcla de sorpresa y respeto. Iba vestido tan impecablemente como la vez anterior, con un traje de mil rayas azul, con la chaqueta cruzada. Un viejo recuerdo afloró y Val sonrió al pensar que aquel hombre debía de haber visto muchas ve-

ces *El padrino*, una de las películas preferidas de la infancia de Patrick.

—Has hecho los deberes —dijo el hombre situado detrás de la mesa—. Muy bien, Donovan. Estoy impresionado.

No había sido muy difícil descubrir quiénes eran. Ralph Ceccarelli y Jake Naworski eran bastante conocidos en Los Ángeles, si uno sabía dónde buscarlos. Val se había limitado a pagar a un hombre que sabía dónde mirar.

—No me gustan las caras sin nombre —contestó con sencillez.

Naworski se levantó del sofá.

—Sí, y a nosotros no nos gusta que estés dándoles largas a esos tipos del fondo de pensiones —mientras que Ceccarelli parecía atildado, Jake tenía un aspecto desaliñado. Sus pantalones chinos se abombaban en las rodillas y su jersey amarillo estaba manchado de grasa en la parte de la tripa y ligeramente arrugado.

—Soy un hombre muy ocupado, Jake —dijo Val—. Supongo que no me iréis a reprochar que intente ganarme la vida.

Los dos se movieron hacia él. Se detuvieron a unos pocos pasos, atrapándolo entre los dos.

—El negocio más importante que tienes ahora mismo entre manos es conseguir el dinero que les debes a Sandini y McPherson. El fondo de pensiones está dispuesto a comprar esas escrituras de hipoteca falsas. Sólo necesitan un empujoncito por tu parte, y el trato estará hecho.

Ceccarelli puso una sonrisa lobuna.

—Sarah Bonham volverá a llamar a fines de esta semana. Quieren ver la urbanización y tú vas a enseñársela. Y ya que estás, vas a decirles que la Westwind Corporation es una empresa estupenda y que van a hacer un negocio redondo.

—Eso es —añadió Naworski—. Vas a decirles que esos pisos se están vendiendo como camisones el día de la madre.

Val se quedó callado un momento. Luego sonrió.

—No tengo problema con eso. Si es lo que queréis, es lo que tendréis. Como os decía, uno tiene que ganarse la vida. Sigo teniendo derecho a una parte de los beneficios, una vez saldada la deuda, y me vendría muy bien el dinero.

Ceccarelli le dio una palmada en el hombro.

—Eso está mejor. En cuestión de semanas el trato estará cerrado, tú devolverás el dinero que debes, puede que te embolses un poco, y todo esto será agua pasada.

—Puede que te veas en apuros cuando esos maestros descubran que las escrituras que han comprado son falsas —añadió Jake—, pero el señor Sandini se asegurará de que no cumplas condena —en su cara redonda apareció una sonrisa—. Siempre ha sido leal con sus amigos.

Unos minutos después, los dos hombres se marcharon, estrechándole la mano al salir. Val cerró con firmeza la puerta tras ellos. Se preguntaba cuánto tiempo podría seguir dando largas a Sarah Bonham.

Y qué harían Sandini y McPherson cuando descubrieran que había aconsejado al fondo de pensiones que no comprara los papeles sin valor alguno de la Westwind Corporation.

Julie se refugió en su despacho con las piernas temblorosas, cerró la puerta y se dejó caer en la silla de detrás de su mesa. Le temblaban las manos y el corazón parecía intentar salírsele por la garganta. No había pretendido espiar la conversación de Patrick. Lo había visto pasar unos minutos antes y sólo había querido decirle hola y preguntarle su opinión sobre un acuerdo que estaba intentando cerrar.

O quizá sólo quería verlo.

Pero la puerta no estaba cerrada del todo y algo en el tono de aquellas voces de hombre atrajo su atención. Se había quedado junto a la puerta el tiempo justo para oírles hablar de la estafa de las escrituras falsas de la Westwind Corporation.

Y saltaba a la vista que Patrick estaba implicado.

Julie sacudió la cabeza, intentando disipar la neblina de miedo que cubría su mente y hacer encajar las piezas. Pensó en el piso de Brookhaven que había intentando venderles a los Harvey. Patrick le había advertido que no lo hiciera, había insistido en que buscase otra cosa, a pesar de que necesitaba desesperadamente cada venta.

Ahora Julie sabía por qué.

Ella sabía que Patrick necesitaba dinero con urgencia. Que el Patrick de antes estuviera implicado no la habría sorprendido. Estaba acostumbrado a vivir a lo grande y haría cualquier cosa por mantener su tren de vida. Pero aquel hombre, el Patrick del que se había enamorado...

Julie no soportaba pensar que pudiera estar tan equivocada.

Sus hombros se hundieron. Si Patrick era un estafador, un hombre dispuesto a engañar a gente inocente y a despojarla de los ahorros de toda una vida (y de sus casas), ¿qué más podía hacer? ¿Era también capaz de mentir sobre sus sentimientos, de convencerla de que la quería, cuando lo único que pretendía era divertirse con ella en la cama?

Su cita de esa tarde podía esperar. En cuanto Patrick saliera de la oficina, Julie echaría un vistazo a sus archivos. Si estaba actuando ilegalmente, quizá hubiera un modo de detenerlo antes de que lo descubrieran, y de convencerlo de que hiciera lo correcto. Si no, si de veras no había cambiado... si le había mentido, utilizado y manipulado para que creyera en él... cielo santo, ella... ella... no sabía lo que haría, pero no querría volver a verlo nunca más.

Pasaron dos horas. Julie se paseaba por su despacho, incapaz de concentrarse, preocupada y furiosa al mismo tiempo.

A mediodía, Patrick asomó la cabeza por la puerta.

−¿Qué te parece si comemos juntos? ¿Puedes escaparte?

Ella apenas levantó la vista de las carpetas que tenía sobre la mesa.

−Lo siento, estoy ocupada. Ve tú. Nos veremos cuando vuelvas.

Él frunció el ceño, notando su tono áspero.

−¿Pasa algo?

Julie forzó una sonrisa.

−No, nada. Sólo estoy ocupada. Tengo una cita a las dos y no estoy preparada.

Él sonrió, y una pequeña incisión que no llegaba a ser un hoyuelo apareció en su mejilla. Dios, qué guapo era. Le dolía el corazón sólo de pensar que lo que había entre ellos pudiera ser mentira.

−No tardaré −dijo él−. ¿Quieres que te traiga algo?

Ella negó con la cabeza.

−No, gracias, no tengo hambre −era cierto. Le ardía el estómago. Cuando pensaba en comer, sentía una leve náusea. Le despidió con la mano cuando él salió por la puerta de atrás. Luego se levantó de un salto y corrió a su despacho. Echó un rápido vistazo para ver si alguien la miraba, abrió la puerta y entró.

El despacho estaba impecable, como siempre. Los cajones estaban cerrados, cada archivo cuidadosamente clasificado y ordenado, y la superficie de la mesa era espartana: sólo había en ella una fotografía enmarcada en plata de sus padres de jóvenes y un cartapacio de cuero negro con una pluma de ónice a juego y su correspondiente soporte, regalo de una de sus novias. Patrick siempre había sido ordenado. Desde su roce con la muerte, lo era aún más.

Julie corrió hacia el armario archivador, que se cerraba con llave al final del día, pero que durante las horas de trabajo solía estar abierto. Fue pasando las carpetas colgantes y el sinfín de carpetillas de cartón marrón, buscando el nombre de Brookhaven, lo encontró, sacó el archivo y echó un vistazo rápido a su contenido; luego encontró la carpeta de la Westwind Corporation y también la ojeó.

A simple vista, no había nada ilegal. Pero al estudiar cómo se gestionaban las ventas, empezó a hacerse una idea precisa de cómo funcionaba la estafa. Había oído lo suficiente para saber que había un fraude de por medio y que Patrick estaba implicado en él.

Si lo que sospechaba era correcto, la mayoría de las ventas de los pisos de la urbanización no habían tenido lugar, lo que significaba que los préstamos a elevado interés que supuestamente estaba haciendo Westwind eran falsos. El comprador de los préstamos (el Fondo de Pensiones de los Maestros, si no había oído mal), sólo adquiriría papel sin valor alguno.

Durante algún tiempo podría manipularse la transacción y encubrirse la verdad, pero tarde o temprano el fraude saldría a la luz. Sin duda Westwind ya se habría disuelto para entonces, y sus «empleados» se habrían dispersado. Pero la relación de Patrick con la empresa no podría ocultarse.

Santo cielo, ¡iría a la cárcel! En el mejor de los casos, su negocio quedaría arruinado y los Donovan verían su nombre arrastrado por el lodo.

Le horrorizaba imaginar lo que ocurriría, pero lo que más miedo le daba era pensar que Patrick no había cambiado en realidad. En todo caso, había cambiado para peor.

Estaba de vuelta en su mesa cuando sonó el intercomunicador. Julie no hizo caso. Se quedó en su silla, mirando fijamente por la ventana de la oficina, temblando y preguntándose qué hacer. Intentaba discurrir cómo podía conseguir una prueba, presentarle a Patrick algo que no pudiera negar, pero su mente parecía incapaz de funcionar.

El intercomunicador sonó de nuevo.

—¿Señorita Ferris? Es su hermana. Está en la línea uno. Normalmente me pide que se la pase.

Julie se inclinó y apretó el botón.

—Gracias, Shirl —levantó el aparato—. ¿Laura? Hola, cielo, ¿cómo estás?

—Muy bien, hermanita. Siento molestar. Sé lo ocupada que estás, pero Brian y yo nos vamos de viaje este fin de semana. Vamos a Lake Arrowhead. Brian cree que me sentará bien salir unos días y he pedido el fin de semana libre. No quería que te preocuparas si me llamabas.

—Me habría preocupado. Me alegra que hayas llamado —Julie vaciló. Había pensado más de una vez en mencionar la noticia sobre el avistamiento de un ovni que había descubierto en el periódico. ¿Se animaría Laura al saber que había desenterrado una prueba a su favor... o se convencería de que los «visitantes» podían volver a buscarla y se pondría aún más paranoica?—. Supongo que lo tuyo con Brian va bien.

—Es fantástico, Julie. Un poco mandón a veces, pero es cariñoso y considerado. Y además, bueno... también muy sexy. Tengo suerte de contar con él.

Comparado con Jimmy Osborn, Brian era un príncipe, pero Julie no lo dijo. Laura ya se sentía bastante mal por culpa de aquel incidente.

—Llámame al móvil cuando lleguéis y deja un número en el que pueda localizarte.

—Lo haré.

—Que os lo paséis bien, Laura.

—Gracias, hermanita.

Laura colgó y Julie se dejó caer contra la silla. Entre Laura y Patrick, estaba al borde del colapso nervioso. Patrick asomó la cabeza por la puerta.

—¿Nuestra cena sigue en pie? —sonreía como si no tuviera una sola preocupación en el mundo. Julie tuvo ganas de estrangularlo.

—Me temo que no, Patrick. Ha llamado Owen. Ha decidido comprar una finca contigua a su casa y quiere que me ocupe del trato. Vamos a vernos esta noche para repasar los términos de la oferta —había rechazado la invitación a cenar de Owen cuando éste la había llamado, pero pensaba telefonearlo y aceptarla. Cualquier cosa con tal de no estar con Patrick. Necesitaba tiempo para pensar.

Él arrugó el ceño.

—Ese hombre acabará siendo dueño de la mitad de Malibú sólo por tener una excusa para verte.

Ella levantó la barbilla.

—Owen no necesita una excusa para verme. Hace años que somos amigos.

—Ya te lo he dicho, no le interesa que seáis sólo amigos.

Julie lo miró con enojo y Patrick frunció más aún el ceño.

—Puede que te guste que esté tan interesado. Puede que todo ese dinero le haga interesante para ti.

Julie advirtió la nota de celos. Patrick parecía atónito, pero en ese momento a ella no le importaba.

—El dinero no lo es todo, Patrick. Pero tú no lo crees, ¿verdad? Siempre has pensado que el dinero era un fin en sí mismo y serías capaz de hacer casi cualquier cosa para conseguirlo... ¿no es cierto?

—¿De qué demonios estás hablando? Sólo te he invitado a cenar.

Julie recogió su bolso del sofá, su Blackberry de la mesa y varios archivos que necesitaba para trabajar en casa. Los metió en su maletín y se dirigió a la puerta.

—Buenas noches, Patrick. Nos veremos mañana.

—Espera un momento. Creía que...

Pero ella se limitó a decirle adiós con la mano y siguió andando. Patrick y ella habían pasado juntos casi todas las noches desde hacía varias semanas. Pero esa noche no. No estaba preparada para enfrentarse a él, ni quería fingir que todo iba bien.

«Maldito seas, Patrick Donovan». Con pruebas o sin ellas, al día siguiente hablaría con él.

Se preguntaba si le diría la verdad.

Owen Mallory permaneció de pie mientras el maître de pelo plateado apartaba la silla de Julie. Esperó a que ella se sentara y luego tomó asiento. Iban a cenar en un pequeño restaurante francés de Palos Verdes llamado La Rive Gauche. Con su sencilla decoración provenzal y su excelente cocina, era uno de los favoritos de Owen, y no estaba muy lejos de Oceanside, su casa de Malibú. Y menos aún si se iba en el asiento de atrás de su nueva limusina Mercedes de color blanco.

Owen fijó la mirada en Julie, recorriendo el vestido negro y corto que realzaba elegantemente sus curvas. Ella llevaba pequeños pendientes de perlas y un collar de perlas de una sola hilera que atrajo la mirada de Owen hacia sus pechos. Tenía un busto muy bonito, pensó él. Había soñado varias veces con cómo sería tocar aquellas encantadoras turgencias blancas.

—¿Te apetece un cóctel antes de cenar? —preguntó mientras pensaba que también tenía unas piernas fabulosas. Musculosas y firmes, pero bien torneadas y suavemente bronceadas, lo justo para que resultaran sexys.

—Tomaré un martini Stoli solo —dijo ella, y Owen arqueó una ceja. Julie solía beber vino blanco. Rara vez tomaba algo más fuerte—. Ha sido un día muy largo —explicó ella—. Y, obviamente, no muy bueno.

—Obviamente —él se volvió hacia el camarero—. Lo mismo para mí.

Bebieron sus copas, hablaron de la oferta que él deseaba hacer por la propiedad contigua a la suya y luego pidieron la cena: una ensalada de hortalizas de la estación con vinagreta de frambuesa, parrillada de cordero para dos, puré de patatas al ajo y judías verdes al estilo francés con lascas de almendra.

Cuando acabaron los martinis, él pidió una botella de un Burdeos caro, que el sumiller abrió para que pudiera respirar. Aun así, Julie no pudo empezar a relajarse hasta la mitad de la cena (y de la botella).

Él la observaba por encima de su copa de vino.

—¿Por qué no me cuentas qué te preocupa, querida? Llevas toda la noche nerviosa como un gatito. Está claro que pasa algo —bebió un sorbo y vio formarse las piernas del vino sobre el cuenco de la copa—. ¿Hay, quizá, algún problema entre tu... jefe y tú? —sabía que Julie había estado viendo a Patrick Donovan, y no por asuntos profesionales. Le repugnaba que se liara con un hombre como él, por guapo que fuera. Siempre había creído que Julie era más sensata.

—No, no hay ningún problema —dijo ella—. No exactamente —vaciló un momento—. Está Laura, claro. Estoy muy preocupada por ella. Parece un poco mejor últimamente, pero no sé cuánto durará.

—¿Sigue creyendo todas esas idioteces acerca de platillos volantes?

—Me temo que sí. Quién sabe, puede que sea cierto. Es posible, supongo. Pero en realidad no importa. Lo importante es que Laura lo olvide. Que encuentre un poco de estabilidad que la haga feliz.

—Sé que tu hermana tiene problemas. Estás preocupada por ella desde el día que te conocí. Pero no creo que sea eso lo que te pasa. Me parece que es otra cosa.

Julie se inclinó hacia él sobre la mesa y su movimiento hizo parpadear la vela del centro. Incluso suavizada por el resplandor, su bonita cara parecía tensa.

—Tienes razón, Owen. Y ya que lo mencionas, me vendría bien tu ayuda.

Él se recostó en la silla.

—Continúa.

—Necesito información sobre ciertas personas. Un amigo... uno de mis clientes... tiene tratos con ellos. ¿Crees que podrías ayudarme?

—Imagino que sí —«por un precio», quiso añadir. «Que te libres de Patrick Donovan y me mires con la mitad de interés que lo miras a él»—. ¿Cómo se llaman?

—Sandini y McPherson. No sé nada más. Pero son grandes inversores en bienes inmuebles. Al menos, eso creo. Y quizás un tanto turbios.

Owen bebió un sorbo de vino. El buqué era excelente, con un leve aroma a mora. Dejó la copa sobre la mesa.

—¿Y quién, si me permites preguntarlo, es ese cliente por el que estás tan preocupada?

—Pre-preferiría no decírtelo. Al menos, todavía. Hasta que sepa un poco más sobre lo que está pasando.

Él sonrió. Le gustaba la idea de que Julie estuviera en deuda con él. Le gustaba que la gente le debiera favores. Así, a largo plazo, era mucho más fácil conseguir lo que quería.

Y hacía varios años que deseaba a Julie Ferris.

—Me ocuparé de ello a primera hora de la mañana. Tengo gente que es muy buena en esta clase de cosas. Estoy seguro de que dentro de un par de días tendremos una respuesta.

Ella alargó el brazo sobre la mesa y le apretó la mano. Sus dedos parecían pequeños y femeninos sobre el mantel de hilo blanco.

—Gracias, Owen. Espero que sepas cuánto valoro tu amistad.

Amistad, pensó él. Estaba decidido a tener mucho más que eso, pero no lo dijo. No quería ahuyentarla y sabía que lo haría. Saber elegir el momento idóneo lo era todo. Había esperado mucho tiempo. Podía esperar un poco más.

Quizá bastaría con darle la información que necesitaba.

Y, además, se proponía descubrir exactamente qué tenían que ver hombres como Sandini y McPherson con Julie Ferris.

Celos. Val sabía lo que significaba aquella palabra. En teoría. Sabía también que era una emoción que Patrick Donovan rara vez había experimentado y nunca por una mujer. Lo que significaba que Val no tenía guía alguna. En esto, estaba solo.

Era casi medianoche. Llevaba más de una hora paseándose delante del sofá. Por tercera noche seguida, Julie le había dicho que estaba demasiado ocupada para que se vieran. Estaba evitándole, lisa y llanamente. Pero ¿por qué?

La única respuesta que se le ocurría era Owen Mallory. Aquel hombre era guapo, inteligente y muy rico. ¿Por qué no iba a sentirse una mujer como Julie atraída por él? Val sabía muy bien que Mallory sentía atracción por ella.

De ahí los celos, suponía.

Era una emoción muy fea. Una especie de ira insidiosa sin fuente definible. Era como notar un puño en el estómago que le oprimía y no le soltaba. Pensar en Julie con Mallory le daba ganas de gritar de rabia, de presentarse en casa de Julie y echar la puerta abajo.

No era propio de Patrick comportarse así, y menos aún de Val. Los celos eran una emoción demasiado explosiva para haber sobrevivido en Toril. Así pues, ¿de dónde procedían? ¿Cómo podían siquiera existir? ¿Y qué demonios debía hacer al respecto?

Miró el reloj. Probablemente Julie ya estaría en la cama. Podía intentar llamarla otra vez, pero ella no contestaba al teléfono. Al menos, no cuando llamaba él.

«Puede que esté con Mallory. Tal vez estén durmiendo juntos». No quería pensar en eso, pero no podía evitarlo. Patrick había tenido más de una amante a la vez, y nunca había sentido escrúpulos. Quizá Julie fuera de la misma opinión.

Maldición, necesitaba saberlo.

Se suponía que tenía que estudiar a Julie Ferris, se dijo. Para hacerlo, tenía que comprender cómo funcionaba su mente. Si su relación se acababa, necesitaba entender por qué, como científico.

La lógica le dio el empujón que necesitaba. Recogió su chaqueta de pelo de camello del respaldo de la silla y las llaves del coche y se dirigió a la puerta. De un modo u otro iba a poner fin a aquel comportamiento ridículo.

Al menos, cuando supiera la verdad, ya no sentiría celos.

Julie pensaba esperar noticias de Owen. Había conseguido evitar a Patrick durante tres días, pero Owen seguía sin llamar. Cuando Patrick apareció en su puerta minutos antes de medianoche y, con los dientes aprestados, se negó a marcharse, no tuvo más remedio que dejarlo entrar.

—Quiero saber qué demonios está pasando —exigió él—. Quiero saber por qué me estás evitando. ¿Es por Mallory? Si es así, al menos ten la decencia de decírmelo.

Julie lo miró un momento y vio una expresión turbulenta en sus ojos azules y algo más. Le había hecho daño, se dijo con cierta perplejidad, y deseó haber sido sincera con él desde el principio. Patrick podía estar involucrado en negocios turbios, pero de momento con ella había jugado limpio.

—No se trata de Owen. Owen y yo sólo somos amigos. Ya te lo he dicho.

—Entonces, ¿qué es?

Ella levantó la cabeza. Lo miró fijamente a la cara.

—En dos palabras muy feas: Sandini y McPherson. Sé que estás involucrado con ellos en una especie de estafa inmobiliaria.

Él se quedó paralizado un momento. Luego la tensión abandonó sus hombros y una leve sonrisa curvó sus labios.

—¿Es eso? ¿Por eso estás enfadada?

Ella se sintió como si la hubiera abofeteado.

—Puede que a ti te haga gracia, pero para mí es muy serio. Hay gente inocente implicada. ¿Cómo has podido hacerlo, Patrick? ¿Cómo has podido venderte, tirar por la borda todo aquello por lo que has trabajado por un puñado de dinero?

—Supongo que estabas escuchando cuando vinieron mis «socios» el otro día.

—No fue a propósito, pero sí. Oí casi todo lo que dijeron.

—Entonces sabrás que fueron a verme porque no estaba cooperando con ellos.

—Sí, eso me pareció. También oí que les decías que en el futuro cooperarías encantado... más que encantado, puesto que les pediste una parte de los beneficios.

—Eso les dije, sí. Por decirlo simplemente, les mentí.

—¿Qué?

Él dejó escapar un sonido. Julie habría jurado que era una risa.

—Nunca pretendí que ese negocio saliera como salió. Les pedí dinero prestado a Sandini y McPherson con intención de devolvérselo. Cuando lo de Brookhaven se torció y no pude devolverles el préstamo, se hicieron cargo de la urbanización y fundaron la Westwind Corporation. Desde que me enteré del fraude que estaban tramando, he hecho todo lo que he podido por asegurarme de que no se salgan con la suya.

—Pero dijiste...

—Sé lo que dije. Ya te lo he dicho: mentí. No voy a convencer a ese fondo de pensiones de que compren esas escrituras sin ningún valor. Voy a convencerlos de lo contrario.

Julie no dijo nada. Quería creerlo. Lo deseaba más que nada en el mundo. Buscó la verdad en aquellos bellos ojos azules y no vio nada furtivo, nada insincero en la mirada fija que él le dirigía.

—Si no haces lo que dicen, ¿qué pasará?

—Que perderé un montón de dinero, pero eso ya lo he hecho. El negocio volverá estar al borde de la ruina. Pero sobreviviré.

—¿Y?

Patrick desvió la mirada. Por primera vez parecía inseguro.

—No les hará mucha gracia, pero seguirán teniendo la propiedad de Brookhaven. Tarde o temprano el mercado cambiará y los pisos se venderán. Podrán recuperar su dinero.

—No todo.

—No, no todo.

Julie se preguntó qué le estaba ocultando. Se prometió averiguarlo. Quizá lo que descubriera Owen rellenaría los huecos en blanco.

—¿Ésa es la verdad, Patrick? ¿De veras no estás implicado? ¿No vas a ayudarlos?

—Puedes acompañarme cuando hable con Sarah Bonham. Voy a aconsejarle que no compren esas escrituras.

El alivio embargó a Julie con tanta fuerza que se le saltaron las lágrimas. Su corazón latía con una extraña cadencia que surgía de una emoción mucho más honda.

—Oh, Patrick —se lanzó en sus brazos. Sintió los músculos de su pecho y el ritmo seguro y firme de su corazón.

Él frotó la nariz contra su cuello.

—Dios, cuánto te echaba de menos. La próxima vez que te enfades conmigo, prométeme que me dirás por qué. No soporto esa cosa que llamáis celos. No sé cómo los soporta la gente.

Julie se rió. Desde su enfermedad, Patrick hablaba a veces de la forma más extraña. Y ella lo encontraba extrañamente enternecedor.

—Debería haber acudido a ti —dijo—. La próxima vez prometo hacerlo —se inclinó hacia él y Patrick la besó con avidez, haciendo que su sangre se calentara y que su cuerpo se estremeciera por completo. Luego la levantó en vilo, la llevó al dormitorio, la depositó sobre la cama y se colocó sobre ella. No dejó de besarla; no parecía capaz de saciarse.

Hicieron el amor salvajemente, hasta que los dos estuvieran física y emocionalmente agotados. Julie durmió profundamente hasta justo antes de que amaneciera; entonces se despertó en brazos de Patrick, una de cuyas piernas enlazaba su cuerpo posesivamente, sujetándola al colchón. Sentía el cuerpo dulcemente saciado y maltrecho.

Sonrió mientras yacía a su lado.

Pero, mientras iban pasando los minutos, la persistente preocupación por la intención de Patrick de oponerse a Sandini y McPherson le impidió volver a dormirse.

CAPÍTULO 18

Val se recostó en la silla y observó la pantalla de ordenador que tenía delante. Estaba trabajando en una tasación para Fred Thompkins, intentando establecer el valor de una finca de Hollywood Hills que en tiempos había pertenecido a Errol Flynn, pero no parecía capaz de concentrarse. Pensaba constantemente en Julie y en la escena que había montado en su casa.

Había irrumpido en su casa en plena noche, se había mostrado exigente y autoritario. En resumidas cuentas, se había comportado como un energúmeno. ¿Qué le estaba pasando? ¿Qué había sido de Valenden Zarkazian, el científico y comandante racional, lógico y siempre dueño de sí mismo? Ni siquiera Patrick se había comportado nunca tan alocadamente.

Claro que Patrick nunca se había enamorado.

Val hizo una mueca cuando aquella palabra apareció en su cabeza. Entre las percepciones de Patrick, los programas de televisión que había visto y los libros que había leído, conocía los síntomas.

Era como una enfermedad, creía él. Una enfermedad terráquea, y estaba seguro de haberla contraído sin darse cuenta. Se le ocurrió administrarse algún remedio médico con la esperanza de curarse, pero estaba seguro de que no funcionaría.

Se preguntaba si se le pasaría cuando volviera definitivamente a Toril, pero en el fondo temía que no fuera así.

Era una enfermedad extraña, maravillosa en ciertos sentidos: hacía que uno se sintiera como si pudiera saltar edificios, o quizás incluso volar.

«Como Supermán», pensó con una sonrisa, extrayendo del fondo de su memoria un recuerdo infantil. La sonrisa se borró lentamente. El amor iba acompañado de dolor. Había saboreado un bocado de ese dolor al pensar que podía perder a Julie por culpa de Mallory. Y dolía. Era un dolor físico muy dentro de uno.

¿Cuántos meses llevaría dentro de sí aquel dolor cuando llegara por fin el momento de dejar a Julie? ¿Cuántos años?

¿Lo llevaría siempre consigo?

Y tenía que pensar en Julie. Sabía que era importante para ella, aunque ignoraba cuánto exactamente. ¿Sufriría ella como él, cuando se hubiera ido?

Había prometido no hacerle daño.

Ahora estaba claro que se lo haría.

Una llamada a la puerta interrumpió sus cavilaciones. La puerta se abrió y Nathan Jefferson Jones asomó su cabeza calva por el hueco.

—¿Qué tal, hombre? ¿Estás muy liado?

Val sonrió.

—No mucho. ¿Qué ocurre?

La puerta se abrió de par en par y Nathan empujó la silla de Alex Donovan hacia el interior del despacho.

—Es su primera salida desde el ataque. Tiene buena cara, ¿verdad?

Val sonrió al levantarse de detrás de la mesa y se acercó al hombre de aspecto frágil sentado en la silla de ruedas. Su abundante cabello blanco estaba recién cortado, su cara bien afeitada, y sus pantalones y su camisa de manga corta amarilla perfectamente planchados.

—Tienes un aspecto estupendo, padre —había estado a punto de decir «papá». Pero hacía años que Patrick no lo llamaba así. Desde que murió su madre—. Tenía intención de pasarme por casa. Me alegra que hayas venido —sorprendentemente, se alegraba de verdad. Aunque podía ser peligroso. Nadie había cuestionado los sutiles cambios en la personalidad de Patrick, pero Alex siempre parecía más sagaz que los demás.

—Julie se ha pasado por casa a menudo —dijo el anciano mientras Nathan salía discretamente del despacho y cerraba la puerta—. Esperaba que fueras con ella.

—Pensábamos ir este fin de semana. No sabía que estabas tan bien que ya podías salir de casa.

Alex sonrió, y sus mejillas enflaquecidas se hundieron un poco.

—Es asombroso, ¿verdad? El médico dice que es una especie de fenómeno médico. Quiere escribir sobre ello en una de sus revistas.

Val se limitó a asentir con la cabeza.

—Ya sabes lo que dicen: los caminos del Señor son inescrutables —no se le ocurrió otra cosa. No podía admitir, desde luego, que había tomado parte en la recuperación del anciano. Le alegraba poder atribuirlo a la intervención de Dios, al que rara vez se le reconocían todos Sus méritos.

—Shirl dice que Julie no está.

—Ha salido con un cliente. Se llevará un disgusto cuando sepa que has estado aquí y no te ha visto.

Alex lo observó con astucia.

—Quizá sea lo mejor. En realidad, he venido a verte a ti —se recostó en la silla de ruedas. Era una figura imponente, a pesar de su estado de debilidad—. ¿Cuáles son tus intenciones con respecto a Julie, Patrick?

Val parpadeó varias veces.

—¿Cómo dices?
—Ya me has oído. Te he preguntado por tus intenciones. ¿Piensas casarte con la chica?

Casarse. La idea no se le había pasado por la cabeza. Claro que no podía casarse con ella. No podía casarse con nadie. Iba a marcharse, a regresar a Toril.

—Soy consciente de que estás preocupado por ella, pero creo que eso es asunto de Julie y mío.

El anciano soltó un gruñido.

—Eso me parecía. No tienes intención de casarte. Sólo querías acostarte con ella. Hacía años que querías. En cuanto te canses de ella...

—Te equivocas, padre. No hemos hablado de ello, pero si pudiera casarme con Julie, lo haría.

Una ceja gruesa y blanca se levantó.

—¿Estás diciendo que estás enamorado de ella?

Val no quería decirlo en voz alta. Apenas acababa de reconocerlo ante sí mismo. Pero le debía una explicación al padre de Patrick.

—Sí. Pero por desgracia ahora mismo el matrimonio está descartado.

—¿Por qué?

Val suspiró.

—Por motivos económicos. Lo de Brookhaven sigue en el aire. Andamos mal de dinero. Además, ni siquiera estoy seguro de que Julie quiera casarse conmigo si se lo pido.

Alex no respondió. Parecía estudiar la cara de Patrick.

—Gracias por tu sinceridad —dijo por fin—. Estaba preocupado por ella, eso es todo. A partir de ahora, dejo las cosas en vuestras manos —Val se limitó a asentir con un gesto—. Has cambiado desde el infarto —dijo Alex—. Para mejor, en casi todo.

—¿En casi todo?

El anciano se rió.

—Últimamente hay veces que eres un poco demasiado serio, pero aparte de eso... —alargó el brazo y tomó la mano de su hijo–. Estoy orgulloso de ti, hijo. Quería que lo supieras. Hace falta mucha fuerza para cambiar de vida como lo has hecho tú.

Val sintió un extraño nudo en la garganta. A Patrick le habría encantado oír aquello.

–Gracias, padre. No sabes cuánto significa para mí –para Patrick, habría significado un mundo. Curiosamente, para él también parecía importante.

–Bueno, supongo que será mejor que me vaya. Todavía me canso muy fácilmente.

–Como te decía, me alegra que hayas venido –Patrick abrió la puerta y Nathan volvió a entrar.

–¿Listo para marcharte? –Alex asintió mirando a su enfermero, que agarró las asas de la silla de ruedas, le dio la vuelta como si no pesara nada y lo empujó sin esfuerzo a través de la puerta.

Sonrió a Patrick por encima de su hombro gigantesco.

–Cuídate, amigo mío.

–Lo haré –dijo Val, y los estuvo mirando hasta que desaparecieron. La frágil imagen de Alex siguió con él, sin embargo. Recordó la conversación que acababan de tener. Casarse. Unirse a Julie. No era posible. Y pese a todo aquella idea lo atormentaba. Se iría pronto. Regresaría a Toril. Iba siendo hora de que tomara una compañera, pero ¿cómo iba a unirse a una toriliana cuando su verdadera compañera era una mujer a la que había conocido allí, en la Tierra?

Deseó que Alex Donovan no hubiera sacado aquel tema a relucir. Quizás así habría podido irse sin aquella idea en la cabeza. Quizá no lo habría torturado, como sin duda lo torturaría ahora.

Durante los siguientes doscientos cincuenta años.

Julie abrió la puerta de su casa de Malibú y se sorprendió al ver a Owen en el porche. Le indicó que pasara. Eran las seis de la tarde. Había llegado a casa temprano para cambiarse y encontrarse con Patrick a la hora de la cena, «en algún sitio especial», había dicho él. Su lujosa bolsa de piel y bordado estaba en el sofá, llena con las cosas que necesitaba para pasar la noche en casa de Patrick.

–Buenas noches, Julie –Owen se adentró en la habitación. Iba vestido con ropa informal, pantalones beis y jersey de punto azul claro. Tenía el pelo castaño claro húmedo alrededor del cuello de la camisa, como si hubiera salido apresuradamente de casa después de ducharse.

–Iba a llamarte. Me he encontrado tu mensaje en el contestador. Confiaba en que hubieras descubierto algo sobre Sandini y McPherson.

Él miró un momento la bolsa. Julie vio que fruncía el ceño con desaprobación.

–¿Vas a alguna parte?

Los labios de Julie se tensaron.

–Seguro que puedes adivinar adónde voy –suspiró–. Soy consciente de que desapruebas mi relación con Patrick, Owen, pero eso es asunto mío, no tuyo.

–No quiero que te hagan daño, eso es todo.

–Todas las cosas implican cierto riesgo. Y estoy dispuesta a correrlo.

–Quizá no, cuando hayas oído lo que he descubierto.

Julie lo miró con recelo. Confiaba en que no descubriera la relación entre Patrick, Sandini y McPherson. Obviamente, la había descubierto. Tendría que haber sabido que no debía implicarlo. Owen era muy minucioso.

–¿Qué has averiguado?

Él lanzó una carpeta de papel marrón a la mesa de pino que había junto al sofá.

–Son peces gordos, como tú decías. Están afincados en Chicago.

–¿En Chicago?

–Sí. Tienen conexiones con la mafia, Julie. Conexiones

importantes. Patrick se ha metido en un buen lío con esos dos, y esa gente no se toma estas cosas a la ligera. Van en serio.

—N-no estarás diciendo que Patrick corre peligro.

—Estoy diciendo que tiene problemas. Los tuvo desde el momento en que hizo tratos con esos dos individuos. Patrick les debe dinero, mucho dinero, y están empeñados en que se lo devuelva.

Julie quería recoger la carpeta, pero habían empezado a temblarle las manos y no quería que Owen se diera cuenta.

—¿Qué... qué pasará si no puede devolvérselo?

—Sólo te digo una cosa: uno no se mete en líos con gente como ésa si quiere conservar la salud. Ni les hace jugarretas. Si se las haces, tienes todas las de perder.

Julie no dijo nada. Sabía desde el principio que Patrick no le había dicho toda la verdad. Ahora sabía lo que ocurría. Él no tenía dinero para saldar la deuda y no iba a ayudar a aquella gente a estafar al Fondo de Pensiones de Maestros. Iba a enfrentarse a ellos y, al hacerlo, se estaba poniendo en peligro.

Santo cielo, ¡podían matarlo!

Dejó caer su mano temblorosa y se alisó nerviosamente la falda.

—Gracias por decírmelo, Owen. Al menos ahora entiendo qué está pasando.

Él dio un paso adelante, alargó el brazo y la agarró por los hombros.

—Patrick no te conviene. Nunca te ha convenido. ¿Es que no lo ves?

—Patrick no está implicado como tú crees. Sólo les debe dinero. Ahora es distinto, Owen. Ha cambiado, es un buen hombre. Y la verdad es que estoy...

La zarandeó, interrumpiéndola antes de que pudiera acabar la frase.

—No lo digas, maldita sea. Si quieres querer a alguien, quiéreme a mí. Yo cuidaré de ti, me ocuparé de que tengas todo lo que desees: ropa, joyas, pieles… Viajaremos juntos, visitaremos países por todo el mundo. ¿Puede Patrick darte eso? ¡No! Lo único que conseguirás de él serán dolores de cabeza y un corazón roto —la atrajo hacia sí y la besó con violencia.

Era un hombre fuerte, alto y corpulento, un hombre guapo y maduro; y sin embargo Julie no sintió la más leve chispa de emoción. Intentó apartarse, pero Owen la agarró de la barbilla, la sujetó y le metió la lengua en la boca a la fuerza, decidido a que correspondiera a su beso.

Ella se quedó quieta por fin, pasiva y fría en sus brazos, y Owen dejó de besarla. Respirando con esfuerzo, se quedó mirando sus ojos oscuros y ardientes. Estaban llenos de ira y de reproche.

—¿Por qué él y no yo? —preguntó él con voz densa y ronca.

—Lo siento, Owen. Valoro tu amistad, pero no me interesas para nada más.

Un músculo se tensó en su mejilla.

—Te arrepentirás de esto. Me necesitas, Julie. Algún día te darás cuenta. Y cuando ese día llegue quizá ya no esté esperando —recogió la carpeta de la mesa, dio media vuelta y salió de la casa hecho una furia. Sus zapatos resonaron sobre las baldosas de la entrada.

Julie lo vio marchar con un nudo en el estómago. Patrick había intentando advertirla, pero ella no le había hecho caso. Ahora había perdido un amigo y dudaba de que pudiera recuperarlo. A no ser que estuviera dispuesta a cambiar su papel de amiga a amante e invitarlo a su cama.

Sus pensamientos volaron hacia Patrick, el hombre que ocupaba aquel lugar en su vida. ¿De veras estaba en peligro? ¿Podría ella ayudarlo de algún modo?

Julie decidió intentarlo.

Empezó con un nudo en el pelo. No unas pocas hebras enredadas, sino un auténtico nudo de pelo largo y rubio en la nuca que estuvo intentando desenredar durante más de diez minutos.

De pie frente al espejo del piso que Brian había alquilado para su fin de semana romántico en Lake Arrowhead, Laura maldijo aquel nudo y se preguntó de dónde había salido. La noche anterior, Brian y ella ni siquiera habían hecho el amor. Estaban tan cansados después de pasar el día caminando por el monte y remando, y tras una cena de cuatro platos en un sitio llamado Casual Elegance, uno de los mejores restaurantes de la ciudad, que se habían tumbado frente al fuego, abrazados, y se habían dormido inmediatamente.

Brian se había despertado justo antes de medianoche y la había llevado al dormitorio. La había ayudado a desvestirse. Ella se había metido en la cama, se había acurrucado en sus brazos y había vuelto a dormirse enseguida. Un sueño profundo, recordaba. Sin agitación. Ambos disfrutaban de una intimidad que no tenía nada que ver con el sexo. Ella había dormido con una vieja camiseta de Brian y el pelo recogido en una coleta sujeta con un pasador a lo alto de la cabeza.

Así pues, ¿de dónde había salido aquel nudo?

Por alguna razón, aquello la inquietaba, estuvo toda la mañana rondándole por la cabeza y la distrajo durante el desayuno. Se sentó frente a Brian en la cocina, a una mesita de formica que había en el rincón de la habitación pintada de amarillo y soleada. Estaban comiendo huevos revueltos con beicon que él había hecho para darle una sorpresa, pero ella no dejaba de pensar en el nudo que había encontrado en su pelo.

Un recuerdo empezó a desenredarse, a liberarse como los nudos que por fin había logrado desenmarañar. Un recuerdo de Brian y ella en la cama. De sueños apacibles que se disipaban, rotos por el ruido leve, áspero e invasivo de unos intrusos.

Laura tragó un bocado de huevos revueltos, pero no bajaron. Se levantó a medias de la silla. Ya no veía la cara atractiva y afeitada de Brian, sino otra cosa. Algo que había ocurrido esa noche, algo que empezaba a rememorar.

—¿Laura? —Brian se inclinó hacia ella—. Cariño, ¿estás bien?

Ella no contestó. Estaba allí, con la mirada fija, viendo el interior de la nave espacial; oía el eco de sonidos desconocidos y sentía a los Visitantes reunidos a su alrededor.

—Tú estabas dormido —musitó—. Los dos lo estábamos. Tranquilamente dormidos. No recuerdo haberme sentido nunca tan a gusto —se humedeció los labios. Los notaba secos y ásperos—. Entonces fue cuando llegaron los Visitantes.

El tenedor de Brian resonó con estrépito sobre el plato.

—Dios mío, Laura, no me digas que crees...

—Intenté despertarte, pero no pude —continuó ella como si Brian no hubiera dicho nada—. No podía despertarte, por más que lo intentaba —movió la cabeza de un lado a otro y el pelo largo se agitó alrededor de su cara—. Estaba tan asustada... Era como si estuvieras muerto, aunque sabía que no lo estabas.

Brian permaneció inmóvil, demasiado perplejo para decir nada. Laura temblaba en su silla.

—Estaban aquí, en el piso. Ahora me acuerdo. Vinieron mientras dormíamos.

Brian intentado rehacerse, obligarse a borrar aquella expresión de pasmo de su cara.

—Laura, eso es absurdo. Yo estaba aquí. Estaba acostado a tu lado.

Ella sacudió la cabeza, aturdida.

—Ya te lo he dicho, no te despertaste. Tuvieron que hacer algo para que siguieras durmiendo.

—Eso es una locura.

—Lo sé. Sé que es una locura, pero es lo que ocurrió. Recuerdo que me levantaron, que me llevaron a la nave.

Recuerdo esa habitación, las paredes redondeadas y metálicas, el resplandor azul y espeluznante de las luces. Recuerdo los sonidos, el chirrido de la maquinaria, el contacto helado del metal sobre mi piel.

Brian se quedó allí sentado. Laura nunca lo había visto tan abatido. Aun así, siguió adelante, incapaz de detener las palabras que brotaban de sus labios.

—Fue como las otras veces, y sin embargo distinto. Al principio tenía miedo. Me resistí, pero no sirvió de nada. Recuerdo que se me había soltado el pelo y que se me enredó alrededor del cuello. Sudaba y el sudor me humedecía el pelo. Uno de ellos se acercó a la mesa en la que estaba tumbada. Una mujer, creo. No habló en voz alta, pero supe lo que intentaba decirme. «No tengas miedo. No queremos hacerte daño. Sólo queremos aprender». El miedo comenzó a disiparse. Mi corazón ya no latía tan rápido. Sabía dónde estaba. Sabía lo que estaba pasando, lo que querían. Estaba enfadada. Me sentía invadida, violada. Pero ya no tenía miedo.

Brian alargó el brazo y tomó su mano. Tenía los dedos fríos, más fríos que ella.

—Ojalá pudiera creerte, Laura. Ojalá. Pero no puedo. Como psiquiatra, se me ocurren una docena de trastornos que pueden explicar esa clase de alucinaciones. Como amante, y porque me importas muchísimo, sólo quiero ayudarte como pueda.

Laura fijó los ojos en él.

—Puedes ayudarme abriendo tu mente a la posibilidad de que lo que te estoy diciendo sea cierto.

Él se limitó a sacudir la cabeza.

—Ojalá pudiera, cariño. Yo estaba aquí, ¿recuerdas? Si alguien te hubiera sacado de aquí, me habría dado cuenta.

—O puede que sencillamente no quisieran que lo supieras.

Él le apretó los dedos con más fuerza.

—Supongo que eso puedo concedértelo —levantó su mano y besó sus nudillos, que estaban tan tensos que parecían blancos—. Nos iremos a casa esta tarde. Supongo que después de... lo de anoche... no querrás pasar otra noche aquí.

Laura asintió con un gesto. No, no quería estar allí. Pero sobre todo deseaba no habérselo dicho. Estaba enamorándose de Brian Heraldson y sabía que su convicción de haber sido abducida acabaría por destruir el amor que él pudiera sentir por ella. Que lo cercenaría tan limpiamente como si se lo hubieran extirpado quirúrgicamente.

—No creo que vuelvan a buscarme —dijo sin mirarlo. Se levantó de la mesa. Sus huevos a medio comer se habían quedado fríos, formando un feo amasijo amarillo sobre el plato—. Ya saben lo que querían saber. A partir de ahora, me dejarán en paz.

Era mentira. Ignoraba qué pensaban hacer los Visitantes, pero fuera lo que fuese no se lo diría a Brian.

No, si no quería perderlo.

Él la agarró suavemente de los hombros.

—¿De veras crees eso, Laura?

—Lo sentí cuando estaba con ellos. Sentí que mi papel en esto había acabado.

La expresión sombría del semblante de Brian se desvaneció. Su boca se curvó hacia arriba, como si la esperanza hubiera rebrotado.

—Qué bien, cariño. Es maravilloso —la estrechó entre sus brazos y la apretó con fuerza contra sí.

Laura no dijo nada. Deseaba que aquella mentira fuera cierta. Por lo que a Brian concernía, era cierta. Pasara lo que pasase, le hicieran lo que le hicieran, nunca más volvería a hablar a Brian de los Visitantes.

La preocupación puso de mal humor a Julie ese martes. Llevaba tres días pensando en Patrick y en su relación con

Sandini y McPherson. No le había dicho lo que había descubierto Owen. Patrick había intentando protegerla, evitar que se preocupara, como estaba haciendo ella ahora.

Además, ¿de qué serviría? No cambiaría lo que él había decidido hacer. Lo correcto, lo más honesto. Sencillamente, tenían que encontrar un modo de protegerlo de sus dos socios sin escrúpulos.

Con ese fin, estaba en el despacho del apartamento de Patrick. La noche anterior había ido a cenar y se había quedado a dormir, como solía hacer siempre que podía. Patrick se había ido temprano a trabajar. Tenía una reunión con Fred Thompkins sobre la tasación de la antigua mansión de Errol Flynn. Le había hecho el amor antes de marcharse, le había dado un beso y la había dejado arropada en medio de la cama, aprovechando que esa mañana no tenía ninguna cita.

Entonces la había asaltado una idea: quizás hubiera algo importante en su despacho, algo que Patrick hubiera pasado por alto y que pudiera ayudarlos de algún modo. No creía que a él le importara su intrusión. Que ella supiera, había muy pocos secretos entre ellos.

Todavía con la bata puesta, echó un vistazo al mueble bajo de teca negra que había detrás de la mesa de su despacho; luego rebuscó en los dos altos armarios archivadores del rincón. No encontró nada interesante. Se sintió un poco culpable mientras hurgaba entre las cosas personales de los cajones de su mesa, pero se dijo que era por el bien de Patrick y que, si no encontraba nada que los ayudara, él nunca se enteraría.

El cajón del medio estaba cerrado con llave.

Tiró de él un par de veces para asegurarse; luego se arrodilló, observó la cerradura y vio que era muy sencilla. Seguramente podría abrirla con la lima de uñas que llevaba en el bolso.

Se mordió el labio inferior. Esta vez sentía auténticos

remordimientos. Espiar las cosas que Patrick tenía guardadas bajo llave era pasarse de la raya, pero quería ayudarlo y necesitaba conocer todos los detalles de lo que estaba ocurriendo. De momento sólo había visto los documentos que él guardaba en la oficina, en los que no se mencionaba el dinero que debía, ni los nombres de Sandini y McPherson.

Fue en busca del bolso, sacó la lima de uñas y usó su punta afilada para girar la cerradura del cajón. Se abrió enseguida. Dentro encontró la carpeta que había estado buscando, un portafolios marrón en el que se leía simplemente *BROOKHAVEN*. Sonrió, triunfante, y la abrió.

Leyó cuidadosamente los pormenores del préstamo de Patrick: once millones trescientos mil dólares. Aquello no era precisamente calderilla. Claro que el Patrick de antes sólo concebía el dinero en enormes cantidades.

Julie siguió leyendo, vio que la deuda era pagadera a un interés del veinte por ciento, así como mediante un porcentaje de la propiedad de la urbanización que incrementaba en proporción al periodo de tiempo que tardara en saldarse la deuda. Había una copia de la escritura que Patrick había firmado cediendo la propiedad a la Westwind Corporation justo antes de su ataque al corazón, y copias de otros documentos y acuerdos. Todo lo que no estaba en el archivo de la oficina.

Julie volvió a leer el contenido de la carpeta, buscando cuidadosamente algo que pudiera ayudar. Resopló irritada y cerró la carpeta. Ahora ya lo sabía todo, cada detalle; sabía que Patrick había vendido su alma al diablo para construir Brookhaven e intentar que el proyecto funcionara.

Y nada de lo que había leído le daba la más leve idea de cómo podía ayudarlo, puesto que de momento no tenía once millones de dólares a mano.

Suspiró al inclinarse hacia delante. Pensaba devolver la carpeta a su sitio, pero había algo en medio. Alargó el brazo y sacó un volumen encuadernado en piel: un cuaderno no muy grande de suave cuero rojo, bordeado por una fina línea dorada.

Era un diario, vio al abrirlo. Los renglones de cada página estaban pulcramente escritos en la que parecía la letra de Patrick.

Quería dejar el diario; quería de verdad. No pretendía husmear en las anotaciones personales de Patrick, pero su nombre, que aparecía en la página por la que había abierto el cuaderno, atrajo su mirada y se negó a soltarla.

Aquellas palabras no tenían sentido. Nada de aquello tenía sentido. Al principio, no. No hasta que volvió a la primera página y comenzó a leer desde el principio. Pero ni siquiera entonces pudo entender el significado de lo que estaba escrito con tanta precisión en las páginas blancas y rayadas.

Se dejó caer en la silla, detrás de la mesa de Patrick y estudió las anotaciones, una por día, empezando desde el día que Patrick regresó del hospital. Tuvo que empezar varias veces, incapaz de asimilar lo que estaba escrito, incapaz de hacer encajar las palabras para que tuvieran sentido. Negándose a aceptarlo cuando por fin conseguía entenderlo.

Aquello era una locura. Era imposible. Era una especie de delirio enfermizo, la misma clase de fantasía alienígena que estaba sufriendo su hermana.

Pero aquella idea sólo aumentaba su confusión, porque en el diario Patrick hablaba por extenso de la abducción de Laura, y la fecha que figuraba en lo alto de la página era anterior a la primera vez que Laura había hablado de ello. ¿Cómo podía haberlo sabido él?

Le temblaba tanto la mano que se le cayó el cuaderno. Lo recogió, lo dejó sobre la mesa y lo tuvo cerrado un rato durante el cual no pudo pensar en nada. Luego volvió a abrirlo y se obligó a seguir leyendo.

«Los humanos perciben su mundo de manera muy distinta a la nuestra. Son los sentimientos los que los dominan, no la lógica. No son objetivos como lo somos nosotros». El diario seguía hablando de la violencia entre los humanos y sobre los derechos individuales, un tratado extraño y aterrador, más aterrador aún por la historia que iba desplegándose en sus páginas.

Anotaciones que revelaban que Patrick no era Patrick. Que formaba parte de una horrenda conspiración que giraba en torno a las experiencias espantosas que Laura afirmaba haber sufrido. Y en el diario esas experiencias la incluían a ella: tal y como su hermana había dicho.

«Oh, Dios mío».

Apagó su teléfono móvil y pasó las siguientes dos horas leyendo y releyendo el diario. Intentaba convencerse de que no era real, de que Patrick y Laura eran víctimas de algún tipo de trastorno mental. Luego pensó en cómo había cambiado Patrick, en lo distinto que estaba desde su infarto.

El diario lo explicaba todo, incluso su extraña conducta, su insomnio nocturno, sus estrafalarios gustos en cuestión de comidas, su inexperiencia sexual. Julie pensó en la extraña terminología que usaba a veces. Incluso sus rasgos parecían distintos, más severos, más viriles que antes.

Aquello no podía ser cierto, pero ¿y si lo era?

De pronto sintió la necesidad imperiosa de saber la verdad.

Estaba casi lista para marcharse. Se había duchado y maquillado antes de entrar en el despacho de Patrick. Se quitó la bata y se vistió rápidamente. Le temblaban tanto las manos que casi no pudo abrocharse el sujetador. Intento ponerse de pie la falda de lino blanco que había llevado para ir al trabajo, pero el temblor de sus rodillas la obligó a sentarse.

Acabó de vestirse y se detuvo delante del espejo. Estaba incluso más blanca que su traje de lino. No se le ocurrió ponerse un poco más de colorete. Sólo quería ver a Patrick, o a Valenden, o a como se llamara en realidad. Tenía que saber si lo que decía el diario podía ser cierto.

Se metió el cuaderno debajo del brazo y se dirigió a la puerta. Las llaves del coche se le cayeron dos veces de camino al garaje. Estuvo a punto de ahogar el motor antes de que el maldito coche arrancara. Puso el Mercedes marcha atrás, salió disparada del sitio, pisó el freno violentamente y se precipitó hacia delante. El tirón del cinturón de seguridad la dejó sin respiración.

—Cálmate, Julie —se dijo en voz alta—. Tienes que llegar de una pieza si quieres aclarar todo este asunto —como si aquello pudiera suceder.

Respiró hondo y exhaló lentamente. Sus manos se calmaron un poco. Puso el coche en marcha, atravesó el garaje a velocidad moderada y salió a la calle.

No tardó mucho en llegar a la oficina. Aparcó en su sitio de costumbre en la parte de atrás del edificio y apagó el motor, pero no se atrevió a abrir la puerta y salir. El Porsche de Patrick estaba aparcado no muy lejos de allí. Él estaba dentro. Un Patrick al que en realidad no conocía.

O un hombre de otro mundo.

Aquello no podía ser cierto. Su razón lo sabía, pero las piezas encajaban perfectamente. Todo lo que había dicho Laura parecía haberse confirmado. Y estaba explicado con todo detalle en el diario de Patrick.

Inclinó la cabeza hacia delante hasta apoyarla en el volante.

—Por favor, Dios mío, ayúdame a superar esto.

Fuera lo que fuese lo que descubriera, no sería bueno. A no ser que Patrick no supiera nada del diario. Y eso era difícil de creer: Julie había reconocido su letra.

Salió del coche, cruzó el aparcamiento, entró por la puerta de atrás tan sigilosamente como pudo y se fue derecha a su despacho. Se alegró de que nadie la viera entrar.

Podía imaginarse la cara que tenía; una cara de espanto, de puro terror. Y de profundo dolor.

¿Y si todo era cierto?

Era imposible. Seguro. Tenía que haber otra explicación.

Patrick levantó la mirada cuando ella entró sin llamar y cerró la puerta sin hacer ruido.

Sonrió.

—Julie... —entonces reparó en su cara—. Dios mío, ¿qué sucede? —se levantó de la silla en un abrir y cerrar de ojos, preocupado por ella, listo para ayudarla, fuerte, decidido, tenaz.

Todo lo que no había sido antes.

Julie lo miró a los ojos y se puso rígida.

—Quédate donde estás. No... no te acerques a mí, Patrick.

Él frunció el ceño y unas arrugas profundas aparecieron en su frente. Entonces vio el diario que ella llevaba aún bajo el brazo.

—Julie...

Ella lo levantó con mano temblorosa.

—Explícate, Patrick. Dime que esto es una broma de mal gusto. Dime que no es real. Que te lo has inventado todo.

Patrick no dijo nada.

—¿Estás loco, Patrick? ¿Has perdido el juicio?

Él se envaró. La tensión hizo que sus hombros parecieran aún más anchos. Respiró hondo y exhaló despacio, con los ojos todavía fijos en su cara. Una expresión resignada cubrió su semblante.

—No.

Julie sintió una opresión en la garganta, un nudo que se alzaba, en parte de furia, en parte de miedo.

—Si no estás loco, debo de estarlo yo. Esto no puede ser cierto. Laura no fue abducida. Toril no existe.

Él no dijo nada. El silencio era tan espeso, el aire entre ellos parecía tan cargado que Julie comprendió al instante que el diario era auténtico.

—Oh, Dios mío.

—Lo siento —dijo él con suavidad—. En la vida siempre hay cosas más grandes de lo que queremos creer. Cosas aterradoras. Cosas que no comprendemos. Esperaba que no te enteraras nunca. Confiaba en que no lo descubrieras.

—No... no puede ser verdad. No es posible.

—Me temo que lo es, amor.

Ella movió la cabeza de un lado a otro, intentando negarlo a pesar de que los ojos de Patrick decían claramente que las cosas escritas en el cuaderno eran ciertas. Julie vio que también había dolor en aquellos ojos, y mala conciencia, y algo más que no podía identificar.

—¿Quién eres?

—Me llamo Valenden Zarkazian. Soy el comandante del ala científica de mi nave, el *Ansor*. Pero supongo que eso ya lo sabes. Imagino que lo habrás leído en mi diario.

Ella notó la boca seca. Seca y resquebrajada. Sus labios apenas podían moverse.

—Lo he leído, sí. Lo he leído una y otra vez. No podía creerlo. No quería creerlo.

—Sé que es duro. Me doy cuenta de...

Ella levantó una mano trémula, sacudiendo la cabeza al mismo tiempo. No quería oír aquello.

—¿Lo... lo mataste? ¿Asesinaste a Patrick Donovan?

La expresión sombría de él se oscureció aún más. Negó firmemente con la cabeza.

—No.

—No... no te creo.

—Es complicado, Julie. Si me das la oportunidad, intentaré explicártelo todo —dio un paso hacia ella.

Julie retrocedió.

—¿Quieres que te escuche? ¿Por qué iba a hacerlo? Ni siquiera sé quién eres... lo que eres. Cuando pienso en que he dejado que me tocaras... en las cosas que hemos hecho en la cama... me dan escalofríos.

Él tendió los brazos hacia ella, intentando atajar aquellas palabras odiosas.

—No, Julie, por favor. Te lo ruego, dame la oportunidad de explicarme.

La adrenalina inundó la boca del estómago de Julie.

—Puedes explicárselo a las autoridades. Estoy segura de que habrá alguien en el gobierno a quien le interese saber qué os traéis entre manos tus amigos y tú.

—No seas tonta. Sabes tan bien como yo que nadie te creerá.

Ella levantó el cuaderno por encima de la cabeza, dio media vuelta y abrió la puerta.

—Olvidas, Patrick, o como te llames, que esta vez hay pruebas —agitó el cuaderno—. Tengo tu diario.

Empezó a salir del despacho, pero el pomo se le escapó de los dedos y la puerta se cerró con fuerza delante de ella. El cuaderno le quemaba las manos; luego, de pronto, se elevó y cruzó volando la habitación. Patrick lo atrapó limpiamente con las manos.

Julie temblaba de la cabeza a los pies. Se dio la vuelta y se quedó mirando la puerta cerrada que de nuevo le bloqueaba el paso.

—¿Soy... soy tu prisionera?

—¡Dios mío, no! —el pomo giró y la puerta se abrió suavemente—. Sólo ha sido un truco de salón. Puedes irte cuando quieras. Sólo intentaba protegerte —la miró y esta vez ella no se volvió—. Sólo te pido una cosa antes de que te vayas.

—¿Cuál? —murmuró ella. La adrenalina empezaba a disiparse y el dolor de la pérdida iba ocupando su lugar. El Patrick al que había amado había muerto. Lo había perdido para siempre. En realidad, nunca había existido.

—Antes de que salgas por esa puerta, quiero que pienses en todas las cosas que hemos compartido. Si alguna vez has sentido algo por mí, si te importaba lo más mínimo, dame la oportunidad de explicarme.

Julie levantó la cabeza y lo miró a la cara.

—Adiós, Patrick —no parecía capaz de dejar de llamarlo así. Santo cielo, lo había querido tanto... Pero ya no importaba. Nada importaba. El mundo no era como ella lo percibía. Nunca volvería a serlo.

Cruzó la puerta y él no hizo intento de detenerla.

Notaba las piernas rígidas como madera, pero se obligó a alejarse, a salir al pasillo y a la luz del sol. Debería haberla calentado, pero no fue así. Sentía el corazón rodeado de hielo. Notaba un peso en el estómago. No sabía dónde ir, a quién recurrir.

Él tenía razón. Nadie la creería. Todo el mundo pensaría que estaba loca. Había leído montones de libros y docenas de artículos. Nadie creería que su historia era cierta.

Nadie, excepto Laura.

Por primera vez en sus veintinueve años de vida, Julie necesitaba a su hermana. Laura era la única persona en el mundo que podía comprender.

CAPÍTULO 19

Val estaba encorvado sobre la mesa, con los codos apoyados en ella y la cabeza agachada. Se pasaba las manos por el pelo, pero éste volvía a caer hacia delante, formando un rizo tenaz sobre su frente.

Llevaba casi una hora así sentado. Su corazón latía sordamente, y notaba una náusea en el estómago. Cada vez que cerraba los ojos, veía a Julie en la puerta, con su diario bajo el brazo. Veía su cara pálida, demacrada por el dolor y el miedo. Recordaba cómo lo había mirado ella: como si fuera una especie de monstruo. O quizás una especie de bicho.

Justicia poética, lo llamaban, puesto que así era como la había mirado él por primera vez.

Alguien llamó a la puerta y Val levantó la cabeza.

—¿Sí?

La puerta se abrió de par en par y Shirl Bingham asomó la cabeza.

—¿Estás bien, Patrick? Llevas casi una hora sin responder al intercomunicador. Pensaba que quizá...

—Estoy bien. Sólo estaba repasando unas cosas —se levantó, echando la silla hacia atrás, y las ruedas chocaron con estrépito contra un lado de la mesa—. Voy a salir un rato. Luego estaré en casa, si surge algo.

Shirl lo miró con preocupación.

—¿Seguro que estás bien? Tienes mala cara.

Una comisura de su boca se levantó, pero no logró sonreír.

—Gracias.

—Ya sabes a qué me refiero. Estaba pensando que quizá tu corazón...

—Mi corazón está bien —pero, naturalmente, su corazón no estaba bien en absoluto. Estaba roto. Val había leído aquella expresión y ahora la entendía, y aquel fenómeno era más doloroso de lo que daban a entender las palabras. Una pelirroja bajita e impetuosa había partido limpiamente en dos su corazón, enfrentándolo a la verdad.

Val salió de la oficina, enfermo de desesperación y mala conciencia. No se fue a casa; se dirigió en coche a Hollywood Hills, con la capota del Porsche bajada. El viento agitaba su pelo y el sol le daba en la cara. Densas nubes blancas flotaban sobre su cabeza, cúmulos cuya belleza nunca había dejado de hacerle sonreír. Hasta ese día.

Ese día, ni siquiera el clima perfecto de California podía aquietar el tumulto de sus emociones. Había perdido a una persona querida para él, y la tristeza que había sentido Julie cuando Alex cayó enfermo se había filtrado en sus huesos. Estaba preocupado por ella, pero sabía que no lo dejaría ayudarla. Se sentía frustrado y furioso, y más solo que nunca.

Por primera vez desde su llegada a la Tierra, anheló la apacible serenidad de Toril.

Julie estaba sentada en la mesa de la pequeña cocina del apartamento de Laura en Venice Beach. Tenía entre los dedos helados una taza de café cuyo contenido se había quedado frío hacía rato.

—Todavía no puedo creerlo —dijo.

Laura le apretó el brazo.

—Sé cómo te sientes. Yo todavía no puedo creer que todo esto sea cierto, pero en el fondo sé que lo es.

—Siento no haberte creído.

—No importa. No es fácil de creer.

Julie suspiró, profiriendo un susurro que se mezcló con el aire vaporoso de la cocina.

—No, no es fácil de creer. Pero estaba leyendo cosas, artículos de revistas y periódicos que me hacían pensar que los ovnis podían existir de verdad. Hay tanta gente que dice haberlos visto... La mitad de la población cree que existen. ¿Lo sabías? La mitad de la población de Estados Unidos cree en la existencia de ovnis, pero yo no podía convencerme. No quería. La verdad es que tenía miedo.

Laura no dijo nada.

—Me siento asqueada, Laura. Asqueada, furiosa y asustada. Siento que debería decírselo a alguien, al ejército, quizá, o a la policía, al FBI... a alguien. Siento que debería hacer algo, pero no sé qué.

—¿Todavía no te has dado cuenta? No hay nada que puedas hacer. A no ser que quieras pasar el calvario que he pasado yo. Y aunque lo contaras, no serviría de nada. Nadie va a creerte.

—Me pregunto si lo saben. El gobierno, quiero decir. Me pregunto si lo guardan en secreto.

—¿Por qué no se lo preguntas a él?

—¿A quién?

—A Patrick.

Julie sacudió la cabeza.

—No hay ningún Patrick. El Patrick del que me he enamorado no existe. Nunca ha existido.

Laura suspiró al levantarse de la silla. Salió de la habitación y regresó al cabo de unos minutos con una caja de pañuelos que dejó en medio de la mesa. Julie no se dio cuenta de que estaba llorando hasta que su hermana sacó un pañuelo y se lo dio.

Ella lo tomó con una mirada de gratitud y se enjugó los ojos.

—Lo quiero, Laura. Lo quiero muchísimo.

—Creo que él también te quería a ti.

Julie levantó la cabeza por detrás del pañuelo.

—Estás loca. Ese hombre es una especie de criatura de otro mundo.

—Puede que sí. O al menos eso es lo que nos parecen a nosotros. Sobre todo a mí. Pero la última vez que los vi, algo había cambiado.

—¿A qué te refieres con «la última vez»? ¿No estarás diciendo que han vuelto a visitarte?

Laura asintió con un gesto y apartó la mirada.

—Fue en Arrowhead. Por eso volvimos antes de tiempo.

—Oh, Dios mío.

—Pero esta vez fue distinto. Esta vez intentaron reconfortarme, intentaron hacerme comprender qué era lo que querían.

—¿Viste a los jefes, a los superiores? ¿Qué... qué aspecto tenían? —se estremeció inconscientemente. Dios, en realidad no quería saberlo.

—No los vi. Nunca los he visto. Sólo sentía su presencia. Intentan aprender cosas sobre nosotros, Julie. Por lo que has dicho, ésa es la razón de que Valenden esté aquí.

—No me importa por qué está aquí. Lo odio por lo que ha hecho.

—Lo quieres.

—¿Estás loca? Es un monstruo.

—¿Sí? Está enamorado de ti. Se le nota en la cara cada vez que te mira. No creo que Patrick Donovan fuera capaz de amar así. Y creo que esta persona, Valenden... creo que tal vez él sí pueda.

Le dolía la garganta, y las lágrimas seguían rodando por sus mejillas.

—¿Cómo puedes decir eso? Ni siquiera es humano.

—Patrick era humano, y a su modo creo que te quería. Pero nunca te miró como te mira ese hombre. Nunca le importaste lo suficiente para serte fiel. Yo no lo entendía. Esto no encajaba con el Patrick que yo conocía. Pero si Patrick es en parte esta otra persona, este comandante Zarkazian, todo tiene sentido, aunque sea un sentido extraño.

Los hombros de Julie se hundieron.

—Dios, ojalá fuera así.

Laura la agarró de la mano.

—Tienes que hablar con él. Has dicho que no mató a Patrick. Que quería darte una explicación. ¿No sientes ni un poco de curiosidad por lo que pueda decirte?

La taza chocó ruidosamente contra la mesa. Julie clavó la mirada en su hermana.

—No puedo creer lo que estoy oyendo. Para él soy un experimento, por el amor de Dios. ¿Qué puede tener que decirme?

—Si está enamorado de ti, puede que no sea tan distinto, en realidad. No en el fondo.

Julie tardó un rato en contestar. Tenía la voz atascada en la garganta y, aunque hubiera podido responder, no habría sabido qué decir.

—Estoy asustada, Laura —sintió cerrarse los dedos cálidos de Laura alrededor de su mano.

—Lo sé. Yo también. Habla con él, Julie. Si no lo haces por ti, hazlo por mí. ¿Te imaginas lo ansiosa que estoy por saber más sobre ellos? ¿Cómo me gustaría hacerles comprender las cosas terribles que me están haciendo a mí y a los otros?

—Yo... no lo había pensado.

—Tienes que hacerlo, Julie. Es importante. Más importante que cualquier otra cosa que hayas hecho antes.

—¿Y si es peligroso?

—Tú no crees que sea peligroso. Al menos, no lo creías, o

no te habrías enamorado de él. Dale la oportunidad que te ha pedido. Escucha lo que tiene que decirte.

Julie se quedó callada. No esperaba aquel consejo de su hermana. Lo que Laura decía tenía sentido, más sentido del que nunca había demostrado Laura. Pero aún no estaba preparada para enfrentarse a él. Necesitaba tiempo para pensar. Para rehacerse.

Fuera lo que fuese lo que le dijera él, no podía cambiar el hecho de que su idilio con Patrick Donovan había terminado. Julie necesitaba tiempo para resignarse al dolor que sentía cada vez que cerraba los ojos y veía el amado rostro de Patrick.

Tony Sandini reclinó su cuerpo pesado y huesudo contra el respaldo del asiento de vinilo rojo de la mesa del rincón, en el Ristorante Banducci, su local preferido. Ralph Ceccarelli y Jake Naworski estaban sentados frente a él, Ralph impecablemente vestido, como de costumbre, y Jake desaliñado y con pinta de haber salido de un albergue para indigentes.

Tony chasqueó sus dedos romos y llamó al camarero, un hombrecillo calvo con ojillos de cerdo. Cuando el camarero llegó a la mesa, cubierta con el mantel a cuadros rojos de rigor, Tony empujó hacia él su plato de ensalada vacío y pidió otra botella de Chianti.

Había ido a la costa oeste a mezclar los negocios con el placer. Después de comer, volvería a su elegante suite en el hotel Beverly Wilshire y a la esbelta rubita que lo estaría esperando. La había conocido en su último viaje a la ciudad. Era una azafata de vuelo a la que le gustaban las mejores cosas de la vida. Tenía el garbo y el cerebro justos para llamar su atención... y un culo y unas tetas que habían mantenido su interés después de las dos primeras veces que se acostó con ella.

Pero eso era para después. Lo primero eran los negocios. Como siempre.

—Habladme del asunto de Brookhaven —les dijo a los hombres—. ¿Hablasteis con Donovan? ¿Se aclaró todo?

—Sí, jefe —dijo Naworski—. Nos ocupamos de ello, como nos dijiste.

—Hará lo que le dijimos —añadió Ceccarelli—. No quiere que le rompamos esa cara tan bonita, y es lo bastante listo para saber que eso es precisamente lo que le pasará si no cumple su parte.

O algo peor, añadió Tony para sus adentros. No iba a dejar escapar a Patrick Donovan, aquel niño bonito, hasta que hubiera devuelto hasta el último centavo que debía, costara lo que costase.

—Parece que las cosas van muy lentas. ¿Habéis hablado últimamente con esa tal Bonham?

—Se supone que Donovan va a reunirse con ella esta semana —dijo Jake—. Ese tipo podría convencer a una monja de que colgara los hábitos. Pondrá a esos maestros a comer de su mano.

—Jake tiene razón —dijo Ceccarelli—. Con el respaldo de Donovan, este asunto es cosa hecha.

—Bien. Quiero que esto se solucione lo antes posible. En cuanto esté el dinero, Westwind echará el cierre. Vosotros aseguraos solamente de que no puedan relacionarme con la compañía.

—No hay problema, jefe.

—Y vigilad a Donovan. Hay algo en ese tipo que no me gusta.

—Es su conciencia —masculló Ceccarelli—. Donovan tiene conciencia, y es de ésos que deja que se interponga en su camino.

—Pues ocupaos de que no sea así —les advirtió Tony mientras atacaba el plato de linguini con berenjenas y parmesano que acababa de ponerle delante el camarero. El aroma del plato se alzó y su boca empezó a llenarse de saliva. Dios, adoraba aquel sitio. La comida estaba casi tan buena como la que hacía su madre.

Mientras comían, Tony volvió a pensar en la rubia a la que se tiraría después de comer. Aquella imagen le produjo una ligera erección, y sólo comió la mitad de lo que solía.

Se sonrió. Machacaría a Patrick Donovan si a aquel cerdo se le ocurría jugarle una mala pasada.

Se echó a reír mientras se acababa el tiramisú.

Val detuvo el Porsche en el aparcamiento y se quedó allí sentado, mirando por el parabrisas. Llevaba horas conduciendo, intentando aclarar sus ideas, encontrar una salida. Pero no se le ocurría nada. Sólo se sentía entumecido.

Tardó unos segundos en notar la vibración del pequeño dispositivo de comunicación que llevaba en el bolsillo. Lo sacó, abrió la tapa y comenzó a leer la transmisión. Era de Calas Panidyne; una conexión a tiempo real con la reunión del Alto Consejo. Val lo había olvidado por completo.

¡Maldición! Había quedado tan fatigado después de su traslado a la última reunión del consejo, que se había decidido que aquél era un procedimiento más seguro. Pero, ofuscado por lo que había sucedido con Julie, había olvidado por completo la reunión.

Contestó que recibía claramente la transmisión y que respondería encantado a cualquier pregunta que le hiciera el consejo.

Calas Panidyne, el consejero de posición más elevada de los diez miembros del grupo, inició la sesión. Val no se sorprendió mucho cuando empezó afirmando que Val había hecho muy pocos progresos durante su estancia en la Tierra.

Uno de los ministros expresó su desacuerdo. La transmisión decía: «El comandante Zarkazian es uno de los científicos más afamados de Toril. La misión que ha emprendido no sólo es peligrosa, sino también extremadamente difícil. Es natural que, encontrándose en un mundo desconocido para él, sus progresos resulten difíciles de medir. A mí, al menos, la información que ha estado enviando me ha resultado infinitamente esclarecedora. He empezado a comprender a la gente de la Tierra como nunca antes».

«¿Y los demás?», preguntó Panidyne. «¿Opinan todos lo mismo?».

Respondió una consejera.

«Yo sí, desde luego, pero me preocupa la seguridad del comandante. Nadie ha experimentado la unificación tanto tiempo. Creo que cuanto antes regrese a bordo del *Ansor*, menos probabilidades habrá de que algo salga mal».

Panidyne estuvo de acuerdo. «De hecho, noté varios cambios de conducta en el comandante Zarkazian la última vez que estuvo a bordo. En aquel momento no les di importancia, pero ahora, como dice usted, puede que sea necesario poner fin cuanto antes a la misión, por su seguridad».

La respuesta de la consejera contenía una nota de sarcasmo. «Lo que naturalmente no tiene nada que ver con el hecho de que quiera traer a Julie Ferris a bordo para hacerle más pruebas».

Val sintió un nudo en el estómago. Panidyne era implacable en su búsqueda del conocimiento, incluso más que él.

«Me parece la forma más rápida de cumplir nuestra misión».

«Pero como el comandante ha señalado varias veces, es también extremadamente peligroso para la mujer».

Panidyne no contestó. Por el contrario, su transmisión preguntaba: «¿Algún comentario, comandante?».

Val respiró hondo, consciente de lo importante que era aquello. Ya tenían su último informe, que había enviado desde el apartamento la tarde anterior. Informar al consejo durante sus sesiones era una simple formalidad de la que sin embargo no podía prescindirse. Y comunicarse con ellos en vivo le permitía en cierto modo explicar cosas difíciles de expresar en un informe oficial.

Abrió el diario que había sobre el asiento, a su lado, y fue comentando lo sucedido hasta ese día, omitiendo únicamente su enfrentamiento con Julie.

Uno de los miembros del consejo le hizo llegar un mensaje en cuanto concluyó.

«Estamos todos muy impresionados con la información que ha reunido, comandante. Pero algunos, incluido el consejero Panidyne, tenemos la impresión de que no ha avanzado lo suficiente en su misión original: descubrir por qué el sujeto de estudio, así como otros antes que ella, pudieron resistir nuestros métodos de examen. El consejero Panidyne sugiere que regrese a la nave y retome las pruebas con Julie Ferris, y muchos de nosotros estamos de acuerdo».

«No».

«Estamos preocupados por su seguridad», contestó Panidyne. «Es natural que una unificación tan larga tenga efectos secundarios. No sabemos exactamente cuáles son. Le sugerimos que ponga fin a su misión y nos permita traer de nuevo a la mujer a bordo».

«¡He dicho que no!». Los símbolos brillaron en la pequeña pantalla como el impacto de un golpe. «No llevarán a Julie Ferris a bordo. No la destruirán a ella ni a ningún otro ser humano como ella».

En la pantalla no apareció ninguna respuesta. Val sabía que estaban perplejos. En Toril nadie demostraba emociones, ni signos de miedo, y aunque no podían verlo, estaba claro que sus sentimientos eran muy vehementes.

«No será necesario», añadió, con la esperanza de suavizar la aspereza de sus palabras. «He llegado a conocer al sujeto más íntimamente que a cualquier otro ser con el que me haya encontrado. Puedo decirles lo que hay de distinto en ella... y en los demás sujetos terráqueos que han podido resistir a la sonda. Lo que esa gente tiene en común, lo que los hace tan diferentes, es una cosa que llaman 'determinación'. Se trata de un término desconocido para los torilianos. Significa mantenerse firme, afirmar la voluntad de uno frente a toda adversidad. Significa poseer una fortaleza de espíritu tal que es capaz de superar cualquier obstáculo que aparezca en su camino. Una a la determinación el valor, y quizás un poco de fe, y tendrán una energía inamovible, un poder que supera todo cuanto un toriliano haya visto jamás».

El consejo no hizo ningún comentario, y el corazón humano de Val comenzó a latir dolorosamente en su pecho.

«He llegado a comprender esa palabra como ninguno de ustedes puede hacerlo. Incluso ahora la siento, latiendo en mi cuerpo, dándome fuerzas para enviar esto. Esa determinación me impulsa a hablar cuando antes habría permanecido en silencio. Me da fuerzas para oponerme a ustedes cuando cada fibra de mi ser, cada célula de mi cuerpo ha sido aleccionada para no hacerlo. Me dice que tengo que convencerlos de que hay que poner fin a los experimentos con humanos, que no merece la pena destruir vidas humanas por alcanzar el conocimiento que buscamos».

Val se quedó allí, sentado tras el volante. Ansiaba que comprendieran, deseaba haber hecho el viaje y hallarse ante ellos. «Si algo he aprendido durante mi estancia en la Tierra, es que la humanidad (en sus diversas formas) es demasiado preciosa para jugar con ella. No tenemos derecho a hacerlo, del mismo modo que ninguna otra forma de vida tiene derecho a jugar con nosotros».

Sabía lo que estaban pensando, que ya no era el que conocían, que se estaba comportando como alguien de otro mundo.

Y era cierto.

Ya no era simplemente Val Zarkazian. Dudaba de que volviera a serlo alguna vez.

La pantalla se iluminó. «Hemos tomado nota de sus preocupaciones. Gracias por sus comentarios, comandante».

La pantalla se apagó. Val esperaba que el consejo recordara que su propósito al ir allí nunca había sido hacer daño a los pobladores de la Tierra.

Pensó en los miembros del consejo, tanto hombres como mujeres. Hacía muchos años que trabajaba con ellos. Ahora, sin embargo, le parecían desconocidos, tan ajenos como le había parecido el apartamento de Patrick al principio. Los consejeros sabían ya que algo había cambiado en él. Maldijo para sus adentros. El hecho de que estuviera enfadado demostraba lo muy distinto que era.

Se preguntaba si ese cambio permitiría ver a sus colegas lo que tan desesperadamente había intentado hacerles comprender.

Julie telefoneó a Laura a la mañana siguiente, en cuanto se duchó y se vistió. Era más temprano que de costumbre. Esa noche no se había acostado; en realidad, hacía tres días que apenas dormía.

A aquella hora, la voz de Laura sonó crispada y soñolienta.

—¿Diga?

—Despierta, dormilona. Sal de la cama y vístete. Ayer cerré un trato importante y hoy vamos a gastarnos el dinero.

—¿De qué estás hablando?

—Voy a llevarte de compras. Ya sabes, a comprar hasta que nos caigamos redondas. Hasta que cierren las tiendas.

—¿De compras? Julie, ¿es que te has vuelto loca?

—El mundo entero está loco. Nadie lo sabe mejor que nosotras. Lo único que quiero es olvidarme por un día (por un solo día) de lo loco que está el mundo.

Laura se quedó callada. Si Julie esperaba ocultar la tristeza que la jovialidad con la que hablaba pretendía disfrazar, fracasó por completo.

—Si es lo que quieres —dijo su hermana suavemente—, eso haremos.

Dejaron que el aparcacoches del Beverly Wilshire se ocupara del Mercedes de Julie y del viejo Volkswagen escarabajo de Laura y se fueron acera abajo. Hacía sol, pero un viento áspero empujaba papeles por la calle. Parecía que se avecinaba una tormenta. Abriéndose paso entre la multitud de compradores del sábado, se dirigieron a la puerta principal del Saks Fifth Avenue, en Wilshire.

Al pasar por el departamento de cosmética, una fragancia de Bulgari se elevó desde un mostrador. A Julie siempre le había gustado aquel perfume exótico, pero ese día hizo que se le revolviera el estómago.

—¿Seguro que estás bien? —preguntó Laura cuando llegaron al segundo piso. Parecía preocupada—. No tienes buena cara.

Julie intentó sonreír, pero le salió una sonrisa forzada.

—Tú siempre dando ánimos a la gente.

Laura levantó los ojos al techo cuando Julie compuso una sonrisa y se dirigió hacia las escaleras mecánicas. Una hora después, se habían comprado tres trajes cada una, incluidos una falda de seda verde y una blusa para Laura y un traje de Chanel de color rojo arándano para Julie. Compraron media docena de pares de zapatos de Ferragamo, sujetadores y bragas de encaje, bolsos, medias y cosméticos.

Laura dejó la pesada bolsa en el suelo de mármol, a su lado.

—Bueno, ¿y ahora dónde vamos?

—Vamos a meter esto en el coche y a dar un paseo. Iremos por Rodeo Drive, a ver si hay algo interesante.

Con los brazos cargados de paquetes, Julie apenas veía cuando regresaron al coche.

—¿Rodeo Drive? Pero eso es muy caro, ¿no?

—¿Y qué importa? Acabamos de comprar la mitad de las cosas que había en Saks.

—Saks es una cosa. Y Rodeo Drive otra muy distinta.

—Ya te he dicho que el dinero no es problema. He dicho que íbamos a comprarnos lo que se nos antojara. Y eso es exactamente lo que pienso hacer.

—Julie, esto es de locos.

—Eso dijiste cuando te llamé.

Entraron en Gucci, pero no compraron nada. Laura levantaba los ojos al techo y hasta le confesó a la dependienta que ella no era de las que compraban en Gucci. Luego fueron a Valentino y a Tiffany, y acabaron en un probador de La Mode, probándose vestidos de noche de precio exorbitante.

De pie delante de un alto espejo ovalado, Julie se alisó el corpiño de un vestido de seda azul marino que llegaba hasta el suelo, recamado con lentejuelas azules. Tenía unos tirantes muy finos, la cintura ceñida y una falda larga y estrecha que se abría por un lado hasta medio muslo. Menos por el bajo, que habría que acortar, parecía hecho para ella.

—Guau, hermanita, ese vestido te queda absolutamente genial —Laura frunció el ceño—. Dime que no vas a comprártelo.

Julie le lanzó una sonrisa radiante.

—¿Por qué no? Acabas de decir que me queda genial.

—Vamos, Jules. No te has comprado un vestido de nueve mil dólares en toda tu vida.

Julie pasó los dedos por el delicado tejido de seda. Un leve temblor sacudía su mano.

—Últimamente, mi vida ha cambiado.

Se volvió de lado para mirarse en el espejo. El vestido era precioso, y realzaba su pelo rojo y sus ojos verdes; eso, por no hablar de su figura.

Pero mientras se miraba en el espejo, no dejaba de pensar en qué ocasiones se lo pondría. Owen Mallory podía llevarla a sitios donde la gente llevaba vestidos como aquél. Patrick la habría llevado, si ella hubiera querido.

Pero Patrick ya no estaba allí.

Algo ardió tras sus ojos. Miraba su reflejo, pero su imagen se había emborronado y ya no veía las bellas líneas y las curvas. Las lágrimas empezaron a correr por sus mejillas.

Sintió el brazo de Laura sobre sus hombros.

–Vámonos a casa, ¿de acuerdo?

–Tengo que hablar con él.

–Lo sé.

–Hoy. Tengo que hablar con él hoy. Necesito comprender, Laura. Tengo que saber por qué me está pasando esto –«por qué nos está pasando esto», se corrigió para sus adentros.

Laura se limitó a asentir con la cabeza. Julie sabía que su hermana también quería comprender. Quizá Patrick pudiera ayudarlas a ambas.

Dejó que Laura la ayudara a quitarse el bello vestido de seda y a ponerse sus pantalones marrones y su blusa de seda color crema. Después de que se pusiera los mocasines y se abrochara el cinturón, Laura le dio un pequeño estuche de maquillaje dorado.

–Toma. Se te ha corrido el rímel.

–Gracias –Julie se limpió las manchas negras y se aplicó un poco de maquillaje en la nariz enrojecida y las mejillas acaloradas. Se pintó los labios y se pasó un peine por el pelo–. Gracias por venir hoy –miró a su hermana–. Te necesitaba.

Laura, que era mucho más alta que ella, se inclinó y la abrazó.

–Es agradable que a una la necesiten, Julie. Me alegro de haber podido ayudarte, para variar.

Julie sonrió, pensando que Laura parecía mucho más fuerte últimamente.

—Vamos a buscar los coches. Luego iré a ver a Patrick. Iré a la oficina a enfrentarme con él.
—No va a ser fácil. Iré contigo, si quieres.
Julie sacudió la cabeza.
—Gracias, cielo, pero esto es algo que tengo que hacer sola.

CAPÍTULO 20

La suerte quiso que Patrick no estuviera en la oficina cuando llegó Julie. Estaba preparada para enfrentarse a él, llena de ímpetu y alerta. Pero Shirl le dijo que había salido con Fred Thompkins. No estaba segura de cuándo volvería.

La adrenalina se fue disipando lentamente, y ahora, arrellanada en la silla, detrás de su mesa, Julie sólo se sentía nerviosa y tensa. Seguía dando vueltas a las cosas que había leído en el diario, a las preguntas que quería hacerle, a las respuestas que él podía darle. Sobre todo, quería ver la cara de Patrick, aunque no fuera la suya en realidad.

Sonó el repiqueteo de unos tacones de mujer, pero Julie apenas lo oyó. Luego la puerta se abrió de golpe y entró Babs.

—Está bien, ¿se puede saber qué demonios le has hecho?

—¿A quién? —Julie se irguió en su silla, intentando concentrarse, pero le costó un enorme esfuerzo.

—A Patrick. Debe de haber perdido cinco kilos en los últimos tres días. No duerme. Apenas habla con nadie. Y desde luego no come. Estoy preocupada por él, Julie. No puedo creer que me dé pena ese hombre, pero así es. Por el amor de Dios, ¿qué le has hecho?

Con su llamativo traje de color magenta y su bello rostro en tensión, Babs cruzó el despacho. Frunció el ceño al acercarse y sus cejas negras se juntaron sobre unos ojos tan oscuros como su pelo.

—Pensándolo bien, tú tienes tan mala cara como él. ¿Qué está pasando, cielo?

Julie sacudió la cabeza, intentando refrenar las lágrimas.

—Patrick y yo ya no estamos juntos.

—Sí, bueno, eso ya me lo imagino. ¿Qué ha pasado? ¿Ha vuelto a las andadas ese sinvergüenza?

—No, Babs, no es eso. Ojalá fuera tan sencillo.

—Pues cuéntamelo.

Ojalá pudiera. Dios, ojalá pudiera. Si intentaba siquiera explicárselo, Babs pensaría que se había vuelto loca.

—Hemos.. hemos decidido seguir caminos diferentes. Es lo mejor para los dos.

—Pues no creo que Patrick esté muy de acuerdo.

—Por favor, Babs. Eres mi mejor amiga. Te lo contaría si pudiera, pero se trata de algo que tenemos que resolver entre Patrick y yo —eso era poco decir. Contarle a alguien que Patrick Donovan era un hombre del espacio exterior era un modo seguro de acabar en el manicomio.

Babs ladeó la cabeza hacia la puerta al oír pasos que se acercaban.

—Bueno, aquí tienes tu oportunidad. Creo que acaba de llegar, pero dudo que vaya a quedarse mucho tiempo. Más vale que te des prisa, si quieres verlo.

Julie se limitó a asentir con una inclinación de cabeza. Había vuelto a subirle la adrenalina nada más oír la cadencia áspera y sin embargo suave de su voz.

Echó la silla hacia atrás, respiró hondo para darse ánimos y, pasando junto a Babs, salió a la sala principal de la oficina.

—¿Patrick? —dijo con voz fuerte y un poco chillona. Se

aclaró la garganta–. Patrick, ¿tienes un momento, por favor?

Él la miró a los ojos. Julie nunca los había visto tan azules.

–Claro.

Ello lo siguió a su despacho, pero ninguno de los dos se sentó. Por fin, él le indicó una de las sillas de cuero negro que había delante de su mesa. Julie tomó asiento y Patrick se acomodó en su sillón de respaldo alto, frente a ella. Julie supuso que había decidido poner cierta distancia entre ellos.

–Me alegra que hayas venido –inclinándose hacia delante, apoyó los codos sobre la mesa–. Estaba preocupado por ti.

–¿De veras? –ella arqueó una ceja–. ¿Por qué? ¿Sólo porque he descubierto que el nombre al quería es en realidad un alienígena del espacio exterior?

La boca de Patrick se curvó ligeramente. Julie notó que, como había dicho Babs, tenía leves manchas grises bajo los ojos y sus mejillas parecían hundidas y pálidas.

–¿Lo estabas?

–¿El qué?

–¿Enamorada de mí?

Un arrebato de ira se apoderó de ella.

–Estaba enamorada de Patrick Donovan. ¿Dónde está, por cierto? Dijiste que no lo habías matado.

Él se recostó en la silla.

–Patrick se mató a sí mismo. Yo me limité a tomar prestado su cuerpo.

El aire abandonó con un susurro los pulmones de Julie. Se tambaleó en su asiento.

–¿Patrick está muerto?

–No exactamente. En cierto sentido, sigue aquí, sentado frente a ti. Yo soy todo lo que era Patrick: sus recuerdos, sus sueños, sus gustos y aversiones. Pero también soy Valenden

Zarkazian. No llevo la misma vida que llevaba Patrick. No me gusta esa clase de conducta.

Julie intentó asimilar aquello. Había leído la explicación en su diario, pero oírselo decir en voz alta le hacía más fácil aceptarlo.

—No sé cómo llamarte... ¿Valenden o Patrick?

—En casa suelen llamarme Val, pero tú siempre me has llamado Patrick. Me gustaba mucho cómo lo decías. Cómo me mirabas cuando lo decías.

Ella sintió ganas de llorar. Cielo santo, se negaba a llorar delante de él.

—He venido, como me pediste. Para oír lo que tengas que decir. Ignoro qué pasará después.

Él sonrió, pero la línea de su boca tenía un aire triste y apesadumbrado.

—Te contaré lo que pueda.

Y así empezó, hablándole primero de Toril, de lo lejos que estaba de la Tierra y de cómo los viajeros torilianos habían descubierto hacía mucho tiempo la existencia de la Tierra. Le habló de su vida como científico, de sus investigaciones, y le dijo que llevaban algún tiempo estudiando el planeta.

—No teníamos más remedio que venir aquí —dijo—. La tecnología se os está escapando de las manos. Vuestros descubrimientos nucleares, unidos a vuestro interés por los viajes espaciales, hacen de la Tierra una amenaza para otros pueblos. Tenemos que conocer a la gente de vuestro planeta para protegernos.

—Los viajes espaciales todavía quedan muy lejanos, si es que alguna vez los hay. Tú mismo dijiste que, aunque descubramos cómo hacerlo, pueden pasar muchos años antes de que logremos romper la barrera de la velocidad de la luz. ¿Cómo vamos a ser una amenaza?

—Las innovaciones se producen cuando uno menos se lo espera. Piensa en las ondas de radio y en lo rápidamente que cambiaron las comunicaciones a raíz de su descubrimiento. Piensa en los ordenadores y en los teléfonos móviles y en cómo han cambiado la faz del mundo. En cualquier momento puede producirse un cambio. En este preciso momento vuestros científicos están trabajando en esa dirección.

Estaba hablando de la doctora Stover y de los gráficos que habían visto en la universidad. La NASA quería mandar una misión tripulada a Marte. Quizá siguieran expediciones a otros planetas. Ya nada parecía imposible.

—¿Qué hay de Laura y de los otros? —preguntó, sintiendo un nuevo arrebato de rabia—. ¿Cómo puedes permitir que tu gente haga esas cosas horribles? ¿Cómo pudiste dejar que le hicieran tanto daño?

Él sacudió la cabeza.

—Al principio, no lo entendía. Era uno de ellos. Creía lo mismo que ellos, que lo que estábamos haciendo era necesario para el avance de la ciencia. Cuando lo entendí, intenté hacerles ver lo equivocados que están. Espero haberlo conseguido, pero no estoy seguro.

Ella podía ver su arrepentimiento, su dolor, y algo en su interior se ablandó.

—¿Cuánto tiempo...? —luchó por sofocar la nota aguda de su voz—. ¿Cuánto tiempo estarás aquí... como Patrick, quiero decir?

Él la miró con aquellos ojos azulísimos.

—Poco más de una semana. Lo que más lamento es tener que dejarte.

El corazón de Julie se encogió.

—No digas eso... por favor.

—¿Por qué no? Es la verdad. Te quiero, Julie. Hasta que vine aquí, no sabía que existiera algo así. Ahora no puedo imaginarme la vida sin ti.

Julie sintió un nudo en la garganta. Su corazón latía dolorosamente dentro de su pecho. Lo miraba y veía a Patrick. El bello rostro de Patrick. Su cuerpo delgado y musculoso. Veía a un hombre de principios que se había ganado el respeto de la gente que lo rodeaba.

—No sé... ni siquiera sé qué aspecto tienes.

—Si quieres saber si tengo dos piernas, dos brazos, dos ojos, dos oídos... la respuesta es sí. Los torilianos somos una especie muy cerebral, Julie. No somos tan físicos como vosotros, pero en otros aspectos no somos tan diferentes.

Ella tragó saliva, a pesar de que notaba una opresión en la garganta. No esperaba que verlo la hiciera sentirse así. Pero se había equivocado.

—En tu diario decías que te gusta estar aquí, y sin embargo piensas marcharte.

Él se irguió un poco en la silla.

—La Tierra es un lugar muy bello, muy apasionado. No se parece a ningún sitio que yo conozca o que haya imaginado. Estoy fascinado por la fortaleza de sus gentes, por los desafíos que afrontan y superan cada día. Pero mi estancia aquí casi ha acabado. Tengo que regresar a Toril. No me queda más remedio.

Julie sintió un dolor en el corazón. El bello rostro de Patrick empezó a emborronarse. Oh, Dios, iba a llorar. Parpadeó para refrenar las lágrimas, decidida a que él no las viera.

—¿Qué... qué pasará con Patrick cuando tú te marches?

La preocupación oscureció el semblante de Val, que reflejaba mala conciencia y algo más.

—Morirá, Julie. Como habría muerto antes.

Ella cerró los ojos. Las lágrimas se deslizaron por sus mejillas. Patrick moriría. Ella volvería a perderlo. Aquella idea hizo que una punzada de dolor atravesara su corazón.

—¿Y tú? —musitó—. ¿Qué te pasará a ti?

Él apartó la mirada. La piel se tensó sobre sus altos pómulos y el dolor crispó sus facciones.

—Ya no estoy seguro. Desde que llegué aquí, he cambiado por completo. No me imagino una vida sin colores brillantes y sonidos explosivos, sin comidas exóticas y tormentas violentas. En el tiempo que llevo aquí, he conocido la pasión y la dicha, y también un profundo dolor. He aprendido a sentir cosas que antes no podía sentir —se removió en la silla, inclinándose hacia la mesa—. Y está Patrick. Patrick y yo nos hemos fundido de una forma que no esperaba. Sus recuerdos nunca me abandonarán. En todos los días de mi vida —posó los ojos en la cara de Julie, acariciándola casi como si la tocara—. Pero sobre todo te recordaré a ti, Julie. Y siempre te querré, desde lo más profundo de mi alma.

Ella dejó escapar un sollozo, un gemido de angustia. Sin mirar a Patrick, se levantó, dio media vuelta y corrió hacia la puerta.

—¡Julie, espera!

Pero ella no dejó de correr. Lo oía llamarla, oía sus pisadas tras ella, pero no se detuvo. Salió corriendo de la oficina, cruzó el aparcamiento y abrió la puerta de su coche. Entre la neblina de las lágrimas, lo miró una última vez y lo vio junto a la puerta.

Su corazón se contraía dolorosamente, parecía estar desgarrándose. Le costó un gran esfuerzo montar en el coche y girar la llave para ponerlo en marcha y alejarse. Se sentía hundida, derrotada. Tenía la sensación de que una gran piedra caliente estaba abriendo un agujero en su pecho. No había esperanza para ellos, y sin embargo su mente seguía susurrándole el nombre de Patrick, instándola a volver con él. Recordándole que unos días después él se habría ido.

No importaba, se decía. Patrick ya estaba muerto. Ella ni siquiera conocía a aquel hombre. Ni siquiera era humano.

Pero ella no podía creerlo. Cada vez que cerraba los ojos, veía a Patrick diciéndole que lo que más lamentaba era tener que dejarla. Que la querría siempre, desde lo más profundo de su alma.

La tormenta llegó por fin, con un día de retraso, para disgusto del hombre del tiempo. Pero el suelo estaba tan seco y cuarteado que la Tierra misma pareció agradecer aquella humedad vivificadora.

Julie miraba por el ventanal, hacia el mar gris y turbulento y las nubes amenazadoras de más allá. El viento azotaba las olas, formando picos aborregados, y sacudía los cristales de las ventanas. La lluvia golpeaba la arena de la playa, volviéndola de un marrón fangoso y descolorido. Pronto, el borde de luz mortecina de más allá de las nubes se disiparía y, sin luna ni estrellas, la casa quedaría envuelta en tinieblas.

Pensando en Laura y en las cosas que había leído en el diario, Julie se preguntaba si no debía tener miedo.

Pero no estaba asustada. Sólo sentía entumecimiento. Y un dolor constante por Patrick que no se disipaba. No había dejado de pensar en él ni un momento desde su conversación tres días antes. Se había dicho mil veces que el hombre al que amaba había desaparecido de su vida para siempre. Patrick no era Patrick. El Patrick Donovan al que quería no existía.

Pero mientras contemplaba la tormenta, cautivada como siempre por su energía majestuosa y oscura, no pudo evitar pensar que se habría enfadado por la intrusión de la tormenta y que, en cambio, a aquel hombre llamado Valenden le habría encantado.

Pensó entonces por primera vez que no era de Patrick en realidad de quien se había enamorado. De lo mejor de él, quizá: de su belleza física, de su encanto y su simpatía. Pero las cualidades que más amaba en él pertenecían a Val Zarkazian. No se habría sentido atraída por el uno sin el otro, pero juntos formaban un hombre superior a cuantos había conocido.

Una pregunta la inquietaba. ¿De veras importaba quién fuera él? El hombre del que se había enamorado era el más tierno, el más considerado que había conocido nunca. Era fuerte y valiente, y se preocupaba profundamente por ayudar a cuantos lo rodeaban.

Y ella seguía enamorada de él.

Que Dios se apiadara de ella: fuera quien fuera, o lo que fuera, seguía queriéndolo.

Apoyó la frente contra el cristal y sintió su contacto frío en la piel. En algún lugar dentro de ella, la voz que había oído otras veces volvió a oírse, urgiéndola a volver con Patrick. La desafiaba a dejar a un lado sus ideas acerca de cómo debía ser la vida, a enterrar sus prejuicios y a considerar, en cambio, el don que se le había concedido.

La provocaba con recuerdos, la incitaba con su dolor y su sensación de vacío.

«Sé tan valiente como él», le susurraba aquella voz. «Haz tuyo el amor que te ha ofrecido todo el tiempo que puedas».

Movió la cabeza de un lado a otro contra la ventana, intentando negar aquella voz, convencerse de que no podía hacer tal cosa. Pero mientras caía la oscuridad sobre el mar, la voz insistía, como un eco insidioso dentro de su cabeza.

«Ve con él, Julie. Tú lo quieres. Si no vas, lo lamentarás el resto de tu vida».

Un relámpago restalló más allá de la ventana: un rayo amarillo y aserrado, para ella, como para el hombre al que amaba, lleno de belleza.

Se apartó de la ventana y su corazón pareció despertar de un sueño profundo y doloroso. Su pulso se aceleró. La determinación ardió dentro de ella. Hacía días que sus pasos no eran tan decididos. Recogió las llaves del coche de la cesta de mimbre que había sobre la mesa del vestíbulo, abrió la puerta del armario y sacó su impermeable, que rara vez usaba.

Diez minutos después circulaba por la autopista de la costa del Pacífico, escuchando el ruido de los limpiaparabrisas sobre la luna mientras se mordisqueaba con nerviosismo el labio inferior.

Intentaba decidir qué podía decirle a un hombre que venía del espacio exterior.

De pie junto a la ventana de su apartamento, Val contemplaba la tormenta. Brilló un relámpago. Segundos después, el trueno resonó en las calles desiertas. Mientras viviera, no olvidaría la belleza salvaje y pagana de una tempestad.

Del mismo modo que no olvidaría a la mujer que había conocido allí, en la Tierra. Pensaba en ella ahora, como muchas otras veces, con un peso en el corazón. Se preguntaba dónde estaba y qué hacía. Se preguntaba si sentía la mitad de la tristeza que sentía él.

Y más que cualquier otra cosa deseaba no haberle hecho daño.

Al menos, Julie estaba a salvo por el momento. El consejo había accedido a sus deseos. Suspenderían sus experimentos con humanos mientras el *Ansor* estuviera situado sobre la Tierra.

Y pronto se marcharían. En cuanto regresara a la nave, harían los últimos preparativos para concluir su investigación y pondrían fin a su misión. Luego, la nave emprendería el regreso a casa.

A casa. Curiosamente, ahora que había vivido en la Tierra, le costaba pensar en Toril como en su hogar. Allí no había nadie esperándolo con ansia. Tenía amigos, desde luego, y sus padres biológicos, pero en Toril incluso las relaciones más íntimas eran poco más que un vínculo formal.

Sonó el timbre de la puerta. Había una visita abajo, en la puerta del vestíbulo. Val se acercó al intercomunicador de la pared y apretó el botón para contestar.
—¿Sí?
—¿Patrick?
Se le encogió el estómago. Sabía quién era.
—Julie...
—¿Puedo... puedo subir?
Su voz salió ronca.
—Claro.
Pulsó el botón para abrir la puerta y la esperó con impaciencia mientras ella subía en el ascensor hasta el último piso. Su corazón latía con fuerza, golpeando dolorosamente sus costillas. Notaba la boca seca. Confiaba en que su voz no sonara áspera cuando intentara hablar.

Estaba esperando junto a la puerta cuando el ascensor se abrió directamente dentro de su apartamento del último piso. Dio un paso atrás cuando ella salió para dejarle sitio. Le preocupaba hacer algo que la asustara.

—Me alegra verte —dijo, con cuidado de mantener una distancia cuidadosa entre ellos, a pesar de que ansiaba estrecharla entre sus brazos. Dios, cuánto la había echado de menos—. Espero que estés mejor.

—Estoy... estoy bien... Patrick. Dijiste que no te importaba que te llamara así. Me cuesta llamarte Valenden.

—Si quieres que te diga la verdad, aquí me siento más cómodo llamándome Patrick. Y ya te dije que me gusta cómo lo dices.

Ella asintió con un gesto. Tenía la cara un poco acalorada y un rizo rojo oscuro se curvaba sobre su oreja. Parecía un poco nerviosa, pero no como la última vez. Sus facciones parecían más suaves, menos tensas. Sus ojos se dirigían constantemente hacia él, en lugar de rehuirlo.

Val deslizó la mirada por su ropa: un suave vestido de lana blanco que acariciaba sus curvas y caía delicadamente hasta el suelo. Tenía el pelo recién lavado, de un rojo intenso y oscuro, lleno de luz y color. Estaba muy guapa y femenina, y Val ansió tocarla.

—Me parece que no sé por dónde empezar —dijo ella—. He estado pensando, intentando entender todo lo que ha pasado. No ha sido fácil.

—No —dijo él en voz baja—. Sé lo duro que ha sido. Quiero que sepas que siento el dolor que te he causado. Nunca ha sido mi intención herirte.

—¿Quieres decir que no esperabas que me enamorara?

Val sintió una punzada en el pecho, seguida por un cálido estremecimiento. Remordimientos, quizá, unidos al placer que sentía al oír sus palabras.

—Cuando llegué aquí, era un hombre distinto. Sólo me interesaban mis estudios. Ni siquiera sabía que existiera el amor.

—¿Y ahora?

—Me has hecho increíblemente feliz, Julie. Y yo sólo te he causado dolor.

—Creo que tú también estás sufriendo, Patrick. Lo veo en tu cara cada vez que te miro.

Él cerró los ojos. Sufría, sí. Nunca había sentido tanto dolor. La miró, estudiando cada curva y cada línea de su cara.

—Te quiero, Julie. Como muchas de las cosas que me han pasado, no entendía lo que era el amor. Ahora lo sé.

Julie parpadeó varias veces y desvió la mirada, pero una lágrima rodó por su mejilla.

—He intentado enterrar mis sentimientos. Me decía que el hombre al que amaba había muerto, que murió aquel día, en la acera, delante de The Grill. Pero no era cierto. En los últimos tres días, he tenido tiempo de pensar. La tormenta de esta noche me ha aclarado las cosas de alguna manera... como la lluvia llevándose la tierra de una calle llena de barro. Nunca estuve enamorada de Patrick Donovan. Me sentía atraída por él, sí, pero nunca lo quise. Es a ti a quien quiero. Seas quien seas. Da igual de dónde vengas. Quiero al hombre en que se ha convertido Patrick.

Él vio rodar nuevas lágrimas por sus mejillas. Quería acercarse a ella, pero tenía miedo. Le costó un gran esfuerzo quedarse donde estaba.

—Estos últimos días han sido una pesadilla —dijo Julie—. Una parte de mí murió el día que te perdí, el día que descubrí tu diario. Ahora que soy consciente de que es a ti a quien quiero, se me parte el corazón pensando en el día en que volveré a perderte.

—Julie... —se acercó a ella, la apretó contra su pecho y la abrazó con fuerza, rezando por que no se apartara. Pero ella deslizó los brazos alrededor de su cuello y se aferró a él. La humedad de sus lágrimas le mojó la camisa.

—Te quiero —susurró—. Quiero estar contigo todo el tiempo que pueda. No quiero perder ni un momento más.

—Ah... Julie —escondió la cara entre su pelo y la abrazó mientras ella lloraba en su hombro—. Si pudiera quedarme, me quedaría. Pero no puedo.

Ella movió levemente la cabeza.

—Lo sé.

Él alisó su pelo rojo y sedoso.

—Quédate conmigo, aquí, en el apartamento. Nos tomaremos unos días de vacaciones. Para estar juntos cada minuto que podamos.

Julie lo miró. Tenía lágrimas en las largas pestañas.

—Puedo enseñarte cosas, Patrick. Puedo enseñarte una belleza como no has conocido otra igual.

Él besó sus ojos, su nariz, su boca.

—Tú eres más hermosa que todo cuanto he conocido.

—Abrázame, Patrick. Hazme el amor. Ya hemos perdido demasiado tiempo.

Sus palabras lo sorprendieron. Se apartó un poco.

—¿Estás segura? Sé que ahora las cosas han cambiado entre nosotros. No espero que sientas exactamente lo mismo.

Ella sonrió con tanta ternura que a Val se le encogió el corazón.

—Te deseo, comandante. ¿Por qué no iba a desearte? Eres la fantasía secreta de cualquier mujer y me perteneces.

Él se rió. Su risa resonó profundamente en su pecho. Hacía días que no se sentía tan feliz.

—Entonces, pequeña hedonista, nos deseas a los dos a la vez. Está bien, amor mío. Veré qué puedo hacer.

Julie se echó a reír cuando la levantó en brazos. Su largo vestido blanco colgaba del brazo de Val. Sonriendo, él la llevó a su dormitorio, la depositó sobre la cama y comenzó a desvestirla lentamente, quitándole primero los zapatos empapados por la lluvia y sacándole luego el vestido por la cabeza. Descubrió con placer que no llevaba sujetador.

Más allá de la ventana brilló un relámpago que iluminó la habitación y proyectó sus siluetas en la pared. Siguió un trueno cuyo estruendo sofocó por un momento el golpeteo vertiginoso de su corazón.

Se quedó inmóvil mientras ella permanecía frente a él, vestida únicamente con unas braguitas de encaje blanco. Se excitó con solo mirarla. La deseaba tanto como siempre. Inclinando la cabeza, la besó, paladeó su sabor, disfrutó al sentir el roce leve de sus pechos sobre su torso. Las pequeñas manos de Julie agarraron sus hombros, pero Val se apartó.

—Pensándolo bien, no creo que Patrick te hiciera el amor aquí. Demasiado convencional para la ocasión.

—¿Qué ocasión?

—Nuestra primera orgía.

Julie se rió, y él la levantó en brazos y la llevó al enorme cuarto de baño de mármol negro.

—Y a Val le gustaría estar en un sitio desde donde pudiera ver la tormenta.

En el cuarto de baño había una gran claraboya desde la que se veían los relámpagos del cielo. En la esquina, un enorme ventanal se asomaba a la ciudad. Pero el apartamento estaba tan alto que nadie podía verlos.

Julie le sonrió cuando la dejó de pie junto a la gran bañera y abrió los grifos dorados, ajustando la temperatura. Pensó que el agua salía un poco tibia para Julie y abrió un poco más el grifo del agua caliente. En un estante, sobre la bañera, había una hilera de frascos de cristal. Tomó uno, vertió en el agua un poco de gel de baño con olor a pino y comenzó a desnudarse.

Julie deslizó la mirada sobre su cuerpo. Vio flexionarse sus músculos, notó el movimiento de los tendones sobre el hueso. En sus ojos verdes brilló una mirada de admiración. Y de orgullo. Y de deseo. No le había mentido. Aquello hizo que Val la deseara aún más.

Tal y como había descubierto, era un hombre distinto. Antes desconocía los excesos; ahora, sus pasiones eran profundas y extremas, formaban una parte inexorable de su ser.

Su miembro erecto, grueso y duro, palpitaba con cada uno de los latidos de su corazón. Recorrió con la mirada los pechos bellos y turgentes de Julie, los pezones rosados y suaves. Admiró su cintura estrecha y la curva de sus caderas, sus piernas bien torneadas y sus tobillos esbeltos. Las braguitas de encaje se introducían entre sus nalgas.

Desnudo junto a ella, pasó una mano sobre su trasero firme y redondo y la atrajo suavemente hacia sí. Ella se dejó llevar, echó la cabeza hacia atrás y él se apoderó de sus labios, la urgió a abrirlos y la poseyó con la lengua. Gruñó al sentir su sabor dulcemente erótico, cálido y femenino. Tocó sus pechos, moldeándolos suavemente y endureciendo sus pezones con la caricia de sus dedos. Bajó la cabeza y se metió un pezón en la boca. Ella levantó las manos para agarrarse a sus hombros.

Se apretaba contra él, piel con piel, y sentía la dureza de su miembro erecto contra su tripa.

—Te deseo —musitó Val, levantándola en brazos y bajando los escalones de la gran bañera de mármol. Cerró los grifos y se sumergió entre las burbujas blancas y ligeras, tomando asiento en uno de los cálidos peldaños de mármol. Colocó a Julie a horcajadas sobre sus rodillas, con las piernas a los lados. Ella contuvo la respiración cuando le separó las piernas, obligándola a abrir los muslos y a franquearle el lugar secreto y húmedo que había entre ellos.

El agua, un manto líquido y cálido, lamía sus cuerpos. Bajo la superficie, Val comenzó a acariciarla, hundiéndose profundamente en ella mientras con la lengua penetraba su boca con la misma cadencia.

El deseo se apoderó de él, fortaleciendo su erección. Su miembro estaba tan duro como el mármol de la bañera. Julie gimió y arqueó la espalda, ofreciéndole inconscientemente los pechos. Gozaba del placer que él le daba y ansiaba más. Buscaba satisfacción.

Val se ocuparía de que la consiguiera, pero no aún. Quería que ella conociera la pasión más intensa que había experimentado nunca. Sentía cómo el botoncillo de su deseo se hinchaba alrededor de sus dedos, sentía la humedad resbaladiza de su sexo. Se apoderó de uno de sus pechos con la boca. Lo chupó y mordió el pezón, lo lamió y lo erizó. Unas caricias más y ella alcanzó el clímax, echando la cabeza hacia atrás mientras su cuerpo se arqueaba hacia arriba y sus músculos se contraían.

Fuera la tormenta rugía, retumbaban los truenos y los relámpagos brillaban, incandescentes, en el cielo. El cuerpo de Val ardía con el mismo fuego abrasador, invadido por el deseo. El pálpito de su corazón retumbaba en sus venas.

No esperó a que ella se calmara. La levantó, le separó aún más las piernas, hizo que le abrazara la cintura con ellas y la penetró profundamente. Se detuvo un momento, manteniéndola inmóvil, y procuró calmarse para continuar.

La deseaba tanto...

–Patrick... –susurró ella junto a su garganta cuando él comenzó a moverse. Agarrándola de la cintura, la levantaba y se hundía en ella con profundas embestidas. El agua de la bañera empezó a moverse al mismo ritmo palpitante, lamiendo los lados de mármol y cayendo en cálidas oleadas al suelo negro.

–Patrick... por favor... oh, no creo que pueda soportarlo.

Pero él sabía que sí podía. Al menos, unos segundos más. Lo suficiente para que él volviera a llenarla una y otra vez, para sentir sus manos agarrándole los hombros y sus dientes hundiéndose en su cuello. Lo suficiente para sentir una oleada de placer tan intensa que tuvo que apretar los dientes para defenderse de ella.

Se detuvo un momento. Intentaba recomponerse, recuperar el dominio sobre sí mismo, que se le escapaba rápidamente. Pero Julie no quería esperar. Siguió moviéndose con ritmo ardiente y acariciador, tomándolo dentro de sí más profundamente aún. Cabalgándolo y extrayendo de su garganta un gruñido.

El ardor embargó a Val como una marea. Los músculos de Julie se tensaron cuando alcanzó de nuevo un clímax poderoso, y el orgasmo de Val recorrió, ardiente, su sangre. Su placer fue largo, dulce, satisfactorio, y Julie volvió a gozar, clavando las uñas en su espalda.

Todavía embargado por el placer, mientras esperaba a que el estruendo de su corazón se aquietara, Val pensó que la pasión de Julie igualaba la suya. Besó con ternura su frente, inclinó la cabeza y cubrió sus labios. Ella lo quería. Había vuelto con él, había superado todos los obstáculos que debieran haberla mantenido alejada, y Val la quería aún más por la confianza que había depositado en él.

Sin embargo, pronto tendría que dejarla.

Esa noche, no. Ni en los días siguientes. Y hasta que llegara ese momento, pensaba aprovechar cada hora, cada minuto. En cuanto su cuerpo estuviera preparado, volvería a hacerle el amor.

CAPÍTULO 21

Laura colgó el teléfono y cruzó la cortina de cuentas que daba paso al cuarto de estar de su minúsculo apartamento. Brian estaba cómodamente arrellanado en el sofá. Los Dodgers jugaban con los Mets, y los Mets iban ganando por dos a uno en la séptima manga. Ella no tenía clase en la facultad y ese día libraba en su trabajo de camarera a tiempo parcial.

—¿Con quién hablabas? —preguntó Brian durante los anuncios. Era agradable tenerlo allí. En cierta forma le parecía natural que anduviera por la casa. No sabía por qué, pero así era.

—Con mi hermana.

—Es la segunda vez que llama en dos días. ¿Qué pasa?

«Nada de particular. Que mi hermana se ha enamorado de un hombre del espacio exterior. Aparte de eso, nada nuevo».

—Cosas de chicas. Fuimos de compras hace un par de días. Quería saber si me ha gustado la ropa que me compró.

Brian se apoyó en un codo.

—Tu hermana es muy atenta. Te quiere muchísimo.

—Julie es una hermana estupenda y una muy buena

amiga −«la mejor», pensó Laura mientras repasaba las conversaciones telefónicas que habían tenido aquellos dos últimos días. Habían hablado de las cosas que Patrick le había contado, cosas acerca del lugar en el que vivía, un planeta llamado Toril. Patrick decía estar convencido de que sus superiores iban a suspender los experimentos con humanos. Durante un tiempo, al menos, Laura y los demás estarían a salvo.

Brian se incorporó en el sofá. Acababa de fijarse en la ligera chaqueta de lana a cuadros que ella llevaba colgada del brazo.

−¿No irás a salir con esta lluvia?

−Pues sí. Sabía que estarías viendo el partido y tengo que hacer un recado que me llevará un par de horas. He pensado que podemos salir a comprar una pizza o quizá pedir comida china cuando vuelva.

Él la miraba de forma extraña, con las densas cejas castañas fruncidas y una expresión sombría. Brian podía ser muchas cosas, pero no era tonto.

−¿Adónde vas, Laura?

Ella no quería volver a mentirle. Últimamente ya había mentido demasiado.

−Hay una reunión en casa de Robert Stringer. No tardaré mucho.

−¿El grupo de terapia? Me prometiste que habías acabado con eso.

−Y así es. Por eso voy, en realidad. Quiero despedirme de la gente del grupo. Quiero poner fin a esto, y para hacerlo necesito llegar hasta la meta.

Él se levantó, se acercó a ella y la estrechó entre sus brazos.

−Es sólo que estoy preocupado por ti. Quiero protegerte, mantenerte a salvo de las cosas malas del mundo. Pero los dos sabemos que no puedo hacerlo. Sé que crees que tienes que hacer esto. Quieres tener la sensación de haber cerrado una etapa y eso me parece bueno. ¿Quieres que vaya contigo?

Ella sacudió la cabeza.

—No. Esta vez tengo que ir sola —había cosas que necesitaba decir y no podría hacerlo si Brian estaba allí. Podía imaginarse su cara, cómo pasaría su expresión de suave condescendencia a simple incredulidad.

—Es la última vez, Brian. Te lo prometo.

—Está bien —la besó suavemente en los labios—. Pero recuerda: si me necesitas, sólo tienes que llamarme. Conduce con cuidado. Nos veremos cuando vuelvas a casa.

«Nos veremos cuando vuelvas a casa». Aquellas palabras sonaban cálidas e íntimas. Prácticamente vivían juntos. Brian pasaba todo su tiempo libre en el apartamento de Laura, o ella iba al suyo. Era sólo cuestión de tiempo que Brian le pidiera que se fuera a vivir con él. Pero ella no estaba segura de querer hacerlo. Tal vez le sugeriría que se mudaran a otro apartamento, a un territorio neutral que pudieran amueblar juntos. Tenía la impresión de que a Brian le gustaría la idea.

Fuera como fuese, parecían tener futuro juntos.

Ahora que ella se había enfrentado a sus temores.

Por increíble que pareciera, había sido mucho más capaz de hacerlo de lo que imaginaba. Al principio, no podía creer que las cosas que le habían pasado fueran reales. Se sentía constantemente aterrorizada o furiosa; tenía la impresión de que su mente se estaba haciendo pedazos y de que se enfrentaba a la locura. Más tarde, lo único que quería era esconderse, encontrar algún refugio, a pesar de que no había sitio donde se sintiera a salvo.

Últimamente había encontrado una especie de paz. La última vez que había sido abducida, había visto a los Visitantes a una luz muy distinta. Había sentido en cierto modo que era parte de ellos, o ellos parte de su ser.

O quizá fuera simple resignación. Quizás había encontrado por fin su camino en un mundo que había cambiado de repente.

El trayecto hasta Long Beach no le llevó mucho tiempo. El grupo se había reunido en el cuarto de estar cuando llegó. Se volvieron hacia ella cuando entró. Laura saludó con la mano y se dirigió hacia ellos.

Lo que no le había dicho a Brian era que había sido ella quien había pedido al doctor Winters que convocara aquella sesión especial. Al parecer, todos los demás lo sabían.

—Laura, qué alegría verte —vestido con vaqueros y camisa blanca de manga larga, como de costumbre, el doctor Winters se acercó a ella. Era un poco más bajo que Laura. La tomó de las manos y se inclinó para besarla en la mejilla—. Te perdiste la última reunión. Pensamos que quizás habías decidido dejar de venir.

—La verdad es que así es. Pero quería veros una última vez —se volvió hacia los demás, que se habían congregado a su alrededor, y sonrió—. No os habría pedido que vinierais si no fuera importante. No quería esperar a la próxima reunión porque sé lo difícil que puede ser pasar la semana.

—¿Qué ocurre, Laura? —Leslie Williams, la representante de Xerox de San Diego, la miraba con preocupación—. Pensaba que debía de haberte pasado algo horrible, pero no pareces preocupada.

—Estoy bien. No se trata de mí, sino de vosotros. Lo que quería deciros va a resultar difícil de creer, pero con el tiempo estoy convencida de que veréis que es cierto.

—¿Por qué no nos sentamos? —sugirió el doctor Winters—. Demos a Laura la oportunidad de explicar lo que ha venido a contarnos —todos ocuparon sus sitios favoritos. Laura acabó en el sofá de lana blanco.

—No sé por dónde empezar exactamente —miró a todos directamente, incluso a Matthew Goldman, el esquizofrénico, cuya mirada se movía sin cesar—. Puedo deciros que volví a ser abducida después de la última vez que os vi. Y que esta vez fue distinto. Aunque las pruebas fueron casi las mismas, experimenté algunas sensaciones que no había sentido antes, cosas que algunos de vosotros habéis mencionado, un sentimiento de unidad, la cara amable de los Visitantes, que no había visto hasta entonces. Pero eso no es lo importante. He venido a daros un mensaje. Como os decía, no espero que todos lo creáis. Sólo confío en que os dé algún consuelo y que con el tiempo descubráis que es verdad —respiró hondo y comenzó, pensando en Julie y en Patrick y en las cosas que Patrick había dicho—. El mensaje que quiero daros es que las pruebas con humanos se han suspendido. Los Visitantes se irán pronto. Al menos durante algún tiempo, estaréis todos a salvo.

—¿Cómo lo sabes? —Robert Stringer apoyó su taza de café sobre el brazo del sillón—. ¿Cómo puedes estar tan segura?

—En lo que respecta a los Visitantes, es difícil estar seguro de nada. Sólo sé que el mensaje procede de uno de sus superiores. Creo que es alguien en quien podemos confiar. Creo que los Visitantes están tomando conciencia de las terribles consecuencias que sus experimentos tienen para la gente de la Tierra.

La habitación quedó en silencio. Luego, todos empezaron a hablar a la vez. El doctor Winters pidió orden y comenzaron una ronda de preguntas. Willis Small, el escritor, preguntó más que el resto.

No había muchas respuestas que Laura pudiera darles. No podía mencionar a Patrick Donovan, ni al comandante Zarkazian. Y se negaba a hablar de Julie.

—Sé que parece un disparate. Pero la verdad es que todo lo que nos ha ocurrido es inverosímil. Daos la oportunidad de creer que es cierto. Dejad a un lado vuestros miedos y daos la oportunidad de sentiros a salvo.

No estaba segura de que pudieran hacerlo. El miedo era un oponente implacable. Te atormentaba incluso cuando la lógica te decía que era absurdo estar asustado. Aun así, mientras miraba sus caras llenas de esperanza, Laura rezó por haberles hecho algún bien.

En cuanto a sí misma, lo que le había dicho a Brian iba en serio. Pensaba pasar página, considerar aquello una experiencia más de la vida. Lo ocurrido la había cambiado drásticamente. Pero Laura creía que la había hecho más fuerte, no más débil, como a los otros. Curiosamente, en su caso, el cambio había sido para mejor.

Iba sonriendo cuando salió de la reunión y se dirigió a su coche. Se deslizó en el asiento del conductor de su viejo Volkswagen escarabajo y lanzó una rápida mirada a la pegatina de *Salvemos a las ballenas: prohibición de los experimentos con ondas acústicas, ya* que había sobre el tablero de mandos, esperando a que la pusiera.

Empujó el pequeño delfín de peluche que colgaba del retrovisor, un tesoro que le había comprado a un artesano en la playa, y lo miró mecerse de su hilo.

Encendió el motor. Sus músculos iban relajándose ahora que había cumplido su cometido. Pensando en Brian, se sintió ansiosa por llegar a casa. Estaba deseando verlo, no podía refrenar una necesidad urgente de estar con él. A su modo, Brian había sido tan buen amigo como Julie, que la había apoyado desde el principio sin vacilar.

Julie... Al pensar en su hermana, la sonrisa de su cara se volvió triste. Al final, era Julie quien sufriría más por todo aquello. Era Julie quien iba a perder a la persona a la que amaba desesperadamente. Durante años, Laura había creído que, después del desgraciado matrimonio de su madre, su hermana se negaba a enamorarse. Y más aún después de sus propios fracasos amorosos.

Luego había llegado Patrick (un Patrick nuevo, un hombre fuerte y seguro de sí mismo) y Julie había caído rendida a sus pies. Ahora, era muy probable que, después de su marcha, Julie no volviera a enamorarse.

Laura volvió a pensar en Brian, que estaría esperándola en casa, y sintió una necesidad casi frenética de verlo.

Confiaba en que el dichoso partido de béisbol hubiera acabado para que pudieran hacer el amor.

Una semana era muy poco tiempo. Muy pocos días para construir recuerdos que duraran toda una vida. Pero a Julie no le importaba. Patrick le había sido devuelto y, mientras estuviera allí, iba a aprovechar cada minuto.

Tal y como él había sugerido, se tomaron unas vacaciones. Decidiendo recorrer California, empezando con un viaje por la costa. A Julie siempre le había encantado conducir, ver lo que aguardaba al otro lado del siguiente recodo de la carretera. Volar equivalía a una cabina llena de desconocidos, y querían estar solos.

Como esperaba, Patrick contemplaba el paisaje como un hombre muerto de hambre un bufé. Una cosa era recordar los sitios que había visto Patrick Donovan, le decía él. Y otra muy distinta verlos con sus propios ojos.

Como la tarde que tomaron la autopista 1 hasta Big Sur. Viajaban en el Porsche negro de Patrick, con dos pequeñas maletas que apenas cabían en el maletero. Habían pasado la noche en Morro Bay; luego pararon en el castillo Hearst, en San Simeón, y continuaron viaje.

—Es increíble —dijo Patrick mientras miraba la fachada de la enorme mansión de estilo mediterráneo. Arriba, en uno de los dormitorios, tuvo que torcer el cuello para mirar los bellos frescos del techo—. Jamás podría haber imaginado algo tan maravilloso.

—Hay sitios como éste por toda Europa —le dijo Julie mientras él se maravillaba con los candelabros de oro, la porcelana china, las chimeneas de mármol italiano y los valiosísimos cuadros—. Hoy en día está mal visto gastar tanto dinero. Supongo que la gente cree que es mejor invertirlo en alimentar a las masas hambrientas.

Patrick sacudió la cabeza.

—En Toril no hay pobreza. Algunos tenemos un poco más que otros, pero las diferencias no son muy grandes. Ningún individuo podría amasar tanto dinero como para encargar bellas obras de arte como las que hay en esta casa. Lo que la gente de la Tierra no entiende es que, de no haber sido por las enormes desigualdades económicas a lo largo de los siglos, no existirían vuestras magníficas antigüedades. No habrías castillos, ni palacios, ni pirámides. Os encontraríais viviendo en el mundo monótono, pálido y mortecino en el que me veo forzado a existir.

—No lo había pensado —ella se detuvo cuando el grupo se paró junto al enorme estanque de Neptuno, cuyo fondo dorado refulgía—. Supongo que hoy en día es distinto.

Patrick sacudió la cabeza.

—Nada ha cambiado —contestó mientras seguían caminando—. Hace falta dinero para conseguir cosas. Las grandes fortunas a menudo equivalen a una gran belleza. Esa belleza revierte en todos nosotros; o lo hará, cuando el arte y la arquitectura encargados por los ricos de hoy pasen a futuras generaciones.

Julie no dijo nada. No estaba segura de estar de acuerdo con él, pero era una idea interesante. Dejó que su mente asimilara aquella posibilidad mientras Patrick contemplaba sus alrededores, cuya belleza ella veía con nuevos ojos.

Salieron de la mansión y siguieron hacia el norte. Mientras circulaban por la estrecha y sinuosa carretera que llevaba a Big Sur, pararon a hacer fotos de los acantilados. Las olas blancas y espumosas chocaban contra la orilla rocosa. A lo lejos, los leones marinos tomaban el sol y el sonido de sus gruñidos se deslizaba sobre el mar turbulento.

Más allá, en un mirador, Patrick preguntó a un turista si le importaría hacerles una foto, y los dos sonrieron a la lente de la cámara Kodak desechable que él había comprado. Julie no pudo evitar preguntarse si la lente captaría la expresión melancólica, entre feliz y triste, de su cara.

Visitaron Carmel, Monterrey y San Francisco. Luego se dirigieron hacia el interior, y a los cinco días de emprender su viaje llegaron al Parque Nacional de Yosemite. Por suerte había pasado el Día del Trabajo y el número de turistas de había reducido a un goteo soportable. Se alojaron en el famoso hotel Ahwahnee, construido en piedra y madera sobre el fondo tallado en la roca del valle del Yosemite, en una casita privada.

Esa mañana se quedaron durmiendo hasta tarde, abrazados en una cama de madera, bajo una manta india de colores. Patrick se levantó el tiempo justo para encender el fuego en la pequeña chimenea de piedra y luego volvió a meterse bajo las mantas. Tenía la piel helada y Julie se acurrucó a su lado para darle calor. Empezaron a besarse. Hicieron el amor lenta y sensualmente y luego se quedaron allí, abrazados, contemplando las llamas del hogar.

Tenían un ánimo juguetón. Ella le tiró suavemente del vello del pecho.

—Por cierto, por fin he descubierto por qué no te daban miedo Sandini y McPherson.

Él arqueó una ceja oscura.

—¿Cómo sabes que no me daban miedo?

—¿Es que sí te lo daban?

Patrick se rió suavemente.

—La verdad es que no.

—Porque sabías que, cuando llegara el momento de enfrentarte a ellos, te habrías ido.

—Sabía que me marcharía. Podría haberme ido antes incluso, si sus amenazas se hubieran concretado.

Julie trazó distraídamente con los dedos la línea de un músculo de su pecho.

—El Patrick de antes... habría hecho lo que le pedían, ¿verdad?

Él suspiró y apoyó la cabeza en las almohadas.

—No creo que hubiera querido... pero sí, me parece que lo habría hecho.

—Pero tú no. Ni aunque fueras a quedarte. Tú te habrías enfrentado a ellos de todos modos.

—Lo que están haciendo no está bien. Hay gente que va a resultar perjudicada. Eso no puedo pasarlo por alto.

Julie inclinó la cabeza y besó su tripa por encima del ombligo.

—Lo sé. Ésa es una de las razones por las que te quiero tanto.

Patrick gruñó cuando ella comenzó a besar su pecho y mordió uno de sus pezones cobrizos.

—Estás jugando con fuego —la advirtió con voz ronca por la excitación.

Pero Julie volvió a deslizarse hacia abajo, rodeó su ombligo con la lengua y siguió descendiendo. Vio que Patrick estaba excitado y acarició con los dedos el bulto que levantaba la ropa de cama. Apartó la manta, se inclinó y se metió su sexo en la boca.

Patrick se agarró a la manta y un siseo escapó entre sus dientes. Julie sintió una punzada de satisfacción. Sabía que él iba a dejarla. Su tiempo casi se había agotado. Al final, perdería a Patrick, pero siguió acariciándolo, decidida a que él nunca la olvidara.

CAPÍTULO **22**

Los días pasaron volando, se les escaparon entre los dedos como la arena en un reloj de arena. Aprovecharon cada momento, disfrutaron de cada experiencia con muda desesperación.

Como Julie esperaba, a Patrick le encantó el parque Yosemite. Pasearon por las sendas escarpadas que se adentraban en el bosque, recorrieron veredas que seguían el curso de arroyos susurrantes y subieron a lugares que se asomaban a precipicios cuyo fondo no se vislumbraba.

Pertrechados con bolsas de basura de plástico que se pusieron sobre la ropa, fueron a comer a lo largo de las cataratas Vernal.

–En Toril no hay cataratas –dijo Patrick, deteniéndose en medio del abrupto sendero para admirar los arco iris que formaba el agua–. Hay unas cuantas colinas de poca altura, pero no valles profundos, y hasta esos pocos lugares se encuentran bajo grandes cúpulas que mantienen una temperatura constante.

A Julie le pareció una terrible injusticia que un hombre tan vital como Patrick se viera obligado a vivir siempre en espacios cerrados.

Cuando por fin llegaron a lo largo del sendero, Patrick

se sentó en una roca, cerca del borde, para poder contemplar la furia con que el agua se precipitaba por el precipicio. Con la camiseta húmeda y pegada al pecho, los ojos llenos de asombro y el pelo mojado y pegado a la frente, nunca había estado más atractivo.

Y Julie nunca se había sentido más cercana a la desesperación por saber que su tiempo juntos casi había tocado a su fin.

Regresaron a la cabaña a última hora de la tarde, hicieron el amor un rato y luego durmieron la siesta. En lugar de cenar en el comedor del hotel, Patrick llamó al servicio de habitaciones, pidió trucha con almendras para ella y sopa de pollo con fideos para él, y se quedaron en su encantadora cabaña de montaña. Sentados con las piernas cruzadas sobre la alfombra de estambre, comieron delante de la pequeña chimenea de piedra, Patrick en pantalones de chándal, Julie con una de sus camisetas.

—Ha sido una semana maravillosa —dijo él cuando acabaron de cenar, con la espalda apoyada contra el sofá y Julie sentada cómodamente entre sus piernas—. Nunca la olvidaré. Nunca te olvidaré, Julie.

Ella sintió un nudo en la garganta.

—Por favor, Patrick... si hablas así, vas a hacerme llorar, y quiero que estos recuerdos sean felices.

Él exhaló lentamente. Asintió con la cabeza y apartó la mirada.

—Sólo quería que lo supieras.

Julie sintió que el nudo de su garganta se agrandaba. Lo sabía. ¿Cómo no iba a saberlo? Había sido la semana más maravillosa de su vida. Sintió el calor de sus labios en la frente; el calor de aquellos labios firmes y cálidos, bellamente labrados en una cara tan bella que se quedaba sin aliento cada vez que lo miraba.

—Si hubieras podido quedarte —dijo en voz baja—, ¿crees que podrías haber sido feliz? Eres un científico. Es evidente que tu pueblo está mucho más avanzado en inteligencia. ¿Crees que habrías podido pasar toda tu vida aquí, en la Tierra?

El pecho de Patrick resonó suavemente.

—Como tú dices, soy un científico. Mi especialidad es el estudio de formas de vida que habitan otros mundos —le acarició el pelo, introduciendo sus dedos largos y morenos entre los mechones con una caricia firme, pero tierna—. Sólo he empezado a entender a la gente de la Tierra. ¿Te imaginas cuántas cosas me quedan por aprender? Podría vivir aquí mil vidas y no serían suficientes.

—Ojalá pudieras quedarte.

—Julie...

—Lo sé. Me había prometido no decirlo —miró hacia la chimenea y vio alzarse las llamas anaranjadas—. Sólo quería que lo supieras.

Él no dijo nada, pero un leve temblor recorrió su cuerpo.

—Ojalá tuviéramos más tiempo —dijo ella—. Ojalá pudiéramos quedarnos aquí para siempre.

—Sí. Por desgracia, no podemos —dijo él en voz baja, besándole la coronilla—. Tenemos que irnos mañana por la mañana. Es hora de volver a Los Ángeles.

Una lámina de hielo atravesó a Julie y pareció envolver su corazón. Intentó refrenar las lágrimas, intentó enjugárselas cuando empezaron a correr por sus mejillas.

—¿No podríamos quedarnos un día más?

Él sólo sacudió la cabeza.

—Es la hora, Julie. Ha llegado el momento de que vuelva a casa.

Ella se volvió en sus brazos y Patrick la abrazó mientras lloraba, le acarició el pelo y le susurró tiernas palabras de amor. Cuando el fuego comenzó a bajar y el frío invadió la habitación, la levantó en brazos y la llevó a la cama. Hicieron el amor con dolorosa ternura y con pasión feroz, casi frenética.

Justo después de que amaneciera guardaron las maletas en el coche. Hacía frío en las montañas, el cielo estaba nublado y se adivinaba ya el aguijón del otoño.

—Ojalá hubieras podido ver estos árboles en otoño. Las hojas se vuelven de colores preciosos, rojos y amarillos, púrpuras y bronces.

Él le tocó la mejilla.

—Y de un rojo oscuro con matices dorados, como tu pelo.

Ella ladeó la cara, apoyándola en su mano.

—Es precioso. Sé que te encantaría.

—Tú eres preciosa... y sé que te quiero.

Julie lo abrazó. Intentaba contener el llanto, pero por fin cedió a él y comenzó a sollozar suavemente sobre su hombro.

—Siento como si me estuviera muriendo. Como si me estuviera partiendo en dos.

Él no contestó, pero la abrazó con más fuerza.

—No sé cómo voy a vivir sin ti.

Se quedaron así largo rato, en silencio, abrazándose, con el motor del coche en marcha, envueltos por el aire frío de la mañana. Sin decir nada, se apartaron el uno del otro.

Julie compuso una sonrisa radiante y abrió la puerta del copiloto.

—Más vale que nos vayamos. Los Ángeles está muy lejos.

Patrick se limitó a asentir con un gesto. Le sostuvo la puerta mientras ella se deslizaba en el asiento y luego rodeó el coche y se sentó tras el volante. Recorrieron en silencio la carretera sinuosa que se alejaba de las montañas y entraron en el valle de San Joaquín. El paisaje era tan sobrecogedor como en el viaje de ida, pero esta vez Patrick no pareció notarlo.

Llegaron a su apartamento esa noche, ya tarde, y Julie se quedó a dormir. Ninguno de ellos volvió a hablar de su marcha, pero aquel asunto pendía como un paño mortuorio sobre sus cabezas, era una herida abierta que ninguno de los dos podía restañar. Por la mañana, él se fue a la oficina, decidido, al parecer, a concluir los asuntos de Patrick lo mejor que pudiera antes de marcharse.

Habló con todas las personas con las que trabajaba. Dedicó elogios especiales a cada uno y les hizo saber lo importantes que eran para él.

Se estaba despidiendo a su manera.

Julie se preguntaba cuánto tiempo podría ella seguir adelante sin derrumbarse. La única cosa que la mantenía en marcha era la certeza de que aquello era tan duro para Patrick como para ella. Sabía cuánto estaba sufriendo él. No quería empeorar las cosas.

Pasaron la noche juntos y a la mañana siguiente volvieron a la oficina. Patrick trabajaba con ahínco en detalles de última hora.

—Quiero dejar la empresa como habría querido mi padre. Quiero facilitarle las cosas tanto como pueda.

Patrick notó el desliz, pero Julie no. «Mi padre». Aquellas palabras hicieron que una flecha de dolor atravesara su corazón. Santo cielo, nunca había afrontado nada tan duro.

Ella trabajaba a su lado, revisando documentos, atando cabos sueltos, ayudándolo como podía. Prometió que haría lo posible para que los empleados encontraran otros trabajos y que echaría una mano a Alex cuando tuviera que buscar a alguien que se hiciera cargo de la oficina cuando él faltara. Pero cada vez que lo miraba pensaba: «¿Quién va a ayudarme a mí?».

Sabía que tenía un aspecto horrible. Estaba pálida y no podía comer. Patrick no tenía mucho mejor aspecto. No dormía y apenas comía. Ella suponía que ya no le importaba su salud. ¿Por qué iba a importarle? Se marcharía cualquier día.

Babs los miraba con preocupación, pero no decía nada. Julie se lo agradecía. Vivía con el alma en vilo y no estaba segura de cuánto podría aguantar sin perder el control.

Era casi mediodía cuando él asomó la cabeza por la puerta.

—Pronto será la hora de comer. Tienes que tomar algo. ¿Por qué no vamos a comprar un sándwich o algo así?

Ni siquiera le gustaban los sándwiches. Pero saltaba a la vista que estaba preocupado por ella, y Julie dijo que sí sólo por complacerlo.

—¿Adónde vamos?

—Hay un pequeño café en Wilshire... El Joey's. La comida suele ser bastante buena.

Ella casi sonrió. Patrick era el último hombre de la tierra capaz de distinguir si una comida estaba «bastante buena». Aquella idea la hizo sonreír. Debía de estar tan cansada que empezaba a desvariar.

Más allá del ventanal de la oficina, la brisa agitaba la bandera situada junto al letrero de la puerta. Julie se echó un jersey sobre los hombros, recogió su bolso y salió. Echaron a andar por la acera y al llegar a la esquina torcieron hacia la izquierda y tomaron el bulevar Wilshire. Los coches pasaban a toda velocidad, sonaban los cláxones, la gente se insultaba, como hacía siempre, pero Julie apenas la oía.

Casi habían llegado al restaurante cuando Patrick se detuvo de pronto. Julie se volvió para mirarlo, lo vio dar un paso inseguro, tambalearse hacia atrás y chocar contra la áspera pared de ladrillo.

—¡Patrick! Dios mío, ¿qué te ocurre?

Apoyado contra la pared, él respiró varias veces, jadeante. Su cara estaba tan gris como el cemento del suelo. Hizo una mueca cuando otra punzada de dolor lo atravesó.

—¡Patrick! Por el amor de Dios, ¿qué te pasa?

Él se sacudió violentamente cuando otro espasmo se apoderó de él, y su cuerpo golpeó contra los ladrillos.

—Han empezado... el proceso de retorno. Pensaba que no empezaría... hasta mañana.

A Julie se le encogió el corazón. No podían estar llevándoselo. Aún no. «Dios mío, no dejes que se lo lleven ahora». Él gruñó y apretó los dientes, y Julie lo agarró del brazo para ayudarla a incorporarse.

—Te están haciendo daño. ¿Por qué te hacen daño?

—Me están... sacando por completo —jadeó él—. Las otras veces, parte de mí se quedó en el cuerpo de Patrick. Nadie había... estado dentro de un cuerpo tanto tiempo. Al parecer... la División es más dura que la Unificación.

Julie agarró sus hombros, crispados por la tensión, y los sintió duros como el acero.

—Diles que tienes que quedarte —le suplicó, frenética—. Diles que es demasiado doloroso. Que tendrás que quedarte aquí. Diles...

Él le puso un dedo tembloroso sobre los labios para hacerla callar.

—Tengo que irme. Ya lo sabes. No dejarán que me quede —un violento espasmo lo sacudió. Se dobló sobre sí mismo y su estómago se contrajo dolorosamente. Sus piernas cedieron y cayó lentamente al suelo de cemento.

—¡Patrick! —Julie se arrodilló a su lado, desesperada. Sabía que era inútil, pero no estaba dispuesta a dejarlo marchar—. No puedes irte ahora. Todavía no. Por favor... por favor, no te vayas.

Una pareja bien vestida se detuvo a unos pasos de distancia y observó al hombre caído con preocupación.

—Será mejor que alguien llame a una ambulancia —dijo el marido—. Parece que a este hombre le está dando un ataque al corazón.

Varias personas se pararon y se volvieron, empezaron a acercarse. Una mujer corpulenta asomó la cabeza por entre el corro de mirones, sacó su teléfono móvil del bolso y marcó el 911. Julie vio a través del ventanal del café que alguien señalaba frenéticamente hacia la calle y que un camarero corría a hacer la misma llamada.

Julie se quedó sentada en la acera, junto a Patrick, cuyo cuerpo se convulsionaba. Con manos temblorosas, puso su cabeza sobre su regazo y comenzó a acariciarle el pelo.

—Nunca te olvidaré, Patrick, nunca.

Él buscó su mano y se la acercó con esfuerzo a los labios.

—Adiós, amor mío. Allá donde esté, siempre estarás conmigo.

—Patrick... —ella inclinó la cabeza. Sus lágrimas manaban libremente, resbalando por sus mejillas—. Te quiero —musitó—. Te quiero muchísimo, Patrick.

Pero él no podía oírla. No oyó la sirena de la ambulancia que bajaba a toda velocidad por el bulevar, en un intento inútil de alcanzarlo. No oyó los sollozos desgarradores de Julie al murmurar su nombre.

Bajo las manos frías de Julie, su corazón latía tenuemente. Una leve exhalación escapó entre sus labios.

—No... —musitó Julie, escondiendo la cara contra su pecho—. Es demasiado pronto. El día no ha acabado. Por favor, no os lo llevéis aún.

Pero ellos no la oían.

El personal de la ambulancia la apartó de él, pero en cuanto lo subieron a la camilla, Julie alargó el brazo y tomó su mano. En la ambulancia, le pusieron la mascarilla de oxígeno, utilizaron el desfibrilador para intentar que su corazón volviera a latir, pero nada de cuanto hicieron dio resultado.

Debían de saber que no había esperanzas de reanimarlo, porque dejaron que Julie le agarrara la mano todo el camino hasta el hospital. Durante todo el trayecto, Julie vio la línea plana del monitor que captaba su actividad cardiaca, oyó el pitido sordo de la derrota. La sirena chillaba cuando se inclinó sobre su cuerpo y le dio un último beso en los labios. Luego se dejó caer en la silla, junto a su cuerpo sin vida, y sollozó contra su pecho, empapando su camisa con un río de lágrimas.

Val estaba en la sala de transporte a bordo del *Ansor*, aturdido y desorientado. Su cuerpo temblaba aún. La tristeza lo envolvía como un pesado sudario y su mente, normalmente clara como el cristal, se negaba a funcionar. Además de aquella melancolía arrolladora, no parecía ver. Cerró los ojos e intentó luchar contra el aturdimiento, contra el dolor que palpitaba como una herida en su pecho. Intentó atajar el dolor que había llevado consigo, la aflicción por haber perdido a Julie.

Le dolía la garganta. Sintió que una túnica de gasa lo envolvía, parpadeó y al fin pudo ver. Los diez miembros del Alto Consejo estaban en la cámara, formando un semicírculo a su alrededor. Habían ido a observar las últimas fases de la primera Unificación duradera.

–¿Comandante? –Calas Panidyne se acercó–. Comandante Zarkazian, ¿se encuentra bien?

Él intentó hablar, pero la voz se le atascó en la garganta. No se encontraba bien. Se sentía desgarrado, y por el vapuleo físico que había recibido.

–¿Comandante? –una de las consejeras se aproximó a él. Su túnica flotaba suavemente tras ella. Val no recordaba su nombre–. ¿Qué le ha ocurrido, comandante? –observó su semblante, alargó el brazo y pasó los dedos por su cara. Cuando los apartó, estaban mojados.

–No pueden ser lo que parecen –oyó una nota de asombro en la voz de otro consejero–. No puede ser.

–Está... llorando –otro miembro del grupo se acercó–. Hay imágenes en los archivos que muestran cómo es –pero Val sabía que no podía ser cierto. Hacía diez mil años que los torilianos no lloraban.

–Eso no es posible –repuso Panidyne–. Nuestros lagrimales son glándulas atrofiadas. Hace siglos que perdieron su uso.

Val alargó la mano y se tocó la cara, sintió aquella extraña humedad. Pensó en Julie y sintió de nuevo ganas de llorar.

La consejero le tocó el hombro suavemente.

—Le ha pasado algo terrible, ¿es que no lo ven? ¿Qué ha sido, comandante? ¿Puede decirnos qué ha ocurrido?

—Sí, comandante, por favor —otro consejero se acercó. Era uno de los miembros más agresivos del grupo—. La última vez que estuvo aquí, notamos que estaba distinto, que su estancia en la Tierra lo había cambiado. ¿Puede explicarnos qué ha sucedido?

Val se limpió las lágrimas pensando en Julie, en la pena que aún palpitaba en él. Ni siquiera siendo Patrick había llorado.

Los miró con el semblante lleno de tristeza.

—Como usted ha dicho, mi estancia en la Tierra me ha cambiado. Ahora una parte de mí es humana. Creo que siempre lo será.

El silencio cayó sobre el grupo.

La consejera fue la primera en hablar.

—¿Y lo que siente... es lo que le hace llorar?

Él asintió con la cabeza.

—¿Cómo llamaría usted a ese sentimiento?

—Es una emoción llamada aflicción. Procede de una gran tristeza.

—¿Y esa tristeza se debe a su marcha?

—Sí.

—¿Está usted diciendo que desearía haberse quedado? —Panidyne parecía incrédulo—. En Toril es usted un científico conocido y respetado. Sin duda deseará regresar a su vida anterior.

Val se limitó a negar con la cabeza. Era absurdo y sin embargo no podía evitar decir la verdad.

—Toril ya no es mi hogar. Hay un lugar que me atrae más que cualquier otro. Es la Tierra donde deseo vivir. Creo que en Toril moriré.

Suaves murmullos recorrieron el pequeño grupo de observadores. Era imposible que le dejaran quedarse, pero al mirar las caras de los consejeros, Val sintió brotar la esperanza en su pecho. Le daba miedo dejarla crecer, sabía que sólo le traería más dolor.

Esperanza y miedo. Emociones que le hacían cobrar conciencia de hasta qué punto se había vuelto humano.

Los consejeros hablaron un momento más. Luego Panidyne se volvió hacia él.

—Si le concediéramos su deseo y permitiéramos que se quedara, perdería sus fuerzas torilianas. Su vida no duraría más que la de un humano. Su cuerpo estaría expuesto a las mismas enfermedades, a los mismos fallos. Sus hijos serían meramente humanos.

Val sonrió, como lo habría hecho Patrick.

—Soy consciente de ello.

—¿Y pese a todo desea quedarse?

—Más que cualquier otra cosa.

Panidyne se volvió hacia los miembros del consejo. Debatieron un momento los pros y los contras de tal decisión.

—Quizá, en cierto modo —sugirió Panidyne—, podamos beneficiarnos más delante de tener a uno de los nuestros en la Tierra.

Uno o dos expresaron su desacuerdo, pero brevemente. La visión inesperada de las lágrimas en la cara de Val parecía haberse grabado para siempre en sus mentes.

Hablaron en voz baja entre ellos. Luego Panidyne puso fin a la discusión.

—Entonces, ¿estamos de acuerdo? —devolvió la mirada que le lanzó cada uno de los consejeros. Cuando volvió a fijarla en Val, su semblante tenía una expresión ilegible—. Hemos decidido permitir que permanezca usted en la Tierra, comandante. Puede que sea una decisión insensata, pero, dadas las circunstancias, todos estamos de acuerdo. En cualquier caso, si queremos reunirlo de nuevo con el humano, hemos de darnos prisa. Hay poco tiempo que perder.

La esperanza y la alegría embargaron a Val en oleadas turbulentas. Casi le daba miedo creerlo. La consejera lo apremió a ponerse en movimiento, a acercarse al transportador en el que había llegado, y los otros lo siguieron. Su dicha creció. Iba a volver a la Tierra. Iba a volver con Julie. Regresaba al lugar al que pertenecía.

Patrick se iba a casa.

CAPÍTULO 23

El lamento de la sirena rebotaba en los edificios del bulevar mientras la ambulancia se abría camino hacia el hospital Cedar Sinai. El tráfico era denso, la ambulancia casi había tenido que detenerse y el largo viaje parecía durar una eternidad. Julie sólo oía la sirena vagamente. Sentada junto a la camilla en la que yacía Patrick, con la mejilla apoyada sobre su pecho, apretaba su mano. El mundo era un borrón difuso y lejano. Por suerte su mente estaba entumecida, embotada por el dolor y la pena.

En un rincón de la ambulancia, uno de los enfermeros miraba por la ventanilla para dejar que desahogara en privado su dolor. El personal de la ambulancia había agotado los medios para reanimar el corazón de Patrick. Ahora, él yacía quieto en la camilla, y todos se habían resignado a su muerte.

Julie casi sentía lástima por ellos. No era culpa suya que Patrick no se hubiera salvado. En realidad, hacía tiempo que estaba muerto.

Notaba en la mejilla la piel fría de Patrick. Aun así, no se apartó. Pronto lo perdería para siempre.

Casi habían llegado a la entrada de urgencias del hospital cuando sonó un fuerte pitido y Julie levantó la cabeza.

Otro pitido cortó el silencio, y luego otro. Varios más resonaron con fuerza por los altavoces del monitor.

—¿Qué demonios...? —el enfermero se puso en pie de un salto y se acercó a la máquina, cuyos cables seguían adheridos al pecho de Patrick.

—¿Qué... qué ocurre? —Julie intentaba comprender lo que estaba sucediendo, por qué el joven enfermero la apartaba con nerviosismo. Pero su mente seguía embotada.

—¡Dadme el desfibrilador! Este corazón intenta ponerse en marcha otra vez.

—No puede ser —dijo otro enfermero—. Ha pasado mucho tiempo.

El primer enfermero tomó las paletas del desfibrilador.

—Cosas más raras se han visto —estaba listo para entrar en acción, pero mantenía la mirada fija en el monitor, que había empezado a mostrar una serie rápida de pulsos. Luego comenzó a oírse un latido regular que dibujaba una línea constante y sinuosa en la pantalla.

—¿Qué está pasando? —preguntó Julie, mirando a Patrick.

—Su corazón ha empezado a latir otra vez espontáneamente —el enfermero tomó la mascarilla de oxígeno que colgaba junto a la camilla. Julie sofocó un grito cuando los pulmones de Patrick inhalaron una gran bocanada de aire antes incluso de que le acercaran la mascarilla.

—¡Santo Dios! —los ojos del enfermero parecían a punto de salirse de sus órbitas—. ¡Ha empezado a respirar!

—¿E-está respirando? ¿Estás vivo? —era imposible. No podía estar vivo. Val Zarkazian se había ido.

Lo que significaba que Patrick Donovan debía estar muerto.

El enfermero comprobó su pulso y notó que se hacía más fuerte a cada segundo.

—Nunca he visto nada igual. Lo hemos intentado todo y no hemos podido reanimarlo.

Julie no dijo nada. No comprendía qué estaba pasando y de pronto sentía miedo. Patrick había vuelto a respirar. Parecía que iba a vivir. Pero Val había dicho que no volvería. ¿Y si el hombre de la camilla no era Patrick? ¿Y si era otra persona? Ya nada le parecía imposible.

Esperó llena de tensión mientras el enfermero se ocupaba del paciente, poniéndole una vía y asegurándose de que su estado era estable. Mientras tanto, sentada entre las sombras, ella temía hacerse ilusiones. Y sin embargo no podía impedir que la esperanza se alzara dentro de su pecho.

«Dios mío, si todos somos de verdad tus hijos, ¿no ayudarás a éste?».

Tal vez Él la había escuchado, porque unos minutos después Patrick abrió los ojos, de un intenso azul cielo. Por un momento pareció desorientado y Julie contuvo el aliento, rezando para que se hubiera producido un milagro... para que aquello no fuera otra horrible broma intergaláctica.

«Que sea él. Oh, Dios mío, por favor, que sea él».

Él buscó su mirada y la sostuvo. La crispación abandonó sus facciones y su boca se curvó hacia arriba. Ella le agarró la mano. Él la levantó con cierto temblor y se la llevó a los labios.

—Ahora soy sólo Patrick —dijo con voz profunda y ronca—. Y debo once millones de dólares. ¿Quieres casarte conmigo?

Las lágrimas ardieron en los ojos de Julie. Su corazón se desmoronó dentro de su pecho. Era Patrick. Su Patrick. Ningún otro hombre la había mirado así. Intentó sonreír, pero sus labios temblaron. Por fin logró que su voz superara el denso nudo que notaba en la garganta.

—Claro que sí. ¿Cómo iba a decirle que no a un hombre que ha cruzado una galaxia para estar conmigo?

Él le apretó la mano.

—Te quiero —musitó mientras la ambulancia tomaba la

entrada de urgencias del hospital. Entonces las puertas se abrieron de par en par y una docena de sanitarios vestidos con uniforme blanco irrumpió en la parte de atrás del vehículo.

Patrick sonreía cuando se lo llevaron.

CAPÍTULO 24

Tony Sandini y Vince McPherson se hallaban en el vestuario del Fitness Club de Chicago. Vince había estado jugando un rato al pádel mientras Tony recibía un largo masaje relajante. Acababan de darse una ducha caliente y se estaban preparando para entrar en la cafetería a comer algo.

—Bueno, ¿qué novedades hay de Brookhaven? —Vince se secó la nuca y siguió luego con su pelo castaño oscuro y rizado. Estaba en buena forma para tener cuarenta y tantos años. No se imaginaba descuidándose y engordando, como su amigo Tony—. Esa tal Bonham, la del fondo de pensiones, ¿ha dado ya el visto bueno a la compra de las hipotecas?

Sandini profirió un gruñido.

—La verdad es que ésa era una de las cosas de las que quería hablarte. El fondo de pensiones ha rechazado la venta. Tenemos que buscar a otros o dejarlo e intentar otra cosa.

—¿Otra cosa? ¿Cómo qué? ¿Sacarle el dinero a la fuerza a ese imbécil de Donovan? Si recuerdas, eso era lo que yo quería hacer desde el principio.

Tony se frotó los hombros fofos con la toalla, y su barriga tembló.

—Si la estafa de la Westwind hubiera funcionado, habríamos hecho un montón de pasta. Pero, tal y como están las cosas, parece que habrá que hacerlo a tu manera.

—¿Crees que Donovan ha actuado en contra nuestra con el fondo de pensiones?

—No lo sé, pero tengo la corazonada de que sí.

Vince se puso su polo de algodón blanco y empezó a abrocharse los botones.

—He oído decir que ese cretino está otra vez en el hospital. Otro ataque al corazón o algo así.

—Por lo que me han dicho, ha dejado las drogas y el alcohol. Seguramente estará matándose a polvos.

McPherson se echó a reír.

—Tengo entendido que Woody Nicholson está en la costa. ¿Por qué no lo mandamos a ver a Donovan con una tarjetita deseándole una pronta recuperación? Tú ya me entiendes. Que le diga a Donovan con toda claridad que tiene diez días para reunir el dinero que nos debe, o pasará algo que no va a gustarle ni un pelo.

—Buena idea. Me ocuparé yo mismo —Tony se subió la cremallera de los pantalones y metió tripa para abrocharse el botón de la cinturilla. McPherson pensó que, si alguna vez aquel botón saltaba, seguramente podría sacarle el ojo a un gato a veinte metros de distancia.

—¿Crees que Donovan podrá pagarnos? —preguntó, cerrando la puerta de su taquilla.

—Más le vale —respondió Tony, con mirada repentinamente fría—. Si no, tendrá otro ataque al corazón. Y éste será fatal.

Julie llenó de agua el vasito de papel que había sobre la mesa, junto a la cama de Patrick en el hospital, y se lo dio.

—Gracias —dijo él con voz ronca, tomando el vasito, y se metió en la boca las pastillas que la señora Fielding, la enfermera, le había ordenado tragar. En cuanto la «tirana de blanco», como la llamaba Patrick, salió de la habitación, él se incorporó y escupió las píldoras que había escondido bajo la lengua.

Julie se echó a reír cuando él las tiró a la papelera, masculló un juramento extremadamente terrenal y volvió a dejarse caer en la almohada.

—Sé que estás deseando levantarte —dijo Julie—, pero tendrás que aguantar un par de días más. El doctor Cane no va a darte el alta hasta que se convenza de que estás bien.

—Estoy perfectamente —gruñó Patrick—. Todas las pruebas que me han hecho lo demuestran, pero siempre se les ocurre algo nuevo.

—Sólo están haciendo su trabajo. Considérate afortunado por tener seguro sanitario —un plan de empresas que Patrick nunca había dejado de pagar y que Val había mejorado al hacerse cargo de la compañía.

—Un par de días más y me volveré loco.

—Un par de días más y saldrás de aquí.

Él sonrió. Alargó el brazo, tomó su mano, inclinó la cabeza y le besó la palma.

—¿Cuándo vamos a casarnos?

Julie sonrió. Patrick se lo preguntaba todos los días desde su regreso. Aún no habían fijado una fecha exacta.

—¿Qué te parece a finales de mes? ¿Es bastante pronto para ti?

—Mañana no sería bastante pronto, y lo sabes.

Ella se inclinó y lo besó en la frente.

—He pensado que podíamos celebrar una pequeña ceremonia en el jardín de tu padre. Sólo para la familia y los amigos, y quizás un pequeño banquete.

—Si eso es lo que quieres, me parece perfecto. ¿Quieres vivir en tu casa o en la mía?

—En la mía, si no te importa. He pensado que, quizá dentro de un par de años, podríamos vender la casa de la playa y comprarnos otra con... un poco más de espacio —tartamudeó al decir esto y apartó la mirada. Nunca habían hablado de tener hijos. Ella tomaba la píldora desde la primera vez que se habían acostado, pero ahora las cosas habían cambiado.

Lamentablemente, no estaba segura de qué opinaba Patrick al respecto.

Ni siquiera estaba segura de que pudiera tener hijos.

—¿Estás diciendo lo que creo? —él entrelazó los dedos de Julie con los suyos y se los apretó suavemente—. ¿Estás hablando de progenie?

«Progenie». Muy propio de él.

—No pasa nada, si no quieres. Eso no cambia nada entre nosotros. Es sólo que he pensado... que confiaba en que... quizá... si puedes... tal vez quisieras tener familia.

Él se quedó callado un rato. Luego sonrió y un pequeño hoyuelo se formó en su mejilla.

—¿Si puedo? Vaya, señorita Ferris. Creo que eso lo he demostrado bastante veces, pero si quieres ver más pruebas... —apartó la sábana, invitándola a unirse a él, y Julie se echó a reír.

—No me refería a eso y lo sabes.

Él sonrió.

—Me encantaría darte hijos, Julie. Serían humanos en todos los sentidos y yo haría todo lo posible por ser un buen padre, aunque no sé mucho de eso.

Julie volvió a besarlo.

—Serás un padre maravilloso. Eres bueno y generoso, tierno y leal. Pero ¿serían nuestros hijos...? Me gustaría que una parte de ellos fuera tuya, Val.

Rara vez lo llamaba así. Lo hizo ahora para hacerle comprender. Lo quería a él, no al hombre que antaño había sido Patrick Donovan.

—Los niños serían nuestros: tuyos y míos. Nosotros haríamos que lo fueran. Nuestras enseñanzas, nuestra moral, nuestra paciencia y nuestro amor, eso es lo que hace que un niño o una niña se convierta en una buena persona. Juntos podemos darles esas cosas.

Ella sintió un nudo en la garganta. Lo quería tanto... Se disponía a decírselo cuando llamaron a la puerta y entró la enfermera Fielding.

—Está aquí —dijo la mujer dirigiéndose a un hombre alto y enjuto que entró en la habitación como si le perteneciera. Se movía con determinación. Tenía un rostro duro y su boca era poco más que una rendija en su cara estrecha y ligeramente cetrina. Era hora de visitas. La planta estaba abierta a cualquiera que quisiera entrar, pero Julie no conocía a aquel hombre, que debía de ser un amigo del viejo Patrick. Había algo en él que hizo que un escalofrío le corriera por la espalda.

—¿Usted es Donovan? —sin hacer caso de Julie, el hombre se adentró en la habitación. Iba vestido con pantalones negros y camisa a cuadros. Un impermeable azul marino colgaba, suelto, de su cuerpo huesudo.

—Yo soy Patrick Donovan —se incorporó en la cama. De pronto tenía una expresión recelosa, y un nudo comenzó a formarse en el estómago de Julie.

—Me llamo Woody Nicholson. Tengo algo para usted de sus socios, el señor Sandini y el señor McPherson. Una tarjeta deseándole una pronta recuperación —de pie junto a la cama, se volvió hacia Julie, le dio una fuerte bofetada en la cara, la atrajo hacia sí y le enlazó el cuello con un brazo.

Ella sofocó un gemido, anonada.

—¡Suélteme! —al intentar desasirse, notó el frío pinchazo de la hoja de una navaja en su garganta.

—¡Déjala en paz! —ordenó Patrick—. Es a mí a quien busca. Ella no tiene nada que ver —respiraba con esfuerzo, encorvado al borde de la cama. El camisón del hospital había resbalado por uno de sus hombros y sus músculos estaban tensos. Pero la navaja en la garganta de Julie lo mantenía inmóvil.

—Sandini me ha dicho que le diga que el trato con el fondo de pensiones no ha salido adelante. Pero eso ya lo sabe, ¿verdad? —una sonrisa cruel torció sus labios—. Tiene diez días para reunir el dinero que debe. Después... —apretó la garganta de Julie y ella clavó las uñas en su brazo—. Ya se hace una idea. Sólo que la próxima vez no será ella, sino usted, y no escapará.

Nicholson soltó a Julie y ella se tambaleó, llevándose las manos al cuello.

—Hasta la próxima —dijo el hombre con calma, guardando la navaja en su funda, bajo la chaqueta, antes de volverse y salir.

Julie no se movió, ni tampoco Patrick, hasta que la pesada puerta se cerró. Entonces él se levantó de la cama y la estrechó entre sus brazos.

—Lo siento. Dios mío, lo siento muchísimo.

Julie sacudió la cabeza.

—No tienes por qué pedirme disculpas. No es culpa tuya. Sólo has hecho lo que tenías que hacer. Los dos sabíamos que podría traer consecuencias.

Él tenía una expresión tempestuosa. Sus ojos eran de un azul salvaje y frío.

—Me han dado ganas de matarlo. Antes de venir aquí, no sabía lo que era la ira. Hoy he deseado matar a un hombre.

Julie le tocó la mejilla.

—Te sentías impotente. Querías protegerme. Dadas las circunstancias, lo que has sentido no tiene nada de malo.

Él esbozó una ligerísima sonrisa.

—¿Me estás diciendo que sólo soy humano?

Julie también logró sonreír.

—Supongo que podría decirse así —la sonrisa de Patrick se hizo más amplia, pero Julie se apartó—. ¿Qué vamos a hacer, Patrick?

Él suspiró y juntos se sentaron al borde de la cama.

—Lo único que podemos hacer, supongo. Encontrar un modo de reunir once millones de dólares.

—Más los intereses —añadió ella sombríamente.
—Más los intereses —Patrick le levantó la barbilla—. Anímate. El negocio va bien últimamente...
—Desde que tú diriges la empresa.
Él sonrió.
—Sí, y me alegra decirlo. La agencia Donovan tiene valores...
—Tú tienes valores.
—Está bien, yo tengo valores. Encontraré algún modo de reunir el dinero.
Pero en el fondo ambos temían que no lograra reunir suficiente. Y sólo tenía diez días.

Patrick cerró otra caja de cartón y la cerró con cinta de embalar. Escribió cuidadosamente *utensilios de cocina* con un rotulador negro, miró a Julie, que estaba inclinada sobre el sofá, doblando un montón de sábanas, y dibujó una cara sonriente debajo de las palabras.
—¿Listo para otra? —preguntó ella, acercándose con otra caja vacía. Patrick estaba empaquetando sus cosas y llevándolas poco a poco a casa de Julie. Habían decidido no esperar hasta después de la boda para vivir juntos. Los dos sabían lo precioso que era el tiempo.
—Una más y podemos empezar con el cuarto de estar —él alargó el brazo hacia la caja vacía, pero Julie la apartó. Se rió cuando Patrick se abalanzó hacia ella y luego la dejó caer a unos pasos de distancia.
Mientras lo miraba, su cálida sonrisa se borró lentamente, reemplazada por una expresión mucho más seria.
—¿Qué ocurre, amor? —Patrick la tomó de la mano y tiró de ella para que se sentara en el sofá, a su lado—. Dime qué te pasa.
—Ya lo sabes. Hemos probado todas las cosas que se nos han ocurrido y todavía no hemos reunido suficiente dinero para pagar a Sandini y McPherson.

—Todavía tenemos tiempo. Por la mañana tengo una cita en el banco. Dan Whiterspoon es amigo mío. Nos echará una mano, si puede.

—Deja que recurra a Owen. Si quisiera prestarte el dinero...

—Maldita sea, ya hemos hablado de eso. Owen Mallory es la última persona a la que le pediría ayuda.

—Sé que no os lleváis bien, pero...

—Eso es poco decir. Ese tipo está enamorado de ti. Soy la última persona a la que querría ayudar.

—Eso no lo sabes... con seguridad. Si yo se lo pidiera, quizá...

—No. Y no se hable más. Deberle dinero a Mallory sería peor que debérselo a Sandini y McPherson. De todos modos no me lo prestaría. Ni siquiera por ti.

Ella pareció dispuesta a llevarle la contraria. Pero al final exhaló un suspiro.

—Quizá deberíamos hablar con tu padre. Sé que acordamos no meterlo en esto, pero tal vez pueda ayudarnos de algún modo. No sé mucho de sus negocios, pero...

—Yo tampoco. Siempre ha sido muy reservado en cuestiones de dinero, pero estoy seguro de que no tiene tanto. Y, aunque lo tuviera, no se lo pediría. Su salud es extremadamente frágil. La tensión podría causarle otro ataque.

Julie se estremeció. Patrick sabía que estaba de acuerdo con él. Julie quería a Alex Donovan. No quería que sufriera ningún mal. Patrick le pasó un brazo por los hombros y la atrajo hacia sí. Levantándole la barbilla, trazó con los dedos la marca que tenía en la mejilla.

—¿No lo entiendes? No quiero que nadie más salga perjudicado.

Julie se apoyó en él.

—Estoy asustada, Patrick. Esos hombres no tienen escrúpulos. Podrían hacer algo...

Sonó el timbre del vestíbulo, interrumpiéndola. Patrick se levantó y la hizo ponerse en pie.

—Voy a ver quién es —cruzó sin hacer ruido la gruesa moqueta blanca y pulsó el botón del intercomunicador que había junto a la puerta—. ¿Sí?

—Patrick... hijo, soy tu padre. Nathan y yo querríamos subir un momento, si no te importa.

—Claro que no —apretó el botón para abrir la puerta y esperó a que llegara el ascensor. La puerta se abrió y Nathan llevó a Alex al cuarto de estar.

—Sé que es un poco parte para presentarse sin avisar, pero hay algo que me preocupa y quería que te ocuparas de ello. Espero que no hayamos interrumpido nada importante —miró las cajas a medio llenar.

—La mudanza de Patrick, nada más —Julie sonrió al inclinarse para darle un beso en la mejilla—. Me alegro de verte —Alex había ido al hospital, claro, pero sus visitas habían sido breves. Su salud seguía siendo buena y su complexión robusta, pero esa noche parecía nervioso y preocupado.

—Si no os importa —les dijo a Julie y a Nathan—, me gustaría hablar un momento a solas con Patrick.

Julie miró a Patrick de soslayo y luego sonrió.

—Voy a hacer té... si es que encuentro la tetera. Tú puedes ayudarme, Nathan.

—Claro.

Entraron en la cocina. Nathan se erguía muy por encima de Julie. Era tan ancho que llenaba el vano de la puerta. En cuanto la puerta se cerró, la silla de ruedas giró hacia Patrick y Alex Donovan clavó su mirada, todavía intimidatoria, en su hijo.

—Me alegro de que te encuentres mejor —dijo con sus ojos astutos fijos en él.

—Estoy mucho mejor, gracias.

Alex miró las cosas que Patrick había estado acarreando sin esfuerzo de acá para allá y sus ojos viejos pero perspicaces lo observaron más atentamente.

—Los médicos apenas pueden creer que no estés muerto. Dicen que es un milagro que tu corazón empezara a latir otra vez espontáneamente. Y luego está la cuestión del tiempo que pasaste muerto. Deberías haber sufrido daños cerebrales. Y en cambio dicen que tienes una salud de hierro. De hecho, teniendo en cuenta el trauma que sufrió tu cuerpo, dicen que es asombroso que estés tan sano.

Patrick se removió, inquieto.

—Nadie se alegra de eso más que yo.

—Salvo Julie, quizá.

Patrick no dijo nada. No le gustaba cómo lo miraba Alex Donovan, como si pudiera ver más allá de su superficie.

Los ojos de Alex seguían fijos en su cara.

—Es sorprendente, ¿no? Dos milagros en una sola familia en apenas un par de meses.

—Sí que lo es.

—Y no olvidemos el milagro de mi recuperación.

Patrick no dijo nada.

Alex suspiró.

—Soy viejo, Patrick. Cuando uno llega a mi edad, deja de verlo todo en blanco y negro. Deja de saber lo que puede y lo que no puede ocurrir, lo que es posible y lo que no. Y empieza a darse cuenta de que hay cosas que suceden y que nunca entenderemos. Cosas que a veces no pueden explicarse. Pero eso no las hace menos reales.

Patrick hizo un esfuerzo para que su voz sonara firme.

—¿Qué intentas decirme?

Alex tomó una fotografía enmarcada en la que aparecía Patrick de niño, con su madre.

—Sé lo de Brookhaven —dijo sin dejar de mirar la fotografía—. Al menos, parte. Sé que mi hijo estaba involucrado en una estafa inmobiliaria. Sé que podría haber acabado en la cárcel. En el mejor de los casos, eso habría destruido la empresa y arruinado el nombre de los Donovan.

—Lo siento. Nada de eso era mi intención.

—Lo sé. También sé que has hecho lo correcto y has advertido al Fondo de Pensiones de Maestros del Condado de que no compren esas escrituras de hipoteca. Sé también que la Westwind Corporation se ha ido, como suele decirse, con la música a otra parte.

«Qué interesante». Ni siquiera él se había enterado de aquello.

—Hice lo que tenía que hacer. Era lo correcto.

—Sí, en efecto. En los meses que han pasado desde tu primer infarto, pareces haber tomado por costumbre hacer lo correcto. Has salvado la agencia Donovan de la bancarrota. Te has ganado el respeto y la admiración de la gente de la oficina, y el amor y el respeto de una mujer a la que quiero como a una hija —Alex lo miró directamente a la cara—. Si fueras mi hijo, estaría orgulloso de ti. Me iría a la tumba siendo un hombre feliz. Por desgracia, sé que no es así.

Aquellas palabras fueron para Patrick como un golpe en el estómago. Y sin embargo no las negó. Respetaba demasiado a Alex Donovan para hacer eso.

—Mi hijo era avaricioso y egoísta —continuó Alex—, pero aun así era mi hijo y yo lo quería. ¿Qué le ocurrió? ¿Está muerto?

Patrick sintió un nudo en el estómago. Había rezado por que aquel día no llegara nunca. Al principio no estaba seguro de qué contestar; luego decidió decirle sencillamente la verdad.

—Habría muerto el día que sufrió el infarto. Debido a quién soy, parte de él vive todavía. Sus esperanzas y sus sueños, sus recuerdos de ti y de su madre cuando era niño, los momentos felices que vivisteis. Si Julie y yo tenemos hijos, la sangre de Patrick correrá por sus venas. Serán tus nietos, hijos que continuarán tu legado.

—Pensaba que quizá era sólo una coincidencia física... que, simplemente, erais idénticos. No tardé en darme cuenta de que no era cierto... de que en muchos sentidos eres él

—siguió dando vueltas a la fotografía—. Supongo que no querrás explicarme cómo ha pasado todo esto.

—Me temo que no puedo hacerlo.

Alex se limitó a asentir con un gesto. Parecía más viejo, más frágil que al llegar. Y sin embargo conservaba una fortaleza soterrada.

—¿Lo sabe Julie?

—Sí.

El semblante de Alex mostró un instante de alivio.

—Te he estado observando estos últimos meses. Veía a Patrick en ti y durante un tiempo me dejé engañar. Agradezco tu sinceridad. Y ahora que sé la verdad, o al menos parte de ella, creo que tienes lo mejor de Patrick. Y también que, en cierto modo, soy un hombre muy afortunado.

Patrick sintió una opresión en la garganta. Nunca había tenido un padre, y sin embargo se sentía ligado a aquel hombre anciano y curtido como si fuera realmente su hijo.

—Gracias.

El viejo asintió con la cabeza. Levantó una mano y señaló hacia la cocina.

—Imagino que nuestro té ya estará listo.

Patrick sonrió ligeramente.

—Me vendría bien una taza bien fuerte... aunque sólo lo bebo sin teína.

Alex se rió en voz baja.

—Mi hijo bebiendo té. Jamás pensé que vería este día.

La sonrisa de Patrick se hizo más cálida.

—Supongo que a los dos nos esperan aún unas cuantas sorpresas.

Alex volvió a reír.

—Gracias a ti y a tus milagros, quizá esté por aquí el tiempo suficiente para verlas.

El despacho era suntuoso, masculino y lujoso, decorado en verde oscuro y oro. Gruesas alfombras orientales cubrían los suelos de madera bruñida, y detrás de su escritorio de palo de rosa macizo, una fila de ventanales se asomaba al mar. Recostado en su lujoso sillón de cuero, Owen Mallory colocó el teléfono más cómodamente junto a su oído. Las vistas panorámicas que había tras él estaban muy lejos de su pensamiento.

–Escúcheme, Whiterspoon. Me importa un bledo lo que le haya prometido a Patrick Donovan. Préstele dinero a ese bastardo para pagarse un solo café y retiraré hasta el último dólar que tengo depositado en su banco. Y no sólo eso, sino que utilizaré mi influencia para que mis socios hagan lo mismo.

Siguió un largo silencio. Al ver que el banquero no respondía enseguida, Owen volvió a hablar.

–Si no puede hacer lo que le digo, Dan, tendré que hablar con Adrian. Estoy seguro de que a su jefe no le causará ningún problema cumplir mi petición.

Whiterspoon suspiró.

–Está bien, usted gana. Me ocuparé de ello yo mismo. No me deja elección.

Owen sonrió para sus adentros, complacido con el resultado de la conversación, a pesar de que nunca había dudado de cuál sería. Sencillamente, el banco tenía mucho que perder.

–Gracias, Dan. Sabía que podía contar con usted. Comeremos juntos en el club la próxima vez que vaya por Beverly Hills.

Whiterspoon no contestó. Su desdén resultaba evidente. Pero a Owen no le importó. Colgó con un arrebato de satisfacción. Hacía menos de una hora, Julie Ferris había estado en su despacho para pedirle de parte de Donovan un préstamo a cuenta de la agencia inmobiliaria y de otros capitales propiedad de Patrick. El resto, le había dicho, procedía de un préstamo del Beverly First National Bank.

Owen sonrió. Había accedido, desde luego. A cambio de algo.

—Somos amigos, Julie. Sabes que puedes contar conmigo. Estaré encantado de prestarle el dinero a Patrick... con una condición.

Ella pareció un poco recelosa.

—¿Cuál?

—Que dejes de verlo. Que no vuelvas a acercarte a él.

—¡Qué! —Julie se levantó de la silla de un salto—. Eso es una locura, Owen. Sabes que Patrick y yo vamos a casarnos.

—Casarte con Donovan sería el mayor error de tu vida. Dime que vas a dejar de comportarte como una tonta enamorada y me ocuparé de que consiga el dinero. Si no, ya puede olvidarlo.

Julie cerró los puños.

—No puedo creer lo que estoy oyendo. Se supone que eres mi amigo.

—Soy tu amigo, Julie. Estoy intentando ayudarte.

Ella lo miró con dureza.

—No, tú no quieres ayudarme. Sólo quieres lo que no puedes tener —apoyó las manos sobre la mesa y se inclinó hacia delante—. ¿Sabes una cosa, Owen? Nunca creí lo que la gente decía de ti, esas historias acerca de lo despiadado que eras, de lo traicionero que podías ser. Pensaba que eras amable y generoso. Me sentía afortunada por contarte entre mis amigos. La verdad es que, si me he comportado como una tonta, ha sido por creer en ti. Por ser tan estúpidamente ingenua.

Se apartó de él, recogió su bolso y echó a andar hacia la puerta.

—Donovan acabará haciéndote daño —dijo Owen tras ella—. Cuando te hayas cansado, vuelve a verme.

—Por mí puedes esperar sentado —replicó ella por encima del hombro. Abrió la puerta de un tirón y la cerró de golpe a su espalda.

Reclinado en su silla, Owen pensaba en aquella desafortunada conversación. Julie siempre había sido un desafío. Quizá tuviera razón y sólo la deseaba porque no podía tenerla. En realidad, no le importaba. Fuera cual fuese el motivo, la deseaba.

Y si no podía tenerla, pensaba asegurarse de que Patrick Donovan tampoco la tuviera.

CAPÍTULO 25

Julie daba vueltas por su cuarto de estar, frente a los grandes ventanales que miraban al mar. Estaba esperando que Patrick regresara del banco; si había suerte, con el dinero que tanto necesitaban.

Miró el reloj, que sonaba amenazadoramente y que sin embargo parecía moverse con penosa lentitud. No había dejado de mirarlo desde que había llegado a casa, pensando que Patrick llegaría justo detrás de ella. Pero él no había aparecido aún y el banco llevaba cerrado casi dos horas.

El ruido del motor de su Porsche al detenerse en la entrada anunció su llegada inminente, y Julie corrió a la puerta. La abrió bruscamente y salió a recibirlo antes de que él tuviera tiempo de llegar al porche.

—Patrick, estaba muerta de preocupación —le rodeó el cuello con los brazos y él la abrazó con fuerza—. ¿Qué ha pasado? ¿Te ha dado el dinero el banco?

Los músculos de sus hombros se tensaron. Su expresión, tensa y amarga, respondió por él.

—Ha surgido algo en el último momento... algún problema con el crédito. Al menos, eso ha dicho Dan Whiterspoon.

A ella se le encogió el corazón.

—Mañana hay que entregar el dinero. ¿Qué vamos a hacer?

Él se limitó a sacudir la cabeza.

—Me preocupaba lo del banco, así que también he estado hablando con Federal Savings. Tenemos la mitad de lo que necesitamos. Con tiempo, podría conseguir el resto.

—Pero no tenemos tiempo.

—Lo sé. Confío en que el cheque que voy a darles mañana sea suficiente para que nos concedan más tiempo —pero su semblante dejaba claro que no lo sería.

—Pareces agotado —Julie se obligó a sonreír—. ¿Por qué no vas a sentarte y te preparo algo de comer? —había empezado a hacer la cena un rato antes, fideos con queso parmesano y pechuga de pollo, pero al ver que Patrick no llegaba se había distraído y había dejado la comida a medias.

Él frotó la nariz contra su cuello.

—¿Por qué no te ayudo? Algo habrá que pueda hacer.

Julie sonrió sinceramente.

—Patrick, cariño mío, estoy segura de que puede ocurrírseme algo... aunque quizá no tenga que ver con la cena.

La comida estaba buena, pero ninguno de los dos comió mucho. Recogieron la mesa juntos y en cuanto acabaron Patrick la estrechó entre sus brazos.

—Creía que querías que hiciera algo —bromeó, apoderándose de su boca.

Hicieron el amor apasionadamente en el sofá del cuarto de estar; luego fueron al dormitorio y volvieron a hacerlo. Hubo en su encuentro desesperación y una sombra del sentimiento de fatalidad que habían experimentado días antes.

Tendida junto a él en su cama de pino, Julie se acurrucó en sus brazos.

—Estoy asustada, Patrick. Hemos llegado hasta aquí. No

puedo soportar la idea de perderte ahora, después de todo lo que nos ha pasado.

—No vas a perderme.

Pero podía perderlo y él lo sabía. La ira se apoderó de ella. Golpeó las mantas con el puño.

—No es justo. Tú ni siquiera hiciste ese estúpido trato.

Patrick arqueó una ceja.

—¿No?

—Bueno, sólo parte de ti.

—Cierto. Y muy pequeña, pero aun así es responsabilidad mía. Y mañana convenceré a mis «socios» de que pienso cumplir con mis obligaciones.

Julie no dijo nada. Quizá bastara con la mitad del dinero. Pero al pensar en Woody Nicholson y en la escena del hospital, no creyó que fuera tan fácil convencer a Sandini y McPherson.

Como solían hacer, por la mañana se fueron cada uno en su coche a la oficina. Tenían cosas que hacer. Patrick tenía citas y Julie debía enseñar una casa esa tarde. Un breve beso a través de la ventanilla abierta del coche y Patrick se marchó. Saludándola con la mano, se dirigió a la oficina.

Julie lo miró sólo un momento. Luego se metió en el garaje y abrió la puerta de su Lincoln, el coche que usaba cuando tenía cita con algún cliente. Ese día iba a llevar al doctor Frank Sullivan y a su esposa a ver la vieja mansión de Errol Flynn en las colinas de Hollywood, cuya tasación había hecho Fred Thompkins.

Mientras pensaba en la adinerada pareja que formaban los Sullivan, tomó la autopista de la costa del Pacífico poco después que Patrick y pronto volvió a pensar en él, angustiada porque pudiera pasarle algo ese día.

Distinguía a duras penas su Porsche negro zigzagueando

peligrosamente entre el tráfico. Su nueva pasión por la velocidad, unida a la destreza de su juventud, lo salvaban del desastre, afortunadamente.

Al verlo salir a toda velocidad de un semáforo que acababa de ponerse en verde, Julie sonrió. Luego vio que una larga limusina blanca aparecía de pronto y se colocaba junto al Porsche, a la misma velocidad; frunció el ceño. Los coches circulaban casi pegados cuando la limusina comenzó a meterse en el carril de Patrick. Él se desvió hacia la cuneta para evitar al otro coche, pero la limusina lo siguió y estuvo a punto de chocar contra su lateral antes de que ambos vehículos volvieran a la carretera, disminuyendo la velocidad.

El semáforo cambió delante de ella y estaba demasiado lejos para intentar cruzar la intersección en ámbar. Vio cómo el coche de Patrick desaparecía a lo lejos, junto a la limusina, y rezó por que el semáforo cambiara pronto.

No fue así. Le pareció el semáforo en rojo más largo de la historia de Malibú. Por fin cruzó la intersección, pisando a fondo el acelerador. Poco después, sin embargo, se encontró con otro semáforo en rojo.

Entonces fue cuando lo vio: el coche de Patrick estaba parado en un ángulo extraño en la cuneta de la carretera. El asiento del conductor estaba vacío.

—Oh, no —Julie cambió de carril, dio un volantazo hacia la derecha y se detuvo justo delante del Porsche de Patrick. Puso el Lincoln en punto muerto, salió de un salto y corrió hacia el otro coche. Los coches pasaban a toda velocidad, arrojando arena y grava sobre su cara, y el viento agitaba su chaqueta azul, a juego con la falda. Rodeó el Porsche para apartarse del tráfico y abrió la puerta del copiloto.

No había nada que indicara que se habían llevado a Patrick. El maletín en el que llevaba el cheque había desaparecido.

Julie fijó la mirada en el mar de coches que desaparecían por la autopista atestada y creyó vislumbrar la larga limusina blanca, pero no podía estar segura.

El Lincoln seguía en marcha. Volvió al coche, montó y se quedó allí, temblando, intentando decidir qué hacer. Su instinto la impulsaba a lanzarse a la carretera, a intentar alcanzar a la limusina, a obligarla a parar y a hacer lo que fuera necesario para ayudar a Patrick a convencer a aquellos hombres de que encontraría un modo de pagarles.

Pero la razón le decía que había una docena de coches de ese color y una docena de desvíos que podía haber tomado la limusina. Podía conducir durante horas sin encontrarla. Si Sandini y McPherson no se daban por satisfechos con la mitad del dinero (y Julie estaba convencida de que así sería), el tiempo era esencial. Tenía que haber otra cosa que pudiera hacer.

Volvió a incorporarse a la autopista mientras su mente desgranaba frenéticamente todas las posibilidades que se le ocurrían, ninguna de las cuales parecía factible. Estaba Owen Mallory, desde luego, pero ahora que sabía la clase de hombre que era, y después de su último encuentro, ya no creía que quisiera ayudarla. Incluso pensó que Owen podía estar tras la negativa del Beverly First a concederles el préstamo, dado que ella le había dicho el nombre del banco.

No quería creerlo, pero podía ser cierto.

Lo cual sólo le dejaba una alternativa: Alex Donovan.

Era arriesgado. Alex vivía en el filo de la navaja, era un hombre mayor y frágil que envejecía por momentos. Siempre había sido fuerte y sereno, sin embargo. Era un empresario de éxito, un hombre que sabía más de finanzas que cualquier otra persona que ella conociera.

Y había llegado a querer a aquel nuevo Patrick, creía ella, como si fuera de verdad su hijo.

Le temblaban los dedos cuando sacó el teléfono móvil del bolso y buscó frenéticamente el número de la casa de

Alex. Alex era su última esperanza, y lamentaba no haberlo llamado antes.

Si alguien podía ayudar a Patrick, era su padre.

Mario, el mayordomo, contestó al teléfono a la segunda llamada y enseguida la pasó con Alex, alertado quizá por la premura de su voz.

—¿Alex? Soy Julie.

—Buenos días, querida. Esperaba que llamaras.

Ella intentó controlar su voz.

—¿Cómo... cómo te encuentras?

—Bastante bien últimamente. Mi artritis vuelve a hacer de las suyas, pero no es para tanto, y en todo caso no puedo hacer gran cosa al respecto.

—Quería... quería pasarme por tu casa, pero con la mudanza de Patrick y los preparativos de la boda, he estado demasiado liada —su garganta empezó a cerrarse. Rezaba por que él no notara la angustia que intentaba ocultar, pero Alex era hombre difícil de engañar.

—Julie, mi querida niña, me parece que te pasa algo. Por favor, no tengas miedo de decirme lo que es.

—Alex... es Patrick —le tembló la voz—. Está metido en un lío por ese asunto de Brookhaven. Debe dinero a un par de individuos...

—¿Sandini y McPherson?

Ella se irguió y frenó al llegar a otro semáforo en rojo.

—Sí, ¿cómo lo sabes?

—Hace algún tiempo que lo sé. Oí rumores antes de su infarto y contraté a un detective privado. Hablé con Patrick de ello aquella noche en su apartamento, pero no me dijo nada del dinero. Supongo que debería haberlo imaginado.

—No quería preocuparte.

—Esos hombres, Julie... Es mejor no jugar con ellos. Patrick debería haber acudido a mí.

—Intenté convencerlo. Ya sabes lo terco que puede ser.

—¿Dónde está? Hablaré con él y juntos arreglaremos este asunto.

A ella se le cerró más aún la garganta.

—Ése es el problema. Se lo han llevado, Alex. Sólo tiene la mitad del dinero, pero esperan que se lo pague todo. Me da pánico pensar en lo que puedan hacerle.

El silencio se apoderó de la línea.

—Escúchame atentamente, Julie. ¿Estás en la oficina?

—Iba para allá. Estoy en mi coche, de camino.

—Está bien. Cuando llegues allí, quédate junto al teléfono. Llegaré en cuanto pueda.

—Pero ¿y Patrick?

La voz de Alex se volvió más áspera.

—Perdí a mi hijo una vez. No pienso volver a perderlo —y diciendo esto colgó el teléfono.

Tony Sandini apoyó su corpachón en el asiento de cuero rojo de la limusina Lexus blanca. La mampara entre el compartimento del conductor y la parte de atrás del coche, donde Woody Nicholson y él se sentaban a ambos lados de Patrick Donovan, estaba cerrada. Jake Naworski y Ralph Ceccarelli estaban sentados frente a ellos.

Tony se inclinó hacia delante y agitó delante de su cara el cheque que Patrick le había dado.

—Y bien, ¿qué tienes que decir, niño bonito? Los dos sabemos que esto no es lo que nos debes.

Patrick se sentó un poco más derecho.

—Es casi la mitad —dijo con sorprendente calma para un hombre en su situación. Claro que quizá el muy imbécil no entendía su situación tan claramente como Tony—. Denme un poco más de tiempo y conseguiré el resto.

Tony se echó a reír y su grasa tembló.

—Has tenido tiempo, Donovan. Más de la cuenta —el coche viró bruscamente, tomando un camino de tierra estrecho, lleno de baches y malas hierbas. Se habían adentrado en las colinas de Malibú y se hallaban en un solar privado apartado del tráfico, donde nadie podía verlos, ni oír los gritos de aquel bastardo, ni los golpes secos de sus armas con silenciador. La clase de sitio que Tony prefería para trabajos como aquél.

El coche se detuvo suavemente y Tony esperó un momento a que el polvo se aclarara.

—Sal del coche —se agarró al tirador de la puerta y salió a duras penas de la limusina.

Woody Nicholson empujó a Patrick y ambos salieron y se quedaron de pie delante de él. Nicholson apretaba su Glock de nueve milímetros contra el costado de Donovan con una sonrisa de expectación en su cara cetrina.

—No me gustas, Donovan —dijo Tony, volviendo a fijar su atención en el hombre que tenía ante sí—. Nunca me has gustado. Prometiste hacernos ganar dinero. Si no, jamás te habríamos prestado ese dinero. Y lo único que has hecho ha sido crearnos problemas.

—Te dije que te pagaría y lo haré. Sólo necesito...

Nicholson hundió el puño en su estómago, convirtiendo la última palabra de Patrick en un gruñido. Donovan se dobló sobre sí mismo, respiró varias veces con esfuerzo y comenzó a levantar la cabeza, pero Nicholson lo golpeó de nuevo, partiéndole el labio. La sangre manchó su lujosa camisa blanca.

—¿Empiezas a captar la idea, niño bonito? —Tony cerró inconscientemente el puño—. Con Tony Sandini no se juega. Te dimos tiempo para conseguir el dinero y no lo has hecho. No nos has pagado —sonrió—. Pero nos vas a pagar.

Se volvió hacia Woody y señaló hacia los árboles de la izquierda, un denso soto de sicomoros cerca del borde de un barranco. Nicholson lo agarró del brazo, pero Patrick se desasió.

—Te creía más listo, Sandini —dijo—. Matarme va a costarte seis millones de dólares. Eso por no hablar de los problemas que va a causarte. Dame otras dos semanas y tendrás el dinero.

—Y tú estarás tumbado en una playa de México, con una de tus rubias tetudas. Comadreja asquerosa, ¿por qué clase de imbécil me has tomado?

Patrick podría haber contestado, pero Jake Naworski le torció un brazo hacia atrás tan fuerte que el dolor le hizo apretar los dientes.

Tony señaló con la cabeza hacia los árboles y los hombres se llevaron a rastras a Patrick hacia allí. Era más duro de lo que parecía. Desasiéndose, logró asestar un par de puñetazos antes de que volvieran a golpearlo. Ceccarelli recibió un golpe brutal en la barbilla y acabó en el suelo.

Tony sonrió al pensar que Ralph se habría manchado su traje azul marino, impoluto y carísimo.

Se quedó mirando un momento más. Luego volvió a la limusina. Su teléfono móvil había empezado a sonar. Reconoció el número. Frunció el ceño y se preguntó qué demonios querría McPherson. Hacía menos de una hora que habían hablado. Embutiendo de nuevo su corpachón en el coche, se pegó el teléfono a la oreja y escuchó a su socio al otro lado de la línea. Durante todo ese tiempo no dejó de desear hallarse de vuelta en el hotel, donde su rubita le haría una mamada, en lugar de estar allí sentado, en medio del polvo.

Asintiendo con la cabeza sin darse cuenta, llamó al conductor.

—Eh, Mickey, si no es demasiado tarde, diles a los chicos que dejen a Donovan. Diles que lo traigan aquí.

El conductor salió corriendo y Tony volvió a hablar por teléfono.

—¿Estás seguro de que este tipo va a pagarnos? —le dijo a su socio.

—Según mis fuentes, Alexander Donovan tiene más dinero del que puede contar. Por lo visto siempre lo ha mantenido en secreto. Pensaba que, si su hijo se enteraba de cuánto tenía en realidad, se hundiría aún más en las drogas y el alcohol. En cualquier caso, se ha ofrecido a pagar la factura más un millón de propina. Dice que el dinero estará esperando en la oficina de Donovan cuando llegues allí. Lleva allí al chico, déjalo en el aparcamiento y el dinero es tuyo.

Tony se encogió de hombros contra el asiento de la limusina.

—¿Qué demonios? El dinero es el dinero. ¿Qué me importa a mí de dónde venga?

Puso fin a la conversación con McPherson y colgó el teléfono, volviéndose al oír pasos fuera del coche. El cuerpo esquelético de Woody Nicholson apareció en la puerta abierta. Se había quitado la chaqueta y tenía los nudillos en carne viva y ensangrentados.

—¿Seguro que quiere que vuelva? —le preguntó.

Tony soltó un gruñido.

—Siento estropearte la diversión, pero el niño bonito ha pasado de ser una alimaña a ser un tesoro. Tráelo aquí y larguémonos.

Unos segundos después, Patrick entró por la otra puerta. Llevaba en la cara la evidencia de las atenciones de Nicholson. Tenía un ojo morado, hematomas, el labio hinchado y la nariz ensangrentada. Tony se rió. Al menos ya no sería tan guapo.

Nadie habló mientras se dirigían a la oficina de la agencia inmobiliaria. Jake y Ralph tenían aspecto de haberse metido en una pelea a puñetazos; pero Jake siempre tenía ese aspecto. Ralph tenía la camisa manchada de sangre y el bolsillo de la chaqueta roto. Tony tenía que reconocerlo: Donovan no era tan blando, después de todo.

Pero eso no importaría si el dinero no estaba allí cuando llegaran a la oficina.

Tony lanzó a Patrick una mirada dura y se recostó en el asiento de cuero rojo del coche.

Patrick permanecía rígidamente sentado cuando la limusina tomó Canon y se dirigió al aparcamiento de la agencia inmobiliaria Donovan. Vio el coche de Julie aparcado a lo lejos y se alegró de que hubiera llegado a salvo. Claro que quizá no fuera bueno que estuviera allí. No creía que aquellos hombres fueran a hacerle daño, pero no podía estar seguro.

De momento, no estaba seguro de nada.

No sabía, por ejemplo, por qué lo habían llevado allí. Había estado al borde de un barranco, con los brazos sujetos a los lados mientras Woody Nicholson y sus dos compinches le daban una paliza. Iban a matarlo a tiros, estaba seguro, y a arrojar su cuerpo al fondo del barranco. Sólo Dios sabía cuánto tiempo tardarían en encontrarlo.

Y luego, justo cuando pensaba que su tiempo se había agotado, el conductor de la limusina apareció y Nicholson y sus amigos volvieron a llevarlo al coche, aunque de mala gana. Mientras se limpiaba la sangre de la cara con el pañuelo que le dio Sandini, Patrick casi sonrió. No había duda de que aquello no le habría pasado en Toril.

Miró por el cristal tintado de la ventanilla y esperó mientras la limusina se acercaba a la puerta de atrás de la oficina. Julie estaba allí, muy tensa, junto a Nathan Jefferson Jones, apostado como el defensa de béisbol que había sido detrás de su padre. El hombretón empujó la silla de Alex hacia delante cuando Tony Sandini abrió la puerta del coche y salió al asfalto.

–¿Lo tiene? –le preguntó Sandini al anciano de la silla.

–Hasta el último centavo que les he prometido –dijo

Alex–. Siempre y cuando me devuelvan sano y salvo a mi hijo.

Sandini señaló hacia la limusina.

–Traedlo aquí.

Nicholson empujó a Patrick y esté salió al pavimento. Nicholson y Ceccarelli aparecieron tras él.

En cuanto los pies de Patrick tocaron el suelo, Tony alargó el brazo, tomó el maletín que su padre tenía sobre el regazo y se lo entregó a Ceccarelli, que lo sostuvo mientras Sandini abría los cierres dorados. No tardó en contar los fajos de billetes. Cuando acabó, señaló con la cabeza a Patrick.

–Es todo suyo, viejo –le dijo a Alex.

Nicholson empujó a Patrick hacia delante.

–Que tengas un buen día –dijo con una sonrisilla.

Patrick no contestó. No había sido precisamente un buen día. Tenía la impresión de que le había pasado por encima un camión de dieciocho ruedas. Pero, por otro lado, seguía vivo... de modo que podía decirse que el día había resultado ser maravilloso.

Cuando la limusina se alejó, desapareciendo por Dayton hacia las calles atestadas de Beverly Hills, Patrick fijó la mirada en Julie y en su padre.

–¡Patrick! –Julie se lanzó al instante a sus brazos y lo abrazó con fiereza. Él la apretó entre sus brazos–. Gracias a Dios que estás a salvo.

–Un poco maltrecho –dijo él cuando ella tocó su cara magullada y su labio hinchado–, pero bien, de todos modos.

–No tienes buen aspecto. Dios mío, Patrick –ella volvió a lanzarse en sus brazos y se aferró a él. Patrick no la detuvo.

–Estoy bien –dijo–. De veras.

Julie se apartó de él de mala gana y Patrick buscó con la mirada a su padre. Los ojos del viejo estaban fijos en su cara.

—Debiste acudir a mí —dijo su padre en el mismo tono que antaño había usado con su hijo desobediente, cuando era niño—. Se supone que los padres están para ayudar a sus hijos. Recuérdalo y no vuelvas a tener miedo de acudir a mí.

Algo se tensó en el pecho de Patrick. Los recuerdos lo embargaron; recuerdos de su niñez, antes de que muriera su madre, cuando sabía que su padre se preocupaba por él y lo quería sinceramente.

—¿Cómo lo has sabido? ¿De dónde has sacado el dinero? ¿Y tan rápido?

Alex se rió suavemente.

—Julie tuvo la sensatez de llamarme, gracias sean dadas a Dios. En cuanto al dinero... parece que tengo un poco más del que decía —se rió de nuevo, y la risa resonó en su pecho enjuto—. Bastante más, en realidad.

Patrick no dijo nada mientras intentaba asimilar las palabras del viejo y comprender por qué Alex había hecho aquello. Luego se puso serio.

—Te lo devolveré, papá. Te lo prometo. Te pagaré hasta el último centavo. No volveré a defraudarte.

Su padre parecía atónito. Patrick no lo llamaba «papá» desde que era pequeño. Alex lo miró fijamente y sus ojos se humedecieron.

—Lo sé. No lo he dudado ni por un momento. Estoy orgulloso de ti, hijo.

Patrick sintió el contacto suave de la mano de su padre y un extraño calor se aposentó en su pecho. Por un momento, le costó hablar.

—Gracias, padre —miró la cara de Julie y vio brillar en ella la felicidad—. Os debo la vida a los dos.

Le sonrieron y Patrick sonrió también, con el corazón lleno de amor y alegría, emociones que sólo estaba empezando a descubrir. Pensó que había oído la frase «no hay nada como el hogar», pero que hasta ese día no la había comprendido por completo. Ahora, por primera vez, se daba cuenta de lo que significaba.

Porque, a pesar de todos sus problemas, incluso después de todo lo sucedido, no había otro lugar como el hogar que había encontrado allí, en la Tierra.

Títulos publicados en Top Novel

Volver a ti — Carly Phillips
Amor temerario — Elizabeth Lowell
La farsa — Brenda Joyce
Lejos de todo — Nora Roberts
Lacy — Diana Palmer
Mundos opuestos — Nora Roberts
Apuesta de amor — Candace Camp
En sus sueños — Kat Martin
La novia robada — Brenda Joyce
Dos extraños — Sandra Brown
Cautiva del amor — Rosemary Rogers
La dama de la reina — Shannon Drake
Raintree — Howard, Winstead Jones y Barton
Lo mejor de la vida — Debbie Macomber
Deseos ocultos — Ann Stuart
Dime que sí — Suzanne Brockmann
Secretos familiares — Candace Camp
Inesperada atracción — Diana Palmer
Última parada — Nora Roberts
La otra verdad — Heather Graham
Mujeres de Hollywood... una nueva generación — Jackie Collins
La hija del pirata — Brenda Joyce
En busca del pasado — Carly Phillips
Trilby — Diana Palmer
Mar de tesoros — Nora Roberts
Más fuerte que la venganza — Candace Camp

www.ingramcontent.com/pod-product-compliance
Lightning Source LLC
LaVergne TN
LVHW030333070526
838199LV00067B/6266